J. H. Gelernter

Schatz der Armada

Ein Captain-Grey-Roman

England, 1804. Um ein Geheimabkommen mit Napoleon zu erfüllen, muss Spanien England den Krieg erklären. Um diesen zu finanzieren, müssen die Spanier einen wertvollen Goldschatz aus ihren Kolonien in Südamerika herbeischaffen. Die einzige Hoffnung des britischen Empires, den drohenden Krieg zu verhindern, besteht darin, die spanische Armada zu versenken oder zu kapern. Für diese schwierige Mission kommt nur einer infrage: der beste Spion des Geheimdienstes Seiner Majestät, Captain Thomas Grey. Und so setzt er die Segel für eine gefährliche Reise in die unbekannten Gewässer der Karibik, denn es geht um nicht weniger als das Schicksal seines Heimatlandes.

J. H. (Josh) Gelernter lebt in Connecticut. Mit seiner Reihe rund um Captain Grey legt er sein Debüt vor.

J. H. GELERNTER

SCHATZ DER ARMADA

EIN CAPTAIN-GREY-ROMAN

AUS DEM ENGLISCHEN
VON SUSANNE JUST

dtv

Von J. H. Gelernter
ist bei dtv außerdem erschienen:
Jagd nach Vergeltung
Spiel des Deserteurs

Das Zitat aus dem Gedicht »She was a Phantom of Delight«
von William Wordsworth auf S. 84 wurde übersetzt von
Louisa Gollinger.

FSC www.fsc.org
MIX
Papier aus verantwortungsvollen Quellen
FSC® C019821

Deutsche Erstausgabe 2024

Titel der amerikanischen Originalausgabe:
›The Montevideo Brief‹
(W.W. Norton & Company, New York 2023)

Umschlaggestaltung: Lisa Höfner | buxdesign, München
Umschlagmotive: akg-images; Collaboration JS/Arcangel Images
Satz: C.H.Beck.Media.Solutions, Nördlingen
Gesetzt aus der Stempel Garamond
Druck und Bindung: Druckerei C.H.Beck, Nördlingen
Printed in Germany · ISBN 978-3-423-22061-3

Dieses Buch widme ich
meinen geliebten New Jersey Devils.
Wann zieht ihr Jungs denn endlich mal
Sergei Brylins Rückennummer aus dem Verkehr?

Prolog

16. Februar 1804
An der Mündung zum Hafen von Tripolis

Nachdem die Vereinigten Staaten als Gewinner aus ihrer Revolution hervorgegangen waren, verloren sie die Protektion der Königlichen Marine und ihre Handelsflotte wurde schnell zum Spielball für Piraten. Aus Rücksicht auf den öffentlichen Wunsch, kein einsatzbereites Militär jeglicher Art zu unterhalten, wurde die amerikanische Marine klein gehalten und kam nur selten zum Einsatz. Doch dann, im November 1803, kaperten Barbaresken-Piraten eines der wenigen amerikanischen Kriegsschiffe, die USS *Philadelphia*, und verwandelten es in eine schwimmende Batterie im Hafen von Tripolis. Die Vereinigten Staaten hätten es den europäischen Mächten zwar gleichtun können – alle von ihnen hatten Schiffe und Besatzungen an die Barbaresken-Piraten verloren – und entweder den Tribut an die Paschas zahlen oder die Männer der *Philadelphia* der Sklaverei überlassen können. Stattdessen gab die beschämende Einnahme der *Philadelphia* den entscheidenden Ausschlag, und die Vereinigten

Staaten beschlossen, nicht mehr länger die andere Wange hinzuhalten.

Seit dem Beginn des neunzehnten Jahrhunderts beschränkte sich die amerikanische Seemacht im Großen und Ganzen auf nur sechs in Amerika gebaute Fregatten mit mehreren bewaffneten Decks. Wegen dieser kleinen Marine beschlossen die Vereinigten Staaten, den Tripolitanern mit ihrem Trumpf zu Leibe zu rücken: mit irregulärer Kriegsführung. Die Aufgabe, sich um Tripolis zu kümmern, wurde dem Gefolge der dritten dieser sechs Fregatten überlassen, der USS *Constitution*. Um die Tripolitaner zu besiegen, brachte die *Constitution* acht Marinesoldaten ans Ufer von Tripolis, östlich der eigentlichen Stadt, und schickte dann eine einzige Ketsch in den Hafen. Der Auftrag der Marinesoldaten lautete, einen Überraschungsangriff von hinten auszuführen. Die Aufgabe der Ketsch – namens *Intrepid*, unter dem Kommando von Stephen Decatur – war es hingegen, die *Philadelphia* in die Luft zu jagen und so die Stadt für ein Schiffsbombardement von vorne zu öffnen.

Als die *Intrepid* also die Mole passierte und in den inneren Bereich von Tripolis' Hafen einfuhr, übergab Decatur seinem Malteser Steuermann das Ruder. Mit einer einzigen ausgerollten Bahn des kleinen Großsegels kamen sie nur langsam voran. Decatur wartete, bis die *Intrepid* nur noch ein paar Dutzend Yards von den Rüsten des Hauptmasts der *Philadelphia* entfernt war, dann signalisierte er dem Malteser Steuermann, dass er rufen könne.

»Ahoi an die Fregatte«, rief der Steuermann auf Arabisch. »Wir sind gerade durch einen schrecklichen Sturm gesegelt« – das stimmte tatsächlich; im südlichen Mittelmeer hatte ein Dreckswetter geherrscht – »und wir haben unseren Buganker verloren. Können wir unser Schiff bis zum Tagesanbruch mit Ihrem vertäuen?«

Gedämpfte Laute einer Diskussion wehten vom Achterdeck der *Philadelphia* herunter. Von einem amerikanischen Geheimdienstmann in Tripolis wusste Decatur vom voll bestückten Waffenlager der *Philadelphia* und dass ihre Kanonen bemannt und bereit zum Ausfahren waren. Wenn deren Mannschaft auch nur den Hauch eines Verdachts schöpfte, was die *Intrepid* im Schilde führte, würde sie aus der kleinen Ketsch augenblicklich Splitter und Treibholz machen.

Nach einem kurzen Wortwechsel kam jedoch die Antwort vom Achterdeck, dass die *Intrepid* sich mit der *Philadelphia* vertäuen dürfe. Beim näheren Heransegeln konnte Decatur sehen, dass die Geschützpforten der *Philadelphia* offen standen.

Die *Philadelphia* warf der *Intrepid* ein Tau zu, sodass sie sich parallel an sie heranziehen konnte. Gleichzeitig rief eine Stimme etwas auf Arabisch. Decatur sprach zwar kein Arabisch, allerdings schnappte er das Wort »Americanos« auf.

Mit ruhiger und fester Stimme erteilte Decatur den Befehl: »Haltet euch gut fest, Männer. Wartet auf mein Kommando.« Darauf folgten zehn sehr lange Sekunden, in denen die Tripolitaner die Kanonen ausfuhren und die Amerikaner die *Intrepid* immer näher an den Schiffsrumpf der *Philadelphia* heranzogen. Das dumpfe Schrammen von Holz an Holz war zu hören, dann schrie Decatur: »Jetzt, Jungs! Schnappen wir sie uns!«

Er war der erste Mann, der von der *Intrepid* an die Außenseite der *Philadelphia* sprang, sich an den Rüsten des Hauptmasts festklammerte und sich nach oben zog – das Hauptdeck der *Philadelphia* lag zwar gut dreieinhalb Meter höher als das der *Intrepid*, doch Decaturs Männer, mit den Fähigkeiten geübter Matrosen, kletterten blitzschnell wie Affen an ihrer Bordwand hinauf. Einige kamen durch die Geschützpforten ins Innere, andere über das Dollbord und innerhalb von Sekunden hatte sich das Schiff in ein wildes Schlachtfeld verwandelt. Um die Angelegenheit so leise wie möglich zu halten, trugen die Amerikaner keine Schusswaffen bei sich. Es wurde mit bloßen Händen und Säbel gegen Krummsäbel gekämpft, und zwar brutal. In einer verzweifelten, blutigen Schlacht, die weniger als fünf Minuten dauerte, töteten die Amerikaner zwanzig Tripolitaner und nahmen einen Gefangenen. Der Rest ging über Bord, schwamm Richtung Land und rief nach Hilfe und Gegenwehr. Decatur erkannte ein Boot beim Hafendamm, das mit Palastwachen bemannt wurde, sah es ablegen und auf sie zurudern. Bald würden sie also Enterer abwehren müssen. Hinter ihm wurden Laternen von der *Intrepid* hochgereicht, acht an der Zahl. Sie wurden verteilt und Decatur gab den Befehl: »Feuermannschaften, los.«

Acht Teams bestehend aus je zwei Männern eilten die Ladeluken hinunter. Alle Männer hatten Zeichnungen des

Schiffs studiert und wussten genau, wo sie hinmussten. Fünf Teams zu den Laderäumen, eines zum Geschützraum, eines zum Ankerdeck und eines in die Plicht. Jedes Feuerteam hatte sein eigenes Feuer – eine Laterne –, das von einem Mann getragen wurde, während der andere mit Terpentin getränkte Lumpen und eine knapp acht Zentimeter lange Walratkerze trug. Die Lumpen wurden platziert und die Kerzen bereitgehalten; Decatur kontrollierte jeden Raum und rief dann so laut, dass alle ihn hören konnten:

»Feuer!«

Mithilfe der Laternen wurden die Kerzen angezündet und auf die Lappen fallen gelassen, dann machten sich die Feuermänner eilig auf zum Rückzug auf das Hauptdeck. Decatur folgte ihnen nach oben. Wie erwartet brannten die ausgetrockneten Holzplanken der *Philadelphia*, die bloß im Hafen herumgedümpelt war, lichterloh. Decatur konnte gerade noch so den Stichflammen entkommen, die aus den Luken emporschossen.

»Zurück zur *Intrepid*!«, schrie Decatur über die lodernden Flammen hinweg und alle Männer kletterten und sprangen zurück auf die Ketsch, die bereits das Segel hisste. Decatur war der Letzte an Bord, ließ sich von oben auf das Deck der *Intrepid* fallen und gab den Befehl, das Tau zur *Philadelphia* zu durchtrennen. Doch das fing Feuer, weswegen Decatur es kurzerhand mit seinem eigenen Säbel durchschnitt. Die Männer schnappten sich die Ruder und legten sich in die Riemen, um mit mächtigen Stößen von dem brennenden Wrack wegzukommen –

doch das Feuer verursachte eine mächtige Gegenströmung, und obwohl sie um ihr Leben ruderten, konnte die *Intrepid* dem Sog nicht entkommen. Decatur schnappte sich den Ruderstock, drehte den Bug der *Intrepid* zurück zur *Philadelphia* – die Segel blähten sich – und wendete ganz kurz vor dem Feuer. Dann endlich glitten sie mit voller Kraft voraus, flogen den Hafenkanal entlang und auf die wartende *Constitution* zu. Kein einziger Amerikaner war getötet oder verletzt worden.

Aus der sicheren Entfernung des Ufers beobachtete ein Mann des amerikanischen Geheimdienstes namens Philo Parker das Inferno und strich sich über den Bart. Der Backenbart war ein ungewohnter Zusatz zu dem Schnauzer, den er normalerweise trug. Dieser war Teil seiner Tarnung als marokkanischer Jude, der auf Pilgerreise nach Jerusalem war. Unter der Deckung seines Vollbartes und seiner Gewänder hatte Parker alle Informationen zum Hafen, den Strömungen, den vorherrschenden Winden, den Kanonenbooten, Geschützbatterien und der Besatzung der gekaperten Fregatte zusammengetragen, die der *Constitution* und Decatur von Nutzen sein konnten. Diese Daten waren mit Limettensaft über einen vorgefertigten arabischen Brief geschrieben und über den dänischen Konsul in Tripolis, Nicholas Nissen, an die *Constitution* überstellt worden.

Noch während Parker zusah, explodierte das Waffenlager der *Philadelphia*. Die Druckwelle riss ihn beinahe von den Füßen. Ein paar hundert Yards rechts von ihm zersplitterten sämtliche Glasscheiben im Palast des Paschas.

Am Morgen – mit der *Constitution*, die an der Hafenmündung lauerte und ohne die *Philadelphia*, die sie aufhalten konnte – bat der Pascha von Tripolis um Frieden. Parker übernahm es, die Männer der *Philadelphia*, die bereits als Sklaven verkauft worden waren, wieder zurückzukaufen. Er war außerdem dazu verpflichtet, die acht Kommandosoldaten der Marine darüber zu informieren, dass sie – da Tripolis bereits kapituliert hatte – dazu verpflichtet waren, die kleine Armee, die sie aufgestellt hatten, wieder aufzulösen und die Piratenstadt, die sie erobert hatten, zurückzugeben. (»Derna« hieß sie – die Marinesoldaten hatten nicht beabsichtigt, sie einzunehmen, doch als sie um eine vollkommen harmlose Durchfahrt gebeten hatten, hatte der Potentat mit der Provokation geantwortet: »Mein Kopf oder eurer.«)

Einen Monat später las Parker in Gibraltar in einer Zeitung, dass Horatio Nelson die Zerstörung der *Philadelphia* »die mutigste und gewagteste Tat unserer Zeiten« genannt hatte. Dann überflog Parker beim Frühstück die Zusammenfassung der Ereignisse in der Zeitung, schmunzelte vor sich hin und butterte sich ein Scone.

I

9. Juni 1804
Wien

Im Festsaal des Palais Lobkowitz waren ungefähr zweihundert Stühle aufgestellt worden, alle zur Ostseite des Raumes hin ausgerichtet, wo ein Orchester gerade die Instrumente stimmte. Thomas Grey saß in der letzten Reihe und beobachtete einen stürmischen Dirigenten dabei, wie er zwischen seinen Musikern hindurchging, hier und dort anhielt, um vereinzelt etwas anzumerken, sich einmal eine Oboe von einem verängstigt wirkenden Orchestermitglied der Holzbläser schnappte und diese selbst fertig stimmte, bevor er sie ihm dann mit unverhohlener Verachtung zurückgab.

Von seinem Äußeren ausgehend, schien er im selben Alter wie Grey zu sein, war tatsächlich jedoch zehn Jahre älter. Obwohl Grey ihn zuvor noch nie in persona gesehen hatte, war ihm sein Ruf vorausgeeilt. Er war kleiner, als Grey ihn sich vorgestellt hatte – mit etwas über einem Meter sechzig ziemlich klein also, wäre er Engländer gewesen, aber auch für einen Europäer immer noch recht klein.

Sein kurz geschnittenes, nach vorn gekämmtes Haar ließ ihn ein wenig wie einen römischen Konsul aussehen, den man aus Versehen in einen Mantel mit hohem Kragen über einem Hemd mit noch höherem Kragen, braune Kniebundhosen und hohe schwarze Reitstiefel gekleidet hatte.

Der Größe des Dirigenten zum Trotz umgab ihn eine Aura der Befehlsgewalt, die Grey an seinen Vorgesetzten denken ließ, den Vorsitzenden des britischen Geheimdienstes, Sir Edward Banks. Obwohl das vielleicht auch etwas damit zu tun hatte, dass beide Herren ihr eigenes Haar offen zur Schau trugen. Sogar Grey, der gerne Sir Edwards Beispiel bei der Vermeidung von Perücken folgte, trug an diesem Abend eine, um nicht aus der Menge von Wiens Elite herauszustechen.

Diese besondere Elite bestand aus Freunden und Freundesfreunden des 7. Fürsten Lobkowitz, Joseph Franz Maximilian. Grey hatte seine Einladung vom britischen Konsul in Wien erhalten – wobei es zutreffender wäre zu sagen, ergaunert –, der diese nur äußerst widerwillig und mit beträchtlicher Verärgerung abgab. Fürst Lobkowitz war Europas berühmtester Musikmäzen und an diesem Abend sollte die private Premiere der neuesten Komposition seines berühmtesten Protegés, Ludwig van Beethoven, stattfinden. Offenbar hatte Beethoven die Symphonie – seine dritte – selbst *Symphonie Bonaparte* genannt. In einer Stadt, in der Napoleon aus Prinzip entweder gering geschätzt oder gehasst wurde, war das eine mutige Aussage. Doch Beethoven hatte den Status, tun und lassen zu können, was immer er wollte. Außerdem ging

Grey davon aus, dass selbiger mit Napoleons Werk nicht derart vertraut war wie er selbst.

Dieser Gedanke ließ Grey zum Ziel seiner Aufgabe zurückkehren, nämlich dem Konzert beizuwohnen. Er war hier, um etwas extrem Teures entgegenzunehmen, erkauft – halb im Voraus, halb bei Übergabe – vom spanischen Botschafter im Königreich Preußen. Dieser war in deutschen Kreisen für seine Liebe zu moderner Musik wohlbekannt und ein häufiger Gast auf den Privatkonzerten des Fürsten Lobkowitz. Vor seiner Beförderung zum Botschafter war er einer der Minister des »Friedensfürsten«, Manuel Godoy, gewesen. Während Godoy dem spanischen König Karl IV. als treuer Berater gedient hatte, hatte er praktisch die komplette Kontrolle über Spanien und seine Regierung übernommen. Den Titel »Friedensfürst« verdankte er seiner Rolle als häufiger Vermittler bei Friedensverträgen zwischen den europäischen Mächten. 1802 hatte er den Vertrag von Amiens ausgehandelt, einen kurzen Frieden zwischen Frankreich und Großbritannien. Nachdem die Verhandlungen abgeschlossen waren, sandte Napoleon einen angewiderten Brief an Karl IV., in dem er Godoy als den wahren König Spaniens bezeichnete und den unwissenden Karl darüber informierte, dass dessen Ehefrau, Königin María Luisa, Godoys Geliebte war. Godoy hatte Spanien derart in der Hand, dass er, als seine Leibwache den Brief in der Post des Königs abfing, nicht nur die Zustellung desselbigen erlaubte, sondern ebenfalls zuließ, dass er Gegenstand des Hofklatsches wurde.

Kurz nach Amiens hatte Godoy einen geheimen Vertrag zwischen Spanien und Frankreich ausgehandelt. Zu der Zeit hatten die zwei Länder ein herausragendes Friedensabkommen, unter dem Spanien, im Gegenzug zu Napoleons Zusicherung, die Pyrenäen nicht zu überqueren, Neutralität zusicherte. In den zwei Jahren seit Amiens hatte es den britischen Geheimdienst enorme Bemühungen gekostet, zu bestätigen, dass es überhaupt ein geheimes Abkommen *gab*. Und dann galt es noch, die Namen der kleinen Gruppe aus Spaniern und Franzosen herauszufinden, die in dessen Inhalt eingeweiht waren, und schließlich einen von ihnen auszumachen, der offen dafür wäre, das Abkommen im Austausch gegen eine große Geldsumme zu enthüllen.

Einer von Greys Kollegen in Spanien hatte den bei Weitem besten Kandidaten dafür ausfindig gemacht, Fernandino María Basco y Anda. Neben seinen anderen Pflichten als einer von Godoys Privatsekretären hatte Basco als Kurier von Entwürfen zwischen den verhandelnden Parteien fungiert, als diese sich Anfang 1803 in San Ildefonso getroffen hatten. Außerdem war er dazu ausgewählt worden, eine ordentliche Abschrift des finalen Dokuments anzufertigen. Heute Abend würde Basco y Anda – der, wie die meisten Spanier, Godoys beinahe fantastische Arroganz höchst verwerflich fand – die zweite Hälfte seines Bestechungsgeldes entgegennehmen und den geheimen Pakt offenlegen. Da der Botschafter kompromisslos darauf bestanden hatte, dass nichts auf Papier festgehalten werden solle, würde Grey die Informationen mündlich erhalten.

Grey verspürte leichte Schuldgefühle, dass man ihn für diese äußerst angenehme Aufgabe ausgesucht hatte. Kollegen von ihm in Iberien und dem Heiligen Römischen Reich hatten jahrelang auf die Offenlegung des geheimen Vertrags hingearbeitet, doch hier war nun er selbst, Grey, der Mann, der die Operation ausführte, auf einer Veranstaltung, wo der Maestro höchstpersönlich sein Stück dirigierte. Grey war schlicht und ergreifend deshalb ausgewählt worden, weil er sich mit Sprachen leichttat. Er sprach besser Deutsch als seine Kollegen in Spanien und besser Spanisch als seine Kollegen in Deutschland.

»Dort sitzt ein zusätzliches Horn«, merkte da ein älterer, krank aussehender Mann an, der nun neben Grey saß.

Er war von mehreren Dienern in den Saal eskortiert worden, von denen einer ihn gestützt hatte, während der Rest von ihnen Platz schuf, sodass er den Saal durchqueren konnte. Der Mann, der sie mit seinem Stock angewiesen hatte, hatte den Dienern allerdings zu verstehen gegeben, dass er nicht weiter als bis zur letzten Reihe gehen würde, wo Grey aufgestanden war und dem unbekannten Mann auf einen Stuhl geholfen hatte. Die Diener, von denen manche persönliche Angestellte des Mannes sein mussten und andere die Livree des Hauses Lobkowitz trugen, hatten kurz wie Kolibris in der Schwebe vor einer Hyazinthe verharrt und ängstlich dreingeblickt. Mit einem gütigen Lächeln und einer höflichen, doch ausgesprochen festen Stimme hatte der Mann »Raus, bitte« zu ihnen gesagt und dann auf ihre verletzten Gesichter hin: »Dankeschön, meine Kinder.«

»Dort sitzt ein zusätzliches Horn«, hatte er nun auf Englisch zu Grey gesagt.

Grey fragte sich, welches Merkmal ihn als Engländer entlarvt hatte. Wobei er mit der Einladung des britischen Konsuls in der Hand auch nicht wirklich inkognito war.

»Ich fürchte, ich verstehe nicht genug von Musik, als dass mir das auffallen würde«, erwiderte Grey auf Deutsch.

Der Mann antwortete erneut auf Englisch: »Macht es Ihnen etwas aus, wenn wir Englisch sprechen? Ich habe schon länger nicht mehr Englisch gesprochen und würde die alten Muskeln gerne wieder etwas aufwärmen.«

»Sehr gerne, Sir.«

»Aber mein Vorhaben wird vereitelt. Sie fangen gerade an, sehen Sie.«

Umständlich deutete er mit einem geschwollenen Finger nach vorne. Beethoven stand mittig vor dem Orchester, das Gesicht dem Publikum zugewandt. Bei englischen Konzerten hatte Grey gesehen, wie moderne Orchester im neuen Stil von Haydn dirigiert wurden, wobei ein Dirigentenstab und kein hüfthoher Stock zum Klopfen benutzt wurde. Hier in Wien, der Stadt Haydns, war es also nicht verwunderlich, dass Beethoven es ihm gleichtat. Wie er so dastand, dem Publikum zugewandt und mit dem langen Stab in der Hand, sah er aus wie ein Mörder, der einen langen Degen hielt, bereit, kaltblütig jemandem die Kehle durchzuschneiden. Mit einer langsamen Streichbewegung von links nach rechts brachte er das Publikum zum Schweigen. Seine Stimme war tief, vor allem für einen Mann seiner Größe, und forderte die ungeteilte Aufmerksamkeit eines jeden im Saal ein. Er sprach Deutsch.

»Zweifelsohne hatten Sie im Laufe des Abends bereits die Gelegenheit – oder Sie werden sie noch bekommen –, Seiner Durchlaucht, dem Fürsten Lobkowitz, für seinen Großmut zu danken, dass er diesen Abend ermöglicht.«

Grey konnte den Fürsten sehen, der in der Mitte der ersten halbkreisförmigen Reihe auf einem leicht extravaganten Thron saß.

»Ich selbst muss ihm ebenfalls meinen tiefen Dank aussprechen. Für Sie ist er der Fürst; für mich ist er noch etwas Größeres, ein Mäzen. Seine Gönnerschaft ehrt mich sehr. Ich hoffe, dass ich ihn im Gegenzug ebenso ehren kann, indem ich ihm meine *Symphonie Bonaparte* widme.«

Einem Mann eine Symphonie zu widmen, sie jedoch nach einem anderen zu benennen, kam Grey zwar etwas absurd vor, doch er war mit den beruflichen Konventionen der Musik auch nicht weiter vertraut. Jedenfalls stand das Publikum – Grey eingeschlossen – auf, um dem Fürsten zu dieser Widmung zu applaudieren. Der Applaus hielt etwa fünfzehn Sekunden lang an, dann bedeutete der Fürst allen mit einem Wink, wieder Platz zu nehmen, und streckte die offene Hand in Beethovens Richtung, um ihn zum Beginnen aufzufordern.

Beethoven nickte und wandte sich dem Orchester zu. Er hob den Taktstock über den Kopf – zeigte damit gerade nach oben –, riss ihn dann kräftig nach unten und das Orchester schlug den ersten Akkord an. Vom ersten Moment an brachte die Musik jeden im Raum aus dem Konzept. Nach einer sehr kurzen Pause wurde derselbe gewaltige Akkord erneut angeschlagen – das Publikum wartete geradezu auf die nächste Wiederholung, denn das natürliche Gefühl (zumindest das von Grey) tendierte zu einem dreifachen Element. Stattdessen begann jedoch das Thema. Ein außergewöhnlich einfaches Thema, so einfach, dass Grey es – obwohl er kein Musikgelehrter war – als ein Auf und Ab durch einen einfachen Dreiklang in Dur erkannte. Es klang beinahe wie eine Pastorale, doch nachdem es verklungen war, schlug das Thema in Cis-Dur um. Grey spürte, wie sich ein Gefühl der Unbehaglichkeit in seiner Brust ausbreitete ... als ob die geballte Emotion einer Oper, eines *Don Giovanni* – die Spannung der Szene, in dem der Commendatore Giovanni in die Hölle hinabzieht – in ein Dutzend Noten gepresst worden wäre. Und dann war die Musik auf einmal wieder zurück in ihrem harmlosen Pastoral-Dreiklang in Dur. Grey legte den Kopf schief, ein unbewusster Ausdruck der Verwirrtheit, die schon fast an Besorgnis grenzte. Er spürte die Anspannung des Publikums um sich herum. Das Thema baute sich auf, von dem beinahe dünnen Klang eines Horns ausgehend, dann vom ganzen Orchester, und explodierte erneut. Doch nun wurde das Thema aufgedröselt und auf individuelle Einsätze der Musik mit erschütternden Pausen dazwischen verteilt. Dann kamen die Flöten, die arglos erneut die Pastorale spielten – nur, um von den wütenden Hörnern verdrängt zu werden, die eine furiose, schnelle Wiederholung davon durchsetzten und dabei durch ein zweites Thema in ein drittes rutschten, das sanft und glatt und tröstlich war. Die Musik tänzelte vom tiefen Bass in luftige Höhen, war erst leise und schwoll dann wieder zu der schmetternden Wiederaufnahme des originalen Themas an, das mit den neuen vermischt war – dann mehr Hiebe des Orchesters durch abrupte Pausen. Und dann noch ein neues Thema? Oder nur der Abstieg zurück zum Original. Nun gab es keine Pausen mehr zwischen den Hieben, und das komplette Orchester spielte eine Wiederholung des Themas – wobei diesmal die scharfe, misstönende Note ausgelassen wurde. Diesmal war es triumphierend, als ob Haydn oder Mozart es geschrieben hätten. Feurig und energisch, doch vertraut. Die Anspannung in Greys Brust ließ etwas nach. Die Musik zog ihn mit sich wie ein Achtergespann von wilden Pferden, doch nun galoppierten sie über Grund und Boden, der ihm vertraut war. Die Streicher tanzten sich in den Vordergrund der Musik, spielerisch, und erhoben sich dann zu einer weiteren gigantischen, doch natürlichen Variation des Themas.

Das Tempo fiel dramatisch ab, wie ein Boot, das langsam an einen Kai herangleitet. Und dann brach das Originalthema wieder herein, in einer niedrigeren Tonart … nicht übermäßig schnell, aber angereichert mit etwas Zündpulver, das nur auf die Explosion wartete. Doch jetzt klangen die spielerischen Streicher weniger spielerisch und tanzten auf dem tiefen Thema herum … dem simplen, doch sehr tiefen Originalthema, das jetzt durch verschiedene Akkorde, verschiedene Dreiklänge ging.

Mit jeder Variation tauchten andere Farben vor Greys innerem Auge auf. Erneut Hiebe, und wieder Fragmente der sich abwechselnden Themen, die sich mit dem Hauptthema duellierten.

Und dann, aus dem Nichts, ein Wechsel in der Tonart – glaubte Grey zumindest – und ein neues, mäanderndes Thema, ähnlich einer Tonleiter. Grey wusste es nicht genau. Er fand nicht die richtigen Worte, um es sich selbst zu beschreiben. Die tiefen Streicher und die hohen Hörner kämpften, doch nicht gegeneinander, sondern nebeneinander, wie zwei Männer Schulter an Schulter auf einer Barrikade.

Die Hörner zogen sich zurück, woraufhin Streicher anfingen, eine Art Improvisation zu spielen, sehr leise nur.

Ein Hornbläser setzte zu früh mit der Melodie des ursprünglichen Themas ein – ein Fehler? Doch dann, einen Augenblick später, spielte das ganze Orchester das Thema mit.

Hatte die Tonart erneut gewechselt? Grey konnte nicht mehr folgen. Die Musik bombardierte den Raum wie die Breitseite der HMS *Victory*. Und zwar wie eine schlingernde Breitseite, während der die *Victory* beide Seiten bekämpfte, wie sie es bei St. Vincent getan hatte.

Dann Frieden. Flöten. Ruhe. Die dann wieder kräftiger wurden, schnell wieder zu irgendeinem Thema zurückeilten. Derselbe Akkord, immer und immer wieder. Dann zurück zum Thema.

Noch eine neue Tonart? Oder nur ein neuer Akkord? Jetzt spielten die Streicher ihre eigene leichte Variation der Pastorale. Neu und luftig. Ohne sich festzulegen. Schon gleich schwoll wieder etwas an – alle Kanonen feuerten nun auf einmal, eine neue Version des Themas – bei der die vorletzte Note wiederholt und die letzte ausgelassen wurde. Hiebe, gigantische Akkorde.

DUM.

DUM.

Duuuuuum.

Der erste Satz war zu Ende und Grey fühlte sich, als hätte man ihm ins Gesicht geschlagen. Noch nie zuvor hatte er etwas Derartiges gehört. Doch er hatte keine Zeit, darüber nachzudenken, denn da begann schon der zweite Satz.

Dieser war langsam, leise und voller Trauer. Ein Trauermarsch. Ein Wehklagen der Hörner. Das Thema des ersten Satzes wurde zwar nicht direkt wieder aufgegriffen, war jedoch am Rande zu erahnen. Ein Echo hallte darin nach. Es war zu einem Geist geworden und dies war seine Trauermusik. Die Musik baute sich – in Greys Gedanken – entlang dieser Vorstellung auf. Als wäre sie ein Chor von Trauernden, der immer mehr anschwoll, je mehr Singende hinzukamen. Ein Moment der aufflackernden Angst entstand. Die Trauernden standen am Rande einer Klippe, blickten in den Abgrund hinab und fragten sich, ob sie gleich vornüber hinabstürzen würden. Sie rückten davon ab, entschieden sich, dem Glück eine Weile den Rücken zu kehren. Und dann versammelten sie sich wieder – eine Brigade der Trauernden – oder, wie Grey es jetzt sah, eine Brigade in Trauer, die nun die Trauer hinter sich lassen und anfangen musste, an die nächste Schlacht zu denken. Und nun auf sie zumarschieren. War das die französische oder die österreichische Armee? Vielleicht beide.

Ein Anflug von Optimismus schimmerte hindurch. Sonne hinter Wolken. Doch die Wolken waren immer noch da. Ein neues Marschtempo. Kehrte da das Thema der Pastorale zurück? Doch etwas stimmte nicht damit, etwas fühlte sich verkehrt an. Es war leise, sehr leise. Die Armee verschwand hinter dem Horizont. Und dann war sie fort.

Sogleich strömte der dritte Satz herein. Wasser durch einen Damm. Jungen rannten neben einer triumphierenden Armee her, die nach Hause marschierte, verfielen in den gleichen Schritt wie die Soldaten, reckten Stöcke wie Schwerter und Musketen. Es war überschwänglich. Triumphal … mit kleinen, darunter lauernden Momenten von angedeuteter Bedrohung, die allerdings rasch von der Freude der Feiernden weggestampft wurden. Frauen eilten, ihre Männer zu begrüßen. Deren Schritt wurde langsamer, sie begrüßten Freunde, nahmen Getränke entgegen … Erneut schwoll Triumph an, als die Männer ihre eigenen Häuser betraten, mit ihren eigenen Familien; mit ihren Frauen; und dann die Türen hinter sich schlossen. So schnell der dritte Satz hereingeströmt war, so schnell war er auch schon wieder zu Ende.

Dann ein schwindelerregender Abstieg zu einem neuen Thema im vierten Satz. Die Musik wurde leise gezupft, ein tanzender Bauer als Echo des Themas der Symphonie, eine freudige, ausdrucksstarke Variation – doch auch hier wieder mit gelegentlichen Andeutungen von geringerer Bedrohung – dann unverhohlener Bedrohung, wie einer dieser slawischen Schwerttänze. (Wo kamen denn die Slawen auf einmal her?) Allerdings war die Musik immer noch voll beträchtlicher Freude. Vielleicht waren dies auch die Geräusche des Fests auf dem Marktplatz, um die Rückkehr der Armee zu feiern ... die Musik breitete sich zu dicken, breiten Harmonien aus. Und dann Hiebe – schmerzhafte Hiebe der Dissonanz. Ein neues Tempo, rasch, rasche Schrittgeschwindigkeit. Bereit, zu einem Laufen überzugehen, es hielt sich jedoch selbst zurück. Und die Freude schmolz langsam dahin, eine Art grimmige Kaltblütigkeit setzte ein. Es war weder fröhlich noch traurig, bloß kraftvoll.

Dann ging es schließlich doch in ein Laufen über – und der Triumph kehrte zurück, während die Musik rannte, über Hindernisse hinwegsprang, ihr Schwert hoch in die Luft reckte und mehr Truppen von Musik hinter sich herführte.

Dann war es vorbei.

Grey fühlte sich leicht berauscht. Er stieß den Atem aus, den er angehalten hatte, und schüttelte den Kopf. Er sah hinüber zu dem älteren Mann neben ihm. Der Gesichtsausdruck des Mannes zeigte eine seltsame Mischung aus Verwunderung und eingetroffener Erwartung.

»Noch nie zuvor habe ich so etwas gehört«, sagte Grey.

»Nein«, antwortete der Mann. »Das hat niemand.«

Der Applaus war kurz und verhalten. Und doch, als sich das Publikum erhob – wodurch es den Dienern möglich wurde, die Stühle wegzuräumen und aus dem Konzertraum wieder einen Festsaal zu machen – drängte sich eine Menschentraube um Beethoven, denn alle wollten ein Wort oder einen Händedruck mit dem berühmten Komponisten. Beethoven nickte einigen Leuten höflich zu, allerdings ohne zu lächeln, und sprach nur mit Fürst Lobkowitz. Dann drehte er sich um, ging durch das Orchester und verschwand in irgendeinem privaten Nebenraum. Der Fürst sagte etwas zu denjenigen, die nach Beethovens Aufmerksamkeit gelechzt hatten, und folgte dann Beethoven, mit einem einfach gekleideten Mann von ungefähr zwanzig Jahren an seiner Seite. Grey wandte sich von dem Durcheinander ab, um dem alten Mann neben ihm auf die Beine zu helfen – sah jedoch, dass die Diener des Mannes bereits da waren. Einer von ihnen stieß Grey – mehr oder weniger unabsichtlich – mit dem Ellbogen an, als dieser sich beeilte, den Mann am Arm zu fassen. An einem normalen Abend hätte Grey dies vermutlich angemerkt, doch in seiner aktuellen Gefühlslage trat er einfach ein wenig zurück und holte ein Zigarillo-Etui aus seiner Hosentasche.

Der junge Mann, der den Fürsten Lobkowitz zu Beethovens Rückzugsort begleitet hatte, erschien jetzt erneut und wisperte dem alten Mann etwas ins Ohr, woraufhin dieser nickte und – seine Diener mit dem bloßen Stock wegwinkend – sich auf den Weg nach vorne machte, der junge Mann neben ihm – vermutlich, um sich zum Fürsten und Beethoven zu gesellen. Grey fragte sich, wer der Mann wohl war, hatte allerdings keine Zeit, weiter über diese Frage nachzugrübeln. Schließlich hatte er ein Rendezvous wahrzunehmen.

Eine Seite des Saals war von bodentiefen Sprossenfenstern gesäumt, die auf eine niedrige Terrasse führten. Grey öffnete eines davon und trat hinaus in die laue Nacht, das rege Treiben der Feier hinter sich lassend. Diener mit Tabletts voller Champagner waren aufgetaucht. Grey zündete sich einen Zigarillo an und wartete.

Ein paar Minuten später hörte er, wie sich eine der Türen hinter ihm öffnete – wobei der Lärm des Fests auf die Terrasse hinausschwappte. Grey drehte sich um. Es war der junge Mann, der den Alten und den Fürsten begleitet hatte. Konnte der etwa der spanische Botschafter in Preußen sein? Das bezweifelte Grey stark, sprach ihn jedoch nichtsdestotrotz mit dem Erkennungssatz an, um sich sicher zu sein.

»Kann ich Ihnen einen Zigarillo anbieten?«, fragte Grey auf Deutsch.

»Oh – ja, gerne, danke. Sehr freundlich«, antwortete der Mann, ebenfalls auf Deutsch.

Das war nicht die korrekte Parole – wäre er Greys Rendezvous gewesen, hätte er erwidern müssen: »Nein, ich bin heute Abend nicht in der Laune zu rauchen.« Wer war also dieser Mann? Grey hielt ihm sein Etui hin, damit der sich eine der langen, dünnen Zigarren nehmen konnte.

»Ich probiere gerne verschiedene Mischungen aus«,

erklärte er, während Grey ein Streichholz für ihn entzündete. »Beinah ist es meine Art, die Welt zu erkunden.«

Er lächelte. »Danke, Mr …?«

»Blake. Thomas Blake.« Grey benutzte sein Pseudonym für den heutigen Abend und streckte die Hand aus. Der junge Mann schüttelte sie.

»Ferdinand Ries.«

Grey nickte und einen Moment lang rauchten sie schweigend, beide den Blick nach hinten auf die Feier gerichtet.

»Ich konnte nicht umhin zu bemerken, dass Sie mit dem Fürsten gesprochen haben«, eröffnete Grey das Gespräch nach einem Augenblick.

»Ja«, bestätigte Ries. »Nun ja, gesprochen vielleicht nicht – eher eine Nachricht überbracht. Ich bin Herrn van Beethovens Sekretär.«

»Ah«, machte Grey. »Das muss eine sehr faszinierende Anstellung sein.«

»Das ist sie, Sir. Ich bin außerdem einer seiner Schüler.«

»Ich wusste gar nicht, dass er unterrichtet.«

»Doch«, erklärte Ries, »allerdings nicht regelmäßig. Tatsächlich bin ich momentan sein einziger Schüler, weswegen ich auch zu den Pflichten als Sekretär genötigt wurde, ha ha. Herr van Beethoven war kurze Zeit ein Schüler meines Vaters in Bonn und Beethoven vergisst nie eine Gefälligkeit.«

Grey nickte.

»Wenn ich so frei sein dürfte, Sie zu fragen, wer der

ältere Herr war, neben dem ich während des Konzerts saß? Ich sah, dass Sie ihn ebenfalls hinausbegleitet haben.«

Ries sah milde überrascht aus, allerdings nur für einen Augenblick, dann – nachdem er einen Zug von seinem Zigarillo genommen hatte – sagte er: »Das war der Komponist Herr Haydn.«

»Haydn?«, wiederholte Grey. »Potz, Blitz und Donnerschlag! Verzeihen Sie mir. Das hätte ich gerne eher gewusst.«

»Wie ich sehe, sind Sie kein Deutscher«, bemerkte Ries.

»Ich bin Engländer«, erwiderte Grey.

Ries nickte. »Selbstverständlich hat Haydn Ihr Land oft besucht. Genauso selbstverständlich sollte ich aber auch nicht den vulgären Fehler begehen, anzunehmen, dass jeder das unverdiente Glück hatte, die Bekanntschaft einiger dieser großen Männer zu machen.«

Grey nickte. Ein vernünftiger Kerl.

»Wenn Sie mir die Frage gestatten – ohne das Vertrauen ihres Arbeitgebers verletzen zu wollen – war Haydn Beethovens Lehrer?«

»Laut Haydn, ja.«, antwortete Ries lachend. »Laut Beethoven – na ja – kommt ganz darauf an, zu welcher Stunde des Tages Sie ihn das fragen. Sie haben eine etwas unstete, jedoch trotzdem sehr enge Freundschaft. Allerdings sollte ich wohl nicht mehr dazu sagen.«

Grey nickte und sie rauchten einen weiteren Moment schweigend vor sich hin.

»Ich habe noch nie so etwas wie die *Symphonie Bonaparte* gehört«, meinte Grey schließlich.

»Nein«, erwiderte Ries, »ich auch nicht. Vielleicht haben Sie ja davon gelesen, dass Herr van Beethoven in letzter Zeit krank war. Ziemlich krank. Ich hatte gehofft, dies würde den Leidenschaften, die zu seiner Erkrankung geführt hatten und von ihr genährt wurden, ein Ende setzen.«

Grey nickte. Ein anderer Mann trat nun hinaus auf die Terrasse. Grey wollte kein abruptes Ende der Unterhaltung mit Ries erzwingen, aus Sorge, dass dies zu auffällig wäre – doch er hatte den Verdacht, dass dieser neue Mann sein spanischer Botschafter war. Es war Zeit, voranzukommen.

»Von seiner Krankheit habe ich nichts gelesen. Das tut mir sehr leid – einer von Herrn Haydns Männern sucht gerade jemanden«, fuhr Grey fort und deutete hinein zu einem imaginären Diener. »Nach Ihnen, vielleicht?«

»Ja, vermutlich – und auch wenn nicht, sollte ich in jedem Fall zurückkehren, bevor ich vermisst werde.«

Ries lächelte erneut, ließ den Stumpen des fertig gerauchten Zigarillos auf den Boden fallen und trat ihn aus. »Ich danke Ihnen, Mr Blake, für den Zigarillo.«

»Und ich Ihnen, Mr Ries, für die Gesellschaft.«

Sie schüttelten sich die Hände und Ries ging wieder hinein zum Fest, während sich Grey zu einem Mann umwandte, der sich die letzten Minuten über am Rande der Terrasse aufgehalten und in die Nacht hinausgeblickt hatte.

»Kann ich Ihnen einen Zigarillo anbieten?«, fragte Grey, als er sich ihm näherte.

»Nein danke. Ich bin heute Abend nicht in der Laune zu rauchen.«

»Die sind allerdings sehr gut«, erwiderte Grey und klappte sein Zigarillo-Etui auf. Diesmal öffnete er allerdings den doppelten Boden und offenbarte einen Scheck über den Wert von fünfundzwanzigtausend Pfund Sterling, ausgestellt von einer Bank in Genua, auf die man sich geeinigt hatte, und notariell beglaubigt mit einer Unterschrift, die der Botschafter erkannte.

Dieser nickte. Dann schüttelte er aber den Kopf, als ob er es sich anders überlegt hätte. »Nein danke, ich muss leider ablehnen. Meine Gesundheit, wissen Sie.«

Grey nickte und schloss das Etui wieder, wobei er den nun akzeptierten Scheck in der Handfläche verbarg.

In demselben leisen, jedoch normalen Plauderton fuhr der Botschafter fort: »Der Vertrag von San Ildefonso besagt Folgendes: In Anerkennung von Frankreichs Friedensabkommen mit der spanischen Krone und ihrem Reich erklärt sich Spanien dazu bereit, Großbritannien den Krieg zu erklären, seine Häfen für alle britischen Schiffe, Kriegs- wie Handelsschiffe, zu schließen und diese, in Iberien und dem Reich, allesamt Frankreich zur Verfügung zu stellen. Der Grund für die Geheimhaltung des Vertrags ist dessen Voraussetzung, dass diese Bedingungen nicht vor der Ankunft einer letzten Armada-Schiffsladung von spanischem Gold und Silber in Madrid aus unseren Mienen in Südamerika in Kraft treten werden. Ohne diese wäre Spanien nicht in der Position, einen Krieg zu führen, und ihre Verschiffung während eines

Krieges würde das Risiko einer Beschlagnahmung durch die britische Marine bedeuten. Die Verschiffung wird in ihrem vollen Umfang aus nicht weniger als fünfhundertfünfzig Stangen Eisen, eintausendsechshundert Stangen Zinn, einhundertfünfzigtausend Goldbarren sowie aus fünf Millionen geprägten Gold- und Silberdollars bestehen.«

Grey widerstand dem Impuls, einen Pfiff auszustoßen. »Wann wird die Schatzflotte Südamerika verlassen?«

»Das weiß ich nicht. Niemand in Europa weiß das. Um die Verschiffung zu schützen und abzusichern, werden alle Einzelheiten dem Konsul des Flussgebiets Río de la Plata überlassen. Mit Sicherheit kann einzig und allein gesagt werden, dass sie vor Ende des Jahres ankommen muss, andernfalls müsste Spanien Großbritannien ohne sie den Krieg erklären, oder wird selbst von Frankreich besetzt. Der Vertrag lässt nur diese drei Möglichkeiten zu. Dies sind die Daten, die ich habe, vollumfänglich. Verabschieden wir uns nun voneinander und gehen getrennter Wege zurück zur Feier.«

»Wie viele Schiffe gehören zur Schatzflotte und wie viele davon sind Kriegsschiffe?«

»Wie ich bereits sagte, Mr Blake, niemand in Europa weiß mehr, als ich Ihnen schon mitgeteilt habe. Das ist alles. Und nun muss ich gehen.«

Der Botschafter streckte die Hand aus. Grey schüttelte sie und schob diskret den Scheck von seiner Handinnenfläche in die des Spaniers.

Basco y Anda ging bereits zum Saal zurück und wieder

nach drinnen, von wo Grey Unterhaltungen und Gelächter vernahm. Grey war schmerzlich versucht, ihm zu folgen … Jetzt, wo er mit Ries bekannt war und ein paar Worte mit Haydn gewechselt hatte, hätte er nun ja vielleicht die Chance, mit einem der großen Männer zu sprechen, bevor der Abend vorbei war. Doch er wusste, dass die Neuigkeiten, die er erhalten hatte, nicht warten konnten, keine Stunde. Keine Minute. In nicht mehr als sechs Monaten wäre Großbritannien mit einem der reichsten und mächtigsten Reiche der Welt im Krieg. Doch jetzt, genau in diesem Moment, war es Großbritannien, das die Initiative ergreifen konnte. Und es galt, keinen Augenblick zu verlieren.

Schnellen Schrittes ging Grey am Rande des Festes entlang und trat dann hinaus auf die Straßen Wiens.

2

Zwei Wochen später und zurück in London saß Grey in seinem Büro im Alten Admiralitätsgebäude in Whitehall, dem Hauptquartier des britischen Marinegeheimdienstes. Nachdem er, seiner Meinung nach, einen angebrachten Zeitraum damit zugebracht hatte, durch die liegen gebliebene Korrespondenz eines Monats zu waten, hatte er sich – zusammen mit einem Stück Hartkäse und einer dünnen Scheibe Brot – neuen und detaillierten Zeichnungen des Hauptgesimses des Parthenons zugewandt, die von Englands Botschafter bei der Hohen Pforte, Lord Elgin, neu veröffentlicht worden waren. Sie waren außergewöhnlich. Wunderschön. Plastiken von der Komplexität und Natürlichkeit eines Renaissancegemäldes, allerdings zweitausend Jahre älter. Sie mit eigenen Augen zu sehen, stellte sich Grey vor, hätte wohl dieselbe erschütternde Macht wie die *Symphonie Bonaparte*, die ihm nicht aus dem Kopf gehen wollte.

»Schon beim Mittagessen?«

Grey sah auf. Geraume Zeit wartete er schon auf einen Boten, der ihn in Sir Edward Banks' Büro bestellen würde, doch in seiner offenen Tür stand stattdessen sein

Kollege George Fairbanks, einer der Männer, mit dem sich Grey einen Sekretär teilte.

»Eher Frühstück, würde ich sagen«, erwiderte Grey. »Wie spät ist es denn?«

»Wo ist denn Ihre Breguet?«, fragte Fairbanks und zog seine Taschenuhr unter der Weste hervor.

»Die Feder wird gerade neu aufgezogen«, antwortete Grey.

»Halb zwei. Da Sie ja aber erst beim Frühstück sind, kann ich Sie ja vielleicht zum Mittagessen in meinen Club einladen?«

»Ich weiß nicht genau, wann ich hier fertig sein werde«, gab Grey zu bedenken.

»Ich auch nicht«, antwortete Fairbanks. »Da Sie ja aber erst beim Frühstück sind, darf ich Sie vielleicht später zum Essen in meinen Club einladen und wir nennen es Lunch? Falls Sie vor mir ankommen, lassen Sie sich einen Drink für mich geben.«

»Wie Sie möchten«, sagte Grey. »Ich danke Ihnen.«

»Sind Sie heute Morgen erst vom Kontinent zurückgekommen?«

Grey nickte. »Und wo kommen Sie her, um halb zwei?«

»Lord's«, antwortete Fairbanks.

»Vom Spielen oder Zusehen?«

»Sie sind mir einer, Grey. Spielen, natürlich. Alte Alumni der Harrow School.«

»Mit Cricket hab ich es nicht so«, erklärte Grey. »Und, waren Sie *happy* und *glorious*?«

»Ich weiß nicht. Vermutlich spielen sie immer noch.

Aber vor ein paar Stunden tauchte ein junger Bursche des Geheimdienstes beim Spielfeld auf und richtete mir aus, dass mich Sir Edward auf ein Wort sprechen wolle. Glücklicherweise konnten die Jungs Ersatz für mich finden – obwohl es so gut wie unmöglich sein dürfte, einen echten Ersatz zu finden, fürchte ich« – Grey schmunzelte – »zum Zeitpunkt meines Aufbruchs hatten wir jedoch bereits leider viel mehr Schläge einstecken müssen, als dass wir selbst getroffen hätten.«

Grey lachte.

»Haben Sie ihn schon gesehen? Sir Edward.«

Fairbanks nickte. »Allerdings hat er mich angewiesen, noch zu warten.«

»Verzeihung, die Herren«, sagte da ein junger Angestellter von Sir Edward, der hinter George Fairbanks stand und angesichts der Tatsache, dass er ihre Unterhaltung unterbrach, peinlich berührt dreinblickte. »Mr Grey, Sir Edward fragt sich, ob er Sie wohl auf ein Wort sprechen könnte.«

»Danke Ihnen, Blakeney«, antwortete Grey und stand auf. »Wenn Sie mich bitte entschuldigen würden, George.«

»Dann bis um fünf«, erwiderte Fairbanks.

Als Grey Sir Edward Banks' Vorzimmer betrat, grüßte er im Vorbeigehen nacheinander die zwei diensthabenden Sekretäre mit einem Nicken und steuerte auf die Ebenholztür zu, dem Fort zu Sir Edwards Allerheiligstem.

»Bitte gehen Sie direkt hinein«, wies der zweite Sekretär ihn an.

»Danke«, antwortete Grey. Er öffnete die Tür und betrat das Büro seines Vorgesetzten, ging zu dessen Schreibtisch und wartete dann schweigend darauf, dass Sir Edward von seiner Arbeit aufblicken würde.

Nach ungefähr zwanzig Sekunden tat er das auch. »Grey«, sagte er. »Bitte setzen Sie sich.«

Grey nahm in einem der zwei gut gepolsterten Ohrensessel vor Sir Edwards Schreibtisch Platz.

»Bevor ich zur Sache komme, muss ich fragen: Wie war das Konzert?«

»Furios«, antwortete Grey. »Ich fürchte, dass ich nicht genug von Musik verstehe, um viel mehr dazu zu sagen.«

Sir Edward nickte nachdenklich. »Jedenfalls – nun komme ich zum Punkt: Die Angelegenheit mit Spanien ist ungeheuerlich, allerdings bin ich gezwungen, Sie zu enttäuschen und Ihnen mitzuteilen, dass ich Sie nicht nach Südamerika schicken werde.«

Grey lehnte sich leicht nach vorne, seine Schultermuskeln spannten sich an. »Sir?«

»Ich werde Fairbanks schicken.«

Sir Edward hatte sich ebenfalls nach vorne gelehnt und stopfte jetzt seine Pfeife. Die Verzögerung gab Grey die Gelegenheit, sich drei oder vier Dutzend gute Gründe einfallen zu lassen, deretwegen er den Auftrag nicht verlieren dürfe. Obwohl man fairerweise festhalten musste, dass es nie seiner gewesen war.

»Fairbanks ist ein guter Mann«, sagte Grey, als das Schweigen über dem Stopfen der Pfeife unerträglich wurde.

»Ja«, erwiderte Sir Edward, entzündete erst ein Streichholz und dann den Tabak. Er nahm ein paar kräftige Züge, um die Glut anzufachen, dann wedelte er das Streichholz aus und wandte sich wieder Grey zu. »Dass er ein guter Mann ist, ist allerdings nicht der Grund, warum ich ihn mit dem Auftrag der Schatzflotte betraue. Vielmehr übergebe ich diesen an ihn, weil ich Sie derzeit nicht guten Gewissens in den Südatlantik schicken kann. In den letzten anderthalb Jahren haben Sie nach Iberien und Frankreich übergesetzt, sind ins Raj und wieder zurückgereist, dann nach Frankfurt, Frankreich und nun Wien. Sie sind mindestens zwei Mal ernsthaft verwundet worden – soll heißen, Sie haben Verletzungen erlitten, an denen Sie hätten sterben können –, und ich kann nicht einmal sagen, wie viele leichtere Verwundungen Sie außerdem noch hatten. Ich habe nicht vor, Sie zu verschleißen, Grey. Sie wie eine Kanone einzusetzen, die zu oft zu schnell abgefeuert wird und dann explodiert. Und dabei sich selbst und andere zerstört.«

»Sir«, warf Grey ein, »ich versichere Ihnen, dass ich die Arbeit dem Nichtstun um einiges vorziehe. Falls Sie sich um meine Gesundheit oder meine Ausdauer sorgen, was den Auftrag angeht – dazu kann ich nur sagen, dass diese sehr viel besser durch Aktivität erhalten bleiben als durch Passivität.«

Sir Edward nickte. »Wenn Sie das nicht so sehen würden, Tom, wären Sie von keinerlei Nutzen für mich.« Er lächelte milde. »Allerdings sind Sie in der Angelegenheit unfähig, ein vernünftiges Urteil zu fällen. Fairbanks hat an der San-Ildefonso-Sache in Spanien gearbeitet; er ist bestens dafür gerüstet, die Arbeit daran wieder aufzunehmen. Ab dem heutigen Tag sind Sie für sechs Monate freigestellt.«

»Sir, bei allem Respekt-«

»Das wäre dann alles, Grey. Ich habe zu arbeiten. Sprechen Sie mit Willys und lassen Sie sich einen Gehaltsvorschuss vom Zahlmeister ausbezahlen. Wir sprechen uns dann im neuen Jahr wieder.«

Grey stand auf. Sir Edward fuhr bereits mit der Lektüre irgendeiner Mitteilung fort. Leise und mit aufsteigendem Ärger verließ Grey den Raum.

Nachdem er die Ebenholztür hinter sich geschlossen hatte, wandte er sich nach rechts und ging schnurstracks durch die offene Tür von Aaron Willys' Büro.

»Aaron, dürfte ich bitte erfahren, was in aller Welt hier los ist? Sie haben mir zu verstehen gegeben – und wie ich finde, sehr deutlich –, dass ich diese Angelegenheit bis zum Ende verfolgen sollte. Ansonsten hätte ich die Aufgabe in Wien abgelehnt und wäre einer persönlichen Verpflichtung von größter Wichtigkeit in St. Petersburg nachgekommen. Ich glaube, dass das Wort ›Pflicht‹ gefallen ist. Allerdings auf eine recht schäbige Weise, würde ich sagen, wenn es nur dazu gedient hat, mich auf Armeslänge zu halten und wie einen Botenjungen zu benutzen.«

Willys saß hinter seinem Pult und schrieb etwas.

»Setzen Sie sich, Tom, und hören Sie mit dem Geschimpfe auf. Was für ein Unsinn.«

Er legte den Stift zur Seite und schüttelte den Kopf.

»Lassen Sie mich damit beginnen, Sie daran zu erinnern, dass das hier kein Gesellschaftsclub ist, wo man sich die Einladungen, die man annimmt oder ablehnt, frei aussucht. Dann lassen Sie mich hinzufügen – Tom –, dass ich Sie trotz unserer langen und engen Verbindung um ein Duell bitten werde, sollten Sie mir jemals wieder Unehrlichkeit unterstellen.«

Es folgte ein Moment des Schweigens. Willys Gesicht schien versteinert. Grey war hin- und hergerissen zwischen Ärger und Zerknirschung. Die Zerknirschung siegte.

»Ich entschuldige mich, Aaron. Vorbehaltslos. Sie sind der letzte Mann, den ich je der Lüge bezichtigen würde.« Grey meinte das vollkommen aufrichtig, und Willys wusste das.

»Nun, dann vergessen wir das wieder. Ich verstehe, warum Sie wütend sind, Tom. Als ich Sie für den Hispano-Froschfresser-Vertrag ausgewählt habe, nahm ich an, wie ich fürchte, dass sich die Einzelheiten im Falle einer Kriegserklärung auf Truppeneinsätze oder Hafenabkommen beziehen würden, oder etwas von solcher Natur. Das Szenario, von dem ich ausgegangen bin, hat keine Reise in die entlegenen Winkel des spanischen Reichs vorgesehen.«

»Sie tun ja gerade so, als ob eine Reise in das Vizekönigreich des Río de la Plata ein Ausflug ins Innere von Sumatra wäre. Montevideo ist doch einer der reichsten Häfen der Welt.«

»Montevideos Reichtum ist allerdings nicht materieller Natur, Tom-«

»Sehr witzig-«

»Als Sie heute Morgen den Bericht zu Bosco abgegeben haben, hat mich Sir Edward nicht nach meiner Meinung zu Ihrer Reiseverfassung gefragt. Er sagte mir nur, dass er nicht wünsche, Sie so bald wieder derartig weit wegzuschicken, und wollte wissen, ob es Fairbanks oder Macaulay war, der die Identität von Godoys korruptem Sekretär herausgefunden hatte. Fairbanks, sagte ich ihm. Damit hatte sich die Angelegenheit. Und wenn es von dem Treffen mit dem spanischen Botschafter sonst nichts mehr gibt, an das Sie sich erinnern, muss ich nun weitermachen. Schauen Sie beim Zahlmeister vorbei, bevor Sie gehen. Informieren Sie mich, falls Sie vorhaben, das Land zu verlassen. Und seien Sie, sagen wir mal, am 1. Februar des nächsten Jahres wieder hier.«

»Nun gut, Aaron«, erwiderte Grey und stand auf. »Soll ich für ein paar Tage bei Buttle's einkehren, damit ich leicht aufzutreiben bin, falls Sie oder Sir Edward einsehen, einen schrecklichen Fehler begangen zu haben?«

»Das wird nicht nötig sein, Tom. Fahren Sie nach Hause. Gehen Sie schwimmen, jagen, lesen Sie – spazieren Sie eine Runde mit Fred. Und richten Sie Mrs Hubble und Canfield meine besten Grüße aus.«

Grey nickte, sah ein, dass es nichts weiter zu sagen gab, und verabschiedete sich: »Nun dann, machen Sie's gut.«

Er stand auf. Willys erwiderte sein Kopfnicken und sagte: »Sie auch, Tom.«

Grey verließ das Büro, ging an den Sekretären vorbei und als er endlich allein im Flur war, stieß er eine sehr unflätige Obszönität aus, die an niemanden im Besonderen gerichtet war.

Fairbanks' Club unterschied sich ziemlich von Greys. Er hieß Spears und befand sich in der Nähe des Cricketfelds von Lord's. Wo Buttle's oder White's Räume für Karten- und Brettspiele hatten, hatte Spears Tennisfelder, Boxringe und eine Fechthalle. Außerdem gab es eine kleine Arena für Rattenbeißen, die angeblich schon lange nicht mehr in Benutzung war, was Grey allerdings nicht ganz glauben mochte. Nachdem er bei Buttle's vorbeigegangen war, um anzuweisen, dass seine persönlichen Gegenstände in sein Zuhause nach Sheerness transportiert werden sollten, gönnte sich Grey einen langen, ziellosen Spaziergang, holte seine Breguet ab und kam schließlich ein paar Minuten vor fünf bei Spears an. Fairbanks war bereits im Salon und trank einen Sherry, während er ein paar Papiere überflog.

Ein Page führte Grey hinüber, der kündigte sich jedoch selbst mit den Worten an: »Falls das eine Einladung basierend auf Schuldgefühlen war, George, müssen Sie sich keine Sorgen machen. Die Angelegenheit war schon zu Beginn Ihre, und ich bin froh, ein Konzert dabei herausgeholt zu haben.«

»Nun ja, jetzt können Sie sogar ein Konzert und noch eine Mahlzeit herausholen, was? Sollen wir reingehen?«

»Um ehrlich zu sein, lieber nicht – ich mache mich heute Abend noch auf den Heimweg nach Kent, nachdem ich ein paar Monate lang weg war, und meine Haushälterin wird darauf bestehen, mich ähnlich einem Tierpräparator vollzustopfen. Ein Drink würde mich allerdings perfekt darauf vorbereiten.«

»Sicher doch, Tom. Was nehmen Sie? Dieser Sherry hier ist sehr gut.«

Grey schüttelte den Kopf. »Portwein. Einen goldbraunen. Vielleicht haben Sie ja die besorgniserregende Tendenz zu rötlichen Portweinen in letzter Zeit auch mitbekommen?«

Fairbanks lächelte und winkte den Sommelier zu ihnen herüber, bestellte Greys Portwein und noch einen Sherry für sich selbst.

»Waren Sie schon einmal länger in Südamerika?«, erkundigte sich Fairbanks, während Grey von dem Portwein kostete und anerkennend nickte.

»Nein, bloß für ein paar Wochen auf einer Reise um das Kap.«

»Der Guten Hoffnung?«

»Ja«, bestätigte Grey. »Um Kap Horn bin ich, glaube ich, erst einmal herumgefahren, ziemlich früh nach meinem Eintritt in den diplomatischen Dienst.« Der diplomatische Dienst war die öffentliche Fassade für die Profession von Sir Edwards Männern.

»Haben Sie viel Zeit dort verbracht? Paulette hatte sich lange gewünscht, das Landesinnere von Brasilien zu besuchen. Sie wollte unbedingt ein Faultier haben.« Paulette war Greys verstorbene Ehefrau und seinen Gedanken nie lange fern.

»Was in aller Welt ist denn ein Faultier?«

»Das ist ein … nun ja, ich weiß es nicht genau. So wie ich es verstanden habe, ist es ein Wesen irgendwo zwischen einem Bären und einem Affen, das kopfüber in Bäumen hängt und sich nur sehr langsam fortbewegt. Falls Sie zufällig eines sehen sollten, erzählen Sie mir in einem Brief davon.«

»Sicher doch. Wobei ich nicht davon ausgehe, sehr weit ins Landesinnere vorzudringen.«

»Stimmt«, bestätigte Grey und trank seinen Portwein aus.

»Nun, Tom, da wir ja nichts mehr zusammen essen werden – wie wäre es da stattdessen mit einer Partie Jeu de Paume?«

Grey hatte schon so etwas in der Art befürchtet. Neben anderen exzentrischen Anflügen war Fairbanks ein unbändiger Sportsmann und drängte diese lästige Vorliebe gerne seinen Freunden und Kollegen auf.

»Jeu de Paume?«, erwiderte Grey. »Wäre es da nicht weniger anstrengend, wenn wir uns in einem der Ringe zu blutigem Brei schlügen?«

»Kommen Sie schon, Mann. Waren Sie nicht gerade erst auf einer gemütlichen Kutschreise über den Kontinent? Und mit der Aussicht, von Ihrer Haushälterin gemästet zu werden, hätte ich angenommen, dass Sie vielleicht vermeiden wollen, fett zu werden.«

Grey grinste hämisch.

»Nun gut«, gab er nach. »Sie werden mir allerdings die Einzelheiten der eselhaften Regeln dieses eselhaften Spiels nochmals in Erinnerung rufen müssen.«

»Ausgezeichnet!«, rief Fairbanks. »Ich werde einen Steward schicken, der Ihnen ein Paar passende Schuhe heraussuchen und sie Ihnen in den Umkleideraum stellen wird.«

»Ich werde mich nicht umziehen, George.«

»Damit habe ich auch nicht gerechnet, Thomas. Reduzieren Sie einfach die Anzahl Ihrer Kleidungsstücke ein wenig, das wird ausreichen.«

Grey verdrehte die Augen.

»In Stiefeln sollten Sie allerdings nicht spielen. Sie werden sich daran erinnern, dass man die Füße ziemlich flink bewegen muss. Wie beim Fechten.«

»Ich fechte in Stiefeln«, gab Grey zurück.

»Dann erklärt das vielleicht, wieso Sie immer so viele Stichwunden abbekommen«, entgegnete Fairbanks.

Trotz allem musste Grey lachen.

Zehn Minuten später stand Grey, in weichen, niedrig geschnittenen Schuhen und ohne seine Jacke und Weste, mit Fairbanks in der Mitte eines der für Jeu de Paume vorgesehenen Ballhäuser von Spears.

»An welche Details des Spiels erinnern Sie sich denn *überhaupt* noch?«, fragte Fairbanks.

»Daran, dass ich es nicht sonderlich gemocht habe«, gab Grey zurück. »Sonst an recht wenig.«

»Nun gut – wobei Ihnen bestimmt einiges wieder einfallen wird. Das hier«, begann er und deutete auf die Spielfeldseite zu seiner Linken, »ist die Aufschlagseite. Und das hier« – er zeigte auf seine Rechte – »die Annahmeseite.

Die flache Wand hinter mir repräsentiert das, was die Seite einer französischen Kathedrale gewesen wäre. Und der auf der hinteren Hälfte schräg herausragende Teil der Annahmeseite heißt *tambour*; der ist mehr oder weniger nur da, um zu verdeutlichen, dass sich an den Seiten von Kathedralen Pfeiler und derlei Dinge befinden. Wie Sie sehen, soll das Spielfeld einen kleinen Marktplatz vor einer Kirche repräsentieren, wo die Leute früher mit den Händen Ball gespielt haben – die abschüssigen »Dächer« auf halber Höhe der anderen drei Wände repräsentieren die geneigten Dächer von Markständen. Sie werden Galerien genannt. Gegenüber der Kathedralwand liegt die Seitengalerie. Dort unten an der Aufschlagseite befindet sich die *dedans*-Quergalerie und auf der Annahmeseite gegenüber eine weitere, die *grille*-Quergalerie. Das kleine Fenster rechts in der Wand der Annahmeseite, unter der Quergalerie, heißt *grille*, es repräsentiert das Schaufenster eines Ladens. Wenn Sie von der entgegengesetzten Seite aus mit dem Ball dort hineintreffen, machen Sie Punkte. Nach demselben Prinzip gibt es das große Fenster unter der *dedans*-Quergalerie, das *dedans* heißt, und wenn Sie mit dem Ball dort hineintreffen, erzielen Sie ebenfalls Punkte. Sie können aber auch einen Punkt von der Aufschlagseite aus erzielen, indem Sie den Ball in die Öffnung der am weitesten entfernten »Ladenschaufenster« unter der Seitengalerie schießen; die heißt auch »Siegesöffnung«. Wenn Sie mit dem Ball in irgendeine der anderen Öffnungen treffen, gibt das keinen Punkt, sondern zieht eine Schasse nach sich. Darauf komme ich gleich noch mal zurück.«

»Sollten Sie nicht eigentlich zu Hause sein und für den Südatlantik packen?«, fragte Grey.

»Die Sloop, die sie ausrüsten, wird nicht vor kommendem Montag bereit sein«, erwiderte Fairbanks.

»Es gibt also kein anderes Schiff, das bereitsteht?«

»Keines, das so schnell wäre; die Zeit, die wir dadurch gewännen, verlöre man unweigerlich auf hoher See wieder. Nun versuchen Sie aufzupassen: Das Spiel beginnt, wenn der Mann auf der Aufschlagseite den Ball auf die Seitengalerie schlägt; der muss dann in dem großen markierten Rechteck auf dem Boden dort links auf der Annahmeseite landen. Das ist das Aufschlagfeld. Wenn Sie es nicht treffen, ist das ein Fehler; zwei Fehler, und der Punkt geht an den annehmenden Spieler. Nachdem der angebende Spieler aufgeschlagen hat, ist das der Beginn des Schlags, während dessen der Ball im Flug ist. Wenn der Ball das in der Mitte befindliche Netz trifft, bedeutet das einen verlorenen Punkt für den Mann, der ins Netz geschossen hat. Wenn er zwei Mal auf der Seite des annehmenden Spielers aufkommt, oder einmal dort und einmal in dem Bereich direkt rechts neben dem Annahmefeld, gibt das einen Punkt für den angebenden Spieler. Wenn er zwei Mal an jeder anderen Stelle des Spielfelds aufkommt, auf jeweils einer oder auf beiden Seiten, ist das eine Schasse.«

»Bei aller Liebe, Mann-«, unterbrach ihn Grey.

»Wir nähern uns dem Ende«, erwiderte Fairbanks. »Jeder Punkt zählt fünfzehn-«

»Fünfzehn was?«

»-und man fängt bei der Null an zu zählen, die traditionell *l'oeuf* genannt wird. Dann fünfzehn, dreißig, fünfundvierzig, sechzig. Bei sechzig ist Schluss; fünfundvierzig wird der Einfachheit halber meistens vierzig genannt.«

»Aber ja doch«, bemerkte Grey. »Das ist eindeutig ein Spiel, das Wert auf Einfachheit legt.«

»Wenn der Punktestand vierzig erreicht hat und eine Schasse verursacht wurde, oder wann immer es zwei Öffnungs-Schassen gab – also Versuche, den Ball in die Siegesöffnung zu spielen –, werden diese Schassen gespielt. Das sind reguläre Schläge, außer der Ball kommt zwei Mal auf einer Seite auf oder landet in einer Öffnung der Galerien, dann wird er mit der ursprünglichen Schasse-Stelle verglichen. Wenn die dann näher an einer der feldbegrenzenden hinteren Querwände liegt als die ursprüngliche Schasse, gewinnt der Mann den Punkt, der geschlagen hat; wenn nicht, dann sein Gegner. Ist das klar?«

»Ja«, antwortete Grey. »Wobei ich die Aussage wage, dass ich die Franzosen nie mehr gehasst habe als in diesem Augenblick.«

»Würden Sie gerne den Aufschlag machen oder sollen wir eine Münze werfen?«

»Eine Münze werfen.«

»Ich nehme Kopf, Sie nehmen Zahl. Dann los.«

Fairbanks legte sich die Münze auf den Handrücken und warf sie in die Luft, um dann mit der Zahl nach oben zu landen.

»Sie schlagen also auf«, stellte Fairbanks fest und stieg über das Netz auf die Annahmeseite. »Sobald Sie bereit sind.«

»Muss ich jetzt *en garde* oder so etwas in der Art rufen?«

»*Tenez*«, antwortete Fairbanks, wobei er es wie ein Engländer aussprach.

»*Tenez*«, wiederholte Grey und schlug den Ball. Er prallte von der Seitengalerie ab, allerdings ein bisschen zu fest, und verfehlte das Annahmefeld.

»Fehler«, rief Fairbanks. »Noch mal.«

Grey schlug erneut auf, diesmal allerdings mit weniger Kraft. Der Ball flog in einem weiten Bogen an der Galerie entlang und landete vor Fairbanks, der ihn hart zurückspielte und dabei auf das *dedans* zielte, den Ball stattdessen aber auf die *dedans*-Quergalerie spielte. Grey wartete darauf, dass er herunterrollte und einmal aufsprang, dann schoss er ihn auf die *grille* zu. Stattdessen traf der Ball aber auf den *tambour* und kam parallel zum Netz auf das Spielfeld zurückgeschossen. Ohne darauf zu warten, dass der Ball den Boden berührte, schmetterte Fairbanks ihn auf das *dedans* zu. Und traf hinein.

»Fünfzehn-*l'oeuf*«, verkündete Fairbanks, holte einen neuen Ball aus der Öffnung in der Galerie und warf ihn Grey zu.

»*Tenez*«, sagte Grey und schlug den Ball auf die Seitengalerie; er prallte ab und kam am hinteren Rand des Annahmefeldes auf. Fairbanks rannte dorthin, um ihn anzunehmen, schlug ihn mit voller Wucht von der Seitenwand – der »Kathedralwand« – weg und über das Netz. Grey spielte ihn noch im Flug zurück, zielte auf die Siegesöffnung, nur um sie um ein paar Fuß zu verfehlen.

»Öffnungs-Schasse«, rief Fairbanks und holte einen weiteren Ball. »Immer noch fünfzehn-*l'oeuf*.«

»*Tenez*«, rief Grey. Eine weitere gute Angabe, auf die sich Fairbanks diesmal aber vorbereitet hatte. Er ließ den Ball auf das *dedans* zusegeln; Grey spielte den Ball im Flug zurück, zielte auf die *grille*, traf stattdessen aber ins Netz.

»Dreißig-*l'oeuf*«, sagte Fairbanks und stupste den Ball im Netz an, sodass er zu Grey hinüberrollte.

»Können wir nicht einfach ›zwei-null‹ sagen?«, fragte Grey.

»Sicher doch«, gab Fairbanks zurück, »wenn Sie eine tausend Jahre alte Tradition zunichtemachen wollen. Vielleicht sollten wir auch gleich noch die Jakobinischen Standards für Gewichte und Maßeinheiten übernehmen. Wobei Sie in diesem Fall nun gerne von der Zwei-›Meter‹-Linie aus angeben dürfen.«

Grey schüttelte den Kopf.

»*Tenez*«, rief er. Ein weiterer guter Aufschlag und ein erneuter Rückschlag auf das *dedans*, den Grey diesmal über das Netz zurückgab und mit einem Aufprall in die *grille*-Öffnung beförderte.

»Sehr schöner Schlag«, lobte Fairbanks und holte einen neuen Ball. »Fünfzehn-dreißig.«

»*Tenez*«, sagte Grey. Ein beherzter Schlag im Segelflug endete damit, dass Grey die Siegesöffnung erneut um ein paar Fuß verfehlte.

»Zweite Öffnungs-Schasse. Da wir jetzt bei zwei sind, spielen wir die Schassen aus, was bedeutet, dass wir die Seiten tauschen.«

»Natürlich«, spöttelte Grey.

»Widerstehen Sie dem Impuls, über das Netz zu springen«, warnte Fairbanks. »Der gleicht dem Ruf der Sirenen.«

Grey lachte.

»Behalten Sie in Erinnerung«, mahnte Fairbanks, »dass Sie die Punkte aus der Schasse auf normale Art und Weise gewinnen können, oder indem Sie den Ball zwei Mal aufkommen lassen, oder indem Sie ihn in einer Öffnung versenken, die weiter vom Netz weg ist als die Stelle, an der die Schasse markiert wurde. Diesmal sind ja beide Ihrer Schläge in der Öffnung direkt neben der Siegesöffnung gelandet. Die zweite Öffnung auf der Annahmeseite und die zweite Öffnung auf der Aufschlagseite sind gleichwertig. *Tenez.*«

Grey nahm Fairbanks Aufschlag an, traf die hintere Wand, wo der Ball abprallte und, einmal auf dem Boden aufkommend, erneut auf das Netz zusprang. Fairbanks ließ ihn springen; zwei Mal, und damit hatte er den ersten Schasse-Punkt gewonnen, wobei der Ball an der »Tür« markiert wurde, zwischen den ersten und den zweiten Öffnungen auf der Aufschlagseite.

»Damit sind wir bei vierzig, mein Lieber«, stellte Fairbanks fest. »Die zweite Schasse entscheidet das Spiel. *Tenez.*«

Er schlug auf, Grey nahm hart an und versenkte den Ball direkt im *dedans*.

»Toller Schlag, Grey. Dreißig-vierzig. *Tenez.*«

Fairbanks gab an, Grey retournierte, Fairbanks schlug

den Ball in weitem Bogen auf die Siegesöffnung zu, verfehlte sie aber um Längen und der Ball prallte von der Wand des Annahmefelds ab. Grey spielte den Ball direkt, nachdem er von der Seitenwand abgeprallt war, Fairbanks zielte mit seinem Rückschlag erneut direkt auf die Siegesöffnung, und diesmal verfehlte er sie nicht.

»Das Spiel ist zu Ende«, verkündete Fairbanks. »Aber gut gespielt, Grey. Sehr gut tatsächlich, für einen Novizen ohne Tonsur.«

»Nun ja, ich hoffe, Sie sind zufrieden, George«, meinte Grey. »Das wird mir eine Lehre sein, nie mehr eine Mahlzeit auszuschlagen.«

Fairbanks lachte. »Ja, in der Tat. Aber das war erst der erste Satz; insgesamt spielen wir fünf.«

Grey warf mit einem Ball auf Kopfhöhe nach Fairbanks. Der drehte sich weg und lachte erneut, als Grey laut seufzte und melodramatisch hoch an die Decke und in den Himmel jenseits davon blickte.

Etwa eine Stunde später war Grey gerade im Umkleideraum des Clubs, hatte ein sauberes Hemd von Fairbanks akzeptiert und zog sich seine Stiefel wieder an. Fairbanks schwadronierte gerade über die Überlegenheit von Ballspielen mit Schlägern im Gegensatz zu denen, die mit bloßen Händen gespielt wurden, als zwei Herren eintraten und anfingen, sich ihrer Fechtkleidung zu entledigen: schwere, im Rücken geschnürte Lederjacken und schwere Lederhandschuhe von der Art, wie sie Männer der Kavallerie trugen. Sie unterhielten sich gerade über die Neuigkeiten vom Kontinent. Das Thema in aller Munde war immer noch die Erschießung des Herzogs von Enghien im Auftrag Napoleons. Der Anführer der französischen Loyalisten war gestorben, damit unerlässliche Informationen, wie man Bonapartes Tyrannei ein Ende setzen konnte, sicher aus Frankreich herausgeschafft werden konnten. Er hatte Greys Flucht vom Château de Vincennes vertuscht und war dabei gefangen genommen und umgebracht worden.

»Sicher, ich stimme dem zu«, sagte einer der sich entkleidenden Fechter gerade, während sie ihre Unterhaltung über den Tod des Herzogs weiterspannen, »dass kein Mann ohne Gerichtsverfahren von seiner Regierung hingerichtet werden sollte, aber ich kann mich einfach nicht dazu überwinden, auch nur eine Träne über irgendein Mitglied der Froschfresser-Aristokratie zu vergießen. Zweifelsohne war dieser Enghien ein fauler, überfressener Päderast, genau wie alle anderen.«

Grey stand auf und fuhr mit schneidender Stimme dazwischen: »Sir, Sie werden mir verzeihen, dass ich mich in eine private Unterhaltung einmische, aber Sie verleumden gerade einen Gentleman der ersten Klasse und, Zeit seines Lebens, einen besonderen Freund von mir. Ich bürge dafür, Sir, dass er ein Mann war, dessen Mut und Güte jenseits aller Fragwürdigkeit lagen.«

»Sie verbürgen sich also für ihn, was?«, gab der Mann zurück und warf seine Fechthandschuhe auf eine lederbezogene Bank. »Und wer sind Sie, Sir?«

»Grey, Sir.«

»Ein Mitglied also, ja, Grey?«

Nun stand auch Fairbanks auf. »Er ist mein Gast, Sir.«

»Nun gut – Fairbanks, nicht wahr?«, entgegnete der Fechter, ein großer Mann, weit über eins achtzig. »Dann schlage ich vor, dass Sie Ihren Gast vom Gelände geleiten, bevor ich gezwungen bin, einen Rattenfänger zu rufen.«

In einer einzigen fließenden Bewegung nahm Fairbanks einen der abgelegten Handschuhe und schlug ihn dem Mann, wie bei einem Rückhandschlag im Jeu de Paume, ins Gesicht. Fairbanks war zwar etwas kleiner als Grey, jedoch sehr stark, sodass der schwere Lederhandschuh den Fechter, der die Beleidigung ausgesprochen hatte, beinahe umhaute. Er stolperte rückwärts, wurde dann aber von seinem Fechtpartner aufgefangen und gestützt. Fairbanks schleuderte den Handschuh zwischen ihnen zu Boden.

»Ich erwarte Ihre Antwort«, zischte er. Dann wandte er dem Mann den Rücken zu und ging wieder zu Grey.

»Das weiß ich sehr zu schätzen, George, doch das war mein Streit.«

»Unsinn«, erwiderte Fairbanks. »Sie sind mein Gast, der Streit war also meiner. Aber vielleicht treten Sie ja als mein Sekundant an?«

Der geschlagene Fechter hob den Handschuh auf und schlug sich damit wutentbrannt auf den Oberschenkel.

»Aber natürlich«, antwortete Grey.

3

Als verletzte Partei durfte der Fechter, der die Beleidigung ausgesprochen hatte – Baron Gresham, wie sich herausstellte – die Waffe auswählen. Als Fechter mit wenig Fantasie entschied er sich für *épées de combat*. Als herausgeforderte Partei wählte Fairbanks den Ort: die Fechthalle in Spears, dies jedoch nicht nur aus Bequemlichkeit, sondern auch, weil dort – in einem Privatclub – keine Gefahr drohte, des Mordes angeklagt zu werden, falls einer der beiden Männer die ultimative Niederlage erleiden sollte.

Grey und Greshams Sekundant, ein kleiner, blonder Mann namens Talbot, einigten sich darauf, dass das Aufeinandertreffen früh am nächsten Morgen stattfinden würde, wenn der Club größtenteils noch schlummerte. Sich auf die Regeln zu verständigen, war einfach: Da die anfängliche Beleidigung ein Schlag gewesen war, stand eine Entschuldigung gar nicht zur Debatte. Was dies betraf, war der Duell-Kodex – trotz irischer Herkunft in England weit verbreitet und eingehalten – eindeutig:

Regel V. Da Schläge unter Herren unter allen Umständen strengstens verboten sind, kann auf solch eine Beleidigung keine mündliche Entschuldigung erfolgen ... Wenn Degen benutzt werden, verschreiben sich die Duellanten dem Kampf, bis einer von beiden stark blutet, verstümmelt oder entwaffnet wurde, oder bis der Angreifer, nachdem er blutig verwundet wurde, um Verzeihung bittet.

Nachdem die Florette gegeneinander abgemessen und für gleich befunden worden waren, standen sich die Duellanten Florettspitze an Florettspitze gegenüber. Fairbanks hatte Jacke und Weste ausgezogen, Gresham einzig seinen Hut. Grey fragte beide Männer, ob sie bereit wären, erhielt jeweils ein selbstbewusstes Nicken und gesellte sich zu Talbot, der ungefähr zehn Yards entfernt neben der Tür stand. Die Fechthalle hatte mehr oder weniger dieselbe Größe und Form wie das Ballhaus, allerdings ohne seltsam hervorstehende Elemente, sondern beherbergte lediglich (ziemlich auf Hochglanz polierte) Holzwände und den gefliesten Steinboden. Grey sah Talbot an, dieser nickte.

»Aufgepasst«, sagte Grey zu den Duellanten, und dann: »Beginnen Sie.«

Die meisten Agenten des Geheimdienstes Seiner Majestät waren vom Offizierskorps der Königlichen Marine abgestellt worden; andere waren Soldaten, einige Marineoffiziere. Sir Edward hatte Fairbanks kurz nach seiner Beförderung vom Seekadetten zum Leutnant rekrutiert. Durch das jahrelange Geklettere in der Takelage war er in extrem guter Form. Gresham hingegen weniger, außerdem war er nahezu zwanzig Jahre älter, Ende vierzig also. Doch er war auch ein Soldat und hatte jahrelang im amerikanischen Krieg gedient, wo er zum Rang eines Majors aufgestiegen war. Fairbanks hatte bei verschiedenen Gelegenheiten mit Floretten und Säbeln gekämpft – allerdings nur bei Enteraktionen, in gelegentlichen Duellen und wenn seine Geheimdienstarbeit es erforderte. Im Vergleich zu Gresham war seine Erfahrung also dilettantisch.

Das Duell dauerte nur kurz. Gresham erlaubte Fairbanks, ihn zu überraschen, ließ ihn einen Schritt nach vorne machen, allerdings ein bisschen zu aggressiv, entwaffnete ihn dann mit einem schnellen Vorhandschlag auf das Handgelenk und beendete den Kampf mit einem unnötigen Rückhandschlag über Fairbanks' Gesicht, bei dem er ihm beide Wangen aufschlitzte und auch seinem Nasenrücken einen tiefen Schnitt zufügte.

Fairbanks hätte todesmutig weitergemacht, hätte Gresham ihn nicht daran gehindert, seinen Degen wieder aufzuheben, den er durch den anfänglichen Hieb auf das Handgelenk verloren hatte. Mit der Spitze seines eigenen Degens lupfte Gresham Fairbanks' *épée* vom Boden in die Luft und fing es auf, als wäre das für ihn so normal wie Tee trinken. Er drehte sich um, ging auf Grey und Talbot zu, an ihnen vorbei und aus der Halle hinaus. Talbot folgte ihm und Grey kümmerte sich darum, Fairbanks' Blutungen zu stillen. Dabei läutete er nach einem Portier und ließ fragen, ob es irgendeinen Arzt unter den Clubmitgliedern gab, die eventuell schon zum Frühstück heruntergekommen waren. Der Portier ging nachsehen und Fairbanks musste nun Grey trösten, den es verstörte, der Grund für diese ganze Angelegenheit zu sein – im Großen und Ganzen, weil er gelauscht hatte.

Fairbanks versicherte Grey, er würde die Schmisse mit Stolz tragen. Der Portier kam mit einem Arzt zurück, der darauf bestand, dass Fairbanks zum Nähen mit in seine Praxis käme. Grey ging ihnen voraus und trat aus dem Club auf die Straße hinaus, um eine Kutsche anzuhalten.

4

Fairbanks' Gesicht gab keinen weiteren Anlass zur Sorge, da man es rasch verarztet hatte, doch der Schnitt an seinem Handgelenk hatte einen Teil einer Sehne durchtrennt, ohne die er seine Hand nicht mehr richtig bewegen konnte. Nach einem Auf und Ab der Emotionen und des Stresses, nach viel Bedauern und Ärger, fand sich Grey schließlich doch zurück in Sir Edwards Büro, stand vor dessen Kartentisch und erhielt die Einweisung, die Fairbanks erst drei Tage zuvor erhalten hatte.

»Wir haben eine schnelle Sloop ausgestattet. Morgen mit der zweiten Flut werden Sie aufbrechen«, erklärte Willys. »Wie üblich werden Sie den Südwinden nach Brasilien folgen, bei der Mündung von Janeiro für Verpflegung anlegen und dann in südlicher Richtung zum Río de la Plata und nach Montevideo weitersegeln. Dort werden Sie unserem Konsul diesen Brief übergeben, der Ihnen die umfassende Autorität verleiht, über so viel seiner Macht als Botschafter wie nötig zu verfügen. Sobald das Datum und die Segelroute der Schatzflotte feststehen – die Anzahl ihrer Schiffe und so weiter; welchen Hafen in Iberien sie ansteuert –, schicken Sie so schnell wie möglich eine

Nachricht an die Flotte unseres Stützpunkts auf den westindischen Inseln, nach Port Royal. Sie selbst bleiben jedoch in Montevideo und halten sich bereit, falls nötig, Ihre Kenntnisse zu revidieren und sie der westindischen Flotte mitzuteilen. Wenn die Schatzflotte aus Argentinien ausläuft, beschatten Sie sie, bis unsere Flotte sie zur Aktion zwingt.«

Grey nickte. Das war eine ziemlich einfache Einweisung – wie er von Bosco y Anda erfahren hatte, gab es nicht viel mehr zu sagen; nicht viel mehr, was bisher bekannt war. Die Vorsichtsmaßnahme, die Pläne voll und ganz auf Montevideo zu beschränken, ergab daher Sinn. Auf der Karte tippte Willys auf Montevideo.

»Seit Sie Ihren Bericht eingereicht haben, haben wir unsere besten Kapitäne, Kalkulatoren, Navigatoren und Naturwissenschaftler – Wetterforscher – über die verschiedenen Routen und Zeiträume diskutieren lassen. Ihre Schlussfolgerungen lauten wie folgt: Wenn sich die Schatzflotte der Ankunft vor Ende des Jahres sicher sein will, kann sie nicht nach dem ersten September lossegeln. Die Regenzeit im Sommer bedeutet, dass es unpraktisch wäre, ihr Gold vor der ersten Woche im Juli flussabwärts zu transportieren. Wenn wir Glück haben, noch später. Das wiederum bedeutet, dass sie frühestens um den 15. Juli herum lossegeln könnte. Wir glauben, dass die Sloop, die wir ausgesucht haben, ein in Amerika gebauter Klipper, Sie bis dann nach Montevideo bringen kann. Jeder Tag Verspätung vergrößert die Chancen auf … nun ja, auf eine Katastrophe. Sobald Sie südlich von Teneriffa sind, wird der Befehlshaber des Klippers seine versiegelten Befehle öffnen, mit denen Sie uneingeschränktes Kommando haben.«

Willys musterte nochmals für einen Moment die Landkarte.

»Ich glaube, das ist alles, Sir Edward?«, erkundigte er sich, um zu sehen, ob der Chef des Marinegeheimdienstes noch irgendetwas hinzuzufügen hatte.

Banks rauchte gerade Pfeife und blickte aus dem Bürofenster Richtung Whitehall.

»Grey«, sagte er und drehte sich um, »ich muss Ihnen gegenüber wohl kaum betonen, wie wichtig es ist, dass dieses Gold Spanien nie erreicht.«

Grey nickte. Es bedurfte keiner weiteren Anweisung mehr. Willys reichte Grey den Brief für den britischen Konsul in Montevideo und das Päckchen mit Befehlen für den Kommandanten der Sloop. Willys und Grey schüttelten sich die Hände.

»Machen Sie's gut, Tom.«

Und dann schüttelte auch Sir Edward Grey die Hand.

»Grey, ich schicke Sie nur ungern auf diese Mission. Wie gewöhnlich verleugnen Sie Ihr eigenes Befinden. Aber ich habe keine andere Wahl, also behüte Sie Gott. Auf dem Hin- und auf dem Rückweg.«

5

Die MS *Perseus* war ein Baltimore-Klipper, der von einem amerikanischen Handelsschiff Mitte der neunziger Jahre von französischen Freibeutern in der Nähe der Kanarischen Inseln und kurz darauf erneut von der englischen Blockadeflotte vor Brest gekapert wurde, wo er in einen sicheren Hafen einlaufen wollte. Natürlich stand es außer Frage, dass Großbritannien die stärkste Marine der Welt besaß, und um die Fähigkeiten und Disziplin ihrer Matrosen wurde diese von allen Seemächten beneidet. Dafür hatte die britische Marine bei der Entwicklung von Schiffen allerdings nie das letzte Wort gehabt. Tatsächlich waren es die Franzosen, die immer schon als Meister des Schiffsbaus galten. Sie bauten Sloops, Briggs, Fregatten und sogar Kampflinienschiffe, welche ihre englischen Gegenstücke meist in Geschwindigkeit, Anmut und darin, wie nah sie am Wind segeln konnten, übertrafen. Grey hatte sich öfter schon gefragt, ob das etwas mit der architektonischen Genialität der Franzosen zu tun hatte. Seit Grey zu dem Schluss gekommen war, dass die Deutschen ein einzigartiges Talent für Musik hatten, hatte er immer mehr über nationale künstlerische Stärken nachgedacht. Die Briten – und darin schloss Grey auch die Iren mit ein – überboten den Rest der Welt natürlich in der Literatur; das stand gänzlich außer Frage. Oder zumindest tat es das für Grey, da er sich, in dem Versuch fair zu sein, das Ziel gesetzt hatte, die großen Werke anderer europäischer Nationen zu lesen – außer Ungarisch sprach er schließlich alle europäischen Hauptsprachen fließend oder nahezu fließend. (Seine gelegentlichen Versuche, was Ungarisch anging, hatten sich als Sisyphusarbeit erwiesen. Er nahm an, dass er es nie sprechen würde, außer er müsste einmal für längere Zeit in Budapest bleiben oder schlösse eine enge Bekanntschaft mit einem ungarischen Mädchen.) Dante und Petrarca enttäuschten ihn – wobei er zugeben musste, dass das vielleicht daran lag, dass Lyrik in einer Sprache, in der sich alles reimt, vergleichsweise trivial erscheint. *Candide* und die *Liaisons dangereuses* waren unterhaltsam, jedoch unerheblich. Die meisten anderen französischen, italienischen und deutschen Autoren waren ermüdend; und Grey wusste auch nicht genau, ob es die Romanliteratur schon nach Skandinavien geschafft hatte oder nach Russland. Aus dem Balkan hatte er keine Autoren ausfindig machen können. Die Griechen hatten mit Homer zwar einen guten Start hingelegt – und natürlich lechzte Grey förmlich danach, Lord Elgins Parthenon-Marmore zu Gesicht zu bekommen, in Stein gehauene Geschichten –, doch nach Plutarch schienen die Griechen das Feld geräumt zu haben. Nach Greys Meinung war nur Cervantes seinem Ruf gerecht geworden. Doch der allein konnte nicht mit den vereinten Kräften von Chaucer, Milton, Pope, Swift, Richardson, Sterne, Goldsmith, Sheridan und den neuen Dichtern mithalten – die Liste war unerschöpflich. Und Cervantes, so sehr Grey ihn auch bewunderte, konnte Shakespeare nicht einmal annähernd das Wasser reichen. Keiner konnte das.

Während Grey so an der leewärtigen Reling der Sloop *Perseus* stand, schweifte er gedanklich ab. Worüber hatte er eben noch mal nachgedacht? Ach ja, die Deutschen waren die unbestrittenen Meister der Musik, die Engländer die der Literatur, die Italiener und die Niederländer teilten sich meisterliche Maler, doch seit sich die Griechen und Römer zurückgezogen hatten, dominierten die Franzosen die Architektur und ihre einzig ernstzunehmende Konkurrenz kam von Brunelleschi und Michelangelo und ein paar ihrer Zeitgenossen aus der italienischen Renaissance. Und obwohl Grey, gemessen an der französischen Gotik, die vergleichsweise genügsame britische Gotik deutlich vorzog, konnte man nicht leugnen, dass diese ein französischer Stil war, von dem sich England lediglich rühmen konnte, ihn perfektioniert zu haben.

Diese Genialität in physischen Formen schloss vielleicht also auch ihre Schiffe mit ein. Doch eventuell, dachte Grey mit einer gewissen Schadenfreude, kam diese lange Vorherrschaft nun zu einem Ende. Natürlich hätte er es vorgezogen, wenn die Briten die Franzosen darin ablösten, doch wenn das nicht sein sollte, hätte er kein anderes, weniger anstößiges Land als die Vereinigten Staaten wählen können. In der kurzen Zeit ihrer Existenz – die mehr oder weniger mit Greys Lebensspanne übereinstimmte, da Grey ein paar Jahre vor der amerikanischen Revolution als Sohn einer amerikanischen Mutter im Hafen von Boston auf einem der Schiffe seiner Majestät geboren wurde … In der kurzen Zeit ihrer Existenz hatten sich die Vereinigten Staaten schnell einen Namen für die Qualität ihrer Schiffsbauer gemacht, die zum ersten Mal an die Arbeit gingen, nicht um stabile Schiffe mit viel Stauraum zu entwerfen, sondern schnelle Schiffe mit Feuerkraft. Die Baltimore-Klipper waren derzeit das Maß aller Dinge, was Schnelligkeit betraf. Hier, während Grey zum ersten Mal auf einem solchen über das blaue Wasser segelte, war er beeindruckt: Gerade segelten sie, volle Kraft bei moderatem Wind, mit zwölf Knoten dahin und Grey vermutete, dass die *Perseus* noch um ein ganzes Stück schneller fahren konnte, wenn sie es darauf anlegte.

»Mr Grey, Sie werden sicher mit Freude hören, dass wir hervorragend in der Zeit liegen«, sprach ihn da Captain Duckworth an.

Er und sein erster Leutnant hatten gerade bestimmt, dass es Mittag war, und die Entfernung markiert, die sie am vorigen Tag zurückgelegt hatten – soll heißen, in den vorangegangenen vierundzwanzig Stunden. Auf hoher See, wo die Chronometer nicht eindeutig waren und sich die Längengrade ständig veränderten, war der einzige Moment, in dem sich ein Schiff der Zeit objektiv sicher sein konnte, wenn die Sonne ihren Zenit erreichte. Folglich ging ein Schiffstag aus praktischen Gründen von Mittag bis Mittag anstatt von Mitternacht bis Mitternacht.

»Ungefähr einhundertzwanzig Seemeilen. Morgen sollten wir bereits südlich von Gibraltar sein, würde ich sagen – wenn der Wind weiterhin so geht.«

Duckworth stand ein breites, beflissenes Lächeln ins Gesicht geschrieben, schon seit vier oder fünf Tagen. Davor war er unverändert streng und ernst gewesen. Duckworths Kapitänstitel war eine Gefälligkeit, da eine Sloop traditionell unter dem Kommando eines Leutnants steht, doch dem Kommandeur eines Schiffs wird immer der Ehrentitel eines Kapitäns zuteil. Die Sloop *Perseus* Seiner Majestät war Duckworths erstes Schiff, über das er das Kommando hatte, womit er einen beträchtlichen Schritt Richtung Namensnennung auf der Kapitänsliste machte, den Traum eines jeden Marineoffiziers. Sein Mangel an Begeisterung war, wie Grey vermutete, der Tatsache geschuldet, zum ersten Mal ganz für ein Schiff und dessen Mannschaft verantwortlich zu sein. Nun, da alles glattlief, fing er langsam an, die Freude der Beförderung und des Erfolgs zu spüren. Mit vollem Namen hieß er Perciva‍l Duckworth. Grey fragte sich, ob die neu gefundene Freude nicht ein wenig davon getrübt wurde, dass er sich mit dem ersten Gefährt, über welches er das Kommando hatte, mehr oder weniger auch den Vornamen teilte: Percy der *Perseus*. Wobei, wenn er gute Arbeit leistete, indem er Grey herumsegelte, könnte ihm ein eingängiger Spitzname vielleicht auch zu einem gewissen Ruf verhelfen.

»Weniger als eine Woche nach Madeira, würde ich sagen.« Er klopfte mit den Knöcheln auf die leewärtige Reling. »Und nicht viel länger zu den Kanaren. Und wenn wir dann die Monsunwinde einholen und die windstillen Zonen umgehen« – erneut klopfte er auf das Holz – »könnte die Küste von Brasilien von da an bereits in weniger als sechs Wochen in Sicht kommen. Aber da gehen die Pferde mit mir durch. Ich würde ja am Backstag kratzen, aber ich muss zumindest ein wenig den Anschein aufrechterhalten, dass ich weniger abergläubisch bin als meine Männer.«

Er lachte und Grey schmunzelte höflich.

Für einen Moment blickten beide Männer auf das endlose, sie umgebende Wasser, das jeden Tag von hellerem Blau war, bis sich Captain Duckworth wieder zu seinen ausgebreiteten Segeln umdrehte, auf die er sich beinahe ohne Unterlass konzentrierte. Einige Kapitäne waren besessen von Navigation, andere von den blanken Teilen, wieder andere von Kanonen – für viele trifft natürlich einiges oder gar alles davon zu –, und Duckworth war so einer, der von Tempo und der Trimmung jedes einzelnen Segels und Stags besessen war. Beinahe sein ganzes Leben auf hoher See hatte Grey, als Soldat der königlichen Marine, auf Schiffen mit rechteckigen Rahsegeln verbracht, deshalb fand er Duckworths Nutzung der dreieckigen Schrattakelung faszinierend. Er hatte immer angenommen, dass die Vorgehensweise mit so viel weniger Yards und Takelage im Grunde genommen simpler wäre. Und tatsächlich hatte ihn in der Vergangenheit keine seiner Passagen auf einer Sloop besonders mit dem Einsatz ihrer Segel beeindruckt, doch als er nun Duckworths Anweisungen hörte, eine Bahn des Stagsegels in der Hauptmarsstenge und zwei im Vormarssegel zu reffen, ein weiteres Vorsegel am Klüverbaum hinzuzufügen und die Taue an den Bäumen der Groß-, Fock- und Stagsegel durchzuholen, sodass sie in einem Zehn-Grad-Winkel zur Steuerbordseite ausgerichtet waren, während er spürte, wie die bereits dahinfliegende *Perseus* noch einen Ticken schneller flog und die Brise nun weiter vorne eingefangen wurde, wodurch der Druck sämtlicher gesetzter Segel nun mehr auf den Bug presste, um wegen der ansteigenden See keine Geschwindigkeit einzubüßen – war er beeindruckt.

Duckworth wandte sich ihm wieder zu. »Sicher wissen Sie von meinen versiegelten Befehlen, die jenseits von Teneriffa geöffnet werden sollen. Da meine offenen Anweisungen zu Ihrer Funktion hier ziemlich vage waren, nehme ich an, dass mir diese einen Anhaltspunkt dazu geben sollen?«

Grey erwiderte nichts. Über versiegelte Befehle zu spekulieren – noch schlimmer, zu versuchen, einem Mann, der deren Inhalt vielleicht kannte, voreilig einen Teil davon zu entlocken – war im Geheimdienst Frevel.

Duckworth, dem sein Fehltritt nun bewusst wurde, versuchte sich noch zu retten, indem er hinzufügte: »Ich erwähne das nur, weil ich Sie auf Teneriffa gerne mit allem, was Sie eventuell brauchen könnten, ausstatten möchte, an dessen Beschaffung ich aber ansonsten nicht denken würde. Bitte informieren Sie mich also freiheraus über alles, was Sie benötigen könnten.«

»Danke Ihnen, Captain«, antwortete Grey. »Sehr freundlich. Tatsächlich erinnert mich das daran, dass ich mit Ihrer Erlaubnis gerne den Koch der Mannschaft auf ein Wort gesprochen hätte. Wenn Sie mich bitte entschuldigen würden.«

»Sicher doch, Mr Grey.«

Duckworth war ein guter Seemann und seine Indiskretion einzig und allein seiner Jugend geschuldet, dachte Grey, als er nach vorne ging. Er würde sich wahrscheinlich zu einem feinen Kapitän entwickeln, wenn er sich erst einmal an seine Rolle als Kommandant gewöhnt hätte.

Als Freiwächter musste der Koch der *Perseus* keine Wache halten und da er bloß eine relativ kleine Mannschaft zu verpflegen hatte, stand ihm mehr Zeit für Müßiggang zur Verfügung als anderen. Gerade saß er auf dem Vorderdeck, so weit ab vom Schuss, wie es nur ging, und hatte ein Bein angewinkelt, während er das andere gerade nach vorne durch eine Speigatt hinausstreckte. Dieses Bein, sein linkes, war sowohl der Grund für seinen Namen als auch für seine Beschäftigung. Dick Deadleg nannten ihn die Männer. Wenn das Bein, das er oberhalb des linken Knies verloren hatte, aus Holz gewesen wäre, hätten sie ihn vielleicht Dick Pegleg genannt, doch Dick hatte sich sein Bein selbst aus Fischbein geschnitzt und anstatt eines einfachen Holzbeins, wie das eines Tisches, hatte er zusätzlich dazu auch einen Wadenmuskel und einen klauenartigen Fuß angefertigt, der Grey an die Füße französischer Badewannen denken ließ. Dick war in seiner Jugend ein fähiger Matrose und, nachdem der amerikanische Krieg zu Ende gegangen war, Walfänger gewesen. Dabei hatte er sein Bein verloren und nach einigen

Jahren an Land, mit einer bescheidenen Rente seines Arbeitgebers, hatte er beschlossen, der Marine wieder beizutreten, und zwar in einer der Positionen, die für Seeleute reserviert waren, die nicht mehr ein- und dichtholen konnten.

Es war gleichermaßen selten wie wertvoll, einen Schiffskoch zu finden, der überhaupt irgendetwas vom Kochen verstand. Da man bei dieser Arbeit aber fast ausschließlich nur Salzrindfleisch kochen und die Kost mit Erbsen, Käse und Butter anrichten musste, war das normalerweise egal. Nachdem Dick Deadleg jahrelang Waltran abgezogen und aufbereitet hatte, war er dazu mehr als fähig. Seine wahre Kunst, und was ihm die Beliebtheit bei seinen Mannschaftskameraden einbrachte, war allerdings das Schnitzen. Wie alle Walfänger hatte er Jahre auf hoher See verbracht, in denen er von Fischbein umgeben war. Wie viele andere war er daraus als überdurchschnittlicher Meister im Elfenbeinschnitzen hervorgegangen. Als Grey sich ihm näherte, höhlte er gerade das Innere des Wirbels eines Hais aus, den der Waffenraumsteward gefangen hatte, der ihn wiederum an den Zahnarzt und Bader des Schiffs verkauft hatte, damit der mit einer Knochensäge üben konnte, in der Erwartung, eines Tages einmal die Lizenz als Wundarzt zu bekommen. Dieser hatte dann, nachdem er den Hai aufs Gründlichste auseinandergesägt hatte, das ranzige Fleisch als Köder, die Zähne als Glücksbringer und die Knochen an all diejenigen verkauft, die Dick Deadleg eine Schnitzerei abbetteln wollten. Der Steuermann des Kapitäns hatte den Wirbel erworben und hoffte, dass Dick ihm eine Pfeife daraus machen würde.

Als er auf den Mann hinuntersah, fiel Grey auf, dass er Dicks richtigen Nachnamen gar nicht kannte. Nach einem kurzen Moment sagte er: »Mr Cook, auf ein Wort?«

»Sicher doch, Sir«, antwortete Deadleg, wobei er die Fingerknöchel an die Stirn hob und dann die Reling umklammerte, um langsam auf die Füße zu kommen. (Wenn man den zweiten als solchen bezeichnen konnte.)

»Nein, nein, bitte bleiben Sie doch sitzen. Ich werde mich zu Ihnen gesellen, wenn Sie erlauben.« Grey setzte sich neben ihn auf das Deck und streckte die Beine ebenfalls durch die Speigatt. »Sie verzeihen mir hoffentlich, dass ich Ihren Namen nicht kenne.«

»Natürlich, Sir – Richardson, Sir«, sagte Dick Deadleg.

»Danke«, erwiderte Grey.

Richard Richardson. Percy der *Perseus*. Das war ja eine richtige Epidemie. Er zuckte mit den Schultern.

»Ich habe mich gefragt, Mr Richardson, ob ich mich mit Ihnen übers Walfischen unterhalten könnte. Der Vater einer engen Freundin hatte eine Karriere, die der Ihren sehr ähnelt – von der Marine zur Fischerei. Ich habe schon oft darüber nachgedacht, aber noch nie eine Gelegenheit gefunden, um etwas über die tatsächliche Vorgehensweise beim Walfischen zu erfahren.«

Die fragliche Freundin war Greys unabkömmliche Haushälterin Mrs Hubble. Obwohl, wenn er ganz ehrlich war, dachte er dabei mehr an Mrs Hubbles jüngere Schwester, Mrs Boothe, eine junge Witwe und Mutter, mit der Grey seit Kurzem auf gewisse Weise eine herzliche Freundschaft verband. Die Natur dieser Freundschaft – und dass er Mrs Hubble damit eventuell in eine unangenehme Situation brachte – fand Grey fragwürdig, weshalb er es vorzog, nicht weiter darüber nachzusinnen.

»Nun ja, Sir«, begann Dick, »früher war es mal so, dass die Fischflotte oben im Eis und bei Grönland Glattwale gejagt hat, doch einige Zeit bevor ich zum ersten Mal mit dabei war, hat sich das Walfischen in die südlicheren Gewässer verlagert. Da musste man nicht so doll mit dem Ende des Sommers und dem Eis, das sich wieder weiter nach unten breitmachte, um die Wette laufen, um nicht vielleicht festgesetzt zu werden – was noch Glück wäre –, oder sein Schiff gleich ganz zertrümmert zu sehen. Das war alles ein großer Zufall, wissen Sie – ein Amerikaner namens Hussey war damals der Kapitän eines Walfangschiffs und fuhr es von Nantucket aus in einen riesigen Ostwindsturm – das, was sie in Nantucket Nordostwinde nennen – zumindest in der Geschichte, die ich gehört hab. Das schlechte Wetter trug Hussey weit, weit raus, nach Süden, und als es sich wieder gelegt hatte, fand er sich mitten in einer Herde von Pottwalen wieder – das erste Mal, dass irgendjemand sie überhaupt zu Gesicht bekommen hat, obwohl ein paar Norweger einem weismachen wollen, dass sie dort an einem Strand schon vorher welche gesehen hätten, aber das glaub ich denen nicht, da die nie nördlich von Cape Cod vorkommen. Jedenfalls hat Hussey einen getötet und den Walrat entdeckt, und von da an ging es auf einmal damit los, dass die

Flotten in der Südsee gefischt haben, auf der Suche nach Pottwalen.«

Grey nickte immer wieder und schwieg. Er holte seine Pfeife aus der Hosentasche und nachdem er Dick Richardson seinen Tabakbeutel angeboten hatte, der ihn angenommen und seine Elfenbeinpfeife befüllt hatte, zündete Grey seine eigene an und die Geschichte ging weiter.

»Glattwale sind echte Vorzeigewale, nicht mal nur weil sie fett und langsam sind, sondern weil sie auch echt freundlich sind. Kommen direkt zu einem rüber geschwommen. Man muss hart sein, um sie zu töten, wie wenn man ein Lamm schlachtet – weiß nicht so genau, ob ich selbst den Mumm dazu gehabt hätte, außerdem war ich sowieso nie ein Harpunenjäger. Man sagt, dass Pottwale so gemein wie Glattwale lieb sind, aber das stimmt echt nicht. Pottwale kommen auch auf einen zu, wie Schulkinder, strecken ihre riesigen Schnauzenköpfe ausm Wasser raus, damit sie einen mit ihren kleinen Äuglein anschauen können. Wussten Sie, dass sie ihre Augen nach innen und außen bewegen, aber nicht drehen können? Sie müssen ihren ganzen Körper bewegen, um sich umzusehen. Sie werden bloß ungemütlich, wenn man sie mit einer Harpune sticht, und ich will verdammt sein, wenn ich ihnen das übel nehm. Würde es Ihnen denn gefallen, wenn Ihnen irgendein dahergelaufener Fremder, der eigentlich einen freundlichen Eindruck macht, ein Messer in den Körper rammt, während Sie ihn gerade mustern?«

»Bestimmt nicht«, beteuerte Grey, wobei er nicht erwähnte, dass ihm das schon bei mehreren Gelegenheiten passiert war. Also, dass dahergelaufene Fremde ihm ein Messer in den Körper gerammt hatten.

»Nein, ganz recht. Nun ja, man ist also schon ganz nah an ihm dran – Holz auf schwarzem Leder, wie wir sagen –, seit man die Boote heruntergelassen hat, nachdem der Ausguck ›Alle Mann an Deck‹ gerufen hat und deutet und sagt, dass dort ein Wal eine Fontäne ausstößt, also rudert man dahin, wo er hinzeigt, bis man die Nase selbst sieht, obwohl es bis zu sechs Glockenschläge oder eine ganze Wache lang dauern kann, um ihn zu erreichen. Er ist neugierig, also kommt er zu einem rüber, sobald er einen sieht, man rudert neben ihm her, wenn Sie verstehen, was ich meine, und der Harpunenmann wirft seine Harpune aus; fixiert den Widerhaken schön fest in seinem Rücken und der Wal rast mit einem irren Affenzahn los. Zieht einen in einem wahnsinnigen Tempo mit – zehn Mal schneller als der schnellste Klipper. Ich wette, kein Mensch war je so schnell unterwegs wie ein Walfänger – und das macht er eine Stunde, zwei Stunden, sogar drei Stunden lang, bis er müde wird und nicht mehr weiterziehen kann. Dann rudert man wieder zu ihm hin und tötet ihn.«

»Aber warum schwimmt er denn an der Oberfläche entlang?«, fragte Grey. »Und taucht nicht unter?«

»Nun ja, Sir, Sie wissen bestimmt, dass er ein atmender Fisch ist, darum seine Nase, wissen Sie – seine wahninnig große Schnauze. Sind *Sie* denn nicht außer Atem, wenn Sie lange rennen?«

»Sicher doch«, bestätigte Grey.

»Er kann bloß an der Oberfläche atmen, deswegen bleibt er natürlich dort.«

Richardson verhielt sich angesichts Greys offensichtlicher Unwissenheit, was die grundlegendsten Fakten des Walfischens anging, höflicherweise sehr tolerant: Er sprach mit ihm wie mit einem kleinen Kind.

»Natürlich taucht er auch unter, alle Jubeljahre mal, aber meistens sind es die Finnwale, die sich zum Tauchen entschließen, deswegen jagen wir die ja auch nicht. Jedenfalls nähert man sich ihm wieder, rudert wieder zu ihm hin, und in der Zwischenzeit hat der Harpunenmann mit dem Steuermann den Platz getauscht, damit der den tödlichen Schnitt ausführen kann.«

Grey fing langsam an zu glauben, es verdient zu haben, dass mit ihm wie mit einem kleinen Kind gesprochen wurde.

»Es sind also nicht die Harpune und die Erschöpfung nach der Jagd, die ihn umbringen?«, wollte Grey wissen.

Dick Richardson schüttelte nachsichtig den Kopf. »Natürlich nicht, Sir. Eine Harpune is'n Haken – tötet ein Angelhaken denn eine Forelle? Oder stirbt sie beim Einholen?«

»Vermutlich nicht«, antwortete Grey, wobei er innerlich schmunzeln musste und einen Zug von seiner Pfeife nahm.

»Natürlich nicht«, fuhr Richardson fort. »Der Steuermann stellt sich an die Stelle des Harpunenjägers im Bug, mit einer Lanze – einer sehr langen Lanze, die aber nicht dicker ist als der Finger eines Mannes, mit einem rasiermesserscharfen Schneideblatt auf der Spitze. Die rammt er an eine Stelle hinter der linken Flosse, die wir ›das Leben‹ nennen, und durchtrennt damit seine große Ader. Der Wal stößt eine rote Fontäne aus – das ist Blut, Sir.«

Grey nickte.

»Und ab da wird er dann richtig hundsgemein, der Pottwal. Er fängt an, mit seiner Schwanzflosse um sich zu hauen und zu schlagen und beißt mit seinem riesigen Kiefer zu, der zwei Mal die Größe eines Mannes hat und Zähne so groß wie Perlhühner. Hat genau durch unser Walboot gebissen, mir das Bein glatt abgetrennt und es an einem Stück runtergeschluckt, wie ein Stück von Jonah. Wobei ich finde, dass ich zuletzt gelacht habe, weil mein totes Bein jetzt aus genau diesem Kieferknochen besteht. Nun ja, man versucht, so schnell wie möglich von ihm wegzukommen, während er um sich schlägt und die ganze Zeit über Blut ausspuckt wie ein Springbrunnen aus der Hölle – keinem Christenmenschen macht das Spaß, das verspreche ich Ihnen –, dann wird er ruhiger und stirbt und man vertäut sich an seiner Schwanzflosse und zieht ihn zurück zum Schiff, das, außer man hat an beiden Seiten Boote draußen, schon etwas näher an einen herangefahren ist, sonst dauert das Zurückrudern nämlich höllisch lang. Manchmal ist dann schon der ganze Tag vorbei, also rudert man auf die seitlichen Laternen zu.«

Er nahm einen langen Zug von seiner Pfeife und hielt sie hoch. »Die hab ich aus demselben Fisch gemacht, aus dem ich auch mein Bein angefertigt hab.«

»Das muss wirklich ein ungeheuer großer Kieferknochen gewesen sein«, bemerkte Grey.

»Ja, Sir, das können Sie laut sagen«, bestätigte Richardson, wobei er kurz seine Pfeife bewunderte und sie sich dann wieder auf den Schoß legte.

Während Richardson erzählt – und geraucht – hatte, hatte er an dem Wirbel des Steuermannes weitergeschnitzt und nur aufgesehen, wenn er einen Punkt besonders betonen wollte. Nun führte er den Wirbel an den Mund und pustete hinein. Ein lauter, hohler, hochgestochener Pfeifton entstand, wie aus einem winzigen Muschelhorn.

»Sie haben ein wunderbares Händchen dafür, Richardson«, lobte Grey.

»Danke Ihnen, Sir.«

»Ich danke Ihnen für die Lehrstunde«, entgegnete Grey und stand auf.

»Natürlich doch, Sir«, erwiderte Richardson und hob erneut die Fingerknöchel an die Stirn.

Auf der Steuerbordseite sah Grey den Bootsmann auf dem Laufgang entlang auf sie zukommen, zweifelsohne vom Klang seiner neuen Pfeife angelockt. Im Vorbeigehen salutierte er. Grey war wieder auf dem Weg nach hinten zum Achterdeck, das der Kapitän hatte räumen lassen. Da die untergeordneten Offiziere Greys Funktion nicht kannten und sie sich an die implizite, erzkonservative Etikette der Marine gebunden fühlten, hatten diese das Gefühl, im Rang nicht hoch genug zu stehen, um mit Grey sprechen zu können, ohne zuvor von ihm angesprochen worden zu sein. Daher konnte er sich ein wenig Zeit zum Nachdenken sicher sein, ohne sich mit der erdrückenden Hitze seiner auf Liliputaner ausgelegten Waffenraum-Kabine abfinden zu müssen.

Vermutlich hätte er über die spanische Schatzflotte nachdenken sollen – die den Río de la Plata bald mit unsäglichen Reichtümern verlassen würde, mit denen entweder die Kriegsführung gegen England finanziert werden, oder, beim Kapern oder im Falle einer Zerstörung, diese verhindert werden würde. Für einen kurzen Augenblick stellte er sich tonnenweise Goldbarren vor, die langsam durch immer dunkler werdendes Wasser nach unten sanken, auf den Grund des atlantischen Ozeans, auf Nimmerwiedersehen ... Er sah schwach glitzernde Münzen und Barren und ein zertrümmertes spanisches Kriegsschiff, das neben ihnen hinabsank ... Vielleicht griffen sich ein paar der wenigen Matrosen, die schwimmen konnten, verzweifelt eine Handvoll, bevor alles untergehen konnte, und versuchten, damit an die Oberfläche zu tauchen, nur um dann festzustellen, dass es viel zu schwer zum Tragen war ... was sie dazu zwang, entweder loszulassen oder zu sterben ... Ein ziemliches Melodrama, der Griechen würdig. Was Perseus wohl daraus gemacht hätte?

Grey klopfte mit der geballten Faust auf die Heckreling. Die Amerikaner hatten die Idee gehabt, Schiffe aus Lebenseiche zu bauen – einer immergrünen Eiche, die den Winter überdauert. Sehr schwer zu bearbeiten, doch wunderbar robust. Die Meinung der meisten europäischen Schiffsbauer – darunter die englischen Meisterbauer, die in Boston und Philadelphia gearbeitet hatten, bevor das

Parlament beschlossen hatte, es wäre zu gefährlich, dass Amerikaner ihre eigenen Kriegsschiffe bauten – war es, dass Lebenseiche zu teuer war, sowohl in der Beschaffung als auch im Gewicht, als dass sie rentabel genutzt werden konnte. Falls dieser Klipper allerdings eine Schlussfolgerung zuließ, hatten sie damit falschgelegen. Doch natürlich war der Klipper ein kleines Schiff; ein Linienschiff erster Klasse hätte ihn mit seiner Ankerwinde ohne Weiteres an einem Stück aus dem Wasser heben können. Der wahren Prüfung würden sie sich in einer Schlacht unterziehen müssen, zwischen diesen neuen, marktschreierisch angepriesenen amerikanischen Fregatten mit mehreren bewaffneten Decks und einem fähigen Feind. Die Männer, die gegen die französischen Fregatten gekämpft hatten, die vor sechs oder sieben Jahren auf eines oder zwei solcher Schiffe gestoßen waren, als sie zum ersten Mal zu Wasser gelassen wurden, schworen, dass ihre Rümpfe das französische Kanonenfeuer abgefälscht hätten, als wären die Schiffe aus Eisen und die Kanonenkugeln aus Holz. Allerdings waren Gerüchte von französischen Marineaktionen aus dritter Hand per se nicht die verlässlichste Informationsquelle. Mit dieser Tatsache wurde der französische Wunsch, sich ein amerikanisches Holzmonopol zu verschaffen, noch um einiges interessanter.

Grey drehte sich um und blickte einmal die ganze Länge der Sloop nach vorne. Natürlich kleiner als ein Walfangschiff, aber vielleicht nicht um allzu viel. Er hatte Walfische immer bewundert, vor allem als junger Bursche, als die Walfangschiffe als Erste die Hälfte des Globusses erkundeten, die vorher noch kein Mensch zu Gesicht bekommen hatte ... Tausende kleine, verlassene Inseln inmitten der gigantischen Weite des Pazifiks, voller merkwürdiger und wunderlicher Dinge. Sogar jetzt noch, wo sich die Karten des Pazifiks langsam füllten, haftete der Idee, ohne Befehle loszusegeln, Wale zu fangen, dabei jedoch auch alles zu sehen, was es zu sehen gab, eine gewaltige Romantik an. Natürlich hatte er nicht so vulgär sein wollen, sich nach Dick Deadlegs Einkommen als Walfänger zu erkundigen, doch wenn man nicht der Kapitän eines Walfangschiffs war oder selbiges besaß – oder noch besser, beides, möglichst mit einer Beteiligung an der Kerzenmacherei und Böttcherei, die damit einhergingen – war es wohlbekannt, dass man mit dem Walfang rein gar nichts verdiente. Nichts außer einem winzigen Anteil des Gewinns aus dem Fang, der, sogar auf einer langen Reise den Walen hinterher, insgesamt weniger war als ein guter Matrose der Handelsflotte in der Hälfte, ja sogar in einem Viertel der Zeit verdienen konnte, oder beim Fischen in der Neufundlandbank, von wo aus man zudem alle paar Monate Heim und Herd genießen konnte. Nicht wider jede Logik waren die Walfangschiffe jedoch genau aus diesem Grund mit den besten Matrosen der Welt ausgestattet (abgesehen von den tapferen britischen Seemännern Seiner Majestät). Walfänger segelten nicht des Geldes wegen in die Fischfanggebiete los, sondern wegen des Abenteuers.

Wobei, wenn er ehrlich war, hatte seine momentane Beschäftigung mit dem Walfischen weniger mit Abenteuern zu tun als mit der verwitweten Mrs Angela Boothe. Ihr Vater war einer der Männer, der Walfischen profitabel gemacht hatte – sogar ziemlich profitabel. Diese Profite hatte er dann dazu genutzt, einen Pub für Seemänner an der Straße nach Canterbury zu eröffnen, den Mrs Boothe jetzt führte, da sie dank ihrer geschätzten Schwester (also von Grey geschätzt – von ihrer Schwester jedoch sicherlich ebenfalls) in Hauswirtschaft sehr versiert war, ebenso wie dank ihres Vaters, der Winkel, Tangenten und Geometrie studiert hatte, um in seinem Beruf besser navigieren zu können, in Mathematik. Sein theoretisches Wissen hatte er praktisch angewandt, indem er seiner jüngeren Tochter alles, was er gelernt hatte, beibrachte – in seinem bekennenden Glauben daran, dass ein Mensch nur etwas wisse, wenn er es auch jemand anderem beibringen könne.

Mrs Boothe hatte zwei Kinder, die Grey manchmal in seinem eigenen Haus antraf, da Mrs Hubbles Familie eine stehende Einladung bei ihm hatte, oder im Pub ihres Vaters, den Grey gewohnheitsmäßig auf Reisen zwischen London und seinem Zuhause oder zwischen London und Dover besuchte. Grey wusste nicht, was er von den Kindern halten sollte, denn obwohl sie gänzlich harmlos waren, erinnerten sie ihn doch stets daran, dass er und seine Ehefrau Paulette nie welche gehabt hatten. Nach ihrem Tod war er froh gewesen, dass nicht auch noch Kinder mit zu berücksichtigen gewesen waren, um die man sich sorgen musste. Nun wünschte er, es gäbe welche. Nicht so sehr aus dem sentimentalen Grund, dass ein Mann – oder, um genauer zu sein, eine Frau – durch eigene Kinder weiterlebt, sondern eher, weil Grey wusste, dass dies eine Freude in Paulettes zu kurzem Leben gewesen wäre, die alle anderen überstiegen hätte, und ihn das Wissen schmerzte, dass sie ihr verwehrt geblieben war.

Natürlich warf er Mrs Boothes Kindern das nicht vor. Allerdings trug es doch dazu bei, dass er das Bedürfnis verspürte, sie auf einer Armlänge Abstand zu halten.

Mrs Boothe rief jedoch genau die gegenteilige Emotion in ihm hervor. Dass das der Fall sein sollte, fand er durchaus seltsam – dass die Kinder Schuldgefühle in ihm auslösten, die Mutter jedoch nicht. Doch Grey, in dem Wissen, dass Paulette ihre ganz eigene Art gehabt hatte, sorgte sich nie darum, dass sie ersetzt werden könnte. Diese durch und durch kindlich-reine Überzeugung hatte seine wachsende Zuneigung zu Mrs Boothe daher nicht gedämpft, die während einer unerwarteten Gesangsbegleitung zu einer Kantate aufgekeimt war, an der sich Grey und Mr Hubble letzte Weihnacht auf dem Piano versucht hatten. Obwohl ein Teil der Wirkung sicher ohne Zweifel Bach geschuldet war, hatte Mrs Boothes Gesang doch irgendeine Art von göttlicher Reinheit an sich, die Grey tief zu rühren schien. Nachdem er sie bei darauffolgenden Treffen besser kennengelernt hatte, hatte sich dieser Eindruck noch verstärkt. Grey konnte den sogenannten Lyrischen Balladen der modernen Dichtkunst zwar nicht allzu viel abgewinnen – man gebe ihm Shakespeare oder Vergil oder Homer; Lyrik mit einer gewissen Substanz –, doch ein Vers, den ein Bursche mit schnell wachsendem Ansehen vor ein oder zwei Jahren niedergeschrieben hatte und den Grey aus den Londoner Clubs entfernt kannte – zu theatralisch für Greys Geschmack, allerdings kein schlechter Kerl, dieser Wordsworth – schien Mrs Boothe wunderschön zusammenzufassen:

Ein Wesen, das hell doch nicht zu grell
für Mensch, das täglich Brot und Quell;
Für leise Sorgen, schlichte List,
Lob, Tadel, Küsse, Lächeln ist.

Als Grey den Vers nun in seinen Gedanken zitierte, errötete er. Er wandte sich von den anderen Männern auf dem Achterdeck ab und blickte hinaus auf das Kielwasser der *Perseus*. Er versuchte, seine Gedanken auf ein sittlicheres Thema zu lenken. Er überlegte einen Augenblick, dann blieb er bei *Perseus'* Namensgeber hängen. Dem Retter der Andromeda und Mörder der Gorgonen. Ging griechische Bildhauerei auf die Zeit zurück, als man, um eine wirklich lebensgetreue Statue zu erschaffen, einzig und allein ein Modell posieren lassen und ihm dann den Kopf der Medusa zeigen musste? Grey schmunzelte vor sich hin. Das wäre doch bestimmt eine sehr effiziente Herangehensweise an die Kunst gewesen. Grey fragte sich, welche Eigenschaft der Medusa es war, die Männer in Stein verwandelte. Das einzig besondere Charakteristikum, das Grey aus dem Stegreif einfiel, waren ihre Schlangenhaare. Waren es die Schlangen, welche die Leute zu Stein erstarren ließen? Wenn eine Schlange schon gefährlich war, dann würde sich ein ganzer Kopf davon als wahnsinnig

Unheil bringend erweisen. Vermutlich war ihr steinerner Blick nicht nur das Ergebnis davon, dass sie hässlich anzusehen war. Schließlich lag der Trick, sie zu zähmen, darin, ihre Spiegelung in einem polierten Schild anzusehen. Da ein polierter Schild als Spiegel funktionierte, hätte das ihr Aussehen allerdings auch nicht verbessert. Was auch immer es also war, das einen Mann zu Stein erstarren ließ, es musste eine Eigenschaft gewesen sein, die nicht widergespiegelt werden konnte.

Dies klang nach irgendeiner dummen, metaphysischen Frage, die in einem Debattierclub in Cambridge gestellt wurde. Was kann direkt gesehen werden, jedoch nicht in einem Spiegelbild? (Vielleicht sollte er seinem wissenschaftlichen Bekannten aus Cambridge, Mr Atwood, diese Frage stellen.)

Grey lehnte sich an die Heckreling des Schiffs. Was tut ein Spiegelbild? Nun ja, zum einen kehrt es das Bild um. Vielleicht stand ja etwas auf der Stirn der Medusa geschrieben, das einen versteinerte, und wenn man es in einem Spiegel sah, konnte man es nicht mehr lesen …

Warum kehrt ein Spiegel das Bild von links nach rechts um, und nicht von oben nach unten?

Grey gebot seinem Gedankengang Einhalt und zwang ihn zurück zu sinnvolleren Themen. Er fragte sich, was Mrs Boothe wohl in diesem Augenblick tat. Er hatte sie jetzt seit ungefähr einem Monat nicht mehr gesehen und – wegen seiner ausschweifenden Gedanken – hatte er sich dabei ertappt, in immer wiederkehrenden Erinnerungen an ihre letzten Treffen zu schwelgen, in denen er ihre Spaziergänge und Unterhaltungen mit dem Blick eines Entomologen für winzige Kleinigkeiten auseinandernahm.

Bei ihrer letzten Unterhaltung – apropos Griechenland – bei ihrer letzten Unterhaltung war es um den Stein von Rosetta gegangen. Grey hatte eine Bemerkung zu der ganzen Welt an Wissen gemacht, die sich bei der Übereinstimmung des griechischen Textes mit dem ägyptischen und den Hieroglyphen offenbaren würde. So vieles aus dem alten Ägypten hatte überlebt – so viele Schriften – doch bis jetzt konnte so gut wie nichts gelesen werden.

»Vielleicht können die Hieroglyphen nicht gelesen werden, Mr Grey, weil sie gar keine Wörter sind«, hatte Mrs Boothe gesagt.

»Wollen Sie damit etwa sagen, Mrs Boothe, dass es eventuell bloß einfache Bilder sind? Sie wiederholen sich jedoch in bestimmten Mustern – dieselben Bilder tauchen immer wieder auf.«

»Nein«, erwiderte Mrs Boothe, »ich wollte damit nicht andeuten, dass es einfach nur Bilder sind. Vielleicht sind es statt Wörtern ja Noten. Vielleicht sind Hieroglyphen wie Notenblätter. Also niedergeschriebene Musik, meine ich. Vielleicht sind die Wände dieser Tempel, voller Zeichnungen von Vögeln und Augen und so weiter, eigentlich gigantische Gesangsbücher, Mr Grey.«

Grey war von dieser Bemerkung so verdutzt, dass er tatsächlich stehen geblieben war, mitten im Gang. Diesen Gedanken fand er so klug … ihm war das noch nie in den Sinn gekommen. Er lächelte.

»So habe ich das noch nie gesehen, Mrs Boothe …

Diese Frage muss ich unbedingt jemandem stellen. Oder vielleicht sollten Sie einen Brief an die Royal Academy verfassen.«

»Oh nein, Mr Grey, bestimmt hat man dort kein Interesse, von einer Bardame aus Kent zu hören.«

»Mrs Boothe, Sie stellen sich selbst sehr in Abrede, indem Sie das sagen – dass Sie eine Bardame aus Kent wären. Sie sind eine Frau mit vielen Talenten.«

»Sie schmeicheln mir, Mr Grey. Aber ich weiß das sehr zu schätzen.« Sie schmunzelte, sah ihn dabei allerdings nicht an, blieb sittsam und hielt den Blick auf die Straße vor ihnen gesenkt.

Grey blickte Mrs Boothe jedoch an. Was für ein wunderbar unkonventionelles Köpfchen sie doch hatte. Und er fand sie so attraktiv. Sie war nicht größer als der Durchschnitt, recht schlank, aber nicht dürr. Ihr dunkelblondes Haar war in der Mitte gescheitelt und umrahmte ihr Gesicht in leichten Locken. Locken, die anscheinend dem Dutt-artigen Arrangement auf ihrem Hinterkopf, das an ein Käppchen erinnerte, entkommen waren. Ihre Wangenknochen waren prominent, jedoch ohne hart zu wirken. Tatsächlich besaß ihr ganzes Gesicht eine Art gütige Weichheit, die man so vielleicht in dem Antlitz eines Botticelli fand.

Einen Augenblick gingen sie schweigend weiter.

»Mrs Boothe, hatten Sie als Heranwachsende jemals die Gelegenheit dazu, etwas von der Malerei zu sehen?«

»Hin und wieder. Damals ging ich mehrere Jahre auf die Mädchenschule St. Martin-in-the-Fields, als mein Vater gerade den Try Pot eröffnete und mich von dessen raueren Aspekten fernhalten wollte. Es wurden Ausflüge zu vielen der Herrenhäuser arrangiert, wenn sie außerhalb der Saison leer standen. Dort hatte ich die Gelegenheit, mehrere Meisterwerke zu sehen.«

Grey nickte. »Wenn Ihnen die Frage nicht zu persönlich ist: Wie kam es, dass Sie nun das Pub Ihres Vaters führen?«

»Nun ja – wenn Sie im Zweifel mir vergeben, dass die Antwort vielleicht zu persönlich ist –, nach dem Tod meines Mannes war ich untröstlich, einige Zeit lang beinahe bettlägerig, und konnte nur aufstehen, um mich um meine Töchter zu kümmern. Zu der Zeit hatte mein Vater vorgeschlagen, ich könnte doch im Try Pot einziehen, wo er wohnte. Dass er einen Teil des Obergeschosses des Pubs komplett abgrenzen und ihn in eine Wohnung für uns, für meine Töchter und mich, umbauen würde. Auf diese Art, meinte er, könnten wir nahe genug beieinander sein, sodass er und meine Schwester mir helfen konnten, auf die Kinder aufzupassen. Und obwohl er es nicht aussprach, meinte er damit, dass wir nahe genug zusammen wären, um auch auf mich aufzupassen. Ich lehnte ab. Mr Boothe und ich hatten ein kleines Häuschen in Portsmouth – Mr Boothe war stellvertretender Leutnant auf der *Elephant*, als er getötet wurde. Er hatte darauf gewartet, dass die Admiralität seine Beförderung genehmigte. Er meinte, es sich leisten zu können, ein Haus für uns zu kaufen, ein kleines, nahe der Küste, sodass er uns sehen konnte, sobald die Ärmelkanalflotte anlegte. Und dass es eine gute

Anlage für die Kinder und mich wäre, falls ihm etwas geschehen sollte.«

Bei dieser letzten Bemerkung schniefte sie leise, und Grey fühlte sich schuldig, das Thema aufgebracht zu haben.

»Jedenfalls weigerte ich mich, es zu verlassen. Mein Vater, der dies langsam akzeptierte, setzte sich allerdings gegen mich durch, um wenigstens meine Töchter zu Besuch in den Pot mitnehmen zu dürfen, da es dort inzwischen sehr geschäftig zuging und er nicht so oft fortgehen und sie besuchen kommen konnte, wie er es gerne getan hätte. Dies akzeptierte ich wiederum, und nachdem er sie ein paar Tage lang gehabt hatte, weigerte er sich, sie mir zurückzubringen – er schickte mir eine Nachricht, dass er einfach zu beschäftigt wäre, um sie wieder bei mir abzugeben, und dass ich selbst würde kommen müssen. Also tat ich das – wutentbrannt. Doch als ich ankam, überredete er mich dazu, wenigstens über Nacht zu bleiben, da ich von der Reise müde aussähe.

Seit knapp zwei Jahren war ich jetzt nicht mehr in dem Haus in Dover. Mein Vater hat arrangiert, dass es an die Familien junger Matrosen vermietet wird, und die Einkünfte daraus hebt er in einer Geldanlage für meine Kinder und mich auf, sollte ich sie jemals brauchen.«

Grey wusste, dass er viel zu weit in Mrs Boothes persönliche Angelegenheiten eingedrungen war – unabsichtlich, und doch war es geschehen. Allerdings hatte er auch das Gefühl, dass dies eine Geschichte war, die Mrs Boothe hatte erzählen wollen, da sie sie vielleicht noch nie jemandem anvertraut hatte und die – eventuell – schwer auf ihr gelastet hatte. Doch so oder so brachte die Erinnerung daran sein schlechtes Gewissen zurück.

Jedenfalls – was tat er hier eigentlich? Stand herum wie ein verträumter junger Kerl. Er beschloss, in den Waffenraum hinunterzugehen und nach irgendeinem Offizier Ausschau zu halten, der längere Zeit in Montevideo verbracht hatte, damit er in der Unterhaltung eventuell etwas über die Stadt herausfinden konnte, die er noch nicht kannte. Soll heißen: Grey befahl sich, an die Arbeit zu gehen.

6

Wie sich herausstellte, hatten weder die Offiziere noch die Unteroffiziere des Waffenraums die geringste Erfahrung mit Montevideo, doch der Waffenraumsteward teilte Grey mit – nachdem er ihm wegen des Lauschens um Verzeihung gebeten hatte –, dass der Koch des Kapitäns Argentinier war, einer der vielen Ausländer, welche die anderen Ränge der Royal Navy bekleideten; besonders oft den Rang des Kochs, angeheuert in einem fremden Hafen, von einem Kapitän, der einen Geschmack für etwas Lebhafteres als die englische Küche entwickelt hatte. Mit Captain Duckworths Erlaubnis spannte Grey Mr Gomez – Relicario Gomez – dafür ein, ihm den Grundriss und den Charakter von Montevideo sowie des Gebiets flussabwärts des Río de la Plata näherzubringen, und zwar zwischen seinen Pflichten, Mahlzeiten für den Kapitän zuzubereiten, wozu er nur wenig Zeit brauchte, da Duckworth einer dieser englischen Kapitäne war, die keinen Geschmack für irgendetwas Aufregenderes als die englische Küche entwickelt hatten. Er hatte Gomez nämlich schlicht vom letzten Kommandanten der *Perseus* übernommen.

So begann eine ungewöhnlich erfreuliche und – dank einigem Glück und Duckworths außerordentlichem Talent im Segel setzen – ungewöhnlich schnelle Durchquerung der windstillen Zone, dieses mühsamen, gefährlichen Ozeanabschnitts zwischen den nordöstlichen Passatwinden vor Nordwest-Afrika und den Südostpassaten vor Nordost-Brasilien. Sie wehten etwas nördlich vom Äquator und drohten jedes Schiff, das sie passieren musste, in eine Flaute geraten zu lassen und auszutrocknen. Beinahe die ganze erschlossene Welt hatte vorhersehbare Windmuster, von denen manche das ganz Jahr über wehten oder einige mit der Jahreszeit wechselten, jedoch alle davon mehr oder weniger verlässlich. Doch in den windstillen Zonen konnte der Wind an jedem beliebigen Tag des Jahres urplötzlich ersterben, und das für Wochen. Jeder Seemann hatte schon Geschichten von Geisterschiffen gehört, die sich in den Hafen schleppten und nur noch ein halbes Dutzend Männer hatten, die aufrecht stehen konnten, mit geschwollenen schwarzen Zungen, gewillt, alles, was sie besaßen, für einen Schluck Wasser einzutauschen.

Die Passage der *Perseus* war jedoch von einem stetigen Südwind gesegnet, wodurch sie sich vermutlich auch als kürzester Zeitraum entpuppte, in dem man die windstille Zone überhaupt durchqueren konnte. Und zwar in so einem Ausmaß gesegnet, dass die Matrosen, so entschlossen abergläubisch wie alle Matrosen, tatsächlich anfingen, besondere Vorkehrungen zu treffen, um ihre Glückssträhne aufrechtzuerhalten. Aus eigenem Willen unterließen sie es, an Sonntagen zu fluchen, bis sie dann gänzlich mit dem Fluchen aufhörten. Auch die Jagd auf Seevögel, wobei sie Haken mit Fischködern in die Takelage hingen, wurde eingestellt. Da Grey im Spanischen bereits fast so flüssig war wie ein Muttersprachler, half ihm Relicario Gomez dabei, sein Portugiesisch zu verbessern, eine Sprache, die – da sich die Reiche von Portugal und Spanien oft ein Kopf-an-Kopf-Rennen entlang des Río de la Plata lieferten – Gomez von Geburt an gesprochen hatte. Allerdings äußerte die Mannschaft den Wunsch, durch ein Ersuchen des Steuermannes an den Kapitän gerichtet und durch den wiederum an Grey, dass Grey und Gomez aufhören sollten, diese seltsam klingende und nicht-protestantische Sprache zu sprechen, zumindest an Deck. Als Grey dann herausfand, dass Gomez ein eifriger Schachspieler war, hatte er bei Dick Deadleg ein einfach geschnitztes Schachbrett samt Figuren in Auftrag gegeben, und – obwohl Gomez kein ernsthafter Gegner für ihn war, da er selbst den ganzen letzten Winter damit verbracht hatte, das Spiel hartnäckig zu studieren – fand Grey das Spiel kurzweilig, eine angenehme Begleitung zu ihrem Geplänkel über die Kolonie am Río de la Plata, über die er so viel wie möglich erfahren wollte.

Als die *Perseus* in Sicht des Kaps St. Rochus kam, waren ihre Wasserreserven unbedenklich, und es wäre nicht nötig gewesen, ein Boot an das Ufer der mit dichtem Dschungel bewachsenen brasilianischen Küste zu schicken, wenn es nicht einen anderen, vergleichsweise ernsten Grund dafür gegeben hätte. Es hatte sich nämlich herausgestellt, dass der Limettensaft des Schiffs gefärbt und verdünnt worden war – was manchmal passierte, wenn man es mit Krämern zu tun hatte, die exzessiv auf Profit aus und in dem Glauben waren, dass ihre Untat nur sehr unwahrscheinlich auf sie zurückfallen würde, da es immer der Kapitän war, der die ultimative Verantwortung für die an Bord geholten Vorräte seines Schiffes trug. Als erfreuliche Fortsetzung der Glückssträhne war das Schiff im Großen und Ganzen schön mit voller Kraft voraus weitergesegelt, und die losen Zähne tauchten erst zwei Tage vor Landfall auf. Natürlich würde ein Mann, der zuvor niemals auf hoher See gewesen ist, darauf hinweisen, dass es beträchtliches Unglück war, überhaupt Skorbut an Bord zu haben, doch damit lässt er die Überzeugung der Matrosen außer Acht. Kein Seemann wird je daran glauben, dass eine Pechsträhne bedeutet, dass gleich darauf eine Glückssträhne folgt, umgekehrt werden sich Seemänner jedoch immer sicher sein, dass nach dem Ende einer Glückssträhne unweigerlich Pech folgen wird. Der schlechte Limettensaft und die Anzeichen für sich öffnende Wunden waren genug, um das nervenzehrende Warten auf den bevorstehenden Schicksalsschlag einzuläuten.

Nachdem Duckworth seine versiegelten Befehle südlich von Teneriffa geöffnet hatte, hatte er herausgefunden, dass Grey im Prinzip das oberste Kommando über das Schiff hatte. Anstatt dies als Affront aufzufassen, was manche Kapitäne getan hätten, hatte Duckworth Grey einfach mitgeteilt, dass er und das Schiff zu seiner Verfügung stünden und dass sich Grey – privat – nicht dazu verpflichtet fühlen sollte, auf Förmlichkeiten zu bestehen, sondern wann immer er die Notwendigkeit sah, Duckworth Anweisungen zu erteilen, geradeheraus sein sollte. Grey wusste das zu schätzen und seitdem hatten er und Duckworth bereits mehrmals kongeniale Unterhaltungen darüber geführt, wo zu dieser Jahreszeit auf dem Río de la Plata – die immer wiederkehrenden Monsunregenfälle dieser Breitengrade, die Häfen und Flussmündungen überfluteten, in Betracht ziehend, – Schatzschiffe diskret beladen werden könnten, wenn gewünscht war, dass der Ladevorgang vor dem öffentlichen Blick verborgen bleiben sollte. Während dieser Konversationen war Greys beiläufiges, doch alles andere als unerhebliches botanisches Wissen – nach und nach durch die Lektüre der Werke eines ihm bekannten Botanikers namens Kefauver erworben – zum Vorschein gekommen. Die Flora war ein Thema, das man kaum vermeiden konnte, wenn man über die erstaunlich sattgrüne Küste Südamerikas sprach. Aus diesem Grund fragte Duckworth Grey, ob er eventuell eine kleine Gruppe an Land führen könnte, um Grün zu sammeln, das die Männer als Ersatz für den untauglichen Limettensaft zu sich nehmen konnten.

Normalerweise wäre dies die Verantwortung des Schiffsarztes gewesen, doch die *Perseus* war bloß mit einem Zahnarzt losgesegelt (keine zu teure Entscheidung; die meisten Seemänner fürchteten sich viel mehr vor dem Zähne ziehen als davor, Gliedmaßen zu verlieren. Marinesoldaten auch, da war Grey keine Ausnahme. Ein guter

Zahnzieher konnte ein ganzes Schiff beruhigen). Duckworth meinte, er könnte natürlich auch den Zahnarzt und Bader losschicken, falls Grey diese Aufgabe Unannehmlichkeiten bereitete, doch dass er sehr viel beruhigter wäre, was den Fortschritt des Skorbuts betraf, wenn ein mit Pflanzen bewanderterer Herr die Verantwortung übernähme. Grey, der sich so weit im Norden von Brasilien noch nie genauer umgesehen hatte, nahm wissbegierig an.

So ruderte also ein kleines Beiboot mit Grey im Bug an Land, während er den Drucklufttank, der hinten auf dem Lauf seines Girandoni-Luftgewehrs angebracht wurde, auf das Kugellager schraubte. Die Girandoni war eines von Greys wertvollsten Besitztümern – eine seltene, in Österreich hergestellte Repetierflinte. Er hegte die milde Hoffnung, dass der kurze Aufenthalt an Land ihm auch die Möglichkeit bieten würde, zusätzlich zu frischem Grün etwas frisches Fleisch mitzubringen. Er hatte zwar nicht direkt etwas gegen Salzfleisch, doch nach einem Monat lief ihm beim Gedanken an – zum Beispiel – ein wenig gebratenes Wild allerdings schon das Wasser im Munde zusammen. Jetzt, wo er die Küste näher betrachtete, auf die er zusteuerte, fragte sich Grey, ob es in Nordbrasilien Rotwild gab. Außerdem überlegte er, welcher Breitengrad das nördliche Ausbreitungsgebiet von Faultieren markierte (allerdings würde er bei Gott keines schießen).

Die *Perseus* hatte ein paar Hundert Yards vor der Küste beigelegt, nahe einer vielversprechenden Stelle zum Kräutersammeln – ein Sandstrand, der eine Flussmündung säumte. Die Luft wurde merklich süßer, als sich das Boot näherte: Der Geruch nach feuchten Gewächsen überlagerte nach und nach den Gestank von ungewaschenen Seemännern. Nachdem sie die Sturzwelle überquert hatten, sprangen Grey und die Mannschaft des Bootes barfüßig hinaus und zogen die Jolle eine sichere Entfernung den Strand hoch. Grey wies die Männer an, auf der Hut vor Schlangen zu sein, und ging dann auf den Rand des Dschungels zu, auf der Suche nach Essbarem.

Und das war auch nicht schwer zu finden. Der Strom floss in mehrstufigen Kaskaden über natürliche Becken, die das Wasser über lange Zeit hinweg in einen felsigen, mit Gras bewachsenen Berg geschliffen hatte, aus dem Dschungel heraus und sah aus, als wäre er für einen florentinischen Garten entworfen worden. Eine Ansammlung von Mombinpflaumenbäumen umgab ihn, an denen die kleinen, süßen orangen Früchte hingen, die bekannterweise nur an der Nordostküste Brasiliens wuchsen. Über ihnen ragten lange, schlaksige Kokosnusspalmen auf, die sich über den Strand bogen und ein sicheres Anzeichen dafür waren, dass Greys Männer nicht die ersten Besucher hier waren, denn Kokosnüsse waren den Spaniern und Portugiesen in die Neue Welt gefolgt.

Grey ließ seine sechs Ruderer Pflaumen pflücken; eine Aufgabe, an die sie sich eifrig machten, wobei sie aßen und lachten, während sie die frischen Früchte von den niedrigen Bäumen pflückten. In der Zwischenzeit suchte sich Grey die Kokosnusspalme mit den meisten Früchten aus und kletterte daran hoch. Er spürte die welligen Ringe des Stamms unter seinen nackten Schienbeinen und Füßen und bemerkte, wie sich die Palme unter seinem Gewicht leicht bog. Als er die Krone erreichte, rief er: »Vorsicht dort unten, Jungs«, und fing an, die Kokosnüsse abzureißen und sie auf den Sand fünfzehn oder zwanzig Fuß unter sich fallen zu lassen, wo sie mit einem sanften *Plumps* und zu den Scherzen der Männer darüber, in welche Kanone sie passen würden und an welchen Frauen sie am besten aussähen, aufkamen.

Grey riss die letzte Kokosnuss ab und nahm sich einen Moment, um das schöne Panorama vor ihm zu betrachten – das leuchtend smaragdgrüne Wasser, das weiter hinten zu einem dunkleren Saphirblau wurde und in der Sonne glitzerte. Dahinter die *Perseus* vor Anker.

… Und noch dahinter eine Brigantine im Windvorteil und *Perseus* direkt vor ihr. Eine Brigantine, die keine Flaggen gehisst hatte.

»ZURÜCK ZUM BOOT!«, schrie Grey und ließ sich vom Stamm aus nach unten fallen.

Zwei der Männer rollten gerade ein Fass voller Mombinpflaumen den Strand hinunter. Grey rief ihnen zu: »LASST DAS, LASST DIE HIER, LOS – BRINGT DIESES VERDAMMTE DING ZU WASSER!«

Er fing an, das Boot zurück hinunter in die Brandung zu schieben. Zwei Männer tauchten neben ihm auf, dann drei, dann alle sechs und mit vereinter Kraft brachten sie die Jolle durch die Brandung. Die Ruderer kletterten nacheinander hinein und ruderten vom Strand weg, gegen die Sturzwellen ankämpfend. Grey war der Letzte an Bord, hievte sich über das Dollbord hinein und rief immer wieder im Takt »Schlag-Schlag-Schlag«, um die Züge der Männer zu koordinieren. Gegen die Strömung würden sie mindestens fünf Minuten brauchen, um zurück zum Schiff zu rudern. Die Brigantine, falls sie feindlich gesinnt war, würde wahrscheinlich schon in dreien nahe genug sein, um ihre kleine Kanone abzufeuern.

Auf dem Deck der *Perseus* standen indes die Männer an der Ankerwinde und hievten den Anker nach oben. So nahe am Ufer wie jetzt könnte eine Brigantine die *Perseus* ausmanövrieren, doch die *Perseus* könnte ihr mit Sicherheit davonsegeln, wenn sie verhindern konnte, auf der Leeseite vor die Küste gedrängt zu werden. So wie sie jetzt dalag, war sie beinahe hilflos. Obwohl die beiden Briggs ungefähr die gleiche Breitseite besaßen – keine von beiden war schwer –, hatte die Brigantine im Meer im Gegensatz zur *Perseus* Platz zum Manövrieren. Es sei denn, Duckworth schnitt das Ankertau durch und flog los.

Grey befürchtete, dass Duckworth auf ihn wartete, da er ja die Hauptfracht der *Perseus* war. Für einen Augenblick überlegte Grey, ob er den Befehl zum Umkehren geben sollte, doch er fürchtete, damit in der Situation noch mehr Verwirrung zu stiften, und die Jolle war nun bereits fast in Rufweite. Wenigstens musste seine Stimme nicht gegen die Wellen ankämpfen.

»DURCHSCHNEIDEN, MANN!«, schrie Grey nachdrücklich, winkte, um gesehen zu werden, und mimte eine Schneidebewegung, indem er einen Arm auf den anderen hinuntersausen ließ. »DURCHSCHNEIDEN UND WEG HIER!«

Das war ihre einzige Hoffnung. Wenn die *Perseus* schnell wegsegeln konnte, hätte sie alle Zeit der Welt, sie danach wieder einzusammeln – doch falls sie gekapert wurde, wäre Englands Schicksal damit vielleicht besiegelt und Großbritannien müsste sich mit Frankreich und einem reichen Spanien abfinden, die sich gegen das Königreich vereint hätten.

Jetzt konnte er Duckworth an der leewärtigen Reling des Achterdecks stehen sehen. Mit Nachdruck wiederholte Grey wie ein Wildgewordener die Schneidegeste, während er die ganze Zeit schrie: »SCHNEIDET DIE LEINEN DURCH – DURCHSCHNEIDEN UND WEG HIER!«

Und plötzlich verstand Duckworth. Er rannte außer Sicht, und einen Moment später waren er und der Bootsmann zu sehen, wie sie mit Äxten in der Hand den Laufgang entlangrannten. Sie fingen an, auf die Leine des Bugankers einzuhacken, wobei sie schnell von einem Leutnant unterstützt wurden. Es schien eine Ewigkeit zu dauern, doch mit einem ohrenbetäubenden Ratschen war die Leine schließlich durchtrennt und verschwand unter Wasser wie eine verängstigte Seeschlange. Grey hoffte, dass das Tau am anderen Ende wegen der Spannung nicht einmal durch die Mannschaft geschnalzt war und dabei diejenigen getötet hatte, die nicht weit genug davon weg gestanden hatten.

Die Segel der *Perseus* blähten sich bereits und lenkten sie in einem scharfen Kurs von der Küste weg, mit der Brigantine auf ihrer Backbordseite.

Immer noch segelte die Brigantine ohne Flagge. Inzwischen stand fest, dass sie nichts Gutes im Schilde führte – doch waren es Piraten oder Freibeuter? Wenn es ein Freibeuterschiff war, wäre es immer noch an das Wappenrecht gebunden. Die Besatzung der *Perseus* – oder jede andere Besatzung, die sie herausforderten – konnte ihr Schiff rechtmäßig in einem Kampf verteidigen und bei einer Kapitulation erwarten, wie Gefangene behandelt zu werden. Piraten hingegen hissten alle dieselbe Flagge – den grinsenden Schädel mit den gekreuzten Knochen oder Schwertern darunter –, um einer Mannschaft mitzuteilen, dass jeder Mann, der Widerstand leistete, genau wie Piraten, die sich ergaben, gehängt werden würde. Ein Kampf mit Piraten bedeutete also kein Pardon auf beiden Seiten. Die Piraten waren darauf natürlich vorbereitet. Rechtschaffene Besatzungen oft nicht. Alle Seemänner kannten die Geschichte von Black Bart, der Anfang des vergangenen Jahrhunderts die Piratenflagge im Hafen von Trepassey in Neufundland gehisst hatte – und die gesammelten Mannschaften aller zweiundzwanzig Schiffe vor Anker dort aufgefordert hatte, ihre Posten zu verlassen und an Land zu kommen. Die Lektion der Geschichte war von Mann zu Mann unterschiedlich. Sie ging als eine der größten Beutezüge in die Piratengeschichte ein, allerdings war kein Seemann getötet worden.

Grey, hoffend, dass die *Perseus* gezwungen sein würde,

dichter am Wind zu segeln und schließlich wie ein Bär zu kämpfen, befahl immer noch *Schlag-Schlag-Schlag*, auf sie zu zurudern, doch sein Blick war auf die Brigantine gerichtet. Dort ruhte er noch immer, als die schwarze Flagge in die Höhe schoss. Also war es doch ein Piratenschiff. Dann leuchtete es plötzlich am Bug der Brigantine auf: Buggeschütze, vermutlich lange Neuner. Nur eines war abgefeuert worden. Ein Warnschuss, der durch die Takelage der *Perseus* segelte. Sie ignorierte ihn, ihr Union Jack flog immer noch trotzig im Wind. Und sie brachte bereits einige Entfernung zwischen sich und das Piratenschiff.

Die Piraten feuerten einen zweiten Warnschuss ab, diesmal aus dem anderen Geschütz. Die Kugel traf die *Perseus* nahe an der Wasserlinie.

Im Nachhinein war sich Grey nicht sicher, was genau passiert war, nur dass die größte Angst eines jeden Seemannes wahr geworden war. Vielleicht hatten die Pulveräffchen der *Perseus* die Filzvorhänge, die das Waffenlager schützten, nicht geschlossen. Vielleicht hatte die Kugel auch in Sekundenschnelle einen Brand verursacht. Vielleicht hatte die Kugel die Pulverlager aber auch direkt getroffen und ein Funke war übergesprungen oder die Kugel war einfach heiß genug gewesen, um das Pulver umgehend zu entzünden.

Alles, was Grey mit Sicherheit wusste, war, dass die *Perseus* im einen Moment noch rasch zu entkommen schien – und im nächsten in einer lichterloh brennenden Säule aufging. Mehr als hundert Yards entfernt wurden

Greys Augen davon geblendet und seine Ohren betäubt. Die Welle, die von ihr ausging, die Jolle umwarf und ihn ins Wasser katapultierte, nahm Grey kaum wahr. Er erinnerte sich dunkel an raue Hände, die ihn ungestüm aus dem Wasser zogen und ihn in einen stockfinsteren Raum in einem Schiffsbauch warfen. Er erinnerte sich dunkel an das Stöhnen verwundeter Männer um ihn herum, das gelegentlich durch das helle Schrillen in seinen Ohren drang und andauerte, bis er das Bewusstsein verlor.

7

Grey hatte wenig Erfahrung mit Piraten, doch er wusste oder konnte sich denken, was als Nächstes passieren würde. Zuerst würde das Angebot kommen, der Piratenmannschaft beizutreten. Alle Schiffe auf hoher See sind immer daran interessiert, ihre Matrosenanzahl wieder aufzubessern. Bereits ein Gefährt von der Komplexität eines Schiffs, das für das offene Meer geeignet ist, bedeutete, dass wahrscheinlich zwei oder drei Männer pro Monat umkamen – weil sie aus der Takelage fielen, von einem Block am Kopf getroffen wurden, bei Sturm über Bord gingen oder an einer Blutvergiftung durch einen entzündeten Kratzer starben. Wenn man zusätzlich dazu noch in Betracht zog, dass sie vom Kämpfen zermürbt waren und Piraten ununterbrochen neue Männer zwangsrekrutierten – war das noch ein guter Grund für die Besatzung, keinen Widerstand zu leisten, sobald sie einmal die schwarze Flagge wehen sahen.

Diejenigen, die das anfängliche Angebot ablehnten, wurden vielleicht noch darum gebeten, es sich nochmals zu überlegen, nachdem sie einen von ihnen umgebracht hatten, normalerweise auf irgendeine zutiefst unerfreuliche Art und Weise, zur Belehrung der Verweigerer und zur Vergnügung der Piratenmannschaft. Oft spielten Haie darin eine Rolle. Wenn die Männer dann immer noch nicht zum Beitritt überredet werden konnten oder eine körperliche Behinderung hatten, standen ihnen ein nasskaltes Gefängnis und langes Warten bevor, um ausgelöst zu werden. Wenn man Glück hatte, gab es einen wohlhabenden Landsmann auf irgendeiner Plantage in der Nähe, der zahlen konnte, oder eine nahe gelegene Stadt mit einer heimischen Botschaft oder der eines freundlich gesinnten Landes. Wenn nicht, blieb einem nur der schleppende Prozess des Briefeschreibens nach Hause und die Hoffnung, dass Verwandte oder Kirchengemeinden etwas Lösegeld aufbringen konnten. Wenn auch das scheiterte, gab es noch den Sklavenmarkt. Manchmal ging es mit dem Sklavenmarkt auch schneller, wenn die Aussicht auf einen guten Preis attraktiver erschien als die lange Warterei auf ein konfiskatorisches Lösegeld, das vielleicht, vielleicht aber auch nicht bezahlt wurde.

In der Zwischenzeit tickte die Uhr für Englands Zukunft immer weiter und Montevideo schien in schrecklich, schrecklich weiter Ferne. Grey hätte sich leicht der Verzweiflung hingeben können.

Im Moment war er im Bauch der Brigantine gefangen, immer noch im Stockdunkeln, mit dreien der Ruderer, die mit ihm zum Grün sammeln an Land gegangen waren. Offenbar waren die anderen drei seiner Gruppe gestorben – entweder in der Explosion oder der Welle, die ihr folgte, oder aber von der Hand der Piraten, die Grey und die anderen Überlebenden aus dem Meer gefischt hatten. Seine Handgelenke und die der anderen Männer waren gefesselt. Das gelegentliche Klirren der Ketten erinnerte Grey daran, dass er in Gesellschaft war. Da nun alle wieder das Bewusstsein erlang hatten, wurde ein wenig über das Schicksal der *Perseus* spekuliert. Nur Grey hatte die Explosion gesehen, da die Ruderer notwendigerweise ja in die andere Richtung geblickt hatten. Nach einiger Zeit drifteten die vier Gefangenen allerdings in Schweigen ab, als jeder über seine Zukunft und die Möglichkeit nachdachte, dass diese sehr kurz sein könnte.

Grey überlegte gerade, ob es Tag oder Nacht war, als einer der Ruderer das Wort ergriff – das erste Mal seit Stunden, dass einer von ihnen etwas sagte, dachte Grey, obwohl es sich vielleicht auch nur wie Stunden anfühlte.

»Wenn sie mir anbieten, mich ihnen anzuschließen …«, sagte eine Stimme, die Grey als die eines tüchtigen Seemanns namens Barrows erkannte. »Wenn sie mir anbieten, mich ihnen anzuschließen, mache ich das auch.«

»Wenn Sie das tun«, antwortete Grey, »werden Sie Ihnen die Piratenflagge auf den Arm tätowieren. Und falls Sie es jemals zurück in die zivilisierte Welt schaffen, werden Sie als Pirat gehängt werden.«

»Kann genauso gut dann gehängt werden, als jetzt an die Haie verfüttert zu werden«, erwiderte Barrows einen Augenblick später. »Und vielleicht kann ich ja erklären, dass das nicht meine Wahl war. Dass sie mich dazu gezwungen haben, mich ihnen anzuschließen.«

»Vielleicht«, meinte Grey.

»Glauben Sie aber nicht?«, fragte einer der anderen Männer, Dowdell.

Da er die Ruderer nicht sehen konnte, war er sich der Verbindungen von Namen, Gesichtern und Stimmen nicht mehr sicher. Er glaubte, Dowdell wäre um die fünfzehn. Seine Stimme klang zumindest so. Jung und voller Angst.

»Ich weiß nicht«, gab Grey zu. »Ich nehme an, dass jeder Pirat, der gefangen genommen wird, das sagt. Meistens ist es vermutlich auch wahr, aber deswegen werden sie trotzdem gehängt.«

»Was würden Sie denn tun, Sir?«, fragte Dowdell.

»Ich würde mich ihnen auch anschließen, wenn sie es mir anbieten«, ließ der dritte Mann, Drumgoole, verlauten – noch ein fähiger Seemann, ein Vormastmatrose.

»Ich weiß nicht«, antwortete Grey. »Lieber Pirat genannt werden als toter Mann; lieber ein toter Mann sein als ein Mörder, vermutlich.«

»Was werden Sie tun, Sir, wenn sie Sie fragen?«, wollte Dowdell wissen.

»Versuchen, einen guten Preis auf der Sklavenschau zu erzielen«, antwortete Grey.

»Sie wären also lieber ein Sklave als ein Pirat? Als ein freier Mann?«, fragte Barrows. Einen Augenblick später fügte er hinzu: »Feigling.«

Bevor Grey antworten konnte, öffnete sich eine Luke über ihnen. Das trübe Licht, das hereinfiel, blendete sie.

»Du«, sagte eine raue Stimme auf Spanisch. »Der Captain will mit dir reden. Du.«

Der Sprecher zeigte auf Grey, dann ließ er eine Strickleiter in den Frachtraum mit den Gefangenen hinunter. Grey sah die Leiter an und dann die drei erbärmlichen Seemänner neben ihm. Dowdells Augen waren rot und geschwollen, alle drei sahen sie aus, als würden sie darauf warten, in die Hölle bestellt zu werden.

»Gott sei mit euch, Männer«, sagte Grey und griff nach der Strickleiter.

»Gott behüte Sie, Sir«, gab Dowdell zurück.

Die Piraten, welche die Strickleiter hinuntergelassen hatten, führten Grey von dem Frachtraum hinauf und dann zurück auf das Kanonendeck, wo er an ein paar Dutzend Piraten vorbeikam. Ein paar grölten, ein paar andere stießen Pfiffe aus, einer sprach eine ironische Segnung aus. Grey fragte seinen Wärter nach dem Namen des Schiffs.

»*El Mosquito*«, antwortete der Mann und klopfte an die Tür der Kapitänskajüte am hinteren Ende des Kanonendecks, öffnete sie und bedeutete Grey einzutreten. Die Kapitänskajüte sah mehr oder weniger so aus wie auf allen Vollschiff-getakelten Gefährten: Ein großer Raum mit ausladender Fensterfront am hinteren Ende erstreckte sich über die gesamte Breite des Hecks. In keinem davon waren Glasscheiben, nur Abdeckvorrichtungen, die im Moment an der Decke festgemacht waren. Der Raum machte einen schäbigen Eindruck – gänzlich abwesend waren die zwanghafte Sauberkeit und das Leuchten der Königlichen Marine. Der Kapitän lag ausgestreckt auf einem Sofa, einer Art Ottomane. Er wickelte seinen langen Bart um einen Finger und las in einem Duodez.

»Sir«, begrüßte der Kapitän Grey, als er ihn erblickte. »Setzen Sie sich.«

Er deutete auf einen Teppich auf dem Boden vor seinem Sofa. Grey hatte mehrere Jahre mit Osmanen in Dalmatien und Nordafrika gearbeitet und verhandelt. So erschüttert, wie er immer noch war, dauerte es einen Moment, bis er sich entsann, wie man sich in höflicher Gesellschaft richtig auf dem Boden niederließ, im Gegensatz dazu, wie man sich vielleicht nach einem langen Marsch hinunterplumpsen ließ. Wobei er vielleicht etwas zu großzügig war, dies als höfliche Gesellschaft zu bezeichnen. Jedenfalls – der Kapitän sah erheitert aus, als er Grey dabei zusah, wie der endlich seine Beine überkreuzte, die Knie beugte und sich im Schneidersitz niederließ.

»Bequem?«, fragte der Kapitän mit einem breiten Grinsen, das seine Zähne entblößte.

»Außerordentlich«, entgegnete Grey ausdruckslos.

»Sie sind also Engländer?«, wollte der Kapitän wissen. Sie sprachen Spanisch.

»Ja«, antwortete Grey. »Sind Sie Türke?«

»Nein«, gab der Kapitän zurück. »Ich bin Spanier. Einmal habe ich eine türkische Barkentine gekapert und nun ja, deren Einrichtung fand ich im Gegensatz zu meiner besser.«

»Verstehe«, erwiderte Grey. »Dürfte ich fragen, wo ich bin?«

»An Bord meines Schiffes, etwa hundert Seemeilen westlich vom Kap St. Rochus. Auf dem Weg zur *Isla Cangrejo* – kennen Sie die?«

Grey schüttelte den Kopf. »Eine Pirateninsel?«

»Ja. Der südlichste der Märkte von Comodoro Lafitte.«

»Jean Lafitte?«

Der Kapitän lachte. »Sie kennen ihn?«

»Nicht persönlich«, gab Grey zurück.

»Dachte ich mir. Aber Sie kennen seine Arbeit?«

»Was man sich so erzählt. Ich dachte, er würde weiter im Norden operieren.«

»Das tut er auch«, bestätigte der Kapitän, »aber seine Geschäfte erstrecken sich über die ganze Karibik.«

»Seine Geschäfte?«, fragte Grey.

»Seine Märkte«, erwiderte der Kapitän. »Womit ich auf Sie zu sprechen komme. Ihrer Kleidung – was davon noch übrig ist – entnehme ich, dass Sie kein Matrose, sondern ein zusätzlicher Passagier sind. Ihrer Kleidung und dem hier ...« Er hielt Greys Girandoni-Repetierflinte hoch, die neben ihm auf dem Sofa gelegen hatte. »Was ist das?«

»Ein Luftgewehr«, entgegnete Grey. »Ich fürchte jedoch, dass das nicht zum Verkauf steht. Sentimentale Gründe, Sie verstehen.«

»Sie spielen ganz schön mit dem Feuer, was Ihre Witzchen angeht, Sir«, warnte der Kapitän. »Aber ein Luftgewehr, sagen Sie? Sehr interessant. Das hier ...« Er hielt die Handpumpe hoch, ein Teil des Kugel-und-Ausrüstungskastens des Gewehrs. »Damit füllt man es mit Luft?«

»Genau.«

»Nun ja, eines Tages werden Sie vielleicht die Gelegenheit bekommen, es zurückzuerwerben. Was mich wieder zu Ihrer Person bringt. Sie sind kein Offizier.«

»Ein Passagier, Sir, nach Montevideo. Und ich bezahle Sie sehr gerne dafür, wenn Sie mich den Rest des Weges dorthin mitnehmen.«

»Mich bezahlen, womit denn?«, blaffte der Kapitän. »Nein, ich glaube, Cangrejo wird das bessere Ziel für Sie sein. Gibt es denn Leute in Montevideo, die Sie auslösen werden?«

»Ja«, bestätigte Grey. »Und auch in Recife. Wenn Sie mich dort hinbringen, werden Sie Ihnen einen sehr guten Preis zahlen, direkt. Unnötig, deswegen beim *comodoro* vorbeizuschauen.«

»Um dann in Recife als Dank für meine Mühe gehängt zu werden?«, gab der Kapitän zurück. »Wohl eher nicht. Was sind Sie von Beruf?«

»Priester«, log Grey.

Der Kapitän lachte. »Bringt Unglück, einen Priester an Bord zu haben. Vielleicht sollte ich Sie aufknüpfen lassen. Aber nein – können Sie lesen und schreiben? Sehr gut. Sie werden einen hohen Preis erzielen. Ihre Mannschaftskameraden werde ich, glaube ich, für mich selbst behalten. Aber ja, für Sie werde ich einen guten Preis bekommen.«

»Handeln Sie oft mit Sklaven?«

»Oh ja, das ist sehr profitabel. Früher habe ich mit Schwarzen gehandelt, wissen Sie – und mit Frauen.« Er lächelte widerwärtig. »Doch seit der Sklavenrevolte auf Haiti erzielt man mit weißen Sklaven einen beträchtlichen Zuschlag. Ihre Besitzer finden sie weniger … äh, Furcht einflößend. Das war einer der Hauptgründe, warum ich in die Piraterie mit eingestiegen bin. Lösegelder sind ja schön und gut, wissen Sie, aber ein weißer Mann, der lesen und schreiben kann, und dann obendrein auch noch Priester – vor einem Priester braucht man keine Angst zu haben, der wird sich nicht gegen einen auflehnen, oder? Aber trotzdem, zuerst werden wir versuchen, das Lösegeld für Sie zu bekommen, vielleicht springt dabei sogar noch mehr raus als bei einer Versteigerung. Es ist so schwierig, bei Versteigerungen etwas vorherzusehen, wissen Sie. An einem Tag wollen die Leute einen Lehrer, am nächsten werden sie wegen seiner Frau ganz verrückt und am Tag danach lockt sein Sohn vielleicht noch die Päderasten an. Manchmal sind sie aber auch gar nicht das Wasser wert, das es gebraucht hat, um sie bis dort hinzubringen.«

Grey nickte. »Wie heißen Sie, Sir?«

»Vargas«, antwortete der Kapitän. »Werde ich Ihnen im Gedächtnis bleiben?« Er lachte erneut. »Ich würde Sie ja auch nach Ihrem Namen fragen, doch der ist egal – hoffen wir bloß, dass die Kosten, die durch Ihre Unterbringung in der Unterkunft für Auszulösende entstehen, nicht zu sehr in meinen Profit mit ihnen einschneiden. Sehr gut.«

Er dachte nach und zwirbelte unterdessen wieder seinen Bart. »Ja, sehr gut – nun werden Sie Ihren Lösegeld-Brief schreiben. Für Sie will ich … hundert Pfund. Sterling. Sonst wartet der Markt auf Sie. Also schreiben Sie ihn gut. Da steht das Tintenfässchen, daneben liegt ein Blatt Papier.« Er deutete darauf, dann nahm er, unablässig seinen Bart zwirbelnd, seine Lektüre wieder auf.

8

Da Grey keine Zeit hatte, eine detailliertere, verschlüsselte Botschaft innerhalb der Nachricht zu verstecken, konnte er in seinem Brief an den britischen Konsul in Recife, in dem er ein Lösegeld beantragte, bloß ein paar Sätze einbauen, die ihn als Mann des Geheimdienstes und Überbringer von Depeschen oder wichtiger Neuigkeiten identifizierten, indem er die traditionelle Schlussformel des Briefs leicht abänderte: »Somit verbleibe ich, Sir, *mit dem größtmöglichen Respekt*, Ihr *entschlossen* unterwürfiger Diener, Thomas Grey.« Er gab den Brief dem Kapitän, Vargas, der den Wärter-Piraten rief, um Grey wieder hinunter in den Gefängnis-Laderaum zu bringen. Nachdem er Grey dort abgeliefert hatte, befahl der Wärter den drei Matrosen hinaufzuklettern. Sie taten, wie ihnen geheißen, und erneut schloss sich die Luke über Greys Kopf. Damit war er allein. Die drei Matrosen kehrten nicht zurück.

Als die Brigg auf der Isla Cangrejo anlegte – etwas später, ob Stunden oder Tage, war sich Grey nicht sicher –, wurde die Luke zum Gefängnisraum wieder geöffnet und Grey an Deck gebracht, an noch mehr grölenden Piraten vorbei. Unter ihnen – nicht grölend, sondern in unterschiedlichem Maße beschämt dreinblickend – waren Barrows, Drumgoole und Dowdell. Anscheinend hatten sich alle von ihnen den Filibustern verschrieben.

Es dämmerte bereits, doch der Anblick des Hafens und der Insel, die ihn umgab, schockierte Grey trotzdem aufrichtig. Engländer befassten sich nur selten mit der Piraterie, da es das Privileg ihrer herausragenden Marine war, ihre Handelsschiffe dorthin zu eskortieren, wo auch immer es der Handel und das Empire erforderten. Natürlich wusste Grey, dass andere Nationen, die im Mittelmeer, in der Karibik oder in Kanton, Batavia, Java und so weiter Handel trieben, unter beträchtlichem Schaden von Piraten litten, doch bis zu diesem Augenblick hatte er die wahre Größe dieser Industrie noch nie erfasst. War das goldene Zeitalter der Piraten nicht mit Black Beard und Black Bart und Black Sam und Black Caesar und Black Bellamy zu Ende gegangen? Kurz dachte Grey über den Mangel an Fantasie nach, den die Piraten bei der Auswahl ihrer Kampfnamen bewiesen hatten, und sah sich dann auf der Krabbeninsel um.

Sie lag nur etwa eine Meile vor dem brasilianischen Festland und erinnerte Grey umgehend an Santorini oder Deception Island – an Caldera-Inseln, wo die Krater erloschener Vulkane Platz für weite, natürliche Häfen gemacht hatten. Genau die Art geologisches Phänomen, für das sich Greys verstorbene Ehefrau begeistert hatte … War es jetzt schon fünf Jahre her, dass sie von Malta zu der kleinen Klosterenklave auf Santorini gesegelt waren, damit Paulette dort umherstreifen, den Faltenwurf des Gesteins abzeichnen und Fragmente antiker Fische und Insekten sammeln konnte?

Die Krabbeninsel war kleiner als Santorini, aber nicht viel: Mächtige Steilküsten dominierten den Hafen, der voller Briggs und Barken, Sloops, Schnauen und Schiffe aller Takelungsarten war; voller Schmuggler und Piraten und, zweifelsohne, reicher *Herren* der westindischen Inseln, die hier nach Waren zum Kauf Ausschau hielten, die sie nicht haben dürften. Die Küste und das gesamte Umland waren gesprenkelt mit erleuchteten Fenstern in Läden und Tavernen und Handelshäusern. Grey – immer noch in Fesseln – kletterte unbeholfen den Landungssteg der Brigg hinunter in einen Kutter, der ihn, Vargas und eine Gruppe gieriger Piraten zu einem Pier verfrachtete, wo Vargas und seine Begleiter Grey, unter beträchtlichem Aufheben, eine volle Markstraße hinunterführten. Ein schriller Pfiff ließ Greys Kopf zu einem dreckigen, wie ein Pirat aussehendem Kerl an einem Gewürzstand herumschnellen – für einen Moment begegnete er Greys Blick, wandte ihn dann aber wieder ab. Schließlich quartierte Vargas Grey in der bizarren Parodie eines Hotels ein: In einem Gefängnis, wo Vargas eine Zelle für Grey buchte und im Voraus zwölf Schillinge für seinen Aufenthalt dort bezahlte.

Das Gefängnis war ein langes, einstöckiges Gebäude aus schwerem Eichenholz, ohne Zweifel Holzplanken, die einmal zu einem Schiff gehört hatten. Greys Zelle nahe dem Ende eines langen Flurs bestand aus vier Holzwänden, eine davon war eine schwere Tür, zwar nicht abgeschlossen, doch so entworfen, dass sie nur nach außen aufschwang und dort blockiert wurde. Gegenüber der Tür befand sich ein kleines Fenster, ungefähr zwei Drittel eines Quadratfußes. Ohne Gitterstäbe, denn zum Hindurchkriechen war es viel zu klein. Grey konnte gerade so seinen Kopf hinausstrecken. Dann befürchtete er für einen Augenblick, dass er den Kopf jetzt nicht mehr würde zurückziehen können. An der Hinterseite des Gefängnisses führte ein gut ausgetretener Pfad entlang. Zweifelsohne kam dort regelmäßig eine Art Bankier vorbei, um potenziellen Auszulösenden Geld zu horrenden Zinsraten zu leihen. Vermutlich kamen auch Händler des Weges, um den Gefangenen Essen zu Preisen zu verkaufen, die einer Beschlagnahmung gleichkamen, oder auf einer ebensolchen Kreditbasis. Grey fragte sich, ob er nur so an Essen und Wasser kommen würde, oder ob das in dem Preis der Zelle inbegriffen war. Von einem Schluck aus dem Wasserfass der *El Mosquito*, bevor er abgeführt worden war, einmal abgesehen, hatte er seit einer gefühlten Ewigkeit weder Nahrung noch Wasser zu sich genommen. Er hätte ein paar von diesen Mombinpflaumen essen sollen, als er noch die Gelegenheit dazu gehabt hatte.

Tatsächlich kam da gerade ein Bursche um die Ecke des Gefängnisses gebogen, ging den Pfad entlang und schaute dabei in die Zellen. Es war der bärtige Piraten-Kerl, der Grey zugepfiffen hatte, als man ihn vorhin durch den Markt geführt hatte, der vom Gewürzstand. Aber lag da nicht etwas in seinem Aussehen, das Grey vage bekannt vorkam? Er hatte Greys Statur, vielleicht ein wenig größer. Gebräunte Haut und braunes Haar, lang, ungekämmt und schmutzig. Er sah Grey und kam näher, dabei legte er einen Finger an die Lippen. Als er nahe genug war, um gehört zu werden, sagte er mit leiser Stimme, aber nicht so leise, dass sie verdächtig nach einem zischenden Flüstern klang: »Sieh an, sieh an, sieh an. Dacht ich's mir doch, dass ich Sie erkannt habe. Hatten wohl ein bisschen Pech, was, Mr Caffery?«

Er lächelte Grey an. Grey starrte zurück. Er hatte den Namen Caffery kürzlich während eines Auftrags in Frankfurt benutzt, um bei der Durchführung des Überlaufs eines wichtigen Franzosen zu helfen. Er kannte dieses dreckige Gesicht hinter dem Bart, dem Schmutz und den langen, lockigen Strähnen, die dem Mann in die Augen fielen … doch er war beinahe zu perplex, um es zu glauben.

»Mr Parker?«, fragte er. »Philo Parker?« Ein Mann des amerikanischen Geheimdienstes, Greys Gegenstück im Dienste der Vereinigten Staaten.

»Nein«, antwortete Parker. »Ich heiße Bowen. Peter Bowen. Und Sie?«

»Grey«, antwortete Grey. »Thomas Grey.«

»Mr Grey«, sagte Parker, »wurden Sie etwa auch in den Piraten-Trupp eingeteilt?«

Grey schüttelte den Kopf. »Nein, planmäßig hätte ich gar nichts mit Piraten zu tun haben dürfen. Das war ganz allein deren Idee.«

»Was tun Sie dann hier?«

»Soll das ein Witz sein? Was tun *Sie* denn hier?«

»Ich wurde in den Piraten-Trupp eingeteilt«, erklärte Parker. »Gibt es denn in London keine Zeitungen? Wir führen hier schon seit Längerem einen Kleinkrieg.«

»Waren Sie das in Tripolis?«

Parker nickte. »Das war ich.«

»Nun ja, gute Arbeit. Schade, dass Sie hier allerdings noch nichts erreicht haben.«

»Geduld, mein Guter, Geduld. Dieses Hornissennest werden wir auch noch ausräuchern. Nicht alle haben eine so große Flotte wie die zur Rettung der Helena, wissen Sie. Zu schade, dass ihr ehrenwerten Engländer euch noch nicht mit den Piraten befasst habt.«

»Mit denen befassen wir uns nicht, weil sie sich auch nicht mit uns befassen.«

Parker zog eine Augenbraue hoch.

»Anwesende ausgeschlossen. Das war bloß Pech. Ein leichtes Schiff und die Küste auf der Leeseite.«

»Nun ja, Glück für Sie, dass die Vereinigten Staaten hier sind, um den Tag zu retten. Oder zumindest sehr bald.«

»Wie bald?«, fragte Grey und sein Puls beschleunigte sich bei dem Gedanken daran, dass die Katastrophe abgewendet sein könnte.

»Drei Tage.«

»Morgen geht nicht, oder? Ich bin ein wenig in Eile.«

Parker kicherte kurz und schüttelte den Kopf.

»Aber im Ernst. Ich muss schnellstmöglich nach Montevideo. Welches Datum haben wir heute?«

»Zweiter Juli-«

»Verdammt, Parker – damit habe ich schon den Großteil einer Woche verloren. Wenn ich nicht bis Mitte Juli in Montevideo bin ... Nun ja, wie fänden Sie es, wenn Napoleon alle französischen, spanischen und britischen Reiche beherrschte?«

»Sicher nicht unsere erste Wahl, was das Ergebnis angeht. Aber ebenso wenig unsere erste Sorge.«

»Können Sie etwas für mich arrangieren, nachdem Sie das Nest ausgeräuchert haben – etwas Schnelles, das nahe am Wind segelt –, ungefähr in drei Tagen? Mit einem passablen Wind und der ungeteilten Aufmerksamkeit unseres Herrgotts schaffe ich es vielleicht noch.«

Parker schüttelte den Kopf. »Ich fürchte nicht.«

»Dann streichen Sie das schnell und nahe am Wind segeln. Können Sie mir etwas besorgen, das schwimmt?«

»Es tut mir leid, Grey. Wenn ich nur könnte.«

»Parker, bei meiner Ehre, es könnte kaum eine dringlichere Bitte geben.«

Parker legte die Stirn in Falten und sah ihn an. »In drei Tagen greift meine Marine diese Insel an. Und ich habe keine Ahnung, wie lange die Freibeuter durchhalten können. Es könnte innerhalb von ein paar Stunden vorbei sein – es könnte aber auch einen Monat dauern, wenn sich der Kampf in die Berge verlagert. Das ist die Sache mit den Piraten. Manchmal brechen sie die Zelte von einem Moment auf den anderen ab und betteln um Gnade, und manchmal, in dem Wissen, dass sie gehängt werden, stürzen sie sich Hals über Kopf ins Getümmel, bis auch der Letzte tot ist. Alles, was ich mit Sicherheit sagen kann, ist, dass es auf kurze Sicht gänzlich außer Frage steht, ein Schiff oder eine Mannschaft entbehren zu können.«

Grey nickte und dachte einen Moment lang nach.

»Hören Sie, können Sie mich wenigstens hier rausholen? Ich werde ein Schiff anheuern oder selbst eines kapern. Eine der Jachten dieser Herren.«

Jetzt überlegte Parker kurz und kratzte sich am Bart.

»Ja«, stimmte er schließlich zu. »Ja, das kann ich. Aber nach Ihrer Befreiung kennen Sie mich nicht und wir werden nicht mehr miteinander sprechen. Ich kann meine Tarnung nicht riskieren.«

»Ich verstehe. Ich stehe in Ihrer Schuld, Parker.«

»Noch nicht, noch nicht. Loben wir den Tag lieber nicht vor dem Abend.«

»Obacht, sonst vergessen Sie: Ich stehe bereits in Ihrer Schuld wegen dieser Franzosen, denen Sie in Frankfurt ein Bein gestellt haben.«

Parker lächelte. »Ach ja, das hatte ich schon ganz vergessen ... stimmt, dann stehen Sie also doch schon in meiner Schuld, nicht wahr? Nun ja, vielleicht werde ich Sie eines Tages dazu auffordern, sie zu begleichen. Und in der Zwischenzeit: Halten Sie sich wacker. Ich bin bald zurück.«

Grey nickte und Parker ging davon, weiter in dieselbe Richtung den Pfad entlang.

9

Grey schlief gerade an eine der Wände gelehnt auf dem Zellenboden, als ihn ein Kieselstein an der Stirn traf. Er schreckte aus dem Schlaf und wurde sofort von dem Amerikaner Parker, dessen Gesicht in Greys winzigem Fenster erschien, mit einem *Schhhh* zum Schweigen gebracht.

»Guter Gott, Sie haben aber einen tiefen Schlaf«, raunte Parker halblaut. »Nehmen Sie die«, wies er ihn an und reichte ihm eine Handvoll robuster, einen Fuß langer Schiffsnägel durch das Fenster. »Und den hier ...« Darauf folgte noch ein Holzhammer.

»Der obere Balken hier, der unter dem Fenster verläuft«, meinte Parker. »Machen Sie Einsätze aus diesen Nägeln, hier unter dem Fenster, schön stabil, sodass man ein Seil daran festmachen kann.«

Grey verstand, worauf Parker hinauswollte und fing an, die Nägel in einer grob waagerechten Linie in das Holz zu hämmern, wobei er Stellen aussuchte, die nicht zu sehr vermorscht waren. Ab und zu warf er einen Blick aus dem Fenster zu Parker, der aus einem Hanftau ein Geschirr für zwei Maultiere knüpfte.

»Hämmern Sie schneller«, drängte Parker ihn. »Ein bisschen Geklopfe wird auf der Hauptstraße wahrscheinlich nur wenig Aufmerksamkeit erregen, aber auf der Insel gibt es nicht viele Zugtiere, und der Kerl, von dem ich die hier gestohlen habe, kommt bei seiner Suche nach ihnen vielleicht hier vorbei.«

Grey hämmerte schneller. Es dauerte ungefähr fünf Minuten, um ein halbes Dutzend Nägel so tief in die Wand zu bekommen, dass die Nagelschäfte herausschauten, damit Grey Parkers Tau so fest, wie es nur ging, daran binden konnte.

»Geben Sie mir das Ende«, verlangte Grey und Parker fädelte das Tauende durch das Fenster. Dabei kam Grey nicht umhin zu bemerken, dass Parker an einem Schultergurt Greys Girandoni-Repetierflinte umgehängt trug.

»Wo zur Hölle haben Sie *das* denn her?«, fragte Grey und deutete mit dem Kinn auf das Gewehr, während seine Hände einige wohlgeübte Knoten knüpften.

»Das Luftgewehr?«, erkundigte sich Parker lächelnd. »Das habe ich diesem Captain Vargas abgekauft, der Sie hier einquartiert hat. Er ist hier in der Gegend eine ganz große Nummer. Er hofierte gerade in einem Pub und ich hab ihm ein Angebot gemacht. Wir haben uns auf zehn Pfund Sterling und fünf Stücke eines spanischen Achteldollars geeinigt.«

»*Fünfzehn Mäuse* für eine *Girandoni*? Der muss sich ja den Schädel weggesoffen haben, dieser-« Grey fuhr damit fort, Schlingen für die Knoten zu machen, wobei er seinen Entführer mit einem Schwall von Profanitäten beleidigte.

»Allerdings«, pflichtete Parker mit dem Anflug eines überraschten Schmunzelns bei. Er kontrollierte gerade das Seil über den Schultern der Maultiere und überzeugte sich davon, dass alles in bester Ordnung war. »Haben Sie in Ihrem Leben schon mal so eine gesehen? Ein Bekannter von mir – namens Lewis – besitzt eine und es ist einfach ein verdammt geniales Ding.«

»Ja, Parker, die kenne ich.«

»Wo, meinen Sie, hatte Vargas die her?«

»Ach, da würde ich eine Vermutung wagen.«

Parker sah zu ihm auf. »Nein. Ihre?«

»Das war sie mal, ja.«

Parker lachte. »Tut mir leid, alter Knabe. Nun ja, das können wir ja noch richtigstellen, sobald wir Sie erst einmal hier raus haben.«

»Wenn Sie mich hier rausbringen und ich meines Weges gehen kann, werde ich nicht nur das Gewehr renoncieren, sondern die Transaktion auch noch vom Erzbischof von Canterbury absegnen lassen. Sind Sie bereit?«

Parker zog ein letztes Mal an dem Geschirr der Maultiere. »Bin ich. Und Sie?«

Grey zog die riesige Schlinge an den herausstehenden Nagelschäften fest. So unbeweglich wie der Eckstein der Kathedrale von Canterbury. »Ich auch.«

»Dann treten Sie zurück.«

Grey machte einige Schritte rückwärts vom Fenster weg, während Parker die Maultiere langsam im rechten Winkel von der Rückwand des Gefängnisses wegführte. Sie gingen etwas bergauf, durch hohes, schilfartiges Gras auf den Rand des tropischen Waldes zu, der den Großteil der Insel bedeckte.

Das Tau straffte sich, und die Maultiere begannen an der Gefängniswand zu ziehen. Sie zogen und zerrten und rissen an den Nägeln. Das Seil spannte sich pfeilgerade. Mit leisem Zuspruch trieb Parker die Maultiere weiter an – »So ist's gut, Jungs – kräftige Burschen seid ihr – ziehen, Jungs, ziehen.« Sie zogen noch fester und gruben dabei ihre Hufe in die Erde. »Kommt schon, Jungs, ihr schafft das, zieht – zieht – zieht um euer Leben!« Mit der flachen Hand schlug er dem Maultier, das am nächsten bei ihm stand, hart auf den Rumpf.

Langsam wölbte sich die Gefängniswand nach außen. Dann, auf einmal, wie ein Erdrutsch – und mit einem lauten Krachen – gab sie nach – und das an den Nägeln festgebundene Seil riss die Hälfte der Gefängnisrückwand heraus. Ein gigantisches Loch klaffte auf. Grey trat hindurch und während ein paar andere verdutzte Gefangene es ihm gleichtaten, marschierte er auf Parker zu. Gleichzeitig zog Parker seinen Degen und schnitt das Hanfgeschirr der Maultiere durch.

»Tja, das war lauter als erwartet«, stellte er nüchtern fest, als auf der anderen Seite des Gefängnisses hörbares Chaos ausbrach. »Zeit für den besten Teil der Tapferkeit, Grey: Nichts wie weg, verdammt. In den Dschungel und auf der anderen Seite beim Hafen wieder raus. Ich hoffe, Sie können ohne Sattel reiten.«

Die durchgeschnittenen Schlingen der Knoten fielen um die Maultiere herum zu Boden. Parker kletterte auf eines und Grey zog sich auf das andere hoch. Nachdem sie ihnen die Fersen in die Seiten gerammt hatten, verschwanden sie im Wald und folgten einem Wildpfad, gerade als ein betrunkener Mob Piraten um die Ecke des Gefängnisses bog.

Da Parker vornweg ritt, kamen sie so schnell voran wie nur möglich, brachen durch ein Gewirr aus Zweigen, säbelten Schlingpflanzen ab und duckten sich unter großen Ästen weg. Nach ungefähr einer Viertelstunde hielten sie bei einer kleinen Lichtung um eine Quelle herum an und lauschten nach ihren Verfolgern. Nachdem es eine Minute ruhig geblieben war, einigten sie sich darauf, dass sie in Sicherheit waren, und Grey ließ sich schnell von seinem Maultier gleiten. Im Gefängnis hatte es kein Wasser gegeben und gefühlt hatte er schon eine Ewigkeit nichts mehr getrunken. Seit Parker ihn mit dem Kieselstein gegen die Stirn aufgeweckt hatte, wurde er vom Adrenalin angetrieben, doch jetzt – als er das frische, klare Wasser vor sich sah – brach sich der Durst Bahn in sein Bewusstsein. Ihm war verdammt schwindlig. Er ging ein paar Schritte und fiel dann am Rande der sprudelnden Quelle auf die Knie. Mit den Händen schöpfte er daraus und brachte ein paar Schlucke des kühlen Wassers an seinen Mund. Es war himmlisch.

Da zischte Parker hinter ihm plötzlich: »VERDAMMT MANN, WEG DA. NACH RECHTS, NACH RECHTS.«

Mit der unmittelbaren Reaktionsschnelligkeit eines Matrosen, der einer Kampfanweisung folgt, rollte sich Grey nach rechts ab. Parker war von seinem Maultier heruntergekommen und hechtete nun mit dem Degen in der Hand nach vorne, ließ sich auf ein Knie fallen und hieb eine riesige Schlange entzwei. Eine Insel-Lanzenotter. Grey erkannte sie, obwohl er noch nie eine gesehen hatte. Halb zusammengerollt, bereit zum Angriff, aber nur noch die Hälfte einer Schlange, schnalzte sie zum Rest ihres Körpers zurück, zuckte wild, stieß nun nach vorne auf Parker zu und bohrte ihre Zähne in dessen rechtes Bein, ein paar Zentimeter oberhalb seines dicken Lederstiefels. Parker heulte vor Schmerz laut auf, ließ seinen Degen fallen, umklammerte mit beiden Händen den Kopf der Schlange, riss ihn heraus und warf ihn – sich unter Todesröcheln windend – weg in den Dschungel.

Grey sprang wieder auf die Füße, schnappte sich Parkers heruntergefallenen Degen und trat die sich windende untere Hälfte der Schlange weg. Mit Parkers Degen machte er einen oberflächlichen Schnitt oberhalb der zwei Fangzähne unter Parkers Knie und fing an, das Blut und das Gift auszusaugen und es auszuspucken. Er drehte sich für einen weiteren Mund voll zurück, spuckte erneut aus und fuhr damit fast eine Minute lang fort, bis Parker ihn unterbrach.

»Grey, hören Sie auf damit, hören Sie zu. Das hilft eventuell – hat eventuell geholfen –, aber das war irgendeine Lanzenotter, also bleibt mir vielleicht nicht mehr viel Zeit, nicht mehr viel klare Zeit.« Er war bereits aschfahl. »Hören Sie mir also sehr genau zu. Es gab ein französisches Schiff, die *Tyrannicide* – kennen Sie es? Sie haben es auch die *Desaix* genannt.«

»Ja. Es war in Algeciras. Mit vierundsiebzig Geschossen.«

»Genau. Eure Flotte hat es damals fast versenkt, auf Grund laufen lassen, doch nachdem sich Saumarez nach Gibraltar zurückgezogen hatte, haben es die Franzosen wieder flottgemacht.«

»Es ist letztendlich in der Karibik gesunken, nicht wahr? Im Jahr zwei.«

»Ja, genau. Am Kap St. Francis ist es zu Treibholz zerschellt, und da wurde es – samt ihrer vierundsiebzig Kanonen – von den Franzosen auch liegen gelassen. Jean Lafitte ließ sich aber nicht so leicht einschüchtern wie der durchschnittliche Froschfresser. Er hat einen Ingenieur aus New Orleans dort hingebracht und Taucher vor Ort angeheuert, und zusammen mit seinen Seemännern konnten sie einige dieser Kanonen bergen. Vier davon – Achtzehn-Pfünder. Und die hat er hierhergebracht. Deshalb konnten wir – unsere Marine, die amerikanische Marine – nicht einfach herkommen und hier aufräumen. Auf der Klippe, die auf die Hafenmündung hinabblickt … haben Sie die gesehen?«

»Die Klippe? Ja«, sagte Grey, der inzwischen Parkers Wunde mit dessen Taschenmesser und dem Quellwasser säuberte.

Parker zuckte, biss die Zähne zusammen, fuhr dann aber fort.

»Oben auf dieser Klippe steht eine Geschützbatterie. Vier Achtzehn-Pfünder-Kanonen. Sie machen den Hafen uneinnehmbar. Und die Kanonen selbst sind ebenfalls unangreifbar. Die meisten der Freibeuter hier sind ehemalige Männer von Kriegsschiffen. Franzosen, Spanier, Briten, Holländer, sogar Amerikaner. Glücksritter, die alle noch am Leben sind, weil sie ihre Arbeit gut machen. Ihr Captain Vargas herrscht mehr oder weniger an Lafittes Stelle über diese Insel, und die Straße hoch zu den Geschützen ist schwer bewacht. Die Geschütze selbst auch – als ich sie mir angesehen habe, wäre ich fast entdeckt worden. Dort oben sind zwei Dutzend Männer – nicht nur, um die Kanonen zu bedienen, sondern auch, um sie zu verteidigen. Von jedem Schiff, das hier in den Hafen einläuft, bekommen sie einen kleinen Anteil ab, den Vargas ihnen abtritt, also können Sie sich vorstellen, wie ernst sie ihre Pflichten nehmen.«

Grey legte die Hände unter Parkers Achseln und zog ihn ein paar Meter zu einem Baum, sodass Parker sich an den Stamm lehnen konnte. Parker erklärte weiter:

»Ich bin hier, um die Kanonen zu zerstören. Zwei unserer Fregatten – *Congress* und *Constellation* – werden sich in nunmehr zwei Tagen außerhalb des Hafens treffen. Sie warten dann auf mein Signal, dass die Kanonen zerstört wurden, damit sie in den Hafen segeln können und die Anlage niederbrennen können. Wenn sie kein Signal von mir bekommen, werden sie stattdessen eine enge Blockade errichten – ein langwieriger Prozess, um die Piraten auszuhungern. Aber hier ist der Haken an der Sache, Grey: Stand unseres Wissens hatte man diese Kanonen aus dem Wrack der *Tyrannicide* geborgen, aber alles, was wir wirklich mit Sicherheit wussten, war, dass es

Achtzehn-Pfünder in gutem Zustand waren – dies aus einer Quelle impliziten Vertrauens. Aber das sind sie nicht, Grey. Ich habe sie gesehen. Das sind keine Achtzehn-Pfünder, sondern Sechsunddreißig-Pfünder. Vier Monster aus dem Unterdeck, die großen Geschütze. Das doppelte Gewicht an Metall und eine fünf Mal so große Reichweite.

Die *Congress* und die *Constellation* rechnen aber mit Achtzehn-Pfündern. Daher werden sie in die Reichweite – und zwar ein gutes Stück in die Reichweite – dieser Kanonen segeln. Und wenn sie das tun, sind sie wie Enten auf einem Teich. Dann liegen sie innerhalb von Minuten auf dem Grund des Meeres. Ein Drittel der Flaggschiffe unserer Marine mit einem Schlag weg, zusammen mit fast tausend Männern. Und es gibt keine Möglichkeit, das zu verhindern, Grey, ich kann nicht zu ihnen durchdringen, sie nicht warnen. Ein Drittel unserer Marinestreitkräfte wird sinken, wenn diese Geschützbatterie nicht zerstört wird. Das muss einfach getan werden, Grey. Sie müssen das tun.«

Grey nickte. Konnte er zwei Tage für einen Mann erübrigen, dem er sein Leben verdankte? Aber was war mit den Leben der Männer, Frauen und Kinder, die unter einer französischen Schreckensherrschaft sterben würden, falls England fiel? Die Montagnards im Unterhaus. Guillotinen am Hofe von St. James. Zu schrecklich, um es sich auszumalen.

Doch zwei Tage waren viel kürzer als die Ewigkeit, und wenn Parker nicht gewesen wäre, wäre Grey jetzt tot.

Mehr noch, Parker war sehr wahrscheinlich auf dem Weg in sein eigenes Grab wegen einer Wunde, die er sich zugefügt hatte, um Grey das Leben zu retten, bei einem unglücklichen Abenteuer, bei dem er Grey aus dem Gefängnis befreit hatte, in dem Versuch, es ihm zu ermöglichen, seinen eigenen Pflichten nachzugehen.

Nein, es stand gänzlich außer Frage. Bei Gott, Grey würde seine Pflicht erfüllen, und bei Gott, es gab wenig Sünden, die schwerer wogen als Hinterlist und Undankbarkeit. Wie es schärfer nage als Schlangenzahn …

»Das werde ich, Parker. Das werde ich. Sagen Sie mir, was Sie geplant haben.«

»Der Hafen ist sehr gut bewacht, aber um das Äußere des Hufeisens scheren sie sich nicht – verstehen Sie, was ich meine? Die Insel hat die Form einer Krabbe, mit ausgestreckten Scheren, aber wie ein Hufeisen, verstehen Sie?«

Parker murmelte jetzt vor sich hin. Grey zog ihm den rechten Stiefel herunter. Sein Bein und Fuß unterhalb des Knies leuchteten feuerrot und waren geschwollen wie ein Ballon.

»Ich verstehe, Parker. Weiter.«

»Der Hafen ist sehr gut bewacht, doch das Äußere des Hufeisens ist eine Steilküste, wie teilweise auch im Inneren. Alles steil, alles senkrecht, über einem Steinstrand. Wie Chesil, nur schlimmer. Sehr schwer, dort anzulanden. Doch vier unserer Marinemänner werden das tun – sie werden in einem kleinen Boot anlegen. Schon seit Wochen habe ich Seile gesammelt, sie an den Ort des Treffens gebracht, sie verknotet und gespleißt. Zu gegebener Zeit hätte ich sie an der Klippenwand hinuntergelassen, damit sie hochklettern können. Sie sind nicht zufällig ein Alpinist, oder, Grey?«

»Gelegentlich.«

»Sie verstehen sicher, dass diese Kletterpartie ohne ein Seil nicht möglich sein wird. Sie müssen dafür sorgen, dass sie vom Strand wegkommen, Grey. Ihnen das Seil runterlassen. Sie werden Waffen und eine Lunte bei sich tragen, um die Geschützbatterie einzunehmen und sie in die Luft zu jagen. Sehen Sie zu, dass sie das auch schaffen, Grey, können Sie das tun?«

»Das werde ich, Parker.«

»Ziehen Sie den Silberstift und den Zettel dort aus meiner Brusttasche. Ich muss Ihnen eine Karte zeichnen.«

Parker schloss die Augen und atmete einmal tief durch, um seine Hände vom Zittern abzuhalten, und es klappte. Gründlich zeichnete er die Umrisse der hufeisenförmigen Insel auf, markierte den Treffpunkt mit den Marinesoldaten und die Stelle der Geschützbatterie, vermerkte die Höhe von beidem und zeichnete das, was er von der Befestigungsanlage um die Geschütze gesehen hatte, die Straße dorthin und die groben Verläufe der Wildpfade ein, die er benutzt hatte, um diese zu umgehen.

Parker gab Grey die Karte. Grey sah, dass sie auf die Rückseite eines Briefs gezeichnet war. Die Schrift war verblichen, mit einem Silberstift geschrieben, aber lesbar. Grey faltete sie, hatte jedoch keine Tasche, in die er sie hätte stecken können. Parker bemerkte es und lachte matt.

»Nehmen Sie meine Kleidung, Grey, holen Sie sich Ihr Gewehr zurück und auch meinen Rucksack. Darin sind ein Feuereisen und ein wenig Proviant. Eine Signallaterne und das Seil sind bei dem X versteckt. Das Signal der Marinemänner vom Wasser aus wird lang-lang-kurz-lang lauten. Das Gegenzeichen kurz-lang-lang-kurz. Da steht es … ich habe es aufgeschrieben …«

Parker räusperte sich und nahm seine restliche Kraft zusammen.

»Es besteht eine geringe Möglichkeit, dass ich das hier überlebe, Grey, also lassen Sie mir ein bisschen was von dem Essen und meinen Degen da, dann machen Sie sich auf den Weg. Und Gott sei mit Ihnen.«

Nun musste Grey freudlos auflachen.

»Seien Sie kein Idiot, Parker – ich werde Sie nicht hier liegen lassen.«

»Und wie Sie das tun werden, verdammt. Das ist viel zu wichtig, als dass Sie mich da mitschleppen könnten, Sie schaffen es sonst nicht rechtzeitig. Gehen Sie, Grey. *Und zwar jetzt, Gott verdammt*«, fauchte Parker mit giftiger Stimme.

»Mr Parker, in einem Augenblick werden Sie bewusstlos sein und dann werde ich Sie auf dieses Maultier binden wie einen Sack Mehl. Ich werde versuchen, Ihren Kopf zu kühlen und obwohl ich Ihnen vielleicht das Bein werde abnehmen müssen, garantiere ich Ihnen, dass Sie das hier überleben werden.«

Noch bevor Grey zu Ende gesprochen hatte, war Philo Parker bereits bewusstlos.

Sie hatten einen langen Aufstieg vor sich, auf Wildpfaden aus lauter Serpentinen hinauf zum Gipfel der Caldera. Deren Kante? Deren Rand vielleicht. Wie auch immer, der erste Punkt auf Greys Tagesordnung war, sich Parkers Stiefel anzuziehen. Weniger wegen des Aufstiegs als wegen der Schlangen.

10

Der Aufstieg von der inneren Kante des Inselhufeisens hoch zum Kraterrand dauerte Stunden. Nicht nur – nicht einmal hauptsächlich – wegen der Höhe des Randes, sondern wegen der immer steiler werdenden Pfade. Ursprünglich entstanden durch all die kleinen Tiere, die wild auf der Insel herumliefen – irgendeine Wildschweinart, vermutete Grey –, schlugen die Pfade manchmal Haken, aber anscheinend waren die Wildschweine oder Ziegen oder Jaguare oder wer auch immer sehr sicheren Fußes unterwegs, denn an manchen Stellen übertraf die Steigung die Fünfundvierzig-Grad-Marke. Zum Glück lachten Maultiere Newton und der Schwerkraft ins Gesicht, weshalb sie zwar langsam, aber stetig vorwärtskamen. Da die Maultiere mehr oder weniger damit zufrieden waren, sich selbst überlassen zu sein, galt Greys Hauptsorge dem bewusstlosen Mr Philo Parker. Grey hatte dem Maultier Parkers Arme um den Hals gebunden und seine Beine unter dessen Bauch festgeschnallt, was ihn etwas wie einen Jockey in einer aggressiven Vorwärtshaltung aussehen ließ. Grey befürchtete, dass er an den steilsten Stellen der Pfade abrutschen und den dicht bewachsenen Berghang hinunterrollen würde, oder auf einmal wegkippen und das Maultier mit sich ziehen würde. Tatsächlich geschah nichts dergleichen, doch trotzdem war es bei Weitem nicht der leichteste Ritt in Greys Leben.

Nach acht oder neun Stunden erreichten sie das Plateau des weitläufigen Kraters. Grey mutmaßte, dass es ungefähr später Nachmittag sein musste. Es war ihm unmöglich, an die Zeit zu denken, ohne sich wegen Montevideo und der Schatzflotte Sorgen zu machen, während die wertvollen Sekunden durch die Sanduhr rannen. Doch im Moment konnte er nichts anderes tun, als sich weiter durchzukämpfen und zu beten, dass er auch sich selbst weiterhalf, indem er Parker half. Der in Quellwasser getränkte Ärmel, den Grey um Parkers Stirn gewickelt hatte, war nicht einmal mehr ansatzweise kühl und Grey verbrauchte etwas Wasser aus Parkers Feldflasche für eine neue Kopfbandage. Das war zwar nicht annähernd so kühl wie das Quellwasser, aber wenigstens immer noch kühler als der Schweiß, der Parkers Gesicht und Haare bedeckte.

Oben am Kraterrand war es viel weniger bewaldet als im Inneren des Kraters, vermutlich wegen der scharfen Winde, die – ununterbrochen, wie es schien – darüber hinwegfegten und vor denen das Inselinnere geschützt war. Nach dem echten brasilianischen Dschungel, durch den sie aufgestiegen waren, kam ihm die Bewaldung der Kante wie eine Art Rückkehr in die Zivilisation vor. Eher wie ein Wald in Asturien als im Amazonas.

Als er hinter sich in die Senke des Kraters blickte, schienen der Hafen und der Markt enorm weit weg zu sein. Auf der anderen Kraterseite konnte Grey nichts außer einem grauen Klecks erkennen, von dem er annahm, dass es der Martello-Turm der großen Kanonen war – die Geschützbatterie, die zerstört werden musste. Eine dünne Rauchfahne stieg daraus auf. Wenn Grey den Rauch aus – was? Elf oder zwölf Meilen Entfernung? – sehen konnte, dann musste das Feuer, von dem er aufstieg, beträchtlich sein. Und die Anzahl an Männern, die es hüteten, ebenso. Parker schien damit nicht falschgelegen zu haben, wie stark die Geschützbatterie verteidigt wurde. Grey verabschiedete sich also von der geringen Hoffnung, sich einfach in der Schwärze der Nacht hineinschleichen zu können, eine Fackel in die Nähe des Pulverlagers zu werfen und die Angelegenheit selbst erledigt zu haben. Dann, anstatt den amerikanischen Marinemännern hochhelfen zu müssen, hätte er sich und Parker allein hinuntergeholfen, wäre mit ihnen zurück zum Mutterschiff – der *Congress* oder *Conglomeration* oder wie auch immer es hieß – geritten und hätte im Gegenzug um eine rasche Überfahrt nach Montevideo bitten können. Aber das sollte eindeutig nicht sein.

Die Stelle an der Kante, die Parker auf seiner Karte als den Ort mit seinem Seil und der Signallaterne vermerkt hatte, neben der Stelle, an der die Marinemänner ihren Aufstieg wagen würden, lag etwa in halber Entfernung zu dem Punkt, von dem aus sie Greys Vermutung nach im Krater aufgestiegen waren, und dem Punkt, wo die

Geschützbatterie stand. Wenn der Krater ungefähr den Durchmesser von zwölf Meilen hatte, dann wäre sein Umfang – wenn das der ganze Kraterrand war und nicht nur ein Teil davon, und wenn Grey sein Einmaleins noch richtig in Erinnerung hatte – mehr oder weniger vierzig Meilen. Grey schätzte, dass er jetzt gerade den Kraterrand halb umrundet haben musste, von der Stelle aus, wo die Geschützbatterie stand, also – Pi mal Daumen – ungefähr zehn Meilen von dem Seil und nochmals zehn von den Kanonen entfernt war. Entfernungen, die weder unvorstellbar noch unüberwindbar waren. Doch so oder so, da die Marinemänner ihr Signal vom Wasser aus frühestens eine Stunde vor Sonnenaufgang senden würden – von dem Grey annahm, dass er noch acht Stunden weg war –, hatte er jetzt Zeit, Parkers Wunde zu kontrollieren und sie neu zu verbinden.

Grey rutschte von seinem Maultier und wickelte die Bandage, die er um den oberen Teil von Parkers Unterschenkel gebunden hatte, ab. Der hatte sich zu einem dunkleren Schwarz-Rot verfärbt, doch Grey konnte nichts riechen, was auf totes oder absterbendes Fleisch hindeutete, ein sehr gutes Zeichen. Natürlich hatte Grey hauptsächlich mit Wunden Erfahrung, die durch Stürze, Kanonen- oder Gewehrkugeln und Splitter verursacht wurden. Was Schlangengift anging, hatte er ehrlich gesagt keinen blassen Schimmer, keine Ahnung, wie es wirkte. Paulette hätte das gewusst … sie hatte öfter Bemerkungen zu Schlangen gemacht, allerdings besagte die einzige dieser Bemerkungen, an die sich Grey nun erinnerte und die im Zusammenhang mit einem gewissen maltesischen Igel stand, der angeblich gegen Schlangenbisse immun war, dass ein Schlangenbiss das Blut entweder gefährlich verdünnte oder gefährlich verdickte, oder um den Biss herum das Fleisch schnell absterben ließ. Parkers Puls schien jedoch relativ stark, also war sein Blut vermutlich noch nicht zu Gelee geronnen. Und seine Wunde blutete auch nicht, also hatte es sich ebenso wenig in … Grey wollte keine Flüssigkeit einfallen, die schneller als Wasser floss … verwandelt. Sicher gab es überhaupt keine, oder? Jedenfalls hatte der Biss Parker nicht in einen Bluter verwandelt. Wenn das Fleisch also noch nicht abgestorben war, vielleicht gewann Parker dann gegen das Gift. Vielleicht wäre er aber auch in einer Stunde tot. Grey konnte sich ehrlich nicht vormachen, eine klare Vorstellung von Parkers Zustand zu haben. Allerdings erinnerte er sich daran, dass seine verstorbene Frau gesagt hatte, dass Schlangenbisse, wie Spinnenbisse, oft weniger ernst waren, als generell angenommen wurde – wohingegen man um Tausendfüßler, so harmlos und wurmgleich sie auch aussehen mochten, am besten einen weiten Bogen machen sollte.

Nachdem er kontrolliert hatte, dass keine der Schlaufen, die Parker fest an sein Maultier banden, ihm die Haut aufgerieben hatte, sodass sie sich entzünden konnte, bestieg Grey sein eigenes Maultier wieder und nahm den Ritt Richtung Treffpunkt wieder auf, wobei er sich erlaubte, verhalten optimistisch zu sein.

11

Da sich Grey und seine drei Weggefährten leise durch den Kraterwald schlängeln mussten, brauchten sie ungefähr zwei Stunden, bis sie die von Parker markierte Stelle erreichten. Seiner Karte zufolge würde ein gigantisches Seil um den Stamm eines Baums circa zehn Yards von der äußeren Kante entfernt gewickelt sein und die Signallaterne stünde daneben. Grey hoffte, dass niemand durch Zufall darüber gestolpert und neugierig geworden war, doch glücklicherweise schien es kein Anzeichen dafür zu geben, dass irgendjemand anderes als Parker, und nun er selbst, hier oben gewesen war.

Grey lenkte seinen kleinen Konvoi zum äußeren Rand der Caldera, zur äußeren Klippenwand hin. Je näher sie dem Abgrund kamen, desto stärker wurde der Wind. In einem Abstand von ungefähr zehn Yards band Grey sein Maultier an einem Baum fest, löste dessen Knoten mit Parkers Maultier und band dieses ebenfalls an einen Baum, danach ließ er die Tiere entspannt an den dicken, tropischen Halmen grasen, während er zu Fuß weiterging. Es war sinnlos, glaubte er, nach einem einzigen Baum in einem Wald zu suchen, solange man auf dem Rücken eines Tieres saß, und außerdem wollte er etwas Leben zurück in seine Beine bekommen.

Er ging zur Kante und hielt sich wegen des Windes an einem Baum fest. Es drohte zwar noch nicht, ihn umzuwehen, doch mit immer weniger Bäumen, die ihm Schutz boten, hatte der Wind doch beachtlich an Kraft gewonnen und peitschte ihm das Haar heftig um die Ohren. Grey spähte über den Rand. Irgendwann in ferner Vergangenheit hatte sich die Insel vermutlich einmal in einer sanften Schräge bis hinunter zum Wasser erstreckt, so wie die äußere Kante von Santorini. Allerdings hatten die ewigen Wellen des Atlantiks, die gegen die Isla Cangrejo schwappten, diese mit der Zeit abgetragen. Weit unten – gute fünfhundert Fuß? So etwas in der Größenordnung? – konnte Grey Felstürme erkennen, die von der Klippenwand abgetrennt waren und nun in Trümmern über den steinigen Strand verteilt lagen wie die Ruinen irgendeines riesigen, antiken Tempels. Kein Wunder, dass Vargas – oder Lafitte oder welcher Zeitgenosse auch immer solche Sachen beschloss – keinen Grund sah, den Strand bewachen zu lassen: Er war die Definition von menschenfeindlich. Fast erwartete Grey, hübsch aufgereihte Schiffe darauf zu sehen, wie auf der felsigen Meeresuntiefe von Skylla. Tatsächlich, wenn er jetzt darüber nachdachte, mussten unter ihm bestimmt Wracks liegen, und bei Tageslicht würde er vermutlich auch ihre Skelette sehen, die von plündernden Piraten und Krabben leer geräumt worden waren.

Doch es hatte keinen Sinn, darüber nachzugrübeln, schalt er sich. Es gab immer noch viel zu tun und nur verschwindend geringe Zeit, um alles zu schaffen. Ein paar Yards von der Klippenkante entfernt ging Grey parallel zum Abgrund entlang und hielt nach Mr Parkers Baum Ausschau. Es wäre nützlich gewesen, wenn Mr Parker irgendein Merkmal des Baumes oder dessen Position hätte beschreiben können – etwas, das ihm dabei geholfen hätte, direkt die eingezeichnete Stelle zu erreichen. Aber natürlich hatte Mr Parker nicht vorgehabt, und auch keinen Grund dafür gesehen, dass irgendjemand anderes als er selbst ihn fand.

Doch in gegebener Zeit – nachdem er etwa fünf bis zehn Minuten umhergegangen war – fand Grey den Baum mit dem enormen aufgerollten Seil. Ungefähr hundertfünfzig Meter lang, vermutlich, und etwa zweieinhalb Zentimeter dick. Grey hoffte, dass Parker gut spleißen konnte. War Parker wie Grey zur See gefahren? Im Laufe ihrer Bekanntschaft hatten sie lediglich ein paar Sätze miteinander gewechselt, und das war dabei nie zur Sprache gekommen. Außerdem hielt sich Grey auch aus Prinzip aus jedweden Privatangelegenheiten raus, außer natürlich aus denen einer feindlichen Regierung.

Grey bestimmte seine Position und kehrte dann zu den Maultieren zurück, die zufrieden die Halme unter ihren beiden Bäumen abgrasten. Parker lag immer noch wie ein Sack Weizen auf seinem Maultier, nach wie vor bewusstlos und sein Bein roch auch immer noch nicht nach fauligem Fleisch. Er band das zweite Maultier wieder an das erste, griff dann beherzt in die Mähne des ersten, um es in die richtige Richtung zu lenken, und nahm so den Konvoi mit hinüber zu dem Seilbaum, wo er schließlich alles für die amerikanischen Marinesoldaten vorbereitete.

Nachdem er den nützlichen Inhalt aus Parkers Rucksack herausgeholt hatte, machte er ein Kissen daraus und legte Parker auf den Boden, den Rucksack unter dessen Kopf. Dann fing er an, das Seil abzurollen. Normalerweise würde ihn so eine repetitive Arbeit dazu veranlassen, in Gedanken ein Arbeitslied zu summen, doch jetzt konnte er einzig und allein an die Verspätung denken, die er seiner Reise nach Montevideo weiter hinzufügte.

Laut ermahnte er sich zur Konzentration.

12

Grey hatte es so verstanden, dass die Marinesoldaten entweder von der *Constellation* oder der *Congress* kamen, die irgendwo dort draußen auf dem Atlantik sein mussten, mit gelöschten Seitenlaternen. Das Beiboot der Soldaten würde heruntergelassen werden, danach würde ihr Mutterschiff wieder am Horizont verschwinden, um auf das Treffen in der nächsten Nacht zu warten. Dann, wenn sich das Gefühl totaler Isolation – mit dem Grey bestens vertraut war – breitmachte, würden sie auf die zum Meer hin offene Küstenseite der Krabbeninsel zu rudern, die in der Dunkelheit unsichtbar wäre. Sie würden sich nach dem Geräusch von hohen Wellen richten, die sich an den Felsen brachen. Wenn es laut genug wäre, würden sie ihre Ruder aus dem Wasser ziehen und auf Greys Signal warten und hoffen, dass die ersten Farben des Morgenlichts ausreichen würden, um sicher an den Felsen vorbei an den Strand zu gelangen. Sie könnten es nicht wagen, länger zu warten. Obwohl sich die Hafenmündung von Cangrejo auf der landwärtigen Seite der Insel befand und obwohl diese raue und steinige Außenseite niemandem von großem Nutzen war, würden Schiffe, die sich der Insel näherten oder sie verließen, Wachen auf ihren Posten haben und auch nur ein einziger Blick auf die vier Männer, die auf die Klippen zu ruderten oder sie emporkletterten, würde die ganze Operation zunichtemachen. Wenn man das bedachte, wäre es besser gewesen, sich noch vor dem Tagesanbruch aufzumachen. Doch sich der Klippe zu nähern, ganz zu schweigen davon, sie hochzuklettern, war bei wenig Licht schon gefährlich genug. Ohne jedes Licht wäre es tödlich. Der genaue Zeitpunkt war also entscheidend.

Grey kontrollierte ein letztes Mal, dass das Ende des ewig langen Seils unbeweglich an den robustesten Baum in der Nähe geknotet war, dann entzündete er mithilfe von Parkers Jacke als Windschutz die Signallaterne, ging auf die Kante der Klippe zu und stellte sich so nahe an den Abgrund wie irgend möglich. Er setzte sich im Schneidersitz hin – wie auf einen osmanischen Teppich –, starrte hinaus in die Dunkelheit und wartete. Auf das vergrößerte Aufblitzen des Signallichts der Amerikaner.

Hinter dem Klippenrand, wo es genug Bäume gab, um den Wind abzuschwächen, war es warm, beinahe schon heiß, und extrem feucht. Hier an der Kante, wo der Wind vom Atlantik her hereinfegte und außerdem einen nicht unbeträchtlichen Aufschwung durch den Aufprall auf der Klippenwand erfuhr, war es kalt und stürmisch. Grey zog sich Parkers Jacke an und wünschte, er hätte einen Zigarillo oder eine Pfeife oder irgendetwas, was man mit Tabak befüllen könnte. Tabak war im Wesentlichen Greys einziges Laster und dass er nun keinen hatte, nagte zusätzlich an seiner bereits schlechten Stimmung. Seine einzige Hoffnung war es, dass ihn die Aktion schon ganz bald so sehr in ihren Bann zöge, dass er nicht mehr daran dachte. Tatsächlich war die einzige Sache, die mit dem Tabak um seine gedankliche Vorherrschaft konkurrieren konnte, das omnipräsente Ticken der Uhr in seinem Kopf, die auf den Moment, in dem seine Mission in Montevideo scheitern würde, herunterzählte.

Der Wind blies nun noch stärker und die Sterne – so hell wie das Meer (soll heißen, dies wackre umwölbende Firmament, dies majestätische Dach, mit goldnem Feuer ausgelegt) – begannen, schwächer zu leuchten. Wolken zogen auf das Land zu. Bald schon waren die Sterne nicht mehr zu sehen. Erste Regentropfen trafen Greys Gesicht, gerade als er das Licht auf dem Wasser aufblitzen sah.

Lang-lang-kurz-lang.

Grey öffnete die Verdeckung seiner eigenen Signallaterne und antwortete:

Kurz-lang-lang-kurz.

Das Spiel hatte begonnen. (Folgt eurem Mute, und bei diesem Sturm ruft: »Gott mit Heinrich! England! Sankt Georg!«) Während Grey zu dem aufgerollten Seil zurückeilte, fragte er sich, ob es die Amerikaner bereuten, sich von der Heimat Shakespeares losgesagt zu haben. Greys Vater, der einige Jahre in den amerikanischen Kolonien verbracht und dort tatsächlich Greys Mutter kennengelernt hatte, war selbst ein großer Shakespeare-Liebhaber gewesen und hatte oft auf das Kuriosum hingewiesen, dass jede amerikanische Stadt, egal wie klein, mit einer annehmbaren Shakespeare-Truppe ausgestattet war.

Da das Seil nun nicht mehr um den Baum, sondern eher ordentlich um sich selbst gewickelt war, war es keine sonderlich schwierige Aufgabe, es über die Klippenkante herunterzulassen. Das einzig Schwierige daran wäre, sicherzugehen, dass es auch ganz bis zum Boden ging. Dafür – und unfähig, in der Dunkelheit irgendein Detail an der Steilwand der Klippe auszumachen – blieb Grey bloß die Hoffnung, dass es an der Stelle, die er im schwindenden Licht des Vorabends ausgewählt hatte, keine versteckten, spitzen Felsvorsprünge gab, die das Herunterlassen des Seils gefährdeten. Außerdem hoffte er, während er Hand für Hand das Seil weiter hinabließ, dass die Amerikaner, die nun an Land ruderten, noch genug Kraft in Armen, Rücken und Beinen übrig hatten, um den Aufstieg zu schaffen. Denn der würde hart werden. Außerdem regnete es immer stärker.

Auf seiner Höhe von ungefähr hundertfünfzig Metern über dem Meer war der Horizont von Grey etwas über fünfundzwanzig Meilen entfernt. Das erste Licht würde die Männer in dem Boot erst in ein paar Minuten erreichen, doch Grey konnte bereits schwache Rottöne durch die schwarzen Wolken brechen sehen. Morgenrot, Schlechtwetterbot. Es würde ein lausiger Tag werden; ein Unwetter kündigte sich an. Grey blinzelte auf das Meer unter sich. Gerade so konnte er die weißen Streifen der sich brechenden Wellen ausmachen. Er suchte nach dem Boot der Marinesoldaten. Noch keine Spur davon.

Das Kletterseil war mit einem Gewicht aus Eisen beschwert, doch Grey konnte sehen, wie es trotzdem vom Wind hin- und hergeworfen wurde. Nun ja, dagegen konnte man nichts tun. Zumindest nicht von oben. Die Männer am Boden könnten versuchen, es an etwas festzubinden, wobei es aber auch möglich war, dass ihr Gewicht an dem Seil ausreichte.

Da waren sie!

Einen Moment lang glaubte Grey, seine Augen trögen ihn, aber nein, da waren sie wahrhaftig – und kämpften gerade gegen eine hohe Sturzwelle am Strand an. Ein Boot über die Brandung an Land zu rudern, war eine Kunst, und zwar eine, die eine Menge Übung erforderte, welche diese Amerikaner zweifellos hatten. Doch man konnte gar nicht genug Übung darin haben, um darauf vorbereitet zu sein, ein Boot gegen den Sog eines Sturms anzulanden. Die meisten armen Seelen, die bei Schiffsunglücken umkamen, starben ein paar Yards vor dem Trockenen. Grey bemerkte, wie er instinktiv das Vaterunser betete, während er den Blick nicht von dem winzigen Boot weit unten nahm, das versuchte, seine Landung zeitlich abzupassen und auf einer Welle heranzurollen, die sie auf dem Strand absetzen würde, und zwar richtig herum.

Da kamen sie – sie hatten die Gelegenheit beim Schopf ergriffen und nun ruderten die vier Männer mit so viel Kraft, wie sie nur konnten, und versuchten, oben auf dem Wellenkamm zu bleiben. Grey spürte jede einzelne Bewegung der Männer. Er spannte die Arme an, streckte die

Beine aus und wog sich im Rhythmus der Ruderer weiter unten, obwohl er sie gar nicht ausmachen konnte.

Das Heck des Bootes riss auf die Backbordseite aus. Die Männer auf der Steuerbordseite würden doppelt so schnell rudern müssen – kurze, abgehackte Züge, in dem Versuch, wieder auszugleichen. Die Welle darunter brach, und das Boot war am Ufer – zwar schief, jedoch aufrecht. Grey konnte sehen, wie die stecknadelkopfgroßen Gestalten der Männer heraushüpften, das Boot an den Ruderdollen anhoben und es höher an den Strand hievten, bevor eine weitere Welle darüber hereinbrechen konnte.

Die nächste Welle brach tatsächlich über sie herein – doch die vier Männer hielten das Boot weiterhin stabil hoch, sogar als es sich mit Wasser füllte. Sie kämpften gegen den Sog an, der sie zurück zum Meer zog. Grey sah, wie ein Mann hinfiel, und sofort riss ihn die zurücklaufende Welle vom Strand weg, in die Brandung hinein. Doch die anderen drei hielten das Boot weiterhin hoch, und nun hatten sie es über dem Höchststand des Wassers, außer Gefahr. Sofort schnappte sich einer der Männer ein Ruder und rannte damit den Strand hinunter, hielt es weit von sich gestreckt und zog seinen gesunkenen Kameraden aus dem Wasser. Nun befanden sich wieder alle vier Stecknadelkopf-Männer am Strand, zusammen mit ihrem Boot, und schnappten zweifelsohne nach Luft. Allerdings konnten sie nicht mehr lange warten, Greys Seil – oder besser gesagt Parkers Seil – zu suchen und daran hochzuklettern. Und das nicht, weil allmählich der Tag anbrach. Sondern weil der Sturm immer schlimmer wurde.

13

Unten an dem felsigen Strand – ihn als einen Kiesstrand zu bezeichnen, wäre ein zu großes Zugeständnis gewesen – sahen die drei Marinesoldaten zu ihrem Sergeant, Patrick Neville, auf, der gerade einen von ihnen aus dem Wasser gefischt hatte. Alle vier schnappten sie nach Luft, doch Neville gab ihnen bloß einen kurzen Augenblick, bevor er sich wieder an die Arbeit machte.

»Eaton, Presley: Holen Sie die Bögen aus der Segeltuchtasche und bespannen sie sie mit den Sehnen. O'Bannon: Kontrollieren Sie, dass das Wachs an der Lunte intakt ist. Ich werde unser Fallreep suchen.«

Niemand lachte über den kleinen Scherz. Sie waren bereits müde und wussten, dass sie immer noch sehr viel zu tun hatten. Neville hob die Signallaterne hoch und leuchtete damit langsam die Steilklippe ab, wo sie auf den Strand traf. Das Seil zu finden, war nicht schwer: Es wurde vom Wind herumgepeitscht und rollte über der Klippenwand hin und her, wobei es seine Beschwerung aus Eisen mit sich zog, manchmal schlug das Gewicht auch in die Luft aus.

Neville marschierte darauf zu, fing es im Vorbeischwingen auf, zog es straff und sah hinauf. Die obere Kante war nicht ganz zu erkennen, doch es sah aus, als ob Mr Parker eine gute Stelle ausgesucht hatte, das Seil lag auf keinem offensichtlich spitzen Felsvorsprung auf, der seine Männer vielleicht aufspießen könnte. Das war doch schon mal was. Er blickte zurück zu seinem Trupp, von dem nun jeder einen kleinen Rucksack trug, aus dem oben kurze Pfeile herausragten, und einen kurzen Kompositbogen an der Seite. Presley hielt Neville einen bespannten Bogen hin und O'Bannon reichte Neville seinen Rucksack, in dem sich die lange, langsam brennende Lunte befand, mit der sie das Pulverlager der Geschützbatterie in Brand stecken konnten, ohne dabei Selbstmord zu begehen. Neville warf sich den Bogen um – von der Schulter bis zur Hüfte – und zog den Gürtelriemen fest, damit der nicht schlaff werden und dadurch eine plötzliche Gewichtsverlagerung verursachen konnte, weswegen er vom Seil fallen könnte. Darauf folgte der Rucksack. Als er ihn über den Bogen zog, befahl er: »Presley, Eaton, kontrolliert die Rucksäcke des jeweils anderen. O'Bannon, kontrollieren Sie meinen. Das Wachs war versiegelt?«

»Alles schön trocken, Sir.« Er zog einmal an Nevilles Rucksack. »Und der hier ist auch schön festgeschnallt.«

»Gut«, sagte Neville. »Drehen Sie sich um und lassen Sie mich den Ihren kontrollieren.«

Auch O'Bannons Sachen waren schön festgeschnallt, genau wie die von Presley und Eaton. Bis jetzt war alles genau nach Plan gelaufen, doch nun musste Neville eine beträchtliche Änderung vornehmen.

»Jungs« – er war zweiundzwanzig, die anderen zwischen achtzehn und zwanzig – »natürlich war es laut Plan vorgesehen, dass ich zuerst hochklettere – ich zuerst in die Bresche springe –, aber der Regen hier wird immer stärker, das bedeutet, dass der Aufstieg auch immer schwieriger wird. Also wird O'Bannon als Erster losklettern, dann Presley, dann Eaton und zum Schluss ich.«

»Ich bin froh, dass wir uns darauf geeinigt haben, dass ich ein kräftigerer Bursche bin als Presley«, kommentierte Eaton grinsend.

Presley gab ihm einen Klaps auf den Hinterkopf – »Was für ein *Spaßvogel*« – und für einen Augenblick löste sich die Anspannung und die vier Männer schmunzelten.

»Wenn ich zuerst hochklettere, Sir, sollte ich aber die Lunte tragen«, bemerkte O'Bannon.

»Nein«, erwiderte Neville, »Sie werden genug damit zu tun haben, sich dort hochzukämpfen.«

»Aber Sir-«

»Das reicht, O'Bannon. Wir haben keine Zeit. Rauf mit Ihnen.«

Nach einem Moment des Zögerns, in dem er Neville ansah, schnappte sich O'Bannon das Seil und blickte nach oben, wo es in der dunstigen grauen Dunkelheit verschwand. Er zog einmal daran, fest, um zu kontrollieren, dass es sicher war, dann fing er vorsichtig an, daran hochzuklettern, und verfiel in einen Rhythmus, eine Hand über die andere. Neville hielt das Seil unter ihm fest, um O'Bannon während des Aufstiegs besser zu sichern. Bei O'Bannon sah das Klettern leicht aus. Er war aus Vermont, Teil einer Holzfällergruppe, mit Armen wie Samson. Alle waren sie sehr gute Kletterer, deshalb waren sie auch hier. Aber Neville verspürte keinerlei Schuldgefühle, dass er O'Bannon an seiner Stelle losgeschickt hatte, als Erster das Seil hochzuklettern. Das konnte er leicht schaffen.

Doch nun mussten sie warten. Da ihnen bekannt war, dass Mr Parker das Seil selbst hatte spleißen müssen, war die Entscheidung getroffen worden, dass immer nur ein Mann hochklettern würde. Und wegen des Sturms konnte Neville nicht einmal O'Bannons Fortschritt beobachten. Er konnte einzig und allein darauf warten, dass er drei Mal beherzt an dem Seil ziehen würde – das Zeichen, dass der hinaufkletternde Mann es nach oben geschafft hatte und der nächste anfangen konnte.

Unter den Blicken von Neville, Eaton und Presley geriet O'Bannon außer Sichtweite und verschwand. Die Sonne ging gerade auf, allerdings hinter den Gewitterwolken, und verhieß nichts Gutes. Es war genau so ein Tag, den Mann am liebsten mit einem guten Buch, einem Bier und einem Mädchen vor dem Feuer verbringen wollte, auf dessen Schoß man den Kopf betten konnte. Dieses Glück hatte er heute aber nicht, bedauerte Neville, als er sich den Regen aus den Augen wischte. Der peitschte nun hart und ohne Unterlass auf ihn ein, die Tropfen kamen in einem spitzen Winkel auf ihn zugeschossen, in Richtung der Steilwand, wo seltsame Wirbelwinde sie zu starkem Sprühregen zerschlugen, ähnlich der sprühenden Gischt der Brandung, aus der sie gerade gekommen waren.

Natürlich waren alle vier Männer durch und durch damit vertraut, bis auf die Knochen nass zu sein. Aber trotzdem, dachte Neville, war es doch verwunderlich … wenn man im Warmen und Trockenen saß, nahm man sich nie einen Augenblick Zeit, das auch zu schätzen.

14

Während der Sturm immer schlimmer wurde, verlor Grey die Amerikaner aus den Augen, doch ein paar Augenblicke später sah er, wie sich das Seil spannte, und damit wusste er, dass der Erste von ihnen mit dem Aufstieg begonnen haben musste. Er – der erste amerikanische Marinesoldat – tauchte ungefähr dreißig Meter unterhalb der Klippenkante aus dem dunklen Regendunst auf. Grey sah ihm beim Hinaufklettern zu. Sein stetes Vorankommen, sogar trotz des auffrischenden Winds, der ihm und seinem Rucksack entgegenschlug und sie erst in die eine und dann in die andere Richtung warf, war beeindruckend. Als er die Kante erreichte, wo Grey kniete, musste Grey dem Impuls widerstehen, ihm die Hand zu reichen und ihn den letzten Meter hochzuziehen. So vom Regen aufgeweicht und glitschig, wie seine Hand war, wäre sie ein verdammt dummer Ersatz für das raue, einfach zu fassende Seil gewesen. Der Amerikaner zog sich hinauf und über die Kante, drehte sich dann auf sein Gesäß und kam schließlich auf die Füße. Ohne ein Wort an Grey – nur ein Nicken, während er nach Luft rang – griff er nach unten zu dem Seil und zog fest daran, drei

Mal. Einen Augenblick später spannte sich das Seil erneut.

Der Amerikaner kniete sich hin und kam langsam wieder zu Atem. Er war breit gebaut, über eins achtzig groß, wenn er stand, vermutete Grey, seine blasse Haut war rot angelaufen und die Haare waren wahrscheinlich hellblond, wenn sie trocken waren. Nachdem er ein paar Mal gekeucht hatte, sah er hoch zu Grey.

»Sind Sie Mr Parker, Sir?«

»Nein, ich bin Mr Parkers Stellvertreter. Grey ist mein Name.«

»O'Bannon«, stellte sich der Amerikaner vor und streckte die Hand aus. »Sie sind Engländer?«

»Ja«, bestätigte Grey. »Und Sie sind … Ire?«

O'Bannon schüttelte den Kopf. »Amerikaner.«

Grey nickte. Es war nicht der Name des Mannes gewesen, der Grey hatte stutzen lassen, sondern sein spezieller Yankee-Akzent, der eine Art westirischen County-Mayo-Einschlag zu haben schien. Obwohl er auch ein wenig East-Anglia meinte heraushören zu können.

»Sind Sie der Befehlshaber?«, fragte Grey.

»Nein«, antwortete O'Bannon. »Das wäre Sergeant Neville. Der kommt bald. Was ist mit Mr Parker passiert?«

»Schlangenbiss«, erklärte Grey knapp.

O'Bannon nickte und stellte sich dann näher an die Kante, um nach seinem nächsten Landsmann Ausschau zu halten, der aus dem Sturm auftauchen würde.

15

Drei kräftige Züge an dem Seil verrieten Neville, dass Presley es geschafft hatte. Nun war Eaton an der Reihe und als der zu klettern begann, konnte Neville nicht anders, als ein stummes Gebet für sie alle zu sprechen. Als ihm bewusst wurde, dass er nun allein am Strand war (auch wenn er das nicht gewesen wäre, hätte es der heulende Wind unmöglich gemacht, Worte aus nur fünfzehn Zentimeter Entfernung zu hören), wiederholte er das Gebet laut und mit ziemlichem Nachdruck.

Das Warten war eine Qual, doch als die nächsten drei Züge am Seil erfolgten – als er wusste, dass es seine Männer alle sicher nach oben geschafft hatten –, spürte er, wie sich Erleichterung in ihm breitmachte. Er warf einen letzten Blick auf das Eisengewicht des Seils und wünschte sich, dass es ein wenig schwerer wäre – natürlich hatte er niemanden, der es für ihn festhielt –, doch ernsthaft Sorgen machte er sich nicht. Er war neben einer Werft in Philadelphia aufgewachsen, wo er Takelagen aufgehängt und an Seilen hochgeklettert war, seit er Laufen gelernt hatte. Ein letztes Mal trocknete er sich die Hände ab – dafür steckte er sie unter die Jacke und tastete nach einer trockenen Stelle in seinem Hemd –, dann schnappte er sich das Seil und begann seinen Aufstieg. Das war ein alter Hut für ihn. Sogar in einem verdammt ernstzunehmenden Sturm.

16

Eaton, der das Nötigste eines Arztkoffers mit sich trug – Bandagen, Nadel und Faden, eine Phiole Laudanum – beugte sich gerade über Parker und nahm die Bandage von seinem Bein und den Wickel von seiner Stirn ab, offensichtlich der Meinung, dass das frische Regenwasser besser für ihn wäre als der verschwitzte Stoff. Presley, O'Bannon und Grey standen derweil am Klippenrand und warteten darauf, dass Sergeant Neville aus dem Sturm auftauchte. Mit jedem Moment, der verging, schien der Wind stärker zu werden und das Seil, das davon herumgeworfen wurde, schien immer häufiger und heftiger auszuschwingen. Doch es blieb gespannt, woran sie erkannten, dass Neville nicht heruntergefallen war. Also warteten sie, unfähig etwas anderes zu tun, bis Eaton nach Presley rief, um Parker zusammen etwas weiter nach hinten zu tragen, von einer sich schnell bildenden, großen Pfütze weg. Grey und O'Bannon hielten weiter Wache.

Und dann, auf einmal, war er da und kämpfte sich Zentimeter für Zentimeter weiter hoch: Zuerst ein Umriss im Regen, dann eine schwach auszumachende Gestalt nur fünfzehn oder zwanzig Meter unter ihnen. Seine Stirn war schlimm zerkratzt, Blut quoll daraus hervor und wurde genauso schnell wieder vom Regen weggewaschen. Er musste einmal gegen die Klippenwand gekracht sein, als das Seil davon weg- und dann wieder zurückgeschwungen war. Grey konnte sehen, wie er unablässig blinzelte. Nach jedem halben Meter, den er weiter nach oben kam, schüttelte Neville heftig den Kopf, zweifellos, um besser sehen zu können.

Ein scharfer Aufwind riss das Seil erneut von der Klippenwand weg. Als es wieder nach innen geweht wurde und sich Neville im Wind wild im Kreis drehte, schaffte er es, ein Bein Richtung Fels auszustrecken und den Aufprall mit einem Fuß abzufangen. Er kletterte weiter, nun nur noch gute dreißig oder vierzig Fuß unter ihnen.

»Wir könnten ihn das restliche Stück hochziehen«, schlug O'Bannon vor.

»Man bräuchte zwanzig Männer, um dieses Seil mit einer Ankerwinde hochzuziehen«, entgegnete Grey.

O'Bannon nickte. Das wusste er natürlich, aber er war nervös und wollte mit anpacken. Grey konnte die Anspannung in seiner Stimme hören. Er erinnerte sich an die Zeit, als er ein Marinesoldat in O'Bannons Alter gewesen war, noch zu jung, um wirklich zu akzeptieren, dass man manchmal warten und auf Zeit spielen musste.

Ein weiterer Aufwind fegte Neville von der Klippenwand weg. Erneut schwang er nach hinten, wie das Gewicht an einem Pendel, die Beine bereit für den Aufprall. Doch er wurde von einer seitlichen Windbö erfasst, die ihn herumwirbelte und ihn mit der Schulter voraus in die

Wand der Steilklippe krachen ließ. Seine rechte Schulter wurde in den Felsen gerammt und Grey und O'Bannon konnten sofort erkennen, dass etwas nicht stimmte. Nevilles rechter Arm baumelte nutzlos an seiner Seite herab. Er versuchte, ihn zum Weiterklettern wieder über den Kopf zu heben, schaffte es jedoch nicht. Er schlitterte einen Meter am Seil nach unten, bis er es mit den Füßen fest umklammerte, um es an Ort und Stelle zu halten, dann wagte er einen neuen Kletterversuch, mit nur einer Hand am Seil. Er machte überhaupt keinen Fortschritt. Offensichtlich konnte er sich kaum noch festhalten. Grey und O'Bannon konnten sehen, dass er unfähig war, sich gegen Aufprälle auf dem Felsen zu wappnen. Neville befand sich gänzlich in der Gewalt des Windes.

O'Bannon warf seinen Rucksack ab, bereit, nach unten zu klettern, um ihn hochzuholen. Grey legte ihm eine Hand auf die Schulter und riss ihn von der Kante zurück.

»Haben Sie ein Messer?«, fragte Grey, wobei er O'Bannon ins Ohr schrie, damit der ihn über dem heulenden Wind überhaupt verstand.

O'Bannon nickte und trocknete sich nun die Hände ab, um zu seinem Sergeant nach unten zu klettern.

»Nein«, sagte Grey, erneut in O'Bannons Ohr. »Bleiben Sie hier. Geben Sie mir das Messer. Wenn ich Ihnen das Signal gebe, ziehen Sie uns alle zusammen hoch.«

O'Bannon verharrte regungslos, unsicher, was zu tun war, instinktiv unwillig, einem Fremden aus einem fremden Land zu gehorchen.

»Verdammt, Mann, ich weiß, was ich tue!«, rief Grey,

wobei ihm und O'Bannon der Wind nur so schreiend um die Ohren pfiff. »Wir haben keine Zeit! Geben Sie mir das Messer!«

O'Bannons Hände wanderten zu seinem Gürtel und zogen ein langes Jagdmesser daraus hervor. Er gab es Grey, der seine (Parkers) Jacke abwarf.

»Denken Sie dran!«, schrie Grey. »Auf mein Signal ziehen Sie uns hoch. Zu dritt!«

O'Bannon nickte. Grey klemmte sich das Messer zwischen die Zähne, setzte sich und zog sich seine (Parkers) Stiefel aus. Er umfasste das Seil und glitt über die Kante nach unten.

Da er fürchtete, dass sich Neville mit einer Hand nicht mehr viel länger würde halten können, umfing Grey – wie er es schon Tausende Male in seinem Leben getan hatte, wenn er Achterstage auf hoher See hinuntergerutscht war – mit den Schienbeinen das Seil und rutschte daran hinunter, dann presste er sie fest zusammen, um gut drei Meter über Neville anzuhalten, da er nicht riskieren wollte, zu weit hinunterzurutschen und den Mann dabei in den Tod zu stoßen. Er kletterte noch etwas weiter hinab, damit seine Fußsohlen genau über Nevilles linker Hand waren, deren Knöchel schon weiß hervortraten, wie er so an dem Seil hing. Grey schlang den rechten Arm um das Seil, kontrollierte, dass sein Griff auch fest genug war, holte dann mit der linken Hand das Messer aus seinem Mund und brüllte:

»SERGEANT NEVILLE, KÖNNEN SIE MICH HÖREN?«

»JA«, brüllte Neville zurück.

»ICH MUSS UNTER SIE KOMMEN. IST IHR GRIFF UM DAS SEIL FEST GENUG?«

»JA.«

»DANN HALTEN SIE SICH GUT FEST«, antwortete Grey, dann steckte er sich das Messer wieder in den Mund. Mit aller Kraft umfasste er das Seil mit den Händen und löste dann seine Füße davon. Sich eine Hand nach der anderen hinunterlassend, seilte er sich immer weiter ab, bis er mit Neville auf Augenhöhe war, seine Hände platzierte er genau über der Stelle, an der sich Neville mit einer Hand festklammerte. Für einen Augenblick trafen sich ihre Blicke. Greys war ausdruckslos, wohingegen in Nevilles gut in Zaum gehaltene Besorgnis und Verwirrung standen. Nun hielt sich Grey auch nur noch mit dem linken Arm fest und schlang seinen rechten unter Nevilles verletzter Schulter durch und um dessen Rücken herum, dann griff er erneut nach dem Seil, sodass er mit dem rechten Arm Nevilles Brustkorb unter dessen Achseln umfing.

»ICH WERDE SIE JETZT KURZ HALTEN«, rief Grey so gut er konnte, da er immer noch das Messer zwischen den Zähnen hatte und es seine Aussprache verwischte, »DAMIT SIE DAS HANDGELENK UND DEN ELLBOGEN UM DAS SEIL LEGEN KÖNNEN – SICH BESSER FESTHALTEN KÖNNEN – SIE WERDEN IHRE BEINE NICHT BENUTZEN KÖNNEN.«

Neville brauchte nur eine Sekunde, um zu verstehen, worauf Grey hinauswollte.

»IN ORDNUNG«, rief er. »AUF IHR WORT.«

Grey überprüfte seinen Griff und seinen Halt um Neville und wollte ihn gerade auffordern loszulassen, als ein Aufwind sie von der Felswand wegwehte und dann wieder hineinkrachen ließ. Grey konnte das Gröbste mit den Beinen abfangen. Er kontrollierte erneut seinen Griff, um das Seil und Neville, und schrie dann – durch das Messer zwischen den Zähnen: »LOS.«

In einer blitzschnellen, ruckartigen Bewegung ließ Neville das Seil los und wand den Arm darum, sodass das Seil hinter seinem Handgelenk verlief und sich um seinen Arm hinunter bis zum Ellbogen schlang. Einen Augenblick später spürte Grey, wie er sein eigenes Gewicht wieder hielt.

»ALLES IN ORDNUNG?«, schrie Grey,

»ALLES IN ORDNUNG!«, schrie Neville zurück.

»ICH WERDE JETZT DAS SEIL DURCHSCHNEIDEN«, erklärte Grey.

Neville nickte. Mit jeder Muskelfaser, die ihm zur Verfügung stand, umfasste Grey das Seil mit seiner rechten Hand unter Nevilles Schultern. Mit seiner Linken nahm er das Messer zwischen den Zähnen heraus, griff so weit wie möglich nach unten – ungefähr auf die Höhe von seinen und Nevilles Knien, und fing an, gegen das Seil zu hacken. Es brauchte vier kräftige Hiebe, um es zu durchtrennen.

In dem Moment, in dem er es durchgeschnitten hatte, ließ Grey das Messer fallen und schnappte mit der linken Hand nach dem Seil. Der Wind fing an, sie herumzuschleudern wie einen Kinderdrachen im Herbstwind. Grey sah durch den Regen in seinen Augen nach oben und schrie nach O'Bannon. Er wusste, dass O'Bannon ihn nicht hören konnte, doch er hoffte, dass der wenigstens sah, wie sich seine Lippen bewegten.

Und so war es. Langsam, aber stetig spürte Grey, wie das Seil hochgezogen wurde. Es dauerte ein paar sehr lange und quälende Minuten, bis sie oben ankamen, wo die rauen Hände der amerikanischen Marinesoldaten sie zu fassen bekamen, über die Kante zogen und dann vom Abgrund wegschleiften.

Alle fünf Männer schnappten nach Luft. O'Bannon fand als Erster die Sprache wieder.

»Danke Ihnen«, sagte er zu Grey.

»Tut mir leid wegen des Messers.«

O'Bannon lachte. Das Dankeschön wurde ebenfalls von Presley und Eaton wiederholt, und dann war auch Neville wieder so weit zu Atem gekommen, um sprechen zu können.

»Ich stehe tief in Ihrer Schuld, Sir.«

»Gern geschehen«, erwiderte Grey. »Genau so eine Ertüchtigung habe ich gebraucht.«

Er legte sich nach hinten, streckte sich flach auf dem Boden aus und ließ sein heißes, glühend rotes Gesicht vom Regen kühlen.

17

Nevilles Arm war gebrochen. Eaton wollte ihn zwar wieder richten, doch Grey übernahm das, da er eindeutig mehr Erfahrung mit gebrochenen Knochen hatte als der junge Marinesoldat. Bevor der Arm gerichtet wurde, erkundigte sich Neville – nachdem er Grey gedankt hatte – zuallererst danach, wo Mr Parker war.

»Er liegt dort drüben«, sagte Grey, deutete mit dem Kinn in die Richtung und ließ den Knochen zurück an Ort und Stelle schnappen, dann befestigte er eine Schiene um Nevilles Arm.

Neville sog scharf Luft durch die Zähne ein. Grey ließ den Arm in eine Schlinge gleiten und half ihm auf die Beine. Neville dankte Grey erneut und ging auf Parker zu. Der war immer noch bewusstlos, aber eventuell etwas weniger blass? Es war möglich, dass er das Schlimmste hinter sich hatte. Grey kniete sich hin und roch an Parkers Bisswunde. Noch immer kein Gestank nach abgestorbenem Fleisch.

»Was ist mit ihm passiert?«, fragte Neville und sah hinunter auf Parkers Gesicht.

Der Regen ließ langsam nach, der Sturm zog nun weiter

landeinwärts – vielleicht tobte er inzwischen über dem Inselinneren –, allerdings war der Niederschlag immer noch so stark, dass es keinen Sinn hatte, Parker die Stirn abzuwischen. Neville tat es trotzdem und kniete sich neben Grey, zweifellos daran gewöhnt, es mit fiebernden Kollegen zu tun zu haben, für die man sonst nicht mehr tun konnte.

»Schlangenbiss«, erklärte Grey.

»Wo sind seine Stiefel?«

»Die trage ich«, antwortete Grey, der Parkers Stiefel nach der Kletterpartie und nachdem er wieder zu Atem gekommen war, nochmals angezogen hatte. »Er war sehr versessen darauf, dass in jedem Fall einer von uns beiden noch auf den Beinen wäre, wenn es an der Zeit wäre, Sie hier hochzubekommen und die Geschützbatterie der Piraten zu zerstören. Er hatte mich gebeten, das Kommando für ihn zu übernehmen.«

»Ich fürchte, ich verstehe nicht«, erwiderte Neville und stand auf.

Grey erhob sich ebenfalls.

»Er hat Sie gebeten, das Kommando zu übernehmen? Warum?«

»Weil er besorgt war, dass sein Mangel an Bewusstsein eventuell seine Fähigkeit, Kommando-Entscheidungen zu treffen, beeinträchtigen würde.«

»Ja, sehr witzig, Sir. Sie sind Engländer. Ich bin nun der ranghöchste Amerikaner. Mr …?«

»Grey. Thomas Grey, ehemaliger Kapitän der Königlichen Marine Seiner Majestät.«

»Nun ja, das ist ja alles schön und gut, Captain Grey – und ich möchte nicht undankbar erscheinen für das, was Sie getan haben –, aber auch wenn Sie der Lord Oberadmiral aller Schiffe Seiner Majestät auf Hoher See wären, würde Ihnen das immer noch nicht die Autorität verleihen, eine Abteilung des amerikanischen Militärs anzuführen.«

»Ich fordere auch gar keine Autorität wegen meines ehemaligen Ranges. Ich benutze ihn nur, um Sie zu beruhigen. Ich entnehme meine Autorität Mr Parkers flammender Bitte und der Tatsache, dass ich ihm mein Wort gegeben habe, seiner Bitte nachzukommen.«

»Das müsste ich allerdings aus seinem Mund hören«, gab Neville zurück.

»Nun ja, das trifft sich gut«, sagte Grey, »da Sie hierbleiben und ihn weiter bewachen werden. Dann können Sie es ja direkt in dem Moment, wenn er seine Sinne wiedererlangt, aus seinem eigenen Mund hören.

Was Sie drei angeht«, fuhr er an die übrigen Amerikaner gewandt fort, »machen Sie sich bereit. Wir haben einen langen Marsch vor uns. Ich werde die Lunte tragen.«

»*Nein*, Sir«, widersprach Neville. »Ich schätze Ihre Absichten, aber ich habe nicht den blassesten Schimmer, wer Sie sind. Sie haben vielleicht Ihr Wort gegeben, aber das habe ich ebenso, als ich meinen Eid geschworen habe. Ich muss meine Pflicht erfüllen und das habe ich auch vor.«

»Dann lassen Sie es mich so formulieren, Sergeant Neville. Ich habe Mr Parker zugesichert, die Geschützbatterie zu zerstören, und genau das werde ich auch tun. Nun können Sie Ihre Männer dort hinführen oder sie kommen mit mir. Aber ich warne Sie: Ich mache solche Dinge schon sehr viel länger als Sie und habe einen funktionierenden Arm mehr.«

»Wir werden zusammen gehen«, bestimmte Neville.

»Nein, werden wir nicht«, widersprach Grey. »Sie werden uns nur aufhalten, und wir sind bereits hinter dem Zeitplan Ihrer Marine. Außerdem möchte ich Parker nicht allein zurücklassen, solange er unfähig ist, sich selbst zu verteidigen.«

Darauf hatte Neville keine sofortige Antwort, also fuhr Grey fort: »Die einzige Frage, die Sie sich stellen müssen, lautet, was die wichtigere Pflicht ist: Ihre Autorität zu wahren, oder Ihr Ziel zu erreichen. Außerdem sollte ich noch hinzufügen: Die Kanonen sind keine Achtzehn-Pfünder, sondern Sechsunddreißig-Pfünder. Beim ersten Tageslicht morgen werden Ihre Fregatten also bereits in Schussreichweite sein. Beim Anbruch der Morgendämmerung, nehme ich an.«

Wieder schwieg Neville. Die anderen Männer tuschelten miteinander. Sechsunddreißig-Pfünder? Die größte Kanone, die sie je gesehen hatten, war eine Zweiunddreißiger, das war die größte Kanone, die die Briten je hergestellt hatten. Es gab Gerüchte, dass die Franzosen auf ein paar Schiffen erster Klasse Sechsunddreißig-Pfünder verwendeten, doch die hatte man wieder abgeschafft, da sie die inneren Stützbalken zur Verstärkung der Schiffe zertrümmerten.

Dann sprach Neville.

»Welche Garantie können Sie mir geben, dass Sie auch genau das tun werden, was Sie sagen?«

»Gar keine«, antwortete Grey. »Außer meinem Ehrenwort.«

Neville verfiel wieder in Schweigen. Dann streckte er die linke Hand aus, da die andere ja in der Schlinge steckte. »Nun gut, Captain Grey. Dann bete ich, dass Sie mich nicht enttäuschen werden.«

Grey nahm Nevilles linke Hand mit seiner rechten. »Das werde ich nicht, Sergeant. Und ich danke Ihnen. Falls Sie woandershin müssen, dort drüben sind zwei Maultiere angebunden. Wir werden sie nicht gebrauchen können.«

Nun wandte sich Grey an die anderen drei, Eaton, Presley und O'Bannon.

»Geben Sie mir den Rucksack und den Bogen des Sergeants, aber lassen Sie ihm das Jagdmesser.« Dabei betrachtete er Parkers Karte. »Wir haben einen langen Marsch vor uns, ich hoffe also, Sie sind alle wieder zu Atem gekommen. Folgen Sie mir.«

Einen Augenblick sah er hinauf zur Sonne, um sich zu orientieren. Inzwischen wurde sie nicht mehr von den Wolken verborgen und diese Tatsache drängte folgenden Gedanken in Greys Bewusstsein: noch ein Tag hinter seinem eigenen Zeitplan, noch ein Tag näher an Spaniens Kriegserklärung an England.

18

Die vier Männer – Grey ging voran, dann folgten Presley, Eaton und O'Bannon – marschierten einer hinter dem anderen am Rande der Caldera entlang, in dem Glauben, ungefähr zehn Meilen vor sich zu haben. Die Erosion hatte sie von der Kraterkante zurück in den Wald gezwungen, wo der Regen Rinnsale hinterlassen hatte, über die man hinwegsteigen musste, und Melasseartigen Matsch, durch den man waten musste. Grey kam zu dem Schluss, dass sogar zwei Meilen pro Stunde ein optimistisches Tempo war. Wären sie noch viel langsamer, kämen sie allerdings erst nach Einbruch der Dunkelheit bei der Geschützbatterie an und – trotz Parkers Skizze des Festungsbaus – wollte Grey einen Blick darauf werfen, solange es noch Tageslicht gab. Danach könnten sie sich etwas zurückziehen und sich bis zum Anbruch der Nacht ausruhen. Doch davor mussten sie einen Gewaltmarsch zurücklegen. Grey hatte Parkers Degen und bahnte ihnen damit den Weg, indem er durch Äste und Unterholz schnitt, die vor ihnen alles überwucherten.

Die drei Amerikaner sprachen nur wenig. Zweifellos waren sie erleichtert darüber, dass Grey und Neville ihre

Meinungsverschiedenheit zum Kommando friedlich beigelegt hatten. Aber sie waren junge Männer. Sehr junge Männer, kaum halb so alt wie Grey (wurde er langsam alt? Oder war er mit Mitte dreißig in der Blüte seiner Jahre?). Selbst wenn sie im Alter von sechs Jahren bereits zur See gefahren wären – was wegen ihrer amerikanischen, und nicht englischen Herkunft eher unwahrscheinlich war –, wären sie immer noch grün genug hinter den Ohren, um die plötzliche Planänderung verstörend zu finden. Zusätzlich hatte wahrscheinlich noch keiner von ihnen jemals einen Dschungel betreten und keiner von ihnen – Grey eingeschlossen – wusste genau, was sie noch alles erwartete. Ihre Schweigsamkeit war also wenig verwunderlich. Unter anderen Umständen hätte Grey versucht, sie in ein Gespräch zu verwickeln – es ist nie ratsam, Schulter an Schulter mit einem Fremden in die Bresche zu springen –, doch er war ehrlich erschöpft. Er war bereits vor dem Anstieg den Krater hinauf erschöpft gewesen. Er war erschöpft gewesen, bevor er Parkers Seil hinuntergelassen hatte, und er war verdammt noch mal erschöpft, nachdem er nun hinuntergeklettert war, um Neville hochzuholen. Er würde weitermachen – wenn er schon mit keinen anderen Qualitäten gesegnet war, dann wenigstens damit, dass er sich auf sehr harte Weise zum Weitermachen zwingen konnte –, aber um auch noch Konversation zu betreiben, dafür reichte sein Atem nicht mehr aus. Also fuhr er damit fort, Pflanzen, die ihm den Weg versperrten (ähnlich den loyalen Unterstützern des Whig-Anführers James Fox, die im Unterhaus ähnlich gegen

Seine Majestät wucherten), wegzuschlagen und sein Schnaufen und Keuchen möglichst moderat zu halten. Falls die Amerikaner dieses offensichtliche Bedürfnis nach Sauerstoff peinlich fanden, behielten sie es für sich.

Nach zwei oder drei Stunden Marsch – und vielleicht nach gerade einmal zwei oder drei Meilen –, schlug Grey eine fünfminütige Pause vor. Sie befanden sich auf einer kleinen Lichtung und während sie alle Greys Warnung beherzigten, in Gottes Namen auf Schlangen aufzupassen, legten sich alle mit dem Kopf auf ihre Rucksäcke. Die Amerikaner aßen etwas Trockenfleisch und bestärkten Grey darin, aus Nevilles Rucksack ebenfalls etwas davon für sich herauszunehmen, doch das lehnte er ab. Allerdings gab er sich der Neugierde hin und drückte die Spitze eines riesigen Blattes sanft nach unten. Dann ließ er das darauf gesammelte Regenwasser in seinen Mund fließen. Es schmeckte etwas wächsern, aber davon abgesehen war es das frischste, klarste Wasser, das er seit Teneriffa getrunken hatte. Dies sagte er den Amerikanern und die taten es ihm nach, woraufhin einer nach dem anderen ihm beipflichtete, dass frisches Blattwasser ein höchst wünschenswertes Getränk wäre.

Sie nahmen ihren Marsch wieder auf und gingen langsam am Kraterrand entlang Richtung Süden. Die Hafenmündung war mehr oder weniger die Südseite der Insel, der untere Teil des Hufeisens. Je weiter sie in den Süden kamen, desto schwächer wurde der Wind und desto dichter der Dschungel. Ihr Fortschritt verlangsamte sich zusätzlich, da sich Grey mit den Amerikanern nun abwechselte, jeder einmal die Führung übernahm und die Vegetation absäbelte, damit keiner von ihnen am Schluss einen toten Arm hätte. Die Sonne hatte ihren Zenit erreicht und rutschte nun bereits langsam gen Westen. Die Stunden verflogen ohne jegliche Pausen.

Grob berechnet waren sie zu der Stelle auf Parkers Karte unterwegs, an der sie wieder auf einen Wildpfad kämen (wie sehr sich Grey nach dem einfachen Marsch auf einem Wildpfad sehnte).

Sie fanden den Pfad nicht vor dem frühen Abend, was Grey allerdings mehr Sorgen bereitet hätte, wenn er ihr Vorankommen nicht so dramatisch erleichtert hätte. Bald schon verlief der Pfad in der Nähe des inneren Kraterrandes und – genau, wie es in Parkers Karte stand – über einer von Rädern ausgefahrenen Schmutzstraße, die sich vom Hafen aus hochschlängelte; diesen konnten die Männer nun weit unter sich erkennen. Ein Wechsel auf die Straße war verlockend, die zwar kaum die Via Appia, aber trotzdem vier oder fünf Mal breiter als der Wildpfad war, vernünftig gesichert aussah und – nun ja – eben eine Straße war. Doch ausgehend von Parkers Warnung, bevor er das Bewusstsein verloren hatte – dass sie Straßen meiden sollten, da sie andernfalls für die Piraten, die an der Geschützbatterie arbeiteten, ein Geschenk wären –, nahm Grey an, dass es wohl eine Nachtwache von Männern geben würde, die zu Fuß nach oben trotten oder vielleicht sogar in einem Munitionswagen oder so etwas hinauffahren würden. Ob sie wohl geübte Kanoniere hatten, welche die Sechsunddreißig-Pfünder bedienten? Da die Großgeschütze erst vor relativ kurzer Zeit auf die Klippe hochgebracht worden waren, war dies eine sinnvolle Überlegung. Andererseits würde es am Schießpulver hier nicht mangeln, mit all den Handelsschiffen, die welches geladen hatten und von denen buchstäblich keines, das gekapert wurde, auch nur den geringsten Widerstand geleistet hatte; Vargas müsste also ein beträchtliches Lager angehäuft haben. Und natürlich konnten sie so viele sechsunddreißig-Pfund-schwere Kanonenkugeln gießen, wie sie Eisen zum Einschmelzen hatten. Und zweifelsohne hatte man jedes Schiff, das nicht mehr repariert werden konnte, von allen Nägeln befreit. Aller Wahrscheinlichkeit nach wären die Kanoniere hier also recht gut geübt. Ob sie jemals im Zorn auf ein Schiff gefeuert hatten? Wer konnte das schon sagen.

Greys Vermutungen – oder waren es eher Parkers Informationen gewesen? – hatten sich als richtig erwiesen, und als schließlich die Nacht hereinbrach und die Männer weiter den Wildpfad entlangliefen, vernahmen sie die Stimmen eines Pulks Piraten in der Nähe. Sie sangen etwas, das entfernt so klang wie »Blow the Man Down«, aber in Sabir, der seltsamen *Lingua Franca* der Mittelmeerregion: eine Mischung aus Portugiesisch, Spanisch, Katalanisch und Okzitanisch, ein Dutzend italienischer Dialekte, Griechisch, Türkisch, Hebräisch und Arabisch. Grey hatte noch nie ein Lied in dieser Sprache gehört, die er als wenig wohlklingend empfand.

Die Piraten waren auf dem Weg nach oben zur Geschützbatterie und folgten einer Serpentinenstraße, was bedeutete, dass ihre Stimmen vermutlich näher klangen, als sie es wirklich waren. Parker hatte gemeint, dass mehr als zwanzig Männer dort an den Kanonen arbeiteten – würden die alle von der Nachtwache abgelöst werden oder nur ein Teil von ihnen? Im schlimmsten Falle würden also zwei Dutzend Männer die Straße hochkommen. Konnte da rechtzeitig ein Hinterhalt gelegt werden? Die Sabir-Sänger konnten nicht mehr als zehn Minuten entfernt sein. Damit wären sie zwar ganz schön viele, aber immer noch einfacher jetzt zu töten, als wenn sie sich erst einmal in der Deckung der Geschützbatterie befänden.

Sie würden bewaffnet sein – mit langen und einfachen Dolchen, Kurzdegen, Säbeln – vielleicht Pistolen, vermutlich Gewehren. Allerdings bereiteten Grey nur die Feuerwaffen Sorgen. Schon das Geräusch eines einzigen Schusses, sogar in dieser drückenden Luft, wäre mindestens eine Meile weit zu hören und würde ihnen jede Chance rauben, die Befestigungsanlage heimlich einzunehmen. Wenn es einen Hinterhalt geben sollte, müsste der still und leise sein.

Alle Amerikaner trugen ihre Bögen auf dem Rücken, genau wie Grey. Er fragte sich, als wie tödlich sich diese erweisen würden. Grey für seinen Teil wusste, wie er ihn benutzen musste, aber er war kein Robin Hood. In der Regel waren die einzigen Engländer, die gut mit Pfeil und Bogen umgehen konnten, Wilderer und Aristokratenkinder. Sonst hatte niemand wirklich viel Gelegenheit, sie zu benutzen. Zumindest in Großbritannien. Bestimmt wurden sie immer noch von den weniger entwickelten Europäern genutzt. Sie waren ein Überbleibsel aus dem Mittelalter, aber das traf natürlich auf den Großteil des Kontinents zu.

Doch in den Vereinigten Staaten? Darüber hatte Grey noch nie wirklich nachgedacht. Aus Anekdoten von Amerikas westlicher Landesgrenze, die gelegentlich Londoner Zeitungen erreichten, hatte Grey erfahren, dass die Amerikaner öfter durchlöchert wurden, als dass sie selbst durchlöcherten.

Nein, es wäre besser, die Messer und Parkers Degen zu benutzen. Selbst wenn die Amerikaner gut mit ihren Pfeilen umgehen konnten, Grey konnte das nicht, und dies hier war kein Auftrag, den er außer Kontrolle geraten lassen konnte. Da Grey Neville sein Messer überlassen und das von O'Bannon weggeworfen hatte, hatten sie nur noch zwei Messer und den Degen bei sich – was in Ordnung war, denn Grey wollte einen Mann mit dem Girandoni-Luftgewehr bewaffnen, nur für den Fall, dass die Dinge aus dem Ruder liefen. Das war zwar um einiges lauter als ein Messer, aber immer noch verdammt viel leiser als eine Waffe mit Schießpulver.

Schnell unterbreitete Grey den Amerikanern seinen Plan. Natürlich waren die Amerikaner die unangefochtenen Meister hinterhältiger Kriegsführung – auf diese Weise hatte ein Mob bewaffneter Zivilisten schließlich auch seine Unabhängigkeit vom Empire errungen. Grey und die Marinesoldaten kauerten in der Hocke im Kreis zusammen. Als er fragte, wer von ihnen der beste Schütze wäre, hoben alle die Hand oder deuteten auf sich selbst. Grey schnaubte amüsiert.

»Wer von Ihnen ist dann am schlechtesten mit einem Messer?«

Daraufhin wurden alle Hände wieder heruntergenommen und einen Augenblick später traute sich O'Bannon zu sagen: »Ohne unhöflich sein zu wollen, Sir, aber ich fürchte, das sind vermutlich Sie.«

Grey ließ ein halbes Lächeln auf sein Gesicht treten. »Das glaube ich nicht, O'Bannon.«

»Wenn Sie gestatten, Sir, wer war der erbittertste Feind, gegen den Sie je gekämpft haben?«

Grey zuckte mit den Schultern. O'Bannon fuhr fort.

»Sir, wenn Sie noch nie gegen einen Indianer gekämpft haben oder mit einem Indianer an Ihrer Seite, dann wissen Sie nicht, wie man ein Messer im Kampf einsetzt.«

»Ich habe mit Indern gekämpft, O'Bannon.«

»Ich meine nicht die aus Ostindien, Sir, sondern die von den westindischen Inseln. Also eher die Indianer aus dem Westen. Amerikanische Indianer.«

»Ja, ich weiß, O'Bannon, allerdings würde ich bei einer Wette zwischen irgendeinem dahergelaufenen Laien und Ureinwohnern immer auf unsere Gurkhas und nicht auf eure Mohawks setzen.«

»Diese Wette würde ich eingehen, Sir. Aber so oder so – haben Sie als junger Mann mit Ihren Gurkhas gekämpft? Oder sogar gegen sie?«

»Das kann ich nicht behaupten.«

»Sehen Sie, Sir, alle Amerikaner – sogar diejenigen, die

später zur See fahren – wachsen in den Wäldern auf und alle Amerikaner haben einen kleinen Indianer in sich. Das ist eine der Eigenheiten, die uns zu Amerikanern macht anstatt zu Engländern. Und zu besseren Kämpfern als ihr englischen Zeitgenossen es seid. Ohne unhöflich sein zu wollen.«

»Ich bin nicht gekränkt, O'Bannon, überzeugt aber auch nicht.«

»Aber wenn wir dies für einen Augenblick beiseitelassen, Sir – warum sollten wir lieber Messer als Bögen verwenden? Genau dafür haben wir sie schließlich mitgebracht.«

»Ich bin keine große Hilfe mit dem Bogen. Und vielleicht ist da gerade ein Trupp Piraten auf dem Weg nach oben. Aus der Nähe können wir mit Messern und Degen kurzen Prozess mit ihnen machen. Aber wie schnell können Sie Ihre Bögen abschießen?«

Die Amerikaner sahen sich gegenseitig an und lächelten.

»Ziemlich schnell, Sir«, stellte O'Bannon klar.

»Schnell genug, um zwanzig Männer töten zu können? Wenn nur ein einziger überlebt und entkommt, sind wir ruiniert.«

»Die schnappen wir uns, Sir. Und wenn ich einen Vorschlag machen dürfte, Sie können ja etwas weiter oben an der Straße stehen und falls wir einen von ihnen verfehlen, ihn mit dem Degen erledigen. Obwohl ich nicht davon ausgehe, dass das nötig sein wird.«

Grey saugte nachdenklich an seinen Zähnen. O'Bannons Logik konnte man nur schwer etwas entgegensetzen. Auf der anderen Seite mochte Grey die Idee nicht sonderlich, sich zurückzulehnen und anderen Männern das Kämpfen zu überlassen. Sein Stolz war allerdings vielleicht nicht die Hauptsache in dieser Angelegenheit. Jedenfalls war er sich ziemlich sicher, dass er, wenn er früh genug anlegte, wenigstens einen Piraten würde erwischen können.

»Nun gut, ihr Koloniebewohner. Uns bleiben nur noch wenige Augenblicke, um unsere Positionen zu beziehen, platzieren Sie sich also.«

Nach zehnminütiger Anspannung kamen die Piraten schließlich um eine Kurve in der Straße und in Sicht. Zu dem Zeitpunkt hatten sich O'Bannon, Presley und Eaton bereits alle im Unterholz des Waldes neben der Straße versteckt: zwei auf der einen und einer auf der anderen Seite, wegen des Kreuzfeuers allesamt seltsam unbesorgt. Grey stand mit gespanntem Bogen circa dreißig Yards von ihnen entfernt und versuchte, irgendeinen der Amerikaner zu erspähen. Ein wenig Tageslicht war noch übrig, doch er sah einfach nichts, konnte beim besten Willen keinen von ihnen ausmachen. Sie trugen nicht die normale Uniform der amerikanischen Marinesoldaten, sondern eine gewöhnliche braune Filzjacke von der Art, die man an jedem gewöhnlichen Mann in allen Städten Europas oder Amerikas sehen würde. Nun schienen sie komplett mit dem Grün um sich herum zu verschmelzen. Oder vielleicht umgab sie das Grün auch gänzlich. Der Dschungel, zurück im ursprünglichen Krater, war wieder so dicht wie zuvor.

Grey fragte sich, ob sie ihn sehen konnten, und beschloss, seine Kenntnisse als Wegelagerer im Wald aufzubessern, sobald das hier alles vorbei wäre. Bevor sie ihre Plätze eingenommen hatten, hatten die Amerikaner etwas von der Truthahnjagd erwähnt und Grey dann erklärt, was Truthähne waren. Grey wusste, dass ein Truthahn ein überdimensionales Huhn war, hatte aber noch nie einen gesehen und war auch nicht mit den offenbar existierenden offiziellen Regeln der Jagd vertraut. Laut O'Bannon liefen Truthähne hintereinander in einer Reihe her, weshalb man bei der Jagd am hinteren Ende begann und sich nach vorne durcharbeitete – so versuchten die vorderen Truthähne in der Reihe zu entkommen, indem sie weiterhin geradeaus liefen, anstatt sich wild zu zerstreuen. Und obwohl Truthähne laut O'Bannon nicht mit übermäßig viel Intellekt gesegnet waren, funktionierte diese Technik angeblich auch bei Menschen. Falls das stimmte, war das wertvolles Wissen, und Grey brannte darauf, die Theorie in der Praxis zu sehen. Die Truthähne im Hinterkopf behaltend würden die Amerikaner die Piraten also an sich vorbeiziehen lassen, bevor sie auf die am hinteren Ende schossen. In der Zwischenzeit würde Grey das Schießen unterlassen, es sei denn, die Truthähne fingen an, in irgendeine andere Richtung zu laufen als der Straße folgend.

Grey korrigierte seinen Griff um den ziemlich kurzen Pfeil – die Länge war an den kleinen Kompositbogen angepasst, die Art Bogen, den die Ungarn bevorzugten und während der letzten Epoche offensichtlich wiederum von den Mongolen übernommen hatten. Grey hatte durchaus schon einmal mit solch einem geschossen, doch als patriotischer Engländer hätte er einen Langbogen bevorzugt. Er zog den Pfeil etwas nach hinten, sodass der Bogen halb gespannt war, und wartete.

Und dann ging es los. Die Piraten marschierten natürlich nicht in Reih und Glied, sondern wild durcheinander und eine rasche Zählung ergab insgesamt sechzehn (eine Ablösung, vermutete Grey, für zwei Drittel der Männer im Dienst). Auf einmal stolperten die letzten drei und fielen hin. Grey hatte nichts gehört, konnte jedoch die Pfeile in ihren Rücken sehen. Die anderen dreizehn Piraten fuhren herum, um nachzusehen, was passiert war, und da wurden noch drei weitere erschossen, und nachdem sie ein paar Schreie ausgestoßen und etwas umhergetaumelt waren, brachen sie ebenfalls zusammen. Grey konnte die Pfeile aus ihren Brustkörben ragen sehen.

Nun waren noch zehn übrig, die die Straße weiter auf Greys Standort zuliefen. Weitere drei bekamen Pfeile in den Rücken ab und fielen hin. Dann die drei vor ihnen. Die vier Überlebenden befanden sich nun nur noch wenige Yards vor Grey.

Instinktiv wollte er den Bogen fallen lassen und seinen Degen ziehen, doch das wäre verdammt dumm, da er so in die Schusslinie treten würde. Jedenfalls wurden drei weitere Pfeile abgeschossen, noch bevor er Zeit gehabt hatte, aus der Deckung herauszutreten, und drei weitere Piraten stürzten zu Boden. Der letzte Mann auf den Beinen bekam einen Pfeil von Grey in die Brust und, noch bevor er auf dem Boden aufschlug, drei weitere Pfeile in den Rücken.

Grey kam aus der Deckung hervor. Sechzehn Piraten lagen auf dem Boden. Ein paar versuchten davonzukriechen, ein paar andere stöhnten. Keiner von ihnen würde überleben – ihre inneren Organe waren zu schwer zerfetzt. Pfeile waren grässliche Waffen. Grey zog seinen Degen und erlöste den gerade noch so lebendigen Piraten, der ihm am nächsten war, von seinem Leid. Er nickte den drei Amerikanern zu, die sich ein Beispiel an ihm nahmen und zwischen den Toten hindurchgingen, um den Sterbenden Gnadenstöße zu geben, indem sie ihnen Pfeile aus kürzester Entfernung in den Schädel schossen.

Dann gingen Grey und die anderen dazu über, die Pfeile aus den toten Männern wieder herauszuziehen, anschließend schleiften sie die Leichen zum Straßenrand und hievten sie den Berg hinunter in den Dschungel, wo sie in Kürze verrotten oder gefressen werden würden. Die offensichtlichen Anzeichen des Massakers – Blut und Schleifspuren – bedeckten sie mit Erde, dann verließen sie die Straße wieder und zogen sich auf den unterhalb davon verlaufenden Weg zurück.

Keiner sagte ein Wort, bis sie alle wieder zurück auf dem Pfad waren, in der Hocke, um wieder zu Atem zu kommen.

»Meine Herren: Betrachten Sie mich als beeindruckt.«

»Danke Ihnen, Sir«, sagten alle nacheinander.

»Sehr gut«, schloss Grey, »einen Wachtrupp haben wir

also schon getötet. Damit bleiben uns noch ungefähr weitere vierzig Mann, die wir töten müssen. Braucht irgendjemand von Ihnen eine Pause?«

»Nein, Sir«, sagte O'Bannon.

»O'Bannon«, bemerkte Grey, »Sie haben die Gewohnheit, für Ihre Kollegen zu sprechen.«

»Ja, Sir. Aber nur, weil ich schon etwas länger dabei bin als sie.«

»Nun gut, das verstehe ich. Sie kommen mir alle wie zähe Burschen vor. Nur für den Fall, dass ich vor Ihnen getötet werde, sollte also etwas Ordnung herrschen.«

Er nickte O'Bannon zu. »Wer ist nach Ihnen der höchste im Rang?«

»Eaton, Sir.«

»Sehr gut. Presley, falls wir alle drei tot sind, haben Sie die Verantwortung. Eaton, dasselbe gilt für Sie, falls O'Bannon und ich getötet werden. Und O'Bannon, für den Moment sind Sie der ranghöchste Offizier. Nun lassen Sie uns weitergehen. In ein paar Minuten wird es ganz dunkel sein und Gott allein weiß, was passiert, wenn wir unsere Arbeit nicht bis morgen früh verrichtet haben.«

Natürlich wusste es auch Grey. Die amerikanischen Fregatten würden versenkt werden. Eintausend Männer würden ihr Leben verlieren. Und dabei erschien immer wieder dieselbe Szene der vor Anker gehenden Schatzflotte vor seinem inneren Auge.

19

Parkers Karte führte Grey und die Amerikaner wieder zurück hoch zum Kraterrand, an eine Stelle, von der aus sie das Lager rund um die Geschützbatterie ausgebreitet vor sich sehen konnten. Ein nacktes Plateau aus Vulkangestein ragte zum Hafen hin heraus: Eine Miniaturhalbinsel, die größer als ein halber Acre war. Wo die Straße vom Hafen endete, verlief eine Brustwehr. Auf der Innenseite davon befanden sich vier schlecht gebaute, längliche Holzhäuser, wo, wie Grey vermutete, zwei Dutzend Männer vor Regengüssen Schutz suchen und außerdem etwas lagern konnten. Dann gab es eine gigantische Regenwasserzisterne, von der Grey annahm, dass sie als gigantisches Wasserfass fungierte. Trink- und Badewasser sowie – am wichtigsten für jede Geschützbatterie – um Brände zu bekämpfen. Ferner ein einziges, gut gebautes Gebäude – gut gebaut in dem Sinne, dass es im Gegensatz zu den anderen aussah, als müsste es nicht, wenn es nach den Tropenstürmen ginge, zwei Mal pro Jahr neu gebaut werden. Es war aus Mauerwerk errichtet, was wahnsinnig mühselig gewesen sein musste. Gar keine Frage, was das war. Im Inneren würden sich Pulverfässer befinden, Hunderte von sechsunddreißig Pfund schweren Kanonenkugeln und vier monströse Kanonen.

»Wie lautete Nevilles Plan?«, fragte Grey O'Bannon.

»Wir sollten das Lager heimlich betreten, still und leise alle töten, die die Kanonen bewachen, die Lunte anzünden und uns in den Dschungel zurückziehen.«

Grey nickte. »Das wird nur leider nicht funktionieren.«

»Nein, Sir«, antwortete O'Bannon. »Wir hatten ja auch halb so große Kanonen und einen Wachtrupp von weniger als zehn Männern erwartet.«

Unter ihnen im Lager wimmelte es nur so von Männern, die um mehrere Lagerfeuer herumstanden oder -saßen, aßen und tranken.

Einen Augenblick lang schwiegen sie alle.

Grey nickte. »Wie weit können Sie mit diesen Bögen schießen?«

»Ein beliebiger Schuss würde in einem Bogen an die hundert Yards weit fliegen. Auf ein direktes Ziel in direkter Linie allerdings nicht mehr als zwanzig.«

»Könnten Sie diese Baracken treffen?«

»Ja, Sir.«

»Haben Sie ein Feuereisen?«

»Ja, Sir. Wir haben alle eines.«

»Haben Sie irgendeine Art von Alkohol dabei?«

Einen Moment lang herrschte Stille.

»Eaton hat ein kleines Fläschchen, Sir, für körperliche Notfälle.«

»Was für einen?«, fragte Grey Eaton.

»Gin, Sir. So stark wie Marinesoldaten.«

»Gut«, sagte Grey, nickte, dachte kurz nach und nickte dann erneut. »Gut. Also dann. Diese Holzbaracken sind gestern Nacht ziemlich nass geworden. Auch wenn sie den ganzen Tag lang Zeit hatten, unter der kräftigen Tropensonne zu trocknen, brauchen sie vielleicht ein wenig Hilfe, um in Brand gesteckt zu werden. Sie werden ein paar Lumpen in dem Gin tränken, sie an ein paar Pfeilspitzen binden und auf das Barackendach, das am weitesten von der Geschützbatterie weg steht, schießen. Schaffen Sie das? Das muss lichterloh brennen.«

Nacheinander nickten die Amerikaner.

»Sehr gut, Jungs. Das sollte hier alles ins Chaos stürzen. Wenn es so weit ist – wenn alle Männer damit beschäftigt sind, das Feuer zu löschen – werde ich zwischen ihnen hindurchschlüpfen, zur Geschützbatterie, die Lunte anzünden, und zurückschlüpfen.«

Erneut nickten die Amerikaner nacheinander. Niemand von ihnen musste laut aussprechen, dass das ein verdammt gefährliches Unterfangen war. Momentan schien es aber keinen anderen Weg zu geben, den man einschlagen könnte. Grey hoffte, dass dieser Hurensohn, der für den Fehler verantwortlich war, dass sie statt Achtzehn- Sechsunddreißig-Pfünder vorfinden mussten, ganz langsam an einer besonders unerfreulichen Geschlechtskrankheit zugrunde ging.

»So: Feuern Sie nur auf die Baracke, die am weitesten von der Geschützbatterie weg und am nächsten bei uns steht. Wenn nur eine brennt, werden sie es als Unfall betrachten. Wenn wir zwei in Brand stecken, werden sie wissen, dass hier etwas faul ist.

Genauso werden sie wissen, dass etwas faul ist, wenn sie die Pfeile als Lichtpunkte im schwarzen Dschungel sehen. Sobald sie also entzündet sind, feuern Sie sie direkt ab, so schnell Sie können. Habe ich mich klar ausgedrückt?«

»Ja, Sir«, bestätigten Eaton und Presley.

»Was, wenn sie trotzdem bemerken, dass etwas nicht stimmt, Sir?«, fragte O'Bannon.

»Dann helfe uns Gott, O'Bannon. Wir müssen sichergehen, dass kein Signal an den Hafen gesendet wird. Wir werden sie alle töten müssen. Und zwar in größter Eile.«

»Ja, Sir.«

»Es wäre eine verdammt hässliche Angelegenheit, aber wenn es so weit kommt, denken Sie daran: Das sind keine Männer, sondern Piraten. Wilde, die keine Gnade kennen und auch keine erwarten. Gott wird ihnen gnädig sein, wir nicht.«

Grey gab den Piraten ein paar Stunden zum Trinken und Ausruhen. Im Lager schien irgendein Groll zu herrschen, von dem Grey annahm, dass er etwas mit der Verspätung der Wachablösung zu tun hatte. Bisher schien er sich noch nicht hochgeschaukelt zu haben. Zweifellos waren Arbeitszeiten und Pünktlichkeit schon lange zuvor über Bord gegangen.

Als er dann das Gefühl hatte, die Brandstiftung so lange aufgeschoben zu haben, wie es Ihnen von Nutzen sein konnte, weckte er die Amerikaner, denen er befohlen hatte, ein wenig die Augen zuzumachen. Es dauerte ein paar Minuten, bis die Feuerpfeile bereit waren. Grey würde nicht schießen. Ihr Ziel lag etwa fünfzig Yards entfernt und er konnte nicht sicher zielen. Als alle Amerikaner ihre Bögen im Anschlag hielten, gespannt und das Ziel im Visier, benutzte Grey Parkers Feuereisen, um alle anzuzünden. Zuerst O'Bannon – der schoss, während Grey Eatons Pfeil anzündete, und Eaton, während Grey Presley Feuer gab. O'Bannons Pfeil traf das Ziel, genau wie Eatons. Doch vor lauter Hektik beim Abschießen hatte Presley zu weit nach hinten gezielt. Sein Pfeil landete in dem vulkanischen Bimssteinboden und erlosch sofort. Grey hoffte, dass ihn niemand gesehen hatte.

Es dauerte nur Sekunden, bis die Baracke wie Dantes Inferno brannte. Grey hatte die alles austrocknende Kraft der tropischen Sonne unterschätzt. Und fast genauso schnell bildete sich eine Kette von Männern, die aufgesprungen waren und zwischen der Zisterne und dem brennenden Gebäude Eimer weiterreichten. Parker hatte gemeint, zumindest diese Männer wären etwas disziplinierte Ex-Soldaten von Kriegsschiffen. Offensichtlich hatte er recht gehabt – gewissermaßen. Sogar während das Wasser bereits weitergegeben wurde, kamen noch verängstigte Männer aus dem brennenden Gebäude gerannt. Ein paar andere, vermutlich diejenigen, die von der Verspätung der Wachablösung am empörtesten gewesen waren, schienen schon zu tief ins Glas geschaut zu haben und rannten willkürlich herum oder sahen zu und lachten.

Doch Grey beachtete sie gar nicht. Er beobachtete einen Piraten, der allein dastand und hinunter auf Presleys einzelnen Pfeil starrte. Grey sah ihm dabei zu, wie er ihn aufhob und in der Hand drehte – wie es ihm dämmerte, was das war und was das zu bedeuten hatte.

Der Mann begann, anderen Männern um ihn herum etwas zuzurufen, allerdings hörte ihm keiner zu. Alle waren darauf bedacht, das Feuer zu löschen. Doch er ließ sich nicht davon abbringen. Er schaffte es, ein paar Männer aus der Eimerreihe zu zerren und brachte sie dazu, ihm zuzuhören. Grey konnte bloß erahnen, was er ihnen sagte, doch eine Sekunde später befüllte diese Gruppe Männer – sieben an der Zahl – Eimer mit Wasser und rannte auf die Geschützbatterie zu.

Da zerrte Grey die Girandoni von seinem Rücken und feuerte. Auf hundertfünfzig Yards war die Girandoni immer noch exakt und ziemlich sicher tödlich. Dies war in etwa genau die Entfernung zu den Männern mit den Wassereimern. Grey schoss auf den ersten in der Reihe – kein Truthahn-Hinterhalt diesmal – und er fiel zu Boden. Grey riss den Federlader nach hinten, spannte den Hahn und eine weitere Kugel landete im Lauf. Er tötete den zweiten Eimermann in der Reihe. Ein weiteres Mal riss er die Schiene nach hinten, um nachzuladen, und schoss auf den letzten Mann – die Männer Nummer drei, vier, fünf und sechs in der Reihe waren bereits in der Geschützbatterie verschwunden. Der siebte fiel zu Boden, eine Kugel der Girandoni vom Kaliber .46 steckte in seinem Rücken. Allerdings hatten es vier Männer ins Innere geschafft. Und Grey wusste auch, was sie dort trieben.

»Wir sind geliefert, Jungs. Feuern Sie willkürlich. Fangen Sie am Anfang der Straße an und bahnen Sie sich einen Weg nach innen. Keiner darf entkommen. Töten Sie alle.«

20

Grey war übel.

Den größten Teil der Piraten hatte er selbst getötet. Seine Repetierflinte war ein unglaublich effektives Tötungsinstrument. Er konnte zwanzig Schuss in der Zeit abfeuern, in der ein Baker Rifle oder eine Muskete zwei abschossen. Den Rest hatten die Amerikaner mit Pfeilen getötet. Das Feuer war von der ersten Baracke auf die nächste übergegangen, dann auf die dritte und vierte, sodass sich die Piraten nirgends mehr verstecken konnten. Einige waren auf die Straße gelaufen, womit sie beinahe direkt in die Schusslinie der Pfeile hineinliefen. Ein paar hatten die Zisterne als Deckung genutzt und versuchten, den Beschuss mit ihren Baker Rifles zu erwidern – allerdings hatten sie es nicht geschafft herauszufinden, wohin sie ihn erwidern sollten: Ohne jegliches Aufblitzen von Schießpulver aus dem Luftgewehr und augenscheinlich ebenso wenig von den Pfeilen starrten die Piraten hilflos in die Nacht und versuchten irgendetwas zu erkennen, worauf sie schießen konnten. Grey hatte sie nacheinander mit der Girandoni ausgeschaltet, zusammen mit ein paar anderen, die versucht hatten, zu dem gemauerten Lagerhaus zu gelangen. Als hätte er Fische in einem Aquarium geangelt. Außerdem stellte sich heraus, dass Greys Behauptung, Piraten wären keine Männer und verdienten keine Gnade, sehr viel einfacher auszusprechen als zu glauben war. In ein paar Augenblicken wären die vier Eimermänner, die am Anfang zu der Geschützbatterie gerannt waren, die einzigen Überlebenden. Bevor sie sich um die kümmerten, mussten Grey und die Amerikaner durch weitere nahezu zwanzig am Boden liegende Körper hinübersteigen, Gnadenstöße ausführen, diese auf Herzschläge prüfen und kontrollieren, dass die Toten auch wirklich tot waren. Ein paar Männer waren in den Flammen umgekommen, und die Luft war erfüllt vom Gestank ihres verkohlten Fleischs. Grey hatte selten an etwas mitgewirkt, das ihn so zutiefst angewidert hatte. Erst ein paar Tage zuvor hatte er gesehen, wie ein Klipper besetzt mit Männern, die er kannte und mochte, in die Luft geflogen war und in Stücke gerissen wurde. Das hier war zwar der Abschaum des Abschaums der Erde, doch der Tod machte ihm nun sehr viel mehr zu schaffen. Erst die sechzehn Männer auf der Straße – und jetzt weitere zwanzig hier. Er fragte sich allerdings nicht, ob er das Richtige getan hatte – das wusste er mit Sicherheit. Aber es war so eine gottlose Angelegenheit. Ein Massaker. Ein so methodisches Massaker. Er fühlte sich, als wäre seine Seele in Blut getränkt und als gäbe es keine Möglichkeit, das zu ändern, sie wieder reinzuwaschen. Obwohl er kein Katholik war, hatte er plötzlich den Wunsch, eine Beichte abzulegen und irgendeine Art von unmittelbarer, göttlicher Säuberung zu erfahren. Die Last von seiner Seele abzuladen. Doch das konnte er nicht. Er rammte einem sterbenden Mann Parkers Degen ins Herz, um seinem Leid ein Ende zu setzen. Der Mann starb mit einem letzten, blutigschaumigen Röcheln.

Das war es. Nun zu den Kanonen.

21

Grey und die amerikanischen Marinesoldaten standen direkt vor dem kleinen Türrahmen aus Stein, der in das lange, niedrige Gemäuer führte, wo sich die Geschützbatterie und das Pulverlager befanden. Vier Piraten, glaubten sie, warteten drinnen auf sie. Zweifellos in der Defensive. Und zweifellos würden sie dem ersten Nicht-Piraten, der den Kopf zum Nachsehen hereinstreckte, ebendiesen wegschießen.

Obwohl, unnötig zu erwähnen, weder die Bögen noch das Luftgewehr mit Funken oder Schießpulver abgefeuert wurden (sie wurden sozusagen, streng genommen, überhaupt nicht »abgefeuert«), zögerte Grey, blindlings mit einem Bogen oder der Girandoni in den Lagerraum zu schießen. Es bestand die nicht triviale Möglichkeit, dass ein Funken von der Bleikugel aus Greys Girandoni oder der Stahlspitze der Pfeile zwischen Metall und Stein entstehen konnte. Die Piraten im Inneren hatten den Vorteil, dass sie wussten, wo im Lager das Schießpulver aufbewahrt wurde. Anders als Grey und die Amerikaner, und Grey wollte nichts riskieren, es sei denn, es wäre gänzlich unvermeidbar.

Nein, er hatte eine bessere Idee. Die Girandoni feuerte Kugeln mit Stößen von Kompressionsluft ab, und jede einzelne hatte die Kraft eines Gewehrschusses mit Pulverladung. Ein Gewehr, das nur mit Schießpulver geladen war, konnte einen Mann aus nächster Nähe immer noch außer Gefecht setzen. Grey hatte das zwar noch nie mit der Girandoni ausprobiert, doch jetzt schien ihm ein günstiger Zeitpunkt für das Experiment.

Die Girandoni war bereits mit einer Bleikugel geladen. Mit Gesten gab er den Amerikanern zu verstehen, dass sie die Tür decken sollten, dann klemmte er sich die Girandoni unter den Arm, den Lauf nach unten gerichtet, und ließ das Geschoss herausrollen. Er legte die Kugel in das Röhrenmagazin mit zweiundzwanzig Schuss, das entlang des Gewehrlaufs verlief, zurück und bedeutete den Amerikanern, einen Schritt zurückzutreten.

Grey näherte sich der Tür und dann, mit der rechten Hand auf dem Schutzmechanismus des Abzugs und der linken auf dem Gewehrverschluss, steckte er sie durch den Türrahmen – nach rechts zielend, was von außen gesehen die einzige Richtung war, in die der Eingang führte – und drückte den Abzug.

Ein Luftstoß war zu hören, in etwa so, als würde man einem Mann in den Magen schlagen, dann der erstaunte Schrei und schließlich der Aufprall eines Körpers.

Nun trat Grey durch den Türbogen und bereitete sich auf einen weiteren Schuss vor. Was er sah, ließ ihn allerdings innehalten. Ein einziger Pirat lag auf dem Rücken und schaute benommen drein.

Grey bedeutete den Amerikanern, ihm zu folgen und den benommenen Mann zu fesseln, dann ging er weiter den Steinflur entlang. Einen Augenblick später kam er zu einer anderen Tür auf seiner Linken. Tatsächlich zu zwei Türen, deren gemeinsame Durchgangsöffnung in der Mitte von einer Steinmauer geteilt wurde. Auf der rechten Seite sah er das Pulverlager – Dutzende Fässer mit Schießpulver. Auf der linken erhaschte er den ersten Blick auf eine der monströsen Kanonen, ein sechsunddreißig Pfund schweres Großgeschütz. Das Messing glänzte in der Sonne des frühen Morgens.

In diesem Augenblick wurde Grey erstmals bewusst, dass sie die ganze Nacht hiermit zugebracht hatten und die Morgendämmerung anbrach. Doch gerade hatte er keine Zeit, darüber nachzudenken.

Da er annahm, dass die Männer gleich hinter den beiden weiteren Durchgängen lauerten, steckte er erneut die Girandoni in den Geschützraum und feuerte einen weiteren puren Luftstoß ab. Keine Reaktion. Er streckte den Kopf hinein. Von der Kanone abgesehen schien der Raum leer. Im Pulverraum wiederholte er den Vorgang. Wieder nichts. Wieder schien der Raum leer, bis auf dreizehn Fässer Schießpulver. Er fing an, zwischen den Fässern nachzusehen, und erwartete, die Piraten dort versteckt vorzufinden. Er wiederholte die Suche im Kanonenraum. Doch da war niemand. Er kehrte zum Eingang zurück.

»Wo sind die anderen drei Männer, mit denen Sie reingekommen sind?«, fragte er den Piraten, den er außer Gefecht gesetzt hatte – gerade wurden ihm von Presley die Hände gefesselt.

»Weg«, antwortete der Pirat auf Spanisch.

»Wohin?«, fragte Grey.

»Sind gesprungen.«

»Gesprungen?« Das konnte Grey kaum glauben. »Wann?«

»Vor ein paar Minuten erst. Sie wollten auf den Tagesanbruch warten. Versuchen, die Felsen zu vermeiden. Ich wollte eigentlich auch springen, aber ...«

Der Schuss aus Greys Girandoni hatte ihn erwischt und anscheinend hatte er Höhenangst. Hätte Grey auch gehabt, bei der Aussicht, von der Mündung der Geschützbatterie nach unten zum Hafen springen zu müssen. Ein Sprung von mehreren hundert Fuß. Selbst wenn man im Wasser landete, bezweifelte Grey, dass man überlebte. Erst jetzt verstand er wahrhaftig, welche Todesangst das Mitternachtsmassaker ausgelöst hatte.

Es sei denn, der Mann log und die Männer versteckten sich irgendwo und warteten nur darauf, herauszuspringen. Grey erwähnte dies gegenüber dem Mann und der antwortete mit glasigen Augen, dass Grey sich ja selbst davon überzeugen könnte. Grey ging zurück zum Geschützraum. Vorne war der natürlich offen, damit man mit der Kanone hinausschießen konnte. Grey ging zwischen den zwei Kanonen, die am nächsten beim Durchgang standen, hindurch und schaute von der Kante aus nach unten. Drei übel verdrehte Körper lagen so nahe am Wasser, dass die Wellen nun an ihren Leichen leckten.

Kein Wunder, dass der vierte Mann nicht gesprungen war. Als Nächstes ging Grey in das Pulverlager. Genau wie er vermutet hatte, fand er dort vier leere Eimer und die Pulverfässer ohne Deckel vor. Als er seine Hand in jedes einzelne Fass tauchte, spürte er, dass das Pulver sorgfältig angefeuchtet worden war – nicht tropfnass, aber doch ausreichend feucht, sodass man nicht damit feuern konnte, bis es nicht wieder komplett getrocknet war. Dies war eine besonders sinnvolle Vorsichtsmaßnahme für den Fall eines Angriffs. Wenn ein Angreifer nun ein Feuer hier drinnen anzündete, würde das so viel Schaden anrichten wie in einem Raum voller Sandfässer. Grey kehrte nochmals zu dem gefesselten Piraten zurück.

»Wo sind Ihre anderen Pulverlager?«

»Haben wir nicht.«

»Für Ihre Gewehre?«

»Die haben Sie vermutlich schon abgefackelt, zusammen mit allem anderen.«

Grey nickte. »Sehr gut.«

Er stand auf und wandte sich an die Amerikaner. »Meine Herren, dann werden wir das hier auf die langsame, altmodische Art machen.«

Nachdem sie die Pulverfässer ins Meer geworfen hatten, nur um sicherzugehen, dass von ihnen auch kein Unheil mehr ausgehen konnte, sobald sie einmal trocken waren, zogen die vier Männer die Kanonen an den eigens dafür vorgesehenen Zugseilen an den Rand der Geschützbefestigung. Da sie so wenige waren, war das eine langsame und erschöpfende Arbeit. Fuß um Fuß zogen sie die

Halterungsseile straff: diejenigen Seile, die durch Flaschenzüge verliefen und nach dem Rückstoß eines jeden Schusses die Kanonen wieder nach vorne in Abschussposition brachten. Stück für Stück rollte die erste Kanone nach vorne, bis ihr fahrbarer Untersatz die niedrige Mauer berührte, die verhindern sollte, dass die Mannschaft sie aus Versehen über die Klippenkante hinausrollte. Dann benutzten sie vier Hebebäume, mit denen man die Kanonen normalerweise nach rechts oder links drehte, und ein paar lose Ziegelsteine als Drehachse, um den fahrbaren Untersatz mit einem Hebel hochzustemmen, dann zogen, drückten und gaben sie alles, bis der Lauf der Kanone weit genug nach unten geneigt war, um vornüberzukippen. Die vier Männer rannten nach vorne, um dabei zuzusehen, wie die riesige Messingkanone in die Tiefe stürzte und auf den Felsen darunter zu glitzernden Metalltrümmern und -splittern zerbarst.

Jetzt waren es nur noch drei, und am Horizont konnten sie das Schiff der Marinesoldaten erkennen – die USS *Constellation.*

22

Als die letzte Kanone hinabstürzte und zerschellte, hatte die *Constellation* eine Position eingenommen, von der aus sie die Hafenmündung vollständig beherrschte. Hinter ihr holte die USS *Congress* gerade die Segel ein und bereitete sich darauf vor, selbst in den Hafen zu schlüpfen und das Feuer auf alles zu eröffnen, das Widerstand leistete. Würde es Kapitulierende geben? Zweifellos würden einige Männer auf der Insel behaupten, einfache Händler zu sein, die legal erhaltene Waren in einem freien Hafen verkauften. Einige kamen vielleicht damit durch und diejenigen, die auch nur den blassesten Hoffnungsschimmer hatten, würden wahrscheinlich eher ein amerikanisches Gericht als ein amerikanisches Kriegsschiff herausfordern. Viele Piraten, die wussten, dass sie entweder kämpfen und sterben oder sich ergeben und gehängt werden konnten, würden sich allerdings für Ersteres entscheiden. Wenn sie so starben, endeten sie vielleicht zumindest in einem guten Matrosenlied.

Da Grey den Marinesoldaten die tiefe Erschöpfung ansehen konnte und er auch selbst am Ende seiner Kräfte war, schlug er vor, sich ein paar Minuten hinzusetzen, etwas Wasser zu trinken und etwas von ihrem Proviant zu essen. Nachdem sie alle ein wenig Wasser aus der Zisterne getrunken hatten, kletterten die vier Männer auf das Dach der nun leeren Geschützbatterie und sahen der *Congress*, die kaum noch schnell genug fuhr, um sie überhaupt steuern zu können, dabei zu, wie sie die *Constellation* überholte und in das Zentrum des Kraterhafens der Isla Cangrejo glitt. Aus einem Eichengebäude an Land war das leise Knallen von kleineren Feuerwaffen zu hören. Die *Congress* feuerte ihre Buggeschütze darauf ab und brannte es innerhalb eines Augenblicks zu Asche nieder. Eine selbstmörderische Sloop, die vor Anker lag, feuerte eine einzelne Karronade mit einer Kartätsche ab, welche die Takelage der *Congress* zerfetzte, jedoch nicht viel Schaden anzurichten schien, zumindest von Greys Sitzplatz aus gesehen. Die *Congress* erwiderte das Feuer mit einer halben Breitseite, und die Sloop wurde augenblicklich abgefackelt und sank. Dies war für den Moment der letzte Schuss, der gegen die amerikanischen Fregatten abgefeuert wurde. Winzige weiße Sprenkel – Laken oder Hemden oder was auch immer zur Hand war – erschienen nacheinander in Fenstern und Türen der zum Hafen benachbarten Stadt. Grey konnte die amerikanischen Marinesoldaten sehen, wie sie sich auf den Decks der zwei Fregatten in einer Reihe aufstellten (zumindest nahm er an, dass es Marinesoldaten waren – sie sahen verdammt ungewöhnlich aus in ihren Uniformen, die nicht rot, sondern blau waren). Er sah, wie die Fregatten Beiboote hinunterließen, um an der Küste anzulegen. Grey beobachtete die Piraten, die, wie eine Schafsherde auf einem weit entfernten Hügel, nun alle aus der Stadt hinaus- und in den Dschungel hineinströmten. Da fing die *Congress* mit ihrem wahren Beschuss an – feuerte gleichzeitig Kartätschen und Schrotschüsse quer über die Stadt und auf die flüchtenden Schurken ab. Er sah zu, wie die Salven durch den Wald schnitten. Grey spürte die Erschütterungen der Breitseiten der Fregatten als Vibration in seinem Brustkorb.

Trotz der knochentiefen Erschöpfung – die er ebenfalls spürte – war keine Zeit zum Trödeln. Die Kanonen waren zerstört – was bedeutete, dass Grey seine ganze Energie nun wieder seiner Reise widmen und zurück an seinen eigenen verzweifelten Auftrag gehen konnte, der sehr viel mehr als vier Kanonen, zwei Fregatten und tausend Männer betraf. Nach nur wenigen Minuten Ruhepause befahl er den Amerikanern, wieder auf die Füße zu kommen, und startete einen Gewaltmarsch zu der Stelle, an der sie Parker und Neville zurückgelassen hatten. Die Piraten, die aus dem Dorf geflohen waren, würden Stunden brauchen, um am Kraterrand anzukommen – wenn sie überhaupt dorthin unterwegs waren –, doch um Parker & Co. zum Hafen und in Sicherheit zu bringen, würden die Piraten entweder umgangen oder erledigt werden müssen und Grey wollte den Vorteil des Bombardements der *Congress* ausnutzen, den sie ihnen verschaffte. Da niemand von ihnen eine Uniform trug, sollte es nicht schwer werden, es unbemerkt zum Hafen hinunter zu schaffen. Wenn man vor einem Beschuss flüchtete, blieb man da stehen, um jemandem nachzusehen, der in die entgegengesetzte Richtung rannte?

Als sie den freistehenden Vulkanfelsen verließen, wo die Kanonen untergebracht gewesen waren, spürte Grey Gewissensbisse, dass er es nicht auch noch geschafft hatte, das Gebäude zerstört zu haben, in dem sie gestanden hatten. Während es jetzt zwar keine Gefahr für die Fregatten mehr darstellte, würden einige der Piraten, die sich nun in den Dschungel flüchteten, zweifellos Unterschlupf in dem Gemäuer suchen und die Amerikaner, die nun anlandeten, hätten es vielleicht verdammt schwer, sie dort wieder herauszubekommen. Doch er hatte getan, was er konnte, und nun gab es Dinge auf einer größeren Skala, die ihn beschäftigten.

Solange sie konnten, benutzten Grey und die Amerikaner die leere Straße, dann bogen sie in den Dschungel ab und schafften es in kürzester Zeit zu der Stelle, an der sie Parker und Neville zurückgelassen hatten. Das letzte Drittel des Weges führte sie durch den Urwald, in den Grey, O'Bannon, Eaton und Presley erst einen Tag zuvor persönlich einen Pfad gehackt hatten. Grey staunte nicht schlecht, als er sah, dass der Pfad an einigen Stellen schon wieder zugewuchert war. Wenn sich eine Pflanze schneller bewegte als der Kutschenverkehr in London, dann musste man sich wirklich fragen, ob es gerecht war, ihnen einen Platz unter den Tieren abzusprechen. Vielleicht war es an der Zeit, Kletterpflanzen bei Vieh und Kriechtieren einzuordnen. Denn dass sie vorankrochen, daran bestand kein Zweifel. Da weder Grey noch die Amerikaner genug Puste hatten, um Konversation zu betreiben, gingen sie schweigend voran und so verbrachte Grey mehrere Stunden damit, über die metaphysische Natur von Pflanzen nachzusinnen. Er fühlte sich ziemlich benommen und kehrte immer wieder zu denselben Gedanken zurück, die sich wie nach dem Muster eines Fluchtreflexes wiederholten. Bewegten sich Pflanzen oder wurden sie nur größer? Schließlich konnte man von einem Stapel Bücher nicht behaupten, dass er sich bewegte, nur weil man immer mehr Bücher drauflegte. Grey beschloss, einen Brief an seinen speziellen Botaniker, Kefauver, zu schreiben und ihm diese Frage zu stellen.

Grey hoffte, bald die Chance auf Schlaf zu bekommen.

Als sie Neville fanden, ging der gerade nervös am Klippenrand auf und ab, blickte hinaus aufs Meer und fuhr sich abwesend immer wieder mit der Hand über den Nacken, wo ihn die Schlinge seines gebrochenen Arms in die Haut zwickte. Parker saß mit geschlossenen Augen an einen nahen Baum gelehnt, mit geröteten Wangen und einem breiten Lächeln auf dem Gesicht.

»Sind Sie wach, Parker?«, fragte Grey und nickte Neville zu, während er nach seinem Schlangen-gebissenen Freund sah.

»Das bin ich, Grey. Und ich kann unser Kanonenfeuer hören.«

Der Lärm der Breitseite der *Congress* hatte sich überraschend nahe angehört, bis Grey und die Marinesoldaten wieder aus dem Krater hochgestiegen waren. Jetzt, auf dem Rand, schien er überraschend weit entfernt, war aber immer noch deutlich zu vernehmen.

O'Bannon, Eaton und Presley waren Grey aus dem Wald gefolgt und sahen erfreut aus. Neville wirkte immer noch nervös, als er auf sie zuging, und musterte sie eingehend auf Anzeichen von Verwundungen.

»Ist jemand von Ihnen verletzt?«

»Nein, Sir«, entgegnete O'Bannon. »In bester Form.«

»Sehr gut. Dann ist also alles zerstört? Wir haben keine Explosion der Geschützbatterie gehört.«

»Stimmt«, sagte Parker. »Bis wir unsere eigenen Kanonen gehört haben, kann ich Ihnen sagen, dass ich sehr besorgt war. Was ist passiert?«

»Sie haben das Pulver mit Wasser getränkt, also mussten wir die Kanonen den Felsen hinunterstürzen.«

»Aber sie sind vernichtet?«

»Haben sie ins Meer geworfen.«

Neville atmete laut aus. Parkers Lächeln wurde noch breiter.

»Ausgezeichnet. Danke, Grey. Damit haben Sie mindestens achthundert amerikanische Seemänner und Marinesoldaten gerettet. Ganz zu schweigen von den Piraten, die erledigt sind. Recht effiziente Arbeit in den letzten paar Tagen, was? Von Ihnen allen.«

»Ihre Landsmänner haben das meiste der schweren Hebearbeit übernommen, aber es freut mich, alles mir Mögliche getan zu haben, Parker«, erwiderte Grey, »und wenn auch nur, um die Rechnung zwischen uns zu begleichen.«

»Stimmt«, spöttelte Parker, lehnte den Kopf wieder an den Baum und schloss erneut die Augen. »Ich habe Ihnen, wie oft, zwei, vielleicht drei Mal das Leben gerettet? Sie haben jeweils einmal meines und Nevilles gerettet und nun das von achthundert Männern auf diesen beiden Fregatten. Also glaube ich, dass es jetzt drei zu achthundertzwei steht.«

»Ich bin froh, dass Sie das so sehen, denn ich muss Sie wirklich unbedingt um einen Gefallen bitten. Mehr als einen, tatsächlich.«

»Ein Schiff nach Montevideo? Suchen Sie sich irgendeines der Prisenschiffe im Hafen aus und ich werde Ihnen die Männer zum Segeln besorgen. Ich glaube, das kann ich Ihnen zusichern, zumindest, wenn ich erkläre, wie sehr wir in Ihrer Schuld stehen.«

»Außerdem gibt es da drei Männer unter den Piraten, sie wurden mit mir zusammen gefangen genommen. Barrows, Dowdell und Drumgoole. Sie haben sich zwar Vargas verschrieben, aber nur unter Todesdrohungen. Wenn ich sie finden kann, würde ich sie gerne mitnehmen. Falls nicht, hätte ich gerne Ihr Wort, dass ihnen restlos alles verziehen wird. Für eine Woche Piraterie sollte man nicht gehängt werden.«

Parker nickte. »Barrows, Dowdell und Drumgoole. Wenn Sie sie nicht mitnehmen, werde ich zusehen, sie zu Ihrer Westindien-Flotte zu überstellen.«

»Ich bin Ihnen sehr dankbar, Parker. Nun sollten wir aber weiter – es gilt, keinen Augenblick zu verlieren. Können Sie reiten, wenn ich die Zügel halte?«

»Ich glaube schon«, antwortete Parker. Grey streckte eine Hand nach unten aus und half ihm auf die Füße. Bald schon würde sich ein Schiffsarzt sein Bein ansehen, doch für den Augenblick, fand Grey, schien er außer Gefahr zu sein. Die Schwellung ging bereits zurück und nichts schien auf mehr hinzudeuten als auf ein paar zurückbleibende Blutergüsse. Die Maultiere standen immer noch dort, wo sie sie zurückgelassen hatten. Grey half Parker auf das erste und drehte sich dann zu Neville um, der in eine lebhafte Unterhaltung mit seinen drei Soldaten vertieft war, die ihren Überraschungsangriff Schritt für Schritt zum Besten gaben.

»Sergeant Neville«, sagte Grey und deutete auf das zweite Maultier, »kann ich Ihnen beim Aufsteigen helfen?«

Neville schüttelte nachdrücklich den Kopf. »Nein danke, Captain Grey – ich bin gut ausgeruht und von uns allen, da bin ich mir recht sicher, sind Sie derjenige, der am dringendsten ein wenig Zeit bräuchte, um die Beine hochzulegen. Um ganz ehrlich zu sein, Sir, Sie sehen verdammt schlecht aus.«

Grey lächelte. »Nun ja, was soll man da sagen … Sie haben recht. Dann werde ich nicht mit Ihnen streiten. Wird einer von Ihnen Mr Parkers Maultier führen?«

»Ja, Sir«, meldete sich O'Bannon.

»Parker, wie lange dauert es zurück zum Hafen?«

»Wenn wir nicht aufgehalten werden, drei Stunden. Ich wollte gerade sagen, dass wir vielleicht warten sollten, bis das Bombardement vorbei ist, aber ich glaube, es hat gerade schon aufgehört. Unsere Marinesoldaten müssen angelandet sein.«

Grey nickte. »Sollen wir?«

»Los«, befahl Parker, der schwach nach vorne deutete.

Auf sein Zeichen hin setzten sich die sechs Männer und zwei Maultiere langsam in Bewegung und begannen ihren Rückweg zur Straße, die zur Geschützbatterie geführt hatte.

23

Der Ritt verlief so glatt, dass Grey irgendwann sogar einschlief. Erst bei einer scharfen Haarnadelkurve in der Straße, ein paar Hundert Yards oberhalb des Hafens, wachte er auf, da Parker seinen Namen rief.

Grey brauchte einen Moment, um sich daran zu erinnern, wo und wer er war – warum er auf dem Rücken eines Maultiers schlief. Parker deutete auf etwas. Grey sah sich suchend um. Dort stand ein Schrein – zuerst dachte Grey, es wäre eine Art heidnisches Gebilde voller Götter, doch nachdem er ein paar Mal geblinzelt hatte und ihn besser sehen konnte, erkannte er, dass es ein Schrein für alle Schutzheiligen der Seefahrer war. Die Piraten gingen anscheinend kein unnötiges Risiko ein. Sankt Brendan, Sankt Phokas, Sankt Nikolaus, Sankt Christophorus, Sankt Clemens, Sankt Franz von … irgendwo. Sankt Elmo. Der Hafen war also gut beschützt. Außerdem saß auf der Holzverkleidung des Schreins ein Mann im Schneidersitz, eine Flasche an den Lippen. Grey erkannte ihn, doch es dauerte einen weiteren Augenblick, bis er sich daran erinnerte, wer er war. Vargas, der Kapitän der *Mosquito*, der Potentat der Krabbeninsel. Der Grey nun direkt ansah.

»Ach, Bruder Grey«, begrüßte ihn Vargas, wobei er leicht lallte. »So sehen wir uns also wieder. Komisch, ich hatte da schon so ein Gefühl, als Sie aus unserem Hotel entkommen sind, dass Sie mir nichts Gutes bringen würden.« Er blickte hinter sich auf den Hafen hinunter, wo nun beide amerikanischen Fregatten vor Anker lagen. »Ich weiß zwar nicht wie, aber irgendwie bin ich mir ganz sicher, dass das alles mit Ihnen zu tun hat. Habe ich recht?«

»Nicht direkt, Captain. Ich war hauptsächlich als zusätzlicher Passagier an Bord.«

Vargas schnaubte. Er blickte immer noch auf den Hafen und das Ende seines kleinen Machtbereichs.

»Ja«, entgegnete er, »eine Zeit lang hatten wir einen guten Lauf.«

»Anscheinend«, gab Grey zurück.

»Ja«, wiederholte Vargas. »Den hatten wir. Aber jetzt werde ich schon bald von einer der Segelstangen des Großmasts baumeln.«

»Sehr wahrscheinlich«, erwiderte Grey.

»Aber zuerst«, fuhr Vargas fort und warf seine Flasche mitten in den Schrein, die zerbrach und eine oder zwei der Heiligenstatuetten aus Holz umstieß. »Zuerst werde ich Sie töten.«

Mit der linken Hand löste er seinen Waffengurt und zückte mit der rechten seinen Degen. Der Gurt rutschte zu Boden und er stand auf, bereit zuzuschlagen.

»Sie sind betrunken, Vargas. Das wäre wohl kaum ein fairer Kampf.«

»Ganz im Gegenteil«, verkündete Vargas. »*Gerade weil* ich betrunken bin, wird es vielleicht ein fairer Kampf werden.«

»Ich nehme an, Ihnen ist klar, dass ich kein echter Priester bin.«

»Das überrascht mich jetzt aber, Bruder«, höhnte Vargas trocken. »Kommen Sie. Ziehen Sie Ihren Degen.« Die letzten Worte sagte er auf Englisch.

Grey sah zu Parker, der mit den Schultern zuckte. »Er wird sowieso auf die eine oder andere Art sterben, da können Sie ihm genauso gut einen würdigen Abgang gewähren. Ganz zu schweigen davon, dass er uns aufhält.«

Grey nickte und kletterte von seinem Maultier herunter, zog Parkers Degen und machte ein paar Schritte auf Vargas zu.

»*En garde*«, sagte er.

Vargas machte einen Satz nach vorne und stach nach Greys Brust. Grey trat rasch zur Seite, hieb auf Vargas' Arm hinunter und trennte ihn oberhalb des Ellbogens sauber ab, dann – mit einem Rückhandschlag nach oben – schlug er ihm den Kopf ab. Vargas Körper fiel auf dem Boden in sich zusammen. Grey wischte seine Klinge an Vargas Mantel sauber.

»Gelungene Beseitigung von schlimmem Abfall«, kommentierte er. »Ehrlich gesagt wäre die Segelstange angemessener gewesen.«

»Ja«, stimmte Parker ihm zu, »aber momentan haben wir keine Zeit für Luxus. Lassen Sie uns weitergehen.«

»Warten Sie kurz«, erwiderte Grey und kniete sich neben Vargas abgetrennten Arm. »Der dreiste Bastard hat *meinen* Degen verwendet. Ich frage mich, ob er auch meine Taschenuhr hat …« Grey kontrollierte die Manteltaschen des toten Mannes.

Parker lachte leise und schüttelte den Kopf. Grey gab auf, was die Uhr anging, und löste stattdessen den Knauf des Degens aus dem Griff der toten Hand.

»Das erinnert mich allerdings daran«, fuhr Grey fort, »dass ich Ihnen die noch zurückgeben muss.«

Er ließ den zurückgewonnenen Degen in seinen Gürtel gleiten, trug den von Parker zurück zu seinem Eigentümer, zusammen mit dem Girandoni-Luftgewehr, und hielt ihm beides hin.

»Danke«, sagte Parker, nahm den Degen und steckte ihn zurück in seinen eigenen Gürtel. »Das Gewehr können Sie behalten.«

Grey zögerte. »Das kann ich nicht akzeptieren.«

Parker lachte. »Weil es zu wertvoll ist? Grey, ich habe vielleicht die Hälfte eines Hundertstels seines echten Werts bezahlt. Jedenfalls würde ich Ihre Verweigerung als äußerst schwere Beleidigung auffassen.«

Während dieses Streits verdrehten die Marinesoldaten die Augen, lächelten oder zwinkerten sich gegenseitig zu. Nach einem kurzen Moment des Zögerns schwang sich Grey die Girandoni dann doch über die Schulter und lächelte ebenfalls.

»Danke Ihnen, Parker. Ich bin Ihnen zutiefst verbunden.«

»Die Freude ist ganz meinerseits, Grey. Aber jetzt noch mal – lassen Sie uns weitergehen.«

*

Bei ihrer Eroberung waren sämtliche Besitztümer des Hafens der Isla Cangrejo in den Besitz der amerikanischen Marine übergegangen. Da sich die Hafenstadt nun vollständig ergeben hatte, bildete die Kompanie der amerikanischen Marinesoldaten in den matschigen Straßen der Stadt Truppen, in Vorbereitung darauf, in den Dschungel einzumarschieren und die Piraten darin auszuräuchern. Der Junior-Kapitän der kleinen Fregattenmannschaft – Captain Hugh Campbell – stand am Kai und dirigierte und koordinierte alles, während die Crew seines Boots eine Menschenmenge aus Händlern in Zaum zu halten versuchte, die nachdrücklich auf ihre Unschuld plädierten.

»Ich bin froh, dass es Campbell ist«, bemerkte Parker.

Er und Grey waren abgestiegen. O'Bannon hatte für Parker einen Bootshaken beschlagnahmt, den der als Gehstock benutzen konnte, und dann hatte Parker Neville und seine Jungs angewiesen, sich etwas zum Essen und Trinken zu holen und sich auszuruhen. Neville und Konsorten waren immer noch von ihrer Schiffskompanie freigestellt und standen unter dessen Kommando. Bevor er sie wegschickte, teilte er Neville aber mit, dass sie auch unter seinem Kommando bleiben würden, bis sie etwas Gegenteiliges hörten, und er sich von niemandem etwas anderes sagen lassen sollte. Nachdem das erledigt war, hatten er und Grey sich einen Weg durch die eng zusammengedrängten Männer am Rande des Hafens gebahnt, damit Parker Bericht erstatten und Grey eine Transportmöglichkeit zusichern konnte.

»Campbell hat das Kommando auf der *Constellation*. Der Kommodore ist Captain John Rogers der *Congress*. Rogers ist vielleicht nicht der streitlustigste Mann der Welt, aber bestimmt einer von den streitlustigsten zwei.«

In diesem Augenblick erspähte Campbell Parker in der Menge und befahl, ihm den Weg freizumachen.

»Mr Parker«, begann Campbell, streckte ihm die Hand entgegen und schüttelte Parkers herzlich, »was sind Sie nur für ein Teufelskerl. Die letzte der Kanonen habe ich mit eigenen Augen herunterfallen sehen und wie ich höre, waren die wohl ein bisschen größer als Achtzehn-Pfünder. Ich würde sagen, dass Sie unsere Schiffe gerettet haben, Sir, und unsere Haut gleich mit dazu. Wenn mir der Kommodore nicht zuvorkommt, würden Sie dann mit mir auf der Bark zu Abend essen? Ich möchte auf Ihr Wohl trinken und auf das von Sergeant Neville und seiner Männer und dann die ganze Geschichte bis ins kleinste Detail hören. Wo ist Neville? Was ist mit Ihrem Bein passiert?«

Parker lächelte. Bei Aktionen war Campbell zwar ein ernster, stiller Mann, doch ansonsten war er immer bemerkenswert gesprächig.

»Dem Fuß geht es gut, danke, Sir. Ich habe Neville und seine Jungs für eine Mahlzeit und eine Mütze Schlaf weggeschickt. Ich war mir sicher, dass Ihnen das nichts ausmachen würde – sie waren jetzt fast drei ganze Tage ziemlich hart auf Tour, beinahe ohne jegliche Verschnaufpause. Und es wäre mir eine große Freude, mit Ihnen zusammen zu Abend zu essen.«

»Ja, natürlich, aber lassen Sie Neville & Co. bitte zu mir kommen, wenn sie sich etwas erholt haben – ich möchte Ihnen die Hände schütteln.«

»Sicher doch, Sir.«

»Sie wissen bestimmt, dass Neville zum Sergeant Major und die Jungs zu Korporals ernannt werden sollen.«

»Ich schon, Sir, aber ich bin mir recht sicher, dass sie selbst das noch nicht wissen – sie werden angenehm überrascht sein.«

»Ja. Ja, ich würde O'Bannon gerne direkt zum Sergeant machen, da seine Beförderung zum Korporal sowieso schon überfällig war, aber mit der ganzen Barbaresken-Angelegenheit scheint sich nun Gott und die Welt wegen der rapiden Inflation in den Rängen zu sorgen. Anscheinend haben alle Angst, dass wir bald keine Soldaten und normale Seemänner mehr haben werden. Stellen Sie mich Ihrer Begleitung hier noch vor, Sir?«, erkundigte sich Campbell, lächelte Grey an und hielt ihm die Hand hin.

»Dies ist Mr …« Parker sah Grey an, der nickte. »Thomas Grey, ehemals bei der Königlichen Marine von George dem Dritten, in jüngster Vergangenheit ein Gefangener der Piraten und eine Geisel auf dieser Insel, außerdem der Mann, der die Zerstörung der Kanonen befehligt hat – das waren übrigens Sechsunddreißig-Pfünder, Sir –, nachdem ich einen Kampf gegen eine Schlange verloren habe.« Parker deutete leicht auf die Bandage, die aus seiner zerrissenen Hose herauslugte.

Campbell drehte sich zu seinem Steuermann um und befahl: »Lassen Sie den Schiffsarzt rufen«, dann wandte er sich wieder an Parker. »Mr Parker, bitte setzen Sie sich«, und zwar in einer Stimme, die keinen Zweifel daran ließ, dass dies ein Befehl war. Er deutete auf eine Kiste auf dem Kai, auf die sich Parker setzen sollte, und wandte sich dann an Grey.

»Mr Grey, sehr erfreut. Ich bin zutiefst verwirrt, wie das hier überhaupt alles geschehen konnte. Ich hoffe, Sie können mich erhellen.«

Grey schüttelte Campbell die Hand. »Die Freude ist ganz meinerseits, Sir.«

Parker warf ein: »Ich glaube, Sir, es wäre am besten, wenn ich die Situation erklären würde. In der Zwischenzeit gibt es eine recht dringliche Angelegenheit, wenn Sie erlauben.«

»Sie machen wohl Witze, Parker. Raus damit.«

»Ich brauche eine schnelle Sloop aus den Reihen der Prisenschiffe, eine Segelmannschaft – inklusive, falls sie gefunden werden können, drei englischer Matrosen, die mit Mr Grey zusammen gefangen genommen wurden – und Schiffsvorräte, ausreichend für eine Reise in den Süden nach Montevideo.«

»Ah«, machte Campbell, »das werde ich mit dem Kommodore besprechen müssen. Was ist in Montevideo?«

»Ich habe keine Ahnung, Sir«, gab Parker zu, »aber ich

habe Grey mein Wort gegeben, dass wir ihn dort hinbringen würden.«

Campbell sah erst Grey an, dann Parker, und schließlich nickte er.

»Dann dürfen wir ihn nicht enttäuschen.«

24

Noch vor Sonnenuntergang war eine Sloop, die den Tag mit dem Namen *El Zorro* begonnen hatte und nun zur USS *Hornet* umgetauft wurde, unter dem Kommando eines amerikanischen Leutnants namens Isaac Chauncey aus dem Hafen von Cangrejo ausgelaufen. Grey schlief tief und fest in einer winzigen Kabine auf der Steuerbordseite querab vom Großmast. Irgendwo vor dem Mast schliefen seiner Vermutung nach auch Barrows und Drumgoole. Dowdell fehlte. In seiner zweiten Nacht an Land als Pirat hatte er sich die Pulsadern aufgeschnitten. Grey hatte veranlasst, dass ein Gedenkstein über seinem Leichnam platziert wurde, wo er auf dem Armenfriedhof verscharrt worden war, und dass der Pfarrer der USS *Constellation* ein paar Worte sprach. Dafür hatte er sich von Parker Geld leihen müssen. Parker hatte ihm allerdings versichert, dass das kein Problem wäre, da Grey ein Teil des Prisengeldes von der kleinen beschlagnahmten Flotte der Piraten zustand. Sie hatten sich am Kai per Handschlag und mit der Vereinbarung voneinander verabschiedet, dass sie gemeinsam anstoßen würden, sollte sich einer einmal im Land des anderen befinden.

Nun war Grey wieder auf dem Weg, England und die Demokratie und alles Weitere zu retten, nachdem er in etwa zwanzig Tage verloren hatte, vielleicht auch ein bisschen mehr, je nachdem, wie lange es dauern würde, um erneut das Kap St. Rochus zu umrunden. Sein letzter Gedanke vor dem Einschlafen war, dass es wirklich ein schlechter Scherz wäre, wenn die *Hornet* einem anderen Piratenschiff als Beute in die Hände fiele und Grey alles noch mal durchmachen müsste.

Am nächsten Morgen erwachte er und fühlte sich wie ein neuer Mensch. Da auf der Fahrt nichts als Regen vorhergesehen war, sorgte man sich nicht um frisches Wasser. Leutnant Chauncey – oder besser gesagt Captain Chauncey, da er nun den traditionellen Pro-forma-Titel trug – hatte Grey zum Frühstück eingeladen und verlieh seiner Begeisterung, wieder »Captain Chauncey« zu sein, Ausdruck – er berichtete, er hätte einmal für kurze Zeit das Kommando über eine kleine Fregatte innegehabt, doch danach hätte er sich nur noch verzweifelt davor gefürchtet, ein weiteres Mal ein Kommando zu erhalten, bevor nicht alle Piraten von den Ozeanen getilgt wären, Gott bewahre. Das sagte er zwar teilweise im Scherz, Grey wusste jedoch, dass er es zu einem gewissen Grad auch ernst meinte. Der traditionelle Donnerstags-Trinkspruch der Königlichen Marine – den Grey vermutlich schon tausend Mal in seinem Leben ausgebracht hatte – lautete »auf einen blutigen Krieg und eine Krankheitswelle.« Das hieß so viel wie »auf dass sich die Ränge über uns lichten, damit wir auf der Liste immer bessere Posten bekommen.«

Dies sagte man natürlich auch im Scherz. Der Großteil der Trinksprüche in der Marine Seiner Majestät war etwas flapsig. Sonntag, Montag und Dienstag waren vollkommen ernst gemeint: auf »abwesende Freunde«, »unsere Schiffe auf hoher See« und »unsere Männer«. Und natürlich gab es, unabhängig vom Wochentag, einen stets vollkommen aufrichtigen Trinkspruch: »Auf den König«. Jenseits davon kam allerdings der zu erwartende derbe Geschützraumhumor der Schiffe auf. Mittwochs lautete der Trinkspruch auf »uns selbst«, wobei derjenige, der am wenigsten nüchtern war, traditionsgemäß noch hinzufügte: »da sich ja sonst vermutlich niemand um unser Wohlergehen schert.« Donnerstags auf »einen blutigen Krieg«, freitags auf »einen willigen Feind (und viel Platz auf dem Meer!)« und um die Woche gebührend zu Ende zu bringen, »auf Ehefrauen und Liebchen (auf dass sie sich nie treffen mögen)«. Der letzte Zusatz stand ein wenig in der Tradition von Nelsons berühmter indiskreter Bemerkung, dass jenseits von Gibraltar jeder Matrose Junggeselle war. Die vorigen zwei, in all ihrer offensichtlichen Flapsigkeit, spiegelten die aufrichtige Sehnsucht eines jeden Seemanns nach dem Kämpfen wider. Ein Mann kann sich in der Schlacht beweisen, aber dafür brauchte es erst einmal eine Schlacht. Viele tapfere Männer absolvierten ihre ganze Karriere, ohne auch nur einmal auf einen Feind zu feuern, sich je einen Namen zu machen, und gingen dann als sogenannte gelbe Admirale in den Ruhestand, oder noch schlimmer als gealterte Leutnants, die nie zum Kapitän befördert worden waren; als Mitleidsobjekte. Chaunceys gute Laune war also nachvollziehbar. Deswegen hatte er Grey auch, da der Regen unvermeidbar und die Sorge um das Trinkwasser gering war, dazu eingeladen, ein postprandiales Frischwasserbad zu nehmen, und ihm sogar seine Klinge angeboten, falls Grey sich rasieren wollte.

Daher fühlte sich Grey also wie neugeboren, als er nun an Deck stand und den amerikanischen Blaujacken bei der Arbeit zusah. Es bereitete ihm Freude, Barrows und Drumgoole dabei zu beobachten, wie sie etwas über die Taue lernten – nicht, dass sich amerikanische Takelagen groß von englischen unterschieden, allerdings hatte Chauncey angewiesen, die merkwürdige Piratentakelung anders vertäuen zu lassen, und nun sah Grey einige auffällige Unterschiede.

Außerdem beobachtete er etwas, das ihn noch mehr überraschte. Anscheinend befand sich eine Miniatur-Marinetruppe auf dem Boot – mindestens drei Männer, einer pro Wache, denn am hinteren Ende des Achterdecks stand ein einziger amerikanischer Marinesoldat, stets bereit, alle Mann auf ihre Posten zu verweisen. Bei der Wachablösung wandte sich der Marinesoldat, der seinen Dienst gerade beendet hatte, zu Grey um, und Grey erkannte, mit erheblicher Überraschung, O'Bannon in seiner frisch genähten, gestreiften Korporal-Uniform.

Natürlich könnte O'Bannon – da er kein Offizier war – das Achterdeck gar nicht betreten, wenn nicht im Rahmen irgendeiner Pflicht. Grey ging aber natürlich direkt auf ihn zu, klopfte ihm auf den Rücken und schüttelte ihm die Hand.

»O'Bannon, Sie stolzer Bursche. Was machen Sie denn hier?«

O'Bannon grinste breit. »Nun ja, Sir, gestern Abend, als man eine vollständige Besatzung für die neue *Hornet* zusammenstellen wollte, kam Mr Parker zu uns und hat uns von unseren Beförderungen berichtet. Er sagte mir, es hätte zwar einen generellen Konsens gegeben, dass ich direkt zwei Stufen hätte erklimmen können, doch momentan gab es nichts, womit er mir das hätte ermöglichen können. Also hat er mir stattdessen angeboten, meine Pflichten frei zu wählen, und daraufhin teilte ich ihm mit, dass mich ziemlich interessieren würde, was Sie so dringend in Montevideo zu erledigen hätten. Ich sollte vielleicht hinzufügen, dass sich die anderen auch freiwillig zum Mitkommen gemeldet haben, doch anscheinend wollte Campbell oder Rogers oder irgendwer anders nichts davon hören. Die vollständige Besatzung einer Sloop kann schließlich nicht aus einem Unteroffizier und drei Korporals bestehen. Und wegen der anhaltenden Kämpfe auf der Krabbeninsel, Sir, waren sie wohl nur bereit, auf einen einzigen Korporal und ein paar Soldaten für ihn zu verzichten.«

»O'Bannon – Sie sind also der ranghöchste Marinesoldat auf der Sloop?«

Jetzt grinste O'Bannon sogar noch breiter, wobei sein dialektgefärbter Hinterwäldler-Holzfällereinschlag noch deutlicher wurde: »Das bin ich, Sir.«

»Nun, dann erlauben Sie mir, Ihre Freude über Ihr erstes Kommando mit Ihnen zu teilen, Korporal. Ich bin mir sicher, dass es Ihnen sehr gut zu Gesicht stehen wird.«

»Danke Ihnen, Sir«, erwiderte O'Bannon und dann, da er wohl nicht wusste, was er noch hinzufügen sollte, salutierte er.

Grey, dessen Sinn für Höflichkeit ihn davon abhielt, jeglichen Anspruch auf einen amerikanischen Rang zu erheben, erwiderte die Geste mit einem Nicken. Dann zwinkerte er ihm noch kurz zu.

O'Bannon unterbrach seinen stoischen Gesichtsausdruck des Saluts für ein letztes Lächeln, dann legte Grey ihm nahe, sich etwas auszuruhen.

»Jawohl, Sir«, erwiderte O'Bannon, ließ den Arm sinken, wandte sich um und verschwand die vordere Schiffsluke hinunter.

»Alte Freunde?«, erkundigte sich Chauncey, als Grey wieder auf das Achterdeck kam.

»Ja«, bestätigte Grey. »Ein Kampfgenosse.«

Chauncey nickte. »Es geht doch nichts über einen Krieg mit den Franzosen, um die Wunden einer Revolution zu heilen, aye?«

Grey lächelte. »Nein, vermutlich nicht.«

Die Fahrt an der brasilianischen Küste entlang verlief ereignislos. Der Seitenwind ließ die *Hornet* rasch vorankommen und der Ostwind von Afrika hielt sie an den meisten Tagen bei ungefähr sechs Knoten. Zwar keine *Perseus*, so viel stand fest, aber doch eine akzeptable Geschwindigkeit, weswegen sich Grey erlaubte, optimistisch zu sein. Er würde zwar mit Sicherheit den frühestmöglichen Termin, an dem die Schatzflotte in See stechen konnte, verpassen – am 15. Juli –, aber er würde trotzdem immer noch ungefähr einen Monat vor ihrem letztmöglichen Termin – am 1. September – ankommen. In der Zwischenzeit blieb ihm nichts anderes übrig, als zu hoffen, auf- und abzugehen und sich zu fragen, in welchem Verhältnis wohl die Ausbreitung der Angewohnheit des Mittagsschlafes zur Ausbreitung des spanischen Reichs stand.

Nach vier Wochen hatten sie die Mündung des Flusses Janeiro mit seiner riesigen, pulsierenden portugiesischen Stadt passiert – durch die Grey unter anderen Umständen nur zu gerne einmal ein paar Tage gestreift wäre. Fünf Wochen nach der Krabbeninsel kamen die Landzungen der Punta del Este in Sicht und am Mittag des folgenden Tages schließlich Montevideo.

Streng genommen herrschte zwischen Spanien und Großbritannien immer noch Frieden. Grey mochte vielleicht von den Verpflichtungen von Spaniens San-Ildefonso-Vertrag wissen, doch es war gut möglich, dass er der einzige Mann in der westlichen Hemisphäre mit diesen Kenntnissen war. Selbst die Männer, welche die Entscheidungen im Hinblick auf die Schatzflotte trafen, wussten wahrscheinlich nicht von ihrer größeren Bedeutung. Dass es erforderlich war, den Transport rauer Mengen von Reichtümern geheim zu halten, musste kaum erklärt werden. Und doch herrschte eine beträchtliche Kälte zwischen dem spanischen und dem britischen Reich, aus einer Vielzahl anderer, von Ildefonso unabhängigen Gründen. Spanien hatte Frankreich dabei zur Seite gestanden, die amerikanische Revolution zu unterstützen. Spanien und Großbritannien hätten beinahe schon in einem Krieg gegeneinander gekämpft, als Spanien 1789 damit begann, britische Handelsschiffe, die Felle geladen hatten, im hohen Norden der amerikanischen Pazifikküste bei Nootka Sound zu kapern. Denn damals erhob Spanien das Recht, exklusiv im Pazifik Handel treiben zu dürfen, indem es eine päpstliche Bulle von vor dreihundert Jahren zitierte. Das protestantische Großbritannien hatte daraufhin damit gedroht, Spaniens um einiges unterlegene Marine zu zerstören, wenn sie ihre Händler nicht freiließe, was dann auch getan wurde – und damit Spaniens mehrere Jahrhunderte währendes Monopol auf das größte Weltmeer beendet. Ein paar Jahre später, als die Französische Revolution aus dem Ruder zu laufen begann, alliierte sich Spanien mit Großbritannien, um dem Einhalt zu gebieten, und blieb auch Großbritanniens Alliierter bis 1795, als der berüchtigte Godoy einen getrennten Frieden aushandelte. Selbst ohne einen in Kürze zu erklärenden Krieg waren die anglo-spanischen Beziehungen also nicht sehr kollegial.

Doch auch die Beziehungen zwischen den Amerikanern und Madrid waren nicht blendend. Spanien hatte die amerikanische Revolution in der Hoffnung unterstützt, britische Ansprüche in Nordamerika zu schwächen, deshalb liebten sie die Idee einer Republik aber noch lange nicht. Die spanische Regierung fürchtete eine Revolution – nicht so sehr in Spanien, sondern vielmehr in ihrer

Myriade von Kolonien in der neuen Welt. Allerdings kamen Spanisch-Amerika und die Vereinigten Staaten auf der westlichen Seite des Atlantiks recht gut miteinander aus, und zwar als Handelspartner, die nach 1776 nicht mehr länger an Londons transatlantischen Protektionismus gekettet waren. Als Konsequenz wurden beide gerade zusammen reich –, was bedeutete, dass Greys Ankunft in Montevideo unter der Stars and Stripes viel herzlicher aufgenommen wurde, als wenn er unter dem Union Jack gelandet wäre.

Auf beiden Seiten wurden Salutschüsse abgefeuert, und nachdem die *Hornet* ihren Anker heruntergelassen hatte, kam auch schon eine Einladung für Chauncey an, in der Residenz des Gouverneurs vorstellig zu werden. Die Jolle, die zusammen mit der Einladung kam, brachte Chauncey an Land. Grey schloss sich an und versprach, sich später am Abend mit ihm zu treffen, um sich über ihre jeweiligen Pläne auszutauschen. Chauncey war befohlen worden, Grey auf seinem Schiff an sein Ziel zu bringen, weiter nichts, doch er wollte sich sicher sein können, dass Grey es auch zum britischen Konsul geschafft hatte, bevor er den Anker wieder lichtete. In jedem Fall wollte er auch neue Ladung mit an Bord nehmen. O'Bannon kam ebenfalls mit an Land, da er sich (natürlich mit Chaunceys Erlaubnis) zu Greys Eskorte ernannt hatte. Im Vertrauen verriet er Grey, dass er einfach darauf brannte, Montevideo mit eigenen Augen zu sehen. Grey glaubte ihm das, allerdings nur teilweise. Nur für den Fall-

Chauncey und Grey verabschiedeten sich am Hafen voneinander, da Chauncey sich nun auf den Weg zur Residenz des Gouverneurs machte. Chaunceys spanische Eskorte zeigte Grey die grobe Richtung zum Haus des britischen Konsuls und so machte sich auch Grey mit O'Bannon an seiner Seite auf den Weg.

Da sie mehr als einen Monat zusammen auf hoher See verbracht hatten, waren Grey und O'Bannon gute Freunde geworden. Trotz ihres Altersunterschieds – Grey war beinahe alt genug, um O'Bannons Vater zu sein – hatten sie vor allem zwei Dinge gemeinsam: ihren Dienst als Marinesoldaten und unersättliche Neugier. O'Bannon war bereits vier Jahre lang in der Karibik auf hoher See gewesen, doch vor dem Cangrejo-Geschützbatterie-Trupp war er noch nie weiter südlich oder östlich als Tobago gewesen, der untersten der Windwardinseln. Er hatte Grey gebeten, ihm für den Anfang alle Hauptstädte Europas mit Namen zu nennen und zu beschreiben. Im Gegenzug wollte Grey, dessen Mutter in Neuengland geboren worden war – und in dessen Familie es immer noch Yankee-Holzfäller gab – und da er im amerikanischen Nordosten nie weiter landeinwärts gewesen war als Boston, alle Details über das Land und die Geschäfte seines Patrimoniums wissen (*Matrimonium* schien ihm irgendwie nicht das richtige Wort). Zu Greys immenser Faszination beschrieb O'Bannon seine erste Flussreise – allerdings nicht mit einem Boot, sondern mit etwas, das O'Bannon ein »Raft« nannte, ein Floß aus Baumstämmen. Lose Baumstämme, die durch immer winziger werdende Nebenflüsse zuerst in den Connecticut River und dann nach Hartford gesteuert wurden, wobei amerikanische Waldarbeiter von Stamm zu Stamm sprangen, sich stets der an Sicherheit grenzenden Wahrscheinlichkeit bewusst, dass jeder Mann, der hineinfiel, entweder zerquetscht oder – wahrscheinlicher – ertränkt wurde, da er unter den riesigen Holzflächen nicht mehr auftauchen konnte. Blockaden aus Holzansammlungen kamen häufig vor, da die Flöße sich über Stromschnellen und Wasserfälle bewegten. Und obwohl die Floßfahrten zeitlich so gelegt waren, dass sie mit der Schneeschmelze und dem alljährlichen Hochwasser des Flusses zusammenfielen, konnte dem Holzstau manchmal nur noch mit Pulverfässern beigekommen werden. O'Bannons Faszination für die unglaubliche Kraft, die in dem anscheinend harmlosen schwarzen Pulver steckte, brachte ihn dann dazu, in Hartford zu bleiben, bei einer der gerade entstehenden Waffenfabriken der Stadt. Als die sechs Fregatten dann damit begannen, Besatzungen zu rekrutieren, um es mit den piratenähnlichen Franzosen aufzunehmen, erschien es ihm als offensichtlicher Schritt, vom Bau eines Gewehrs zu dessen Benutzung überzugehen, um seine Landsmänner zu verteidigen.

So ging es munter hin und her, Grey beschrieb die alte Welt, O'Bannon die neue. O'Bannon fragte mit immensem Interesse nach jedem Detail zu Elgins Parthenon-Marmoren, die Grey erwähnt hatte, und Grey gab sein Bestes, die enorme Schönheit der Zeichnungen widerzugeben, die Elgin davon hatte veröffentlichen lassen, während er vor O'Bannon aufleben lassen wollte, wie sie in natura ausgesehen hatten, bevor die Türken beschlossen hatten, das Parthenon als Schießpulverlager zu benutzen und es aus Versehen in die Luft gejagt hatten. Grey hingegen war versessen darauf, dass O'Bannon ihm ein wenig Irokesisch beibrachte, was der auch gerne tat, wenn Grey ihm im Gegenzug echtes Französisch beibrächte (im Gegensatz zu dem dortigen Trapper-Französisch der Einheimischen). O'Bannons Pflichten, in denen er abwechselnd Wache stehen und die anderen beaufsichtigen musste, beschäftigten ihn ungefähr zwölf Stunden pro Tag. Weitere sechs reservierte er mehr oder weniger für Schlaf und eine für die Mahlzeiten, wobei er mit seiner Zwei-Mann-Kompanie zusammen aß, um sie besser kennenzulernen. Die restlichen fünf Stunden verbrachte er beinahe unablässig damit, sich mit Grey zu unterhalten. Nun, als sie auf das Haus des britischen Konsuls zugingen, setzten sie die einmonatige Konversation einfach dort fort, wo diese stehen geblieben war, nämlich bei einer Unterhaltung über den Himmel über der Südhalbkugel: für O'Bannon eine neue Welt, mit neuen Konstellationen und ohne Polarstern. Vor allem wollte O'Bannon wissen, woraus die Großen Magellanschen Wolken bestanden. Grey wusste es zwar auch nicht genau, spekulierte aber gerne.

Das Zuhause des britischen Konsuls lag nicht weit vom Hafen entfernt. Es war nicht besonders groß, schäbig jedoch auch nicht, mit einem Garten voller Büsche mit eigenartigen Blüten von Pflanzenarten, die Grey noch nie zuvor gesehen hatte, der es von der Straße trennte. Da er in der Explosion der *Perseus* die verschiedenen Dokumente verloren hatte, die ihm Sir Edward ausgehändigt hatte und die ihm eine breite Generalvollmacht über die Autorität des britischen Kolonie-Konsuls am Río de la Plata verliehen hatten, musste er auf eine Reihe von unauffälligen Erkennungs-Phrasen zurückgreifen, um sich als einer von Sir Edwards Männern und Agent des Geheimdienstes Seiner Majestät zu identifizieren. Die Phrasen waren in einem Vorstellungsbrief verpackt, den er an Bord der *Hornet* für sich selbst verfasst hatte und den er jetzt dem Butler des britischen Konsuls präsentierte. Nun saßen er und O'Bannon im Garten und warteten auf eine Antwort.

»So«, nahm Grey das Gespräch wieder auf, nachdem sie sich einen Moment auf einer Steinbank neben einem Brunnen ausgeruht hatten, »was wird für Sie nun als Nächstes kommen, was meinen Sie? Wie ich von Mr Parker erfahren habe, werden die Mannschaften der *Congress* und der *Constellation* nach Cangrejo jetzt ins Mittelmeer aufbrechen, um den Teil Ihrer Flotte zu entlasten, der dort stationiert war, um sich um die übrigen Barbaresken-Piraten zu kümmern.«

»Ich glaube schon, Sir«, antwortete O'Bannon. »Tatsächlich freue ich mich bereits sehr darauf. Wie ich es verstanden habe, sollen wir die Flotte bei Syrakus treffen und das würde ich mir schon sehr gerne ansehen, vielleicht auch ein wenig von Neapel, solange mein Schiff ausreichend mit Ladung versorgt ist.«

»Syrakus? Nicht Valletta?«

»Nein, Sir. Das Lager in Valletta wurde abgebrochen, nachdem sich einer Ihrer Kapitäne weigerte, ein paar unserer desertierten Matrosen zurückzugeben, die dreißig Silberstücke oder so etwas in der Größenordnung bekommen haben, um eine Wache zu bilden.«

Grey schüttelte den Kopf. »Diese ganze Sache mit Männern, die von Flotte zu Flotte wechseln, wird kein gutes Ende nehmen, O'Bannon.«

O'Bannon nickte. »Vor allem die Zwangsrekrutierung, glaube ich. Obwohl uns diese Überlauf-Geschichten sicherlich auch keinen Gefallen tun.«

Grey nickte.

O'Bannon fuhr fort: »Wobei das auch eine verdammt knifflige Frage aufwirft, was Barrows und Drumgoole betrifft. Ich habe gehört, dass sie sich lieber in unsere Bücher eintragen würden, als sich den Weg zurück auf ein britisches Schiff zu erarbeiten, was Mr Parker ihnen zugestanden hatte. Sonst können sie nicht bezahlt werden – aber dann müssen sie auch mindestens für ein Jahr dienen. Wozu sie laut eigener Aussage gerne bereit sind. Anscheinend wurden sie von Ihrer Marine in die Handelsflotte gepresst und sehen das nun als ursprünglichen Grund ihres Problems an. Das zumindest ist laut meinen Jungs, was vor dem Mast so geredet wird.«

Grey nickte. »Nun ja, ich kann nicht behaupten, dass ich ihnen das vorwerfe, aber da spielen sie ein recht gefährliches Spiel mit dem Galgen als Deserteure. Andererseits kann man auch niemanden anklagen, von einem Schiff desertiert zu sein, das explodiert ist.«

»Sollte man annehmen, ja«, stimmte O'Bannon zu.

Grey trommelte mit den Fingern auf seinem Knie herum. Da Zeit von zentraler Bedeutung war, hatte ihn die lange Seereise von Cangrejo mürbe gemacht. Das hatte sich natürlich nicht vermeiden lassen. Aber nun, da er endlich hier war – es beinahe einen Monat nach seinem vorgesehenen Termin endlich nach Montevideo geschafft hatte –, grenzte es an das Unerträgliche, hier im Garten sitzen zu müssen und auf seinem Knie herumzutrommeln. Er war versucht gewesen, Barrows oder Drumgoole – oder sogar O'Bannon, dem er inzwischen mehr oder weniger ohne Einschränkung vertraute – loszuschicken, um sich im Hafen einmal umzuhören und herauszufinden, ob es irgendwelche Neuigkeiten von der Schatzflotte gab, aber das wäre natürlich ein Risiko gewesen, das man unmöglich hätte eingehen können. Nein, man konnte nichts tun, außer zu warten.

Grey bemerkte, dass O'Bannon aufgefallen war, dass er nervös mit den Fingern trommelte, und hörte damit auf.

»Spielen Sie in den Vereinigten Staaten eigentlich Jeu de Paume?«, fragte Grey gerade, als der Butler des Konsuls wieder auftauchte und ihn bat einzutreten.

»Ich werde gleich hier warten, Sir«, erklärte O'Bannon dem Butler, »falls Sie keine Einwände haben.«

»Keinerlei, Korporal. Ich werde Ihnen etwas Wasser bringen lassen.«

»Danke, Sir, sehr freundlich.«

Grey betrat das Konsulat. Der Fußboden bestand aus dunkelrotem Holz und die Wände waren weiß verkalkt.

Der Butler führte Grey zu einem Wohnzimmer im hinteren Teil des Hauses. Die Fenster gaben den Blick hinaus auf ein gläsernes Gewächshaus voller Orchideen frei. Der Mann, von dem Grey annahm, dass es sich um den britischen Konsul handelte, zog sich gerade ein Paar schwere Baumwollhandschuhe aus; in seiner Armbeuge klemmte Greys Vorstellungsbrief. Grey fragte sich, warum man ein Gewächshaus so nahe am Urwald brauchte, aber vielleicht waren das ja besonders empfindliche Orchideen.

»Mr Grey«, begrüßte ihn der Konsul und warf die Handschuhe auf das hintere Ende des Tisches, »willkommen. Bevor wir dazu übergehen, ernste Angelegenheiten zu besprechen, dürfte ich wohl kurz ein nebensächliches Thema ansprechen: Wissen Sie, wer dieses Jahr den Clermont Cup gewonnen hat? Was die Sportnachrichten angeht, bin ich wohl etwas hinterher.«

Dies war eine Gegenfrage zu den Erkennungs-Phrasen aus Greys Brief. Grey vervollständigte die Parole:

»Ich fürchte, ich erinnere mich nicht mehr an den Namen – nur daran, dass sein Zuchttier Eclipse hieß.«

Der Konsul nickte. »Nun gut. Mein Name ist Matheson. Was kann ich für Sie tun? Setzen Sie sich doch bitte.«

»Danke Ihnen, Sir. Erlauben Sie mir, direkt zum Punkt zu kommen«, erwiderte Grey und setzte sich auf ein Sofa gegenüber dem Fenster mit Blick auf das Gewächshaus und ein weiteres Sofa, auf dem Matheson jetzt Platz nahm. »Es gibt eine Schiffsflotte, die eine enorme Summe von Reichtümern geladen hat und sich hier an der Mündung des Río de la Plata zusammenschließen wird, um noch vor

Ende des Jahres nach Spanien aufzubrechen. Ich muss so schnell wie möglich alle Einzelheiten zu ihrer Ladung, welche Schiffe involviert sind und, am allerwichtigsten, dem Datum erfahren, an dem sie lossegeln wird. Können Sie mir dazu irgendetwas sagen?«

Matheson überlegte einen Augenblick. »Spanische Konvois – Handelskonvois, Marinekonvois – segeln regelmäßig von Montevideo aus los, das hier ist ihr Haupthafen. Bisher gab es für mich noch keinen Anlass, mir wegen ihrer Ladungen Sorgen zu machen, und ich fürchte, dass es praktisch auch zu viele davon gibt, als dass ich mich selbst mit jeder Ankunft und Abfahrt beschäftigen könnte – vor allem, da ja Frieden zwischen Spanien und uns herrscht. Meine Zusammenarbeit mit dem Hafen beschränkt sich sozusagen ausschließlich darauf, sicherzustellen, dass die Rechte von britischen Händlern und Matrosen eingehalten werden. Und gelegentlich Hilfe für jemanden zu organisieren, der festgenommen wurde, oder für alle in der Gegend, die wegen einem Lösegeld gefangen gehalten werden – zwar kein gewöhnliches, jedoch sicherlich auch kein gänzlich unbekanntes Problem in diesen Gewässern.«

Grey nickte, ohne seine eigene Erfahrung zu diesem Gesprächspunkt beizutragen. Dazu war einfach keine Zeit.

»Haben Sie irgendwelche verlässlichen Kontakte zur Regierung der Kolonie?«

»Die habe ich, aber niemanden, dem ich diese Art von Frage stellen könnte. Das sind soziale Kontakte und keine, die ich anheuern und bezahlen kann. Hier ist relativ viel Reichtum konzentriert, durch ein Bestechungsgeld hat ein Spanier also mehr zu verlieren als zu gewinnen.«

Grey nickte. »Wer ist der höchste Marineoffizier?«

»Dem Stützpunkt zugeteilt, meinen Sie?«

»Ja.«

»Das wäre Vizeadmiral Juan de Pareja y Mariscal. Er ist der Hafenadmiral.«

Grey lehnte sich nach vorne, starrte einen Moment auf den Boden und blickte dann wieder auf. »Und wissen Sie auch, wo er wohnt?«

25

Grey bat O'Bannon, ihn bei Chauncey zu entschuldigen und ihm auszurichten, dass er Chauncey gerne bei der Kapitänsversammlung anträfe, falls die *Hornet* noch einen Tag länger vor der Küste verweile. Er fragte O'Bannon auch, ob es ihm vor seiner Rückkehr zur *Hornet* und der Überbringung dieser Nachrichten etwas ausmachen würde, die zwei kleinen Pistolen zu putzen, die Grey sich gerade von Matheson geliehen hatte. O'Bannon kam Greys Bitten natürlich gerne nach, ließ Grey nach dem Putzen aber nur ungern allein zurück. Wenn Grey vorhatte, mit einem Paar kleiner Handfeuerwaffen durch Montevideo zu laufen, konnte O'Bannon sich vorstellen, dass Grey ziemlich sicher damit rechnete, in einer Auseinandersetzung zu landen. Grey versicherte O'Bannon jedoch, dass alles glattgehen würde, dass dies ein Teil der Montevideo-Exkursion war, über den er nicht sprechen konnte, und schickte den jungen Amerikaner zurück.

Von dem ungewöhnlichen Laubwerk einmal abgesehen, fühlte sich Montevideo sehr wie eine europäische Stadt an – die Straßen waren in gutem Zustand und stellenweise mit Steinen gepflastert. Außer an einem chaotischen Knotenpunkt um den Hafen herum waren sie alle im Gittermuster angelegt. Abgesehen von einem kleinen Hügel – auf dem die Geschützbatterie des Hafens lag – und einem großen Berg, der in der Ferne emporragte, war die Stadt weitestgehend flach. Dies war vielleicht ein Grund für die geringe Anzahl von Lasttieren, vielleicht bildete sich Grey das aber auch nur ein – so oder so stank die Stadt viel weniger nach Dung als eine normale Metropole. Um das zu kompensieren, war deshalb vielleicht der Gestank nach Fisch so abnormal stark. Aber wie man so schön sagte, Abwechslung wirkt belebend.

Das schicklich große Heim des Hafenadmirals lag in Richtung Stadtrand, wo die Gebäude weniger gedrängt standen. Das Grundstück war von einer mannshohen Steinmauer umgeben. Als Grey an dem eisernen Eingangstor vorbeiging, konnte er einen aufwendig gepflegten Garten mit Blumen und Hecken erkennen und in der Mitte ein einstöckiges Steinhaus.

Grey lief daran vorbei, umrundete in einem ausladenden, langsamen Kreis nichts weiter Besonderes und kam genau dann wieder an der Gartenmauer des Admirals an, als die Nacht schon dunkel genug war, sodass er vor neugierigen Blicken geschützt war.

Er wartete einen Augenblick, um zu kontrollieren, dass niemand kam, und band sich ein Tuch über Nase und Mund. Dann hielt er sich oben an der Gartenmauer fest, zog sich hinauf und darüber, und ließ sich schließlich auf der anderen Seite wieder hinunterfallen, auf weichen, aber sehr kurz geschnittenen Rasen. Irgendwo nicht allzu weit entfernt summte jemand ein spanisches Lied. Der Summende wurde von einer Hecke verborgen, doch Grey nahm an, dass es irgendeine Art von Nachtwache sein musste, daher wartete er stumm und in gebückter Haltung, bis die Stimme vorbeigegangen war. Sie bog nach links ab. Nach kurzer Zeit schlich Grey nach rechts weiter, auf der Suche nach einer Lücke in den Sträuchern. Nach ungefähr sechs Schritten – fand er eine und spähte hindurch zum Haus. Zwei spanische Soldaten standen vor der Haustür, die ein paar Dutzend Yards zu Greys Linker lag. Direkt vor ihm befand sich die linke Ecke des Hauses. Da kamen, von Greys Rechter, auf einmal gedämpfte Schritte über den Rasen auf ihn zu. Er erstarrte vor einem Strauch und versuchte, wie grüner Pflanzenwuchs auszusehen.

Eine spanische Wache mit einem Tschako auf dem Kopf rückte drohend näher in Sicht. Der Mann rauchte einen Zigarillo und im Vorbeigehen hüpfte die glimmende Spitze durch die Dunkelheit – wobei er nur knapp einen Meter entfernt an Grey vorbeikam, ihn jedoch nicht bemerkte. Erneut wartete Grey ein paar Augenblicke ab, bis sich der Soldat ausreichend weit entfernt hatte, dann betrat er einen Pfad, der durch die Büsche hindurch und nach innen zum Haus führte. Nachdem er an drei weiteren Reihen aus Sträuchern vorbeigekommen war – oder waren es irgendwelche blühenden Büsche? – wie auch immer, nach drei weiteren Reihen davon lichteten sie sich und gaben den Blick auf Blumenbeete frei. Sich vorsichtig umsehend und mit angehaltenem Atem, damit er so gut wie möglich hören konnte, kontrollierte Grey, dass keine anderen Nachtwachen mehr unterwegs waren, dann schlich er sich etwa weitere zehn Yards auf die Hausecke zu. Als er nach oben blickte, sah er mehrere kleine Balkone vor den Fenstern im ersten Stock. Die Außenseite des Hauses war allerdings zu eben, um daran hochzuklettern. Ungefähr auf halber Strecke zwischen der vorderen linken Ecke, wo Grey stand, und der hinteren linken Ecke befand sich eine Regenrinne, die sich in einen niedrigen Kanal ergoss – ein Abfluss, der zweifellos den schweren und häufigen Regen vom Haus weg und zu den Blumenbeeten transportierte. Das Rohr der Rinne sah … recht stabil aus. Zwar nicht genau das, worauf Grey gehofft hatte, aber auf jeden Fall einen Versuch wert.

Nachdem er sich unter zwei Erdgeschossfenstern hinweggeduckt hatte, ging Grey weiter an der Hausseite entlang. Er legte eine Hand an die Regenrinne und rüttelte daran. Sie bewegte sich nicht. Nun nahm er auch die zweite Hand dazu und rüttelte fester. Wieder bewegte sich nichts. Dann schob er die Hände weiter nach oben und zog sich hoch. Sie trug sein Gewicht, also begann er hochzuklettern. Auf der Höhe des ersten Stocks streckte er den Arm nach einem der Balkone dort aus – zuerst nur eine Hand, dann auch einen Fuß. Er erreichte ihn jedoch mit beidem nicht, also kletterte er weiter hinauf zu dem Schindeldach, zog sich auf die roten Dachziegel hoch und kletterte leise nach innen auf den zentralen Dachfirst zu.

Angst auszurutschen hatte er nicht – die Sohlen seiner Stiefel hatten ein tiefes Profil und die Tonschindeln eine raue Oberfläche. Weil er daher in seinem Gleichgewicht etwas zu selbstsicher war, als er den Giebel erreichte, warf ihn ein Windstoß fast um. Hätte er sich nicht noch schnell an einem Schornstein festgehalten, wäre er vom Dach und zurück in den Garten gestürzt.

Der Schornstein war warm und qualmte leicht. Grey nahm an, dass dies die Überbleibsel eines Feuers einer harten Winternacht auf der südlichen Hälfte der Erdkugel waren. Dass das Feuer langsam erlosch, ließ erahnen, wie Grey hoffte, dass der Hausherr sich für die Nacht zurückgezogen hatte. Nachdem er ein kleines Stück von der Dachspitze auf dessen Leeseite hinuntergeklettert war, bahnte sich Grey einen Weg zur Rückseite des Hauses. In der Mitte der Rückwand befand sich ein Balkon, der doppelt so groß war wie die anderen. Grey hoffte, dass dieser zum Schlafzimmer des Hausherrn gehörte. Er sah kein Licht aus dem Zimmer dringen, vielleicht gehörte der Admiral Pareja y Mariscal ja zu der Sorte Mensch, die früh zu Bett ging und auch früh wieder aufstand. Indem er einen Fuß auf die eiserne Regenrinne setzte, die am Rande des schrägen Daches befestigt war – nachdem er kontrolliert hatte, dass sie ihn hielt –, drehte er sich nach innen, ging in die Hocke, hielt sich mit den Händen an der Rinne fest und ließ sich langsam über die Seite hinunter.

Mit einer Hand ließ er die Rinne los und blickte unter sich, dann ließ er sich ungefähr anderthalb Meter auf den Balkon hinunterplumpsen. Er kam mit einem dumpfen Geräusch auf, doch dagegen konnte er nichts tun. Einen Moment verharrte er in der Hocke, um zu lauschen, ob sich irgendjemand in dem Zimmer regte, zu dem der Balkon gehörte. Als das nicht der Fall war, trat er ein.

Im Zimmer war es stockdunkel, bis auf ein wenig Licht, das unter einem Türschlitz aus einem offensichtlich beleuchteten Flur hindurch eindrang. Grey versuchte gerade anhand dessen die Dimensionen des Raums abzuschätzen, als irgendwo zu seiner Rechten ein Streichholz entzündet wurde. Dieses wurde an eine Öllampe gehalten und einen Augenblick später wurde der Raum in sanftes, warmes Licht getaucht.

Ein ungefähr zwanzigjähriges Mädchen lag in einem großen Bett und starrte Grey neugierig an. Einen Moment lang starrte Grey zurück, um zu sehen, ob sie nach Hilfe rufen würde. Stattdessen sah sie ihn einfach nur an, mit dem winzigsten Anflug eines müden Lächelns. Er hielt sich einen Finger vor die Lippen, um sie um Ruhe zu bitten. Daraufhin lächelte das Mädchen breiter.

»Sprechen Sie Französisch?«, fragte Grey auf Französisch.

Wenn das hier einmal erledigt wäre, wollte er nicht, dass jemand wusste, dass der Eindringling ein Engländer gewesen war.

»Ja«, antwortete das Mädchen mit spanischem Akzent. »Wenn ich fragen dürfte, wer Sie sind?«

»Ich bin ein Bandit«, erwiderte Grey in seiner charmantesten Stimme.

»Für einen Banditen sind Sie aber recht hübsch gekleidet«, bemerkte das Mädchen.

Grey trug eine schwarze Jacke, braune Hosen und

schwarze Stiefel: recht feine Kleidung, die Chauncey ihm geliehen hatte.

»Sie sind sehr freundlich, Madame – ich bin ein Bandit aus der Oberschicht. Mein Banditendasein ist nur ein Sport, ich mache mir einen Spaß mit meinen eigenen Leuten, sehen Sie – das verleiht meinem eintönigen und privilegierten Leben etwas Aufregung.«

Das Lächeln des Mädchens wurde skeptisch. »Sollten Sie sich dann nicht darauf beschränken, Franzosen auszurauben?«

»Normalerweise würde ich das auch tun, Madame, aber wie man so schön sagt: andere Länder, andere Einbruchschancen.«

Das Mädchen lachte leise, dann sagte es: »Sie haben mich bereits zwei Mal ›Madame‹ genannt. Ich bin jedoch eine Mademoiselle.«

»Ach, tatsächlich?«, fragte Grey. »Sind Sie denn nicht die Ehefrau des Admirals?«

»Nein«, antwortete das Mädchen, »Seine Frau ist in Spanien – und genauso alt und klapprig wie er.«

»Aha«, machte Grey. »Dann nehme ich an, dass Sie auch nicht seine Tochter sind.«

»Nein«, wiederholte das Mädchen.

»Sind Sie seine Mätresse?«, fragte Grey.

»Ich bin eine Prostituierte«, erklärte das Mädchen.

Grey erstickte ein Lachen.

»Sie sind recht unumwunden, Mademoiselle.«

»Sie sind doch derjenige, der mitten in der Nacht in mein Schlafzimmer eingedrungen ist«, gab sie zurück.

»*Touché*«, erwiderte Grey. »Ob Sie mir wohl den Weg zum Schlafzimmer des Admirals weisen könnten?«

»Das hier ist sein Schlafzimmer«, antwortete das Mädchen, »aber ich fürchte, Sie sind einfach nicht sein Typ.«

Grey lachte leise. »Können Sie mir sagen, wann er wieder zurück sein wird?«

»Wenn er jetzt noch nicht da ist, wird der alte Bastard an seinem Schreibtisch eingeschlafen sein.«

»Und wo ist sein Schreibtisch?«

»In seinem Arbeitszimmer. Einmal quer über den Flur.«

»Ich danke Ihnen, Mademoiselle«, sagte Grey. »Es tut mir leid, dass ich Ihnen kein Angebot als Kunde machen kann, bevor ich weitermuss.«

»Ich bin die ganze Nacht hier«, kokettierte das Mädchen. »Falls Sie auf dem Rückweg noch mal vorbeikommen wollen.«

»Könnte ich mir Sie denn leisten?«

»Nachdem Sie den Admiral ausgeraubt haben? Vielleicht.«

Grey lächelte und ging auf die Tür zu.

»*À tout à l'heure*«, verabschiedete er sich und verließ das Zimmer.

Als er den schwach beleuchteten Flur betrat, kontrollierte er, eine Hand auf eine seiner Pistolen gelegt, dass dieser auch verlassen war. Zum Glück war niemand unterwegs. Er durchquerte den Korridor und ging auf die gegenüberliegende Tür zu, öffnete sie leise und trat hindurch in einen in Lampenlicht getauchten Raum. An der gegenüberliegenden Wand – so positioniert, dass er tagsüber Blick auf sein Eingangstor hatte – war Vizeadmiral Pareja. Zurückgelehnt und tief auf seinem Stuhl hinuntergerutscht saß er da und schnarchte leise. Grey ging zu ihm hinüber und holte eine Pistole aus seiner Hosentasche. Er zog den Stuhl des Admirals vom Schreibtisch weg – was ihn zu Greys Überraschung gar nicht aufweckte. Grey richtete die Pistole auf das Gesicht des Admirals, gerade so weit entfernt, dass er selbst noch gut zu erkennen war, dann trat er dem Admiral leicht gegen das Schienbein.

Langsam regte sich der Admiral. Er öffnete allmählich die Augen und sah zuerst die Pistole, dann Grey, der sie hielt. Vor Verwirrung und Angst riss er die Augen weit auf.

»Was ist hier los? Wer sind Sie? Was hat das zu bedeuten?«

Er sprach Spanisch, Grey antwortete auf Französisch.

»Sprechen Sie Französisch?«, fragte er.

»Ja«, erwiderte der Admiral.

»Gut«, meinte Grey. »Lassen Sie mich langsam und vollständig erklären. Bald wird von Ihrem Hafen aus ein Schiffskonvoi nach Spanien lossegeln, der einen Schatz geladen hat. Sie können mir entweder die kompletten Einzelheiten zu dem Konvoi übergeben und leben. Oder abstreiten, diese zu besitzen, in welchem Falle ich Sie töten werde. Dann werde ich Ihre Unterlagen durchsuchen, die Informationen, die ich suche, finden, und das Gerücht verbreiten, dass Sie mir nicht nur das, was ich wissen wollte, verraten haben, sondern danach auch noch vor mir auf die Knie gefallen sind und wie eine Frau geweint und um Ihr Leben gebettelt haben. Ich entschuldige mich für diesen unehrenhaften Zwang, doch Sie müssen verstehen, dass ich in größter Eile bin und keine Zeit zu vergeuden habe.«

Der Admiral blickte nochmals zuerst ihn, dann die Pistole, dann wieder Grey an. Es verärgerte Grey zutiefst, dass der Admiral sich darauf vorbereitete, den Harten zu spielen.

»Tun Sie, was Sie wollen«, gab der Admiral zurück. »Wenn Sie dachten, dass mir mein Leben oder sogar meine Reputation wichtiger sind als mein Land, dann haben Sie sich geirrt.«

Der Mann hatte Greys Bluff gerochen. Da es nicht infrage kam, dass Grey den Mann tatsächlich nur aus Prinzip umbrachte, packte er stattdessen die Rückenlehne des Stuhls des Admirals, kippte diese nach vorne und der Admiral fiel zu Boden. Grey drehte ihn mit dem Gesicht nach unten. Dann fesselte er ihm die Hände hinter dem Rücken und stopfte ihm ein Taschentuch in den Mund. Grey war darauf vorbereitet, jeden Wisch Papier in dem Arbeitszimmer umzudrehen, doch der offensichtlichste Ort, an dem er als Erstes nachsehen würde, war der Eisensafe auf dem Boden neben dem Schreibtisch des Admirals.

Grey kniete sich neben den Admiral, fing an, dessen Taschen zu durchsuchen und fand dessen Schlüssel schließlich an einer Kette um seinen Hals. Gleich der erste Schlüssel, mit dem Grey es versuchte, passte und öffnete den Safe. Darin lagen zwei kleine Goldbarren, mehrere Silberbarren und darunter aufgeschichtete Papiere in mehreren individuellen Stapeln, die jeweils mit einem Faden zusammengebunden waren.

Wenig überraschend vielleicht enthielt der oberste Stapel die Unterlagen zu der Schatzflotte. Grey nahm sie mit zum Schreibtisch, löste den Knoten und begann, ihn durchzublättern ... Darin standen ausführliche Notizen zu dem Zusammenschluss der Schatzflotte in Montevideo und zu ihren geladenen Gütern ... Der Schatz war nicht etwa an Bord von Galeonen geladen, sondern von vier spanischen Fregatten: *Medea*, 40, *Fama*, 34, *Mercedes*, 36 und *Santa Clara*, 34. Er kannte sie alle vom Hörensagen. Es waren gute Segelschiffe. Zwar nicht so schnell wie französische Fregatten, aber doch schnell. Er blätterte weiter die Akte durch. Der letzte Zettel war eine Abschrift eines Segelbefehls ... für den 8. August.

Vor acht Tagen.

Grey hatte sie verpasst.

Er war zu spät.

Er war gescheitert.

Ihm blieb der Atem weg, seine Brust war leer. Er fühlte sich, als ob ihm jemand ins Gesicht geschlagen hätte.

Da klopfte es an der Tür.

»Entschuldigen Sie die Störung, Sir«, kam eine spanische Stimme von der anderen Seite. »Ich hatte gerade Dienst an der Vordertür und dachte, ich hätte eventuell gehört, wie jemand hingefallen ist. Geht es Ihnen gut, Sir?«

Grey faltete die ganze Akte zusammen und steckte sie sich in eine Hosentasche. Dann schnappte er sich einen der Goldbarren und ging zur Tür. Gerade, als der Soldat auf der anderen Seite nochmals klopfen wollte, riss Grey die Tür auf und verpasste ihm mit der rechten Hand – mit der er den kleinen Goldbarren umklammerte – einen mörderischen Schlag direkt in den Kiefer. Der Soldat fiel um wie ein Sack Mehl und blieb als Häufchen auf dem Boden liegen. Grey trat über ihn hinweg, sah den Korridor hinauf und hinunter und betrat dann erneut das Zimmer der professionellen Mätresse des Admirals.

Sie war wach, saß aufrecht im Bett und wirkte wegen des Aufruhrs im Korridor, den sie gehört hatte, aufgeregt.

»Geben Sie das für mich aus, ja?«, sagte Grey und warf ihr den Goldbarren auf das Bett, als er durchs Zimmer lief.

Erst sah sie den Barren an und dann ihn, aber da trat er auch schon wieder hinaus auf den Balkon.

»*Au revoir, bandido*«, sagte sie.

Grey ignorierte sie, kletterte auf das Balkongeländer und hüpfte hinunter in den Garten. Ein paar Augenblicke später war er bereits über die Mauer, stopfte sich die Halstuch-Maske in die Hosentasche und ging so schnell er nur konnte zurück zu Mathesons Haus. Dabei ging ihm immer wieder derselbe Gedanke durch den Kopf: *Medea*, 40, *Fama*, 34, *Mercedes*, 36 und *Santa Clara*, 34. Schnelle Fregatten mit einem Segelvorteil von acht Tagen. Ein enormer Vorsprung. Sie könnten bereits ungefähr ein Achtel des Weges nach Spanien zurückgelegt haben. Konnte man sie noch einholen?

Erleichtert, den britischen Konsul noch wach anzutreffen, marschierte Grey ohne auf eine Ankündigung zu warten in Mathesons Büro und kam sofort zum Punkt.

»Mr Matheson – verzeihen Sie die Störung – haben wir irgendwelche Schiffe hier? Die spanische Schatzflotte ist schon losgesegelt. Es ist von äußerster Wichtigkeit – *äußerster* – dass ich sie einhole.«

Matheson nickte feierlich und bedeutete Grey Platz zu nehmen. Grey war allerdings zu aufgebracht, um sich zu setzen.

»Nun ja, Marineschiffe haben wir keine hier«, bedauerte Matheson. »Meinen Sie englische Schiffe?«

»Ja«, erwiderte Grey.

»Ein paar«, sagte Matheson. »Schwere Westindienfahrer. Sie müssten Sie im Hafen gesehen haben.«

»Ja«, bestätigte Grey. »Sind das alle?«

»Ich fürchte schon«, antwortete Matheson.

»Was sind die schnellsten Schiffe, von denen Sie wissen? Im Hafen oder in der Nähe des Río de la Plata. Ich brauche etwas, das mindestens zwölf Knoten schafft. Wir müssen jeden beliebigen Preis dafür bezahlen.«

»Es gibt einen Klipper«, fuhr Matheson nach kurzem Überlegen fort. »Einen Baltimore-Klipper namens *Cervantes*. Der schafft angeblich vierzehn.«

»Sehr gut«, drängte Grey.

»Allerdings werden wir ihn nicht kaufen können. Er ist eine Privatjacht, die einem wahnsinnig reichen Franzosen gehört. Nach der Revolution auf Haiti ist er hier herunter geflohen. Ihm gehört Land ein paar Meilen die Küste hoch, in Richtung der Flussmündung. Ich glaube, er benutzt die Jacht hauptsächlich dazu, um zwischen Buenos Aires und hier hin- und herzureisen. Manche glauben, dass er illegal mit Sklaven aus dem Inland handelt. Auf jeden Fall – ungeachtet seines Geschäfts – gibt es nur geringe Hoffnung, dass er uns die Sloop verkauft. Selbst wenn er nicht reich genug wäre, um das Angebot attraktiv zu finden, er ist immer noch Franzose. Und auch wenn er kein Patriot ist, der Verkauf wäre mehr als genug, damit er mit dem Kopf auf dem Block landet, falls man zu Hause in Paris davon jemals Wind bekäme.«

Grey kratzte sich im Nacken. »Es ist also keine Kriegs-Sloop …«

»Nein«, bestätigte Matheson.

»Gut dreißig Meter lang?«

»Stimmt genau.«

»Dann könnte ich sie mit einer Mannschaft aus … achtzehn Männern segeln. Klingt das für Sie stimmig, Sir?«

Erneut überlegte Matheson einen Augenblick. »Ja, ich glaube schon. Je zwei Wachen.«

Grey nickte und dachte nach. »Achtzehn Männer … Wie viele Matrosen können wir Ihrer Meinung nach bei diesen Westindienfahrern zusammenbekommen?«

»Bestimmt könnte ich Ihnen genug verschaffen, um mit dem Schiff zu fahren, falls sie es hätten – aber darum geht es ja gerade, oder nicht? Was schlagen Sie vor, um den Franzosen dazu zu bringen, es aufzugeben?«

Grey sah ihn mit einem ironischen, freudlosen Halblächeln an. »Piraterie.«

26

Natürlich war es streng genommen keine Piraterie. Als generalbevollmächtigter Repräsentant des Hofes von St. James hatte Matheson die Macht, Kaperbriefe auszustellen – welche den Akt der Piraterie als einen Kriegsakt legalisieren würden, ausgeführt von befugten Agenten Seiner Majestät. Soll heißen, Grey und seine zusammengewürfelten Männer waren keine Piraten, sondern Freibeuter.

Allerdings blieb damit immer noch die Frage von Spaniens Neutralität. Ein französisches Schiff mit einem Kaperbrief zu beschlagnahmen, würde zwar nicht das Wappenrecht verletzen, die Bedingungen von Großbritanniens Nutzung neutraler spanischer Häfen allerdings schon. Offensichtlich würde das in ein paar Wochen – so oder so – kein Problem mehr darstellen. Doch für den Moment tat es das. Vor allem da eine gewisse Anzahl englischer Handelsgefährte, ganz zu schweigen von englischen Staatsangehörigen, in Montevideo und Buenos Aires wegen Vergeltungshaft belangt werden konnten, musste man mit Feingefühl an die Angelegenheit herangehen.

Ohne königliche Marinesoldaten, welche die Zwangsrekrutierung forcieren konnten, mussten achtzehn Matrosen von den britischen Westindienfahrern abgeworben werden, indem deren Verträge ausbezahlt und exorbitante Anreize für die Einschreibung in ihre Listen angeboten wurden (die Adam-Smith-Herangehensweise an die Rekrutierung von Matrosen). Und ohne die Erlaubnis eines Flaggoffiziers konnte der amerikanische Kapitän Isaac Chauncey weder bei der Bereitstellung eines französischen Schiffs noch bei dem Bruch der Neutralität Spaniens gegenüber direkt behilflich sein. Tatsächlich, da Grey nicht gewillt war, Details dazu verlauten zu lassen, warum die Aktion unbedingt notwendig war, war Chauncey gezwungen, den Vorschlag eher kritisch zu betrachten, egal ob unter der Ägide eines Kaperbriefs oder nicht. Aber doch, aufgrund seines anhaltenden Gefühls, wegen der Zerstörung der Geschützbatterie auf der Isla Cangrejo in Greys Schuld zu stehen, sagte ihm Chauncey eines zu: dass O'Bannon, auf O'Bannons Insistieren hin, die Erlaubnis hätte, Grey zu assistieren, der sonst ohne jegliche Hilfe eines anderen ausgebildeten Soldaten wäre. Die Matrosen der Westindienfahrer waren zwar unerschrocken und kämpferisch, daran bestand kein Zweifel, hatten aber auch keinerlei Übung oder Disziplin. Allerdings konnte O'Bannon, falls er mitkam, keine amerikanische Uniform tragen. Ohne Uniform oder Kaperbrief würde er sich jedoch der Piraterie schuldig machen. Grey schaffte dieses letzte Dilemma aus der Welt, indem er O'Bannon – auf Greys eigene Autorität hin – den Rang eines vorübergehenden Sergeants der Königlichen Marine Seiner Majestät verlieh. Als vorübergehender, unbefugter Offizier würde O'Bannon keinen Eid schwören müssen – O'Bannon betonte auch klar und deutlich, dass er keinen Eid auf Großbritannien schwören und auch auf sonstige Weise keinem anderen Land als den Vereinigten Staaten Treue erweisen würde. Doch da ein temporärer Rang nicht bestätigt oder gar akzeptiert werden musste, war das müßig. Nur die labyrinthartige Gesetzgebung war von Bedeutung, und in dieser Hinsicht war er geschützt.

Um nicht den Anschein zu erwecken, involviert zu sein, bestand Captain Chauncey darauf, den Anker zu lichten, bevor die Abwerbung von Matrosen begann, und nahm Grey das Versprechen ab, O'Bannon auf Gibraltar abzusetzen, wo er dann wieder der amerikanischen Flotte beitreten konnte. In letzter Minute beschlossen erst Drumgoole und dann auch Barrows, dass sie ebenfalls mitkommen wollten – um Gott, dem König und ihrem Vaterland ihre Pflicht zu erweisen. Nun ruderten also zwei Langboote, die Matheson erstanden hatte, an der Küste der *Bahía de Montevideo* landeinwärts, mit Grey als Steuermann auf dem ersten, wo Barrows zusammen mit neun anderen Handelsschiffsoldaten ruderte, und mit O'Bannon und Drumgoole samt neun anderer Handelsschiffmatrosen, die ruderten, auf dem zweiten. Viele der Handelsschiffmatrosen hatten zu unterschiedlichen Zeiten in ihrem Leben einmal zur Königlichen Marine gehört – alle von ihnen durch die Zwangsrekrutierung – aber auch unabhängig davon waren die meisten von ihnen schon einmal in Schwierigkeiten geraten. Aber um ein Debakel zu vermeiden, würden sie sich zurückhalten und das Kämpfen den bisherigen professionellen Kämpfern überlassen. Greys einzige Anweisungen lauteten, erstens: nur in den Kampf einzutreten, wenn sie sahen, dass sie wirklich gebraucht wurden, und zweitens: niemanden umzubringen, wenn die Chance bestand, dass Tötungen irgendwie verhindert werden konnten.

Kurz nach Sonnenuntergang, zwei Tage nach der Ankunft der *Hornet* in Montevideo, umrundeten zwei Langboote mit jeweils elf Männern an Bord eine Landzunge und ruderten mit langsamen Zügen in einen kleinen, geschützten Hafen. Am Inneren der Landzunge beginnend erstreckte sich ein langer, J-förmiger Strand nach oben zu einem ausladenden, gepflegten Rasen, gespickt mit blühenden Bäumen, hinter denen ein herrschaftliches Haus aus Holz auftauchte. Wo der Rasen auf den Strand traf, ging ein Kiesweg in einen Holzsteg über und führte ungefähr zwanzig Yards über das Wasser. Mehrere kleine Boote lagen dort vertäut. Weiter draußen vor dem Strand, im tieferen Wasser, zog der Klipper *Cervantes* sanft an seinem Ankertau. Soweit Grey sehen konnte, wurde er nur von einer einzigen kleinen Kanone auf dem Rasen bewacht, die vermutlich eher zur Abschreckung als zum Kampf genutzt wurde.

Mit einer geflüsterten Erinnerung, langsam und leise zu rudern, glitten die zwei Boote an den Klipper heran. O'Bannon ruderte auf die Heckreling des Klippers zu, Grey weiter nach vorne zur Bugleine. Als O'Bannon ihm signalisierte, dass er bereit war, schnappte sich Grey die Bugleine, zog sich durch die Ankerpforte hoch und glitt lautlos aufs Deck. Gleichzeitig hielt sich O'Bannon an der Heckreling ein und hievte sich daran hoch und darüber. Die anderen zwanzig Männer blieben in den Booten und hielten kollektiv den Atem an.

Grey hatte angenommen, dass eine Notbesetzung den Klipper bemannen würde, und so war es auch. Die Takelage war leer. Beim Steuerrad saß ein Mann auf einem Hocker und schlief. Ein anderer schlief an das Kompasshäuschen gelehnt. Zwei weitere schliefen ausgestreckt auf behelfsmäßigen Matratzen aus Segeltuch, da es unter Deck zweifellos zu warm und eng zum Schlafen war. Schließlich, gerade einen Meter von Greys rechtem Ellbogen entfernt, stand ein Mann – wach – und blickte in die andere Richtung auf den Rasen und das Haus weiter hinten. Ein Dutzend Fenster waren von Fackelschein erleuchtet. Vielleicht hing der Mann auf dem Bug ja gerade dem Tagtraum nach, dass er auf irgendeine Galafeier eingeladen wurde. Egal. Lautlos stand Grey auf und stellte sich genauso lautlos hinter den Mann, dann legte er ihm blitzschnell den Arm um den Hals und würgte ihn so lange, bis er bewusstlos war und er ihn sanft auf dem Deck ablegen konnte.

Grey schaute in Richtung Heck. Der Mann, der beim Steuerrad geschlafen hatte, lag auf ähnliche Weise am Boden. O'Bannon war bereits weitergegangen zu dem Mann, der sich an das Kompasshäuschen gelehnt hatte – und legte ihm ebenfalls langsam den Arm um den Hals, wodurch er den Mann erst aus dem Reich der Träume holte und dann wieder dorthin zurückschickte.

Nun kamen Grey und O'Bannon von beiden Seiten auf dem Mittelschiff wieder zusammen. Grey legte einen Finger an die Lippen, hob dann eine Handfläche, um O'Bannon zu bedeuten zu warten. Mit zwei Fingern deutete er erst auf seine eigenen Augen, dann auf die schlafenden Männer, womit er O'Bannon anwies, sie zu bewachen. Grey schlüpfte durch die Hauptluke auf das Hauptdeck. Dort gab es nicht viel zu sehen. Ein nahezu leerer Raum, in dem Männer ihre Hängematten aufhängen konnten, hinter dem eine gemütliche Einzelkabine lag – für den Besitzer, nahm Grey an. Die Tür stand zum Lüften offen, also streckte Grey den Kopf hinein. Nichts Besonderes. Sie war länger und schmaler als eine normale Kapitänskajüte, beinhaltete ein großzügiges Schwingbett, einen Schreibtisch und eine Fenstergalerie an Back- und Steuerbord, durch die frische Luft hereinkommen konnte. Er drehte sich wieder zum Mannschaftsaufenthaltsraum um. Dort, wo der Großmast des Schiffs durch das Deck kam, war mit gerefftem Segeltuch ein Teil abgegrenzt. Grey nahm an, dass die Schiffsoffiziere, wenn es denn solche waren, dahinter, und die Männer davor schliefen. Das vordere Drittel des Hauptdecks, das von einer hüfthohen Mauer abgetrennt wurde, fungierte als Backskiste für Segel – übriges Segeltuch, Hanf und Taue. Direkt vor dem Mast gab es ein steiles Fallreep hinunter in den Laderaum, das Grey hinabstieg. Dort unten lagerten Fässer, mehr oder weniger leer, doch der Rest war gefüllt mit Salzfleisch, Schiffszwieback, Erbsen und leicht schleimigem, frischem Wasser. Genug Proviant für eine kurze Seereise, vermutlich für die Hin- und Rückfahrt nach Buenos Aires – dies war ein unerwarteter Segen, da Grey angenommen hatte, dass er die Männer mit Regenwasser und den Vorräten, die jeder selbst dabeihatte, würde am Laufen halten müssen, bis sie einen portugiesischen Hafen weiter oben an der Küste fanden. Das hier würde leicht ausreichen, um zum Rio Janeiro zu kommen, wo sie genug laden konnten, um zurück über den Atlantik zu segeln. Doch Grey schüttelte den Kopf. Er war schließlich nicht zum Haushalten hier, sondern kontrollierte das Schiff auf versteckte Männer. Als er zu seiner Zufriedenheit festgestellt hatte, dass es keine mehr gab, kehrte er auf das Wetterdeck zurück. O'Bannon stand genau an der Stelle, an der Grey ihn zurückgelassen hatte, über zwei immer noch völlig ahnungslosen, schlafenden Matrosen.

»Ansonsten ist die Barke leer«, stellte Grey fest. »Nehmen wir uns die zwei auch noch vor und dann legen wir sie auf die Landzunge, zusammen mit ihren ohnmächtigen Kumpanen.«

O'Bannon nickte und genau in diesem Augenblick ließ sich ein Mann aus der Takelage fallen, landete nur knapp einen Meter hinter Grey, packte ihn um den Hals und versuchte, ihm ein Messer an die Kehle zu legen. O'Bannon machte einen Satz nach vorne, schnappte sich die Messerhand des Mannes, riss sie von Grey weg und schlug dessen Ellbogen nach innen. Das Gelenk knickte weg, der Mann schrie auf, Grey drehte sich von ihm weg und O'Bannon entwand ihm das Messer, bekam es zu fassen und benutzte den Griff dazu, um ihn bewusstlos zu schlagen. Das alles passierte in weniger als fünf Sekunden.

Zwischenzeitlich hatte der Lärm des Gerangels die zwei Schlafenden geweckt – doch als sie zwei bewaffnete Männer über sich stehen sahen, ergaben sie sich schnell und wurden von O'Bannon und Grey jeweils mit den Händen hinter dem Rücken gefesselt.

»Danke, O'Bannon. Dafür bin ich Ihnen was schuldig.«

»Ganz im Gegenteil, Captain Grey, ich habe die Takelage kontrolliert und ihn dort oben nicht gesehen«, widersprach O'Bannon, blickte erneut hinauf in die Takelage und betrachtete sie diesmal genauer.

Grey sah ebenfalls nach oben. »Ich aber auch nicht, der unauffällige Teufel.«

Zufrieden, dass die Takelage nun wirklich leer war, beschloss O'Bannon, dass es das Messer, mit dem er Grey gerade das Leben gerettet hatte, nicht wert war, behalten zu werden, und steckte es in ein Dollbord zum generellen Gebrauch, während Grey sich über die Reling lehnte, um das Wort an die zwei Langboote voller Matrosen zu richten.

»Das Schiff gehört uns, Jungs. Alle Mann an Bord.«

Irgendwo aus der Dunkelheit tönte eine Stimme, die rief: »Das ist doch gar kein Schiff, Sir, das hier besteht doch bloß aus einem Bug und einem Heck.«

Daraufhin waren die Geräusche einer Rauferei zu hören und wie jemand schmachvoll ins Wasser geschubst wurde, dann ließ Drumgooles Stimme verlauten: »Tut mir leid deswegen, Sir, wir kommen jetzt an Bord, die meisten von uns auf trockenem Fuße.«

»Sehr gut, Drumgoole. Bringen Sie sie zur Ankerwinde, wenn's recht ist. Wir werden mit den Beibooten anfangen und dann den Anker lichten.«

27

Unter den achtzehn Seemännern, die von der Handelsflotte abgestellt worden waren, befand sich ein Segelmeister mittleren Alters namens Mogg, der schon lange auf seinen Kapitänsrang wartete. Er behauptete, nur dieser Ansporn hätte ihn dazu gebracht, seine ansonsten stabile und zufriedenstellende Anstellung in der Handelsflotte aufzugeben, wobei Grey allerdings vermutete, dass auch eine gewisse Liebe zu König und Vaterland mit hineinspielte – Männer eines bestimmten Typs – und Mogg schien einer davon zu sein – neigten zu beschämtem Zynismus, wenn sie so etwas zugeben sollten. Jedenfalls hatte er jetzt, unter Greys Beaufsichtigung, das Kommando über das Schiff. Grey bot O'Bannon an, entweder als Gast oder in jeder beliebigen offiziellen Position, die er einzunehmen bereit war, mitzufahren – und schlug daher vor, dass er, in der Abwesenheit jeglicher Marinesoldaten, die man kommandieren konnte, ja die Funktion eines Bootsmanns übernehmen könnte. Tatsächlich erwiderte O'Bannon, er würde, wenn möglich, gerne der Lehrling des Navigators und Kapitäns sein, da er mit seinem unvollständigen Wissen über die Mechanik des Segelns nie zufrieden gewesen war. Sowohl Grey als auch dem neuen Kapitän Mogg erschien dieses Arrangement ideal. Statt seiner wurde Drumgoole zum Bootsmann und Kapitän der ersten Wache ernannt und Barrows zum Bootsmannsmaat und Kapitän der zweiten Wache.

Als sie erst einmal auf hoher See waren, segelten sie mit den Handelsschiffmatrosen auf den Steuerbordposten und den Männern, die sich an die ungewöhnliche Takelung des Klippers gewöhnt hatten, außergewöhnlich schnell: gleichmäßige vierzehn Knoten. Grey glaubte, dass sie – mindestens – mit dem doppelten Tempo der spanischen Schatzflotte fuhren. Oder verwechselte er da nur Hoffnung mit Logik? Aber natürlich machte das so oder so nicht den geringsten Unterschied. Die Karten waren inzwischen alle ausgeteilt, Wetten besiegelt, Einsätze gemacht worden und nun blieb nichts Weiteres übrig, als sein Blatt herzuzeigen. Das Spiel neigte sich dem Ende zu, und Grey hatte nun keine Möglichkeit mehr, seine Ausgangssituation zu verbessern. Er konnte einzig und allein darauf warten, dass er an der Reihe war.

Und das tat er auch – er überließ das Segeln dem Kapitän und der Mannschaft und ging auf und ab, auf und ab, endlos, hin und her an der Heckreling entlang, manchmal kletterte er auch auf den Vormast und hielt sich an der Quersaling fest, sowohl um etwas kühle Luft abzubekommen als auch aus der müßigen Hoffnung heraus, die spanische Flotte erspähen zu können. Grey kannte die Route, die sie nehmen würde, und auf welchen Hafen sie zusegelte, jetzt genau – Cadiz – und spürte, dass der Klipper *wirklich* Entfernung gutmachte. Und zwar schnell. Außerdem war er sich auch sicher, selbst wenn er weiterhin fürchtete, Hoffnung mit Sicherheit zu verwechseln, dass sie die vier Fregatten der Spanier einholen konnten, bevor sie im Hafen anlegten. Die Frage lautete bloß: Wie lange, bevor sie im Hafen anlegten? Würde genug Zeit bleiben, um eine britische Flotte zu finden und zusammenzutrommeln und die Spanier zur Aktion zu zwingen? Das konnte niemand sagen.

Und dann, am Morgen des 24. September, ein wenig südlich der Kanaren, schlief Grey kurz vor dem Morgengrauen gerade gemütlich in dem Schwingbett der Kabine des Besitzers, als es an seiner Tür klopfte. Es war der Kapitän, O'Bannon war ebenfalls mit dabei. Sie scheuchten Grey hoch an Deck, wo sich alle aufgeregt flüsternd unterhielten. Alle standen an der leewärtigen Backbordreling. Der Kapitän reichte Grey ein Fernrohr und zeigte hinaus aufs Meer. Über der Kimm, in loser Formation von vorne nach hinten, mehrere Seemeilen weiter voraus, waren vier Segel in Sicht.

Grey klemmte sich das Fernrohr zwischen die Zähne und kletterte rasend schnell den Hauptmast hinauf, wobei er einen Augenblick lang anhielt, um vom Hauptmars aus den Blick schweifen zu lassen, dann stieg er weiter hoch zur Quersaling, um das zu bestätigen, was sich in seiner Brust bereits zu einer unbestreitbaren Sicherheit verdichtet hatte:

Es waren die Segel der vier spanischen Fregatten. Obwohl sie keine Flagge gehisst hatten, stand das gänzlich außer Frage … aber nur um sicher zu sein, zählte Grey ihre Geschütze. Und die stimmten genau mit den Informationen überein: *Medea*, 40; *Fama*, 34; *Mercedes*, 36; *Santa Clara*, 34. Grey kletterte wieder in den Hauptmars hinunter, rutschte die restliche Strecke an einem Backstag hinab und, zurück an Deck, gab Captain Mogg sein Fernrohr wieder.

»Wie lange brauchen die ihrer Meinung nach noch, um Cadiz zu erreichen?«

Mogg, aus Angst, sich zu weit aus dem Fenster zu lehnen, zögerte und antwortete dann: »Mindestens acht Tage.«

»Und wie weit sind wir noch von Gibraltar entfernt?«

»Wahrscheinlich drei. Nicht mehr als vier.«

Grey nickte. Das war auch seine grobe Schätzung gewesen, allerdings hatte er den Kapitän nicht vorab beeinflussen wollen, indem er es laut aussprach.

»Sehr gut, Captain. Dann bringen Sie uns bitte wie auf Adlerschwingen dorthin.«

»Nur zu gerne, Sir«, erwiderte Captain Mogg.

28

Tatsächlich hatte Mogg goldrichtig gelegen. Am Abend des vierten Tages tauchte der Felsen vor ihnen auf – und Grey befahl direkten Kurs auf ein Linienschiff, das den schwalbenschwanzförmigen Breitwimpel des befehlshabenden Offiziers gehisst hatte: den des Admirals der Weißen, William Cornwallis. Da Grey nicht so lange warten wollte, bis ein Beiboot heruntergelassen worden war, ließ er Mogg den Klipper unter die Eingangspforte der gigantischen HMS *Robust*, 74, setzen und erbat die Erlaubnis, sich mit ihr zu vertäuen. Grey selbst wartete gar nicht erst auf eine Antwort, sondern schoss das Fallreep nach oben, betrat die Eingangspforte auf dem Hauptdeck, grüßte die Marinesoldaten dort und bat um Erlaubnis, an Bord kommen zu dürfen.

Diese gewagte Art, auf ein Flaggschiff zu kommen, verursachte eine gewisse Verwirrung. Mehrere Minuten später, während derer ihn ein junger Marinesoldat die ganze Zeit über aus dem Augenwinkel beobachtet hatte, wurde Grey von dem dritten Leutnant der *Robust* begrüßt.

»Guten Abend, Sir. Ich bin Leutnant Franks – wenn ich wohl fragen dürfte, was Sie von der *Robust* wollen?«

Ihm stand die kalte, stoische Ruhe von Königlichen Marineoffizieren ins Gesicht geschrieben, die sich auf eine Schlacht oder Unverfrorenheit vorbereiteten.

»Guten Abend, Leutnant Franks. Ich bin Captain Grey von der Marine, mit einem dringenden Auftrag der Admiralität.«

Grey hatte den Standard-Vorstellungsbrief heruntergeschrieben, vollständig mit den geheimen Erkennungs-Phrasen, die Cornwallis zu verstehen geben würden, dass er einer von Sir Edwards Geheimdienstmännern war, doch Grey, der den immer größer werdenden Zeitdruck spürte, fügte in der Hoffnung, die Angelegenheit etwas zu beschleunigen, hinzu: »Der Admiral erinnert sich vielleicht noch wegen eines Vorfalls in Haddon Hall in den späten Neunzigern an mich, als wir ein außerordentlich langes Gespräch über die Aussichten von integrierten Kugelpatronen geführt haben. Und bitte betonen Sie, dass dies eine Angelegenheit von höchster Dringlichkeit ist.«

Leutnant Franks war von alledem etwas verwirrt, doch Grey signalisierte ihm mit einem Kopfnicken, dass er entlassen war, woraufhin Franks eilig davonmarschierte und Grey ungeduldig wartend zurückließ. Die Bemerkung zu Haddon Hall war keine der Erkennungs-Phrasen des Marinegeheimdienstes gewesen, tatsächlich war es nämlich so, dass Grey und Admiral Cornwallis flüchtig miteinander bekannt waren. Da Grey gelegentlich die Admiralität heimsuchte, war er nun schon jahrelang mit vielen Kapitänen und Flaggoffizieren bekannt, normalerweise aber nicht näher als mit Namen oder vom Sehen. Wegen seiner berühmten Frohnatur war Cornwallis ein etwas anderer Fall. Er war allseits bekannt für die enge Kameradschaft zu seinen Männern, die ihn so stark bewunderten, dass sie ihm noch zu Lebzeiten die Ehre eines Matrosenliedes zuteilwerden ließen, das weithin in der ganzen Flotte gesungen wurde. »Billy Blue« war sowohl der Titel des Werks als auch Cornwallis' Spitzname vor dem Mast. Das Stück war eine Ballade, ein Arbeitslied, das an einen seiner größten Siege erinnerte, ironischerweise bekannt unter »Cornwallis' Rückzug.«

'95 hatte Cornwallis ein kleines Geschwader von sieben Schiffen befehligt und das Pech gehabt, einem großen französischen Geschwader von neunundzwanzig Schiffen in die Quere zu kommen. Unter normalen Umständen hätte ein so dramatisches Ungleichgewicht der Kräfte zu einer schnellen Kapitulation geführt – doch anstatt sich zu ergeben, hatte sich Cornwallis auf kurze Entfernung zurückgezogen, weit genug, um fiktionale britische Verstärkung hinter dem Horizont der Franzosen »zu sehen«, der er das Flaggensignal »Feind in Sicht« gesendet hatte. Dann hatte er seine Schiffe herumgerissen und eine unverhohlene Attacke auf einen Feind begonnen, der vier Mal so stark war wie er selbst. Verwirrt von seiner Aggression und daraus schließend, dass sein Signal zur Verstärkung keine Finte sein konnte, war es die gigantische französische Flotte, die sich schmachvoll zurückzog. Grey klopfte sich mit der Hand ungeduldig auf den Oberschenkel und fing an das Lied zu summen, wobei er innerlich den Text mitsang:

Kurz vor der Morgendämmerung,
Segelten wir in der Bucht herum,
Mit Billy Blue auf der Sovereign *als Vorhut,*
Als eine französische Flotte nach Brest,
Kam von Belleisle gen West,
So, meine Jungs, begann das Spiel voll Mut,
Billy Blue, oh Billy Blue, wir singen auf dich und nur für dich,
Grad erst ward das Deck geschrubbt,
Da hörten wir auch schon den Warnschuss,
Klar und deutlich vor dem Himmel war'n zu sehen,
Dreizehn große Linienschiffe,
Und Fregatten, neunundzwanzig, samt Geschütze,
Die am östlichen Horizont in uns're Richtung dreh'n,
Billy Blue, oh Billy Blue, wir singen auf dich und nur für dich,
Wir hatten die Mars *und die* Triumph,
und die Sovereign, *eines jeden Seemanns Trumpf,*
Bellerophon *und* Brunswick *wohlbekannt,*
Mit der Pallas *und der* Phaeton,
Fregatten, die der Flagge dienten,
Bloß sieben Schiff für England, ein schlechter Stand,
Billy Blue, oh Billy Blue –

Da tippte Leutnant Franks Grey auf die Schulter und bat ihn, ihm zu folgen. Franks führte ihn die Haupttreppe hinauf auf das Wetterdeck, dann nach hinten und auf das Achterdeck, an dessen Ende sich die Kapitänskajüte des Admirals befand. Auf dem Poopdeck über der Kapitänskajüte des Admirals – die über der Kapitänskajüte des Flaggkapitäns lag, am hinteren Ende des Wetterdecks – stand der Flaggkapitän höchstpersönlich, der Mann, der die Verantwortung über das Flaggschiff hatte, solange der Admiral die Flotte anführte. Er hielt die Hände hinter dem Rücken verschränkt und schaute hinunter auf den Klipper *Cervantes*, der sich an seinem Schiff vertäute. Da er keine Uniform trug, hielt sich Grey nicht mit der Formalität auf, auf dem Achterdeck zu salutieren. Als Grey und Franks unter ihm fast schon außer Sicht waren, drehte sich der Flaggkapitän um und warf Grey einen neugierigen, fragenden Blick zu, bevor er noch ein höfliches Nicken hinzufügte. Grey erwiderte das Nicken und Franks klopfte an die Kabinentür des Admirals.

»Herein«, ertönte eine tiefe Stimme von drinnen.

Franks öffnete die Tür. Grey nickte auch ihm zu – und dem Marinesoldaten, der die Tür bewachte – und trat ein. Franks schloss die Tür hinter Grey und blieb draußen stehen.

»Captain Grey?«, begrüßte ihn Admiral William Cornwallis fragend, erhob sich und erwiderte Greys instinktiven Salut – so viel also dazu, dass er keine Uniform trug. »Ich erinnere mich tatsächlich an unsere Unterhaltung in Haddon Hall, aber lassen Sie uns für den Augenblick nicht in alten Erinnerungen schwelgen. Wie mir mitgeteilt wurde, ist Ihr Anliegen dringlich, also bringen Sie es bitte vor. Und setzen Sie sich.«

Er deutete auf einen Stuhl gegenüber von seinem Schreibtisch mit Blick auf die Fenster der Kapitänskajüte, durch die die Sonne zu sehen war, die gerade hinter den spanischen Hügeln versank.

»Ja, Sir. Danke. Hatten Sie die Gelegenheit, einen Blick auf meinen Brief zu werfen?«

»Noch nicht, Captain Grey.«

»Dann lassen Sie mich hinzufügen, dass ich glaube, auf keinem Flaggschiff mehr gewesen zu sein seit dem Jahr, in dem die *Royal George* aus dem Dienste schied.«

»Sie arbeiten also für Sir Edward«, bemerkte Cornwallis, der die kodierte Parole erkannte, und nahm seinen Platz wieder ein. »Das erhellt die Situation ein wenig. Was kann ich für Sie tun?«

Da Grey wusste, dass Cornwallis ein ernsthafter Mann war, ließ er die Theatralik weg, von der er vielleicht Gebrauch gemacht hätte, wenn er einen unbedarfteren Offizier von der gravierenden Situation hätte überzeugen müssen:

»Wir haben vor Kurzem Kenntnis von den Einzelheiten eines geheimen Abkommens zwischen Godoy und Napoleon erhalten, unter dessen Bedingungen sich Spanien einem Krieg an Frankreichs Seite anschließen wird, sobald eine letzte Schiffsladung von Gold, Silber und allerlei anderem sicher in seinen Schatztruhen ruht. Genauer gesagt« – nun las Grey von den Notizen ab, die er aus Pareja y Mariscals Safe entnommen hatte – »fünfundsiebzig Säcke Wolle, eintausendsechshundertsechsundsechzig Stangen Zinn, fünfhunderteinundsiebzig Stangen Kupfer, achthundert Seehundfelle, sechzig Fässer Seehundtran, einhundertfünfzigtausend Barren Gold sowie

Gold- und Silbermünzen verschiedener Währungen im Wert von vier Millionen zweihundertachtundsechzigtausendfünfhundertacht Dollar.«

Cornwallis legte den Kopf zur Seite und pfiff beeindruckt durch die Zähne.

»Allerdings«, pflichtete Grey bei. »Ohne diesen Schatz wird Spanien neutralisiert. Da Madrid vorhat, in einem Krieg gegen uns zu kämpfen, hat die Admiralität beschlossen, ihn Spanien vorzuenthalten.«

»Sehr vernünftig«, kommentierte Cornwallis.

»Der Schatz wird in den nächsten paar Tagen in Cadiz ankommen. Er wird auf vier Kriegsschiffen transportiert – den Fregatten *Medea*, *Fama*, *Mercedes* und *Santa Clara*. Kennen Sie sie?«

»Ja«, antwortete Cornwallis. »Und ich glaube auch, dass wir genauso stark sind wie sie. Unglücklicherweise trügt der Name der guten alten *Robust* ein wenig: Ihre inneren Stützbalken sind zerschossen und sogar eine schlingernde Breitseite kann sie ganz zertrümmern, wenn sie vorher nicht von neuen Verstrebungen gestützt wird. Aber ich werde Ihnen Captain Moore von der HMS *Indefatigable*, 44 geben. Der sollte zu Tagesanbruch bereit zum Lossegeln sein. Ich habe auch Captain Hammond auf der *Lively*, 38, Captain Sutton auf der *Amphion*, 32 und Captain Gore auf der *Medusa*, 32. Sie können in spätestens zwei Tagen lossegeln.«

Cornwallis hatte einen Federkiel in Tinte getaucht und fing an zu schreiben.

»Allerdings schlage ich vor, dass Sie mit Moore sofort

lossegeln. Die anderen werden in aller Eile zu Ihnen stoßen – soll heißen, werden zur *Indefatigable* stoßen, die die Seestraßen nach Cadiz patrouilliert.«

Cornwallis löschte den Bogen, den er gerade beschrieben hatte, legte ihn zur Seite und begann, einen weiteren zu beschreiben.

»Dies sind die Befehle für Sie«, sagte Cornwallis, »und diese hier sind für Moore. Bitte überbringen Sie sie ihm direkt.«

Cornwallis löschte auch den zweiten Bogen Papier und gab beide Grey. »Wenn es sonst nichts mehr gibt, Captain Grey, werde ich Sie jetzt gehen lassen.«

Er erhob sich von seinem Stuhl, Grey ebenfalls.

»Ganz kurz, Sir, zwei weitere kleine Angelegenheiten. Ich habe Augenzeugenberichte zu den Umständen, die zur Entdeckung dieser Flotte führten, und zur Zerstörung der Sloop Seiner Majestät *Perseus*.«

Grey zog sie aus seiner Jacke. »Wenn Sie die bitte an die Admiralität weiterleiten könnten.«

»Sicher doch, Captain«, entgegnete Cornwallis.

»Und die Sloop, auf der ich hierherkam – wir haben sie vor ein paar Wochen am *Río de la Plata* beschlagnahmt – wie es der Zufall so will von einem französischen Sklavenhändler; ich habe keine Ahnung, ob das eine legitime Prise ist, aber sie ist ein feines Segelschiff und würde sich gut als Tender machen. Jedenfalls – an Bord des Klippers, mit dem ich hierhergekommen bin, befindet sich ein amerikanischer Marinesoldat. Einer von mehreren Amerikanern, die sich als unverzichtbar erwiesen haben, um es bis hierher zu schaffen; das steht alles in meinen Aufzeichnungen hier. Jedenfalls, Sir, er ist an Bord des Klippers und ich habe ihm versprochen, ihn zu seiner Flotte zurückzubringen. Ich glaube, sie werden hier bald vorbeikommen, um mit den Barbaresken kurzen Prozess zu machen. Ich hatte überlegt, ob Sie ihn bis dahin wohl hier unterbringen könnten – und ein Auge darauf haben könnten, dass kein hungriger Kapitän ihn zwangsrekrutiert.«

Cornwallis nickte feierlich. »Sicher doch, Captain Grey. Schicken Sie ihn an Bord, und ich werde mich um ihn kümmern.«

»Danke Ihnen, Sir.«

»Sagen Sie Franks, er soll meinen Kutter zu Wasser lassen, während Sie die letzten Angelegenheiten auf Ihrem Klipper regeln, dann schiffen wir Sie rüber zur *Indefatigable*. Und wenn das hier alles vorbei ist, können wir uns vielleicht zur Feier einen Moment nehmen, um uns über die neuesten Fortschritte im Gewehrbau auszutauschen.«

Grey lächelte. »Danke Ihnen, Sir.«

Er salutierte. Cornwallis erwiderte den Salut und bedeutete Grey dann mit einem Wink, sich aufzumachen.

29

Zurück an Bord des Kutters *Cervantes* suchte Grey rasch O'Bannon und seine wenigen Habseligkeiten zusammen, die überlebt hatten, dann dankte er der kleinen Besatzung des Klippers, wobei er seine Hoffnung äußerte, dass sie ein bisschen Geld aus diesem würden herausschlagen können, da es möglich war, dass er als legale Prise anerkannt wurde. Das löste Jubelgeschrei aus.

O'Bannon für seinen Teil verpasste nur widerwillig das große Finale der Reise, besonders, da Grey ihm nie alles hatte erklären können. O'Bannon wusste zwar, dass er vorhatte, einen spanischen Konvoi abzufangen, aber mehr auch nicht. Er bat darum, sich Grey auf der *Indefatigable* anschließen zu dürfen. Aber so gerne Grey ihn auch dort untergebracht hätte, dies hätte dann doch zu weit geführt – einen ausländischen Soldaten auf ein Kriegsschiff mitzunehmen, das sich in einer geheimen Militäroperation befand. So leid es ihm tat, O'Bannon absagen zu müssen, musste er auf gewisse Weise die Loyalitäten abwägen. Obwohl er sich ohne den Hauch eines Zweifels sicher war, dass O'Bannon ein loyaler Freund war, war er sich auch genauso sicher, dass O'Bannon ein loyaler Amerikaner war, und da das Abfangen von offiziell weiterhin neutralen Schiffen legal gesehen eine Grauzone war, fand Grey, dass es unvorsichtig wäre, eine dritte souveräne Partei zu involvieren. Grey formulierte seine Absage wie folgt:

»O'Bannon, mein treuer Freund, Sie können als vorübergehender Sergeant der Königlichen Marinestreitkräfte Seiner Majestät mitkommen, in Uniform. Alles andere ist nicht machbar, doch ich überlasse Ihnen die Wahl.«

O'Bannon seufzte und streckte Grey die Hand für eine letzte Verabschiedung entgegen. »Ich weiß, dass Sie verstehen, warum ich das unmöglich tun kann.«

»Natürlich«, erwiderte Grey. »Ich wünschte, es wäre anders. Ich hoffe, Sie werden deswegen nicht schlecht von mir denken.«

»Gott bewahre, Grey. Wer ist hier so erbärmlich, dass er sein Vaterland nicht lieben will?«

Der Rest des Zitats lautete: »Ist es jemand, er rede, denn ich habe ihn beleidigt.« Grey lächelte und schüttelte O'Bannon die Hand.

»Noch vor nicht allzu langer Zeit habe ich mich mit einem anderen Freund von mir – einem französischen Burschen, den hätten Sie gemocht – darauf geeinigt, ihn bei Philippi wiederzusehen. Allerdings hoffe ich, Sie noch eher wieder zu treffen.«

»Ebenso«, antwortete O'Bannon. »Mr Parker erwähnte mir gegenüber, es wäre möglich, dass Sie uns eines Tages mit einem Besuch in Boston beehren. Er nannte es Ihre ›alte Heimatstadt‹.«

Grey lachte. »Viel Glück mit den Barbaresken-Piraten.«

»Viel Glück mit den Engländern«, gab O'Bannon zurück.

Grey schmunzelte erneut. Von den Gesetzmäßigkeiten einmal abgesehen, verspürte er persönlich keine Gewissensbisse wegen der spanischen Schiffe. Was ihn anging, waren eine Kriegserklärung und die Absichtserklärung, einen Krieg zu erklären, dasselbe. Allerdings warf das tatsächlich irgendwo in seinem Hinterkopf eine Frage auf, und zwar wo die Grenze verlief, die dazwischen unterschied, ob er den spanischen Schatz als Soldat beschlagnahmte oder als Pirat erbeutete, doch dies war eine Frage für ein andermal. Vielleicht würde er sie eines Tages seinem Pfarrer stellen. Seine Kirchenbesuche waren seit dem Tod seiner Frau sehr sporadisch gewesen, da er immer nur ihretwegen hingegangen war. Aber bestimmt würde es ihm nicht schaden, die Meinung eines Geistlichen einzuholen.

Jedenfalls kletterte O'Bannon nun auf dem Fallreep nach oben auf die *Robust* zurück und Grey machte sich auf zu der hinteren Reling der *Cervantes*, um in den blauen Kutter der *Robust* hinunterzusteigen, der ihn zur *Indefatigable* bringen würde.

Die Fahrt durch den Hafen dauerte nur kurz. Grey musterte die *Indefatigable*, während sie auf sie zufuhren, und dachte darüber nach, wie anders sie doch aussah, seit er sie das letzte Mal gesehen hatte. Sie war regelrecht ein anderes Schiff. In den Achtzigern war sie als Linienschiff dritter Klasse mit vierundsechzig Geschützen gebaut worden. Doch da die Franzosen dann ihre Schiffe dritter Klasse mit vierundsiebzig Geschützen bauten und die Amerikaner die Fregatten-Kriegsführung durch ihre sechs Fregatten mit mehreren bewaffneten Decks veränderten, hatte man vor ein paar Jahren – irgendwann Mitte der Neunziger – beschlossen, die *Indefatigable* zu einer Razee zu machen: ihr oberstes Deck abzuschneiden und sie als Fregatte mit mehreren bewaffneten Decks und vierundvierzig Geschützen neu auslaufen zu lassen. Grey versuchte sich die Stelle in der Luft vorzustellen, wo er auf einem Wetterdeck hätte stehen können, das nicht mehr existierte. Bizarrerweise, angesichts der Tatsache, wie drastisch sich ihre momentane Form von ihrem Originalbau unterschied, war sie ein verdammt gut aussehendes Schiff: eine schnittige Schönheit mit einem einzigen Deck, das aussah, als wäre es schon immer da gewesen. Außerdem hatte sie als Eindecker spektakuläre Erfolge gefeiert, indem sie beinahe zwei Dutzend Prisen genommen und ein weiteres Dutzend versenkt hatte. Ihr Zuschnitt zu einer Razee war vermutlich die nützlichste Enthauptung seit der von Robespierre.

Der blaue Kutter drehte bei und Grey kletterte an dem Fallreep auf das ehemalige Wetterdeck der *Indefatigable* hinauf. Er hievte sich durch die Eingangspforte hinten auf dem Achterdeck, salutierte (wennschon, dennschon) und erbat die Erlaubnis vom Wachoffizier, an Bord kommen zu dürfen, wobei er hinzufügte, dass er Flaggbefehle mit sich führte. Einen Augenblick später wurde er bereits zur Kabine von Captain Moore eskortiert.

Der Wachoffizier klopfte zwei Mal an Moores Tür.

»Ja«, antwortete eine nicht überlaute Stimme, jedoch mit unverkennbarem Glasgower Akzent von innen.

Der Seekadett, der Grey geführt hatte, öffnete die Tür und machte einen Schritt zurück, um ihn eintreten zu lassen, dann schloss er sie wieder. Hinter einem mächtigen Eichentisch unter einer reich verzierten, orthodoxen Öllampe aus Messing, die den Raum erleuchtete und wegen des schaukelnden Schiffs sanft hin- und herschwang, stand Captain Graham Moore, mit angesäuertem Gesichtsausdruck und hinter dem Rücken verschränkten Händen.

»Captain Grey«, begrüßte ihn Moore in seinem breiten schottischen Akzent.

»Captain Moore«, erwiderte Grey und setzte selbst einen ebenso säuerlichen Gesichtsausdruck auf. »So sehen wir uns also wieder.«

»In der Tat«, gab Moore zurück.

Er lächelte übertrieben überheblich, und Grey brach in lautes Gelächter aus, kurz darauf gefolgt von Moores explosivem Lachen. Der umrundete nun den Tisch, schnappte sich Greys rechte Hand, um sie kräftig zu schütteln, und klopfte ihm obendrein auch noch fest auf die Schulter.

»Tom, Sie alte Hahnenkammauster, wie in Gottes Namen geht es Ihnen?«

»Ach, recht gut, Graham, recht gut. Und Ihnen?«

»Ach, selbst auch recht gut. Was halten Sie von meiner neuen Barke hier?«

»Um einiges hübscher anzusehen als ihr Kapitän.«

Moore lachte.

»Nehmen Sie Platz, Junge, und verraten Sie mir, was Sie trinken wollen. Ich habe verschiedene Feuerwasser aus der Heimat und einige außergewöhnlich gute Madeira-Rainwater, die vor ein paar Tagen zu mir rübergeschippert wurden.«

»Ein Madeira wäre jetzt genau richtig, Graham, immer in der Annahme, dass Sie mir damit Gesellschaft leisten«, sagte Grey und ließ sich in einen gepolsterten Korbstuhl gegenüber von Moores Schreibtisch fallen.

»Na gut, Tom, Sie haben mich überredet.«

Grey lachte, während Moore eine Flasche aus der Backskiste holte und zwei Gläser einschenkte. Eines gab er Grey und stieß dann mit seinem eigenen dagegen. »Auf Ihr Wohl, Junge.«

»Auf Ihres«, erwiderte Grey und beide tranken.

Der Portwein war herrlich trocken und erfrischend. Grey saugte an seinen Zähnen. »Oh – sehr gut.«

»Nicht wahr?«

Moore ließ sich gegenüber von ihm nieder und für einen Augenblick tranken beide schweigend vor sich hin, bis Grey in seine Jacke griff und Cornwallis' Befehle herauszog.

»Billy Blue schickt Befehle an Captain Moore«, begann Grey und warf das gefaltete Blatt Papier auf Moores Schreibtisch. Moore öffnete es und las.

»Ich soll Kommodore einer Kampfeinheit von vier Fregatten sein, die sich jenseits von Cadiz treffen sollen.«

»Das bereitet Ihnen die Freude eines Breitwimpels«, bemerkte Grey und hob sein Glas. »Ihr erster?«

»Aye«, antwortete Moore lächelnd. »In den Befehlen steht, dass Sie mich anweisen werden, was ich zu tun habe.«

»Das werde ich«, sagte Grey. »Die konkrete Angelegenheit ist diese: Sie werden auf vier spanische Fregatten treffen und sie als Prisen nehmen.«

»Das sehe ich«, entgegnete Moore, seine Befehle lesend – und blieb an der vorübergehenden Beförderung hängen. »Ich werde angewiesen, alle möglichen Mittel einzusetzen, um einen Kampf zu verhindern, während ich gleichzeitig den spanischen Schiffen unter keinen Umständen erlauben soll, in Cadiz oder sonst wo auf dem Kontinent anzulanden, sondern sie nach Gibraltar umzuleiten.«

»Ganz richtig, Kommodore Moore.«

Moore lächelte, als er den Titel zum ersten Mal hörte, studierte aber weiterhin seine Befehle.

»Wie ich dem hier entnehme, ist Bustamante der Kommodore der spanischen Flotte.«

»Ja«, bestätigte Grey. »José de Bustamante y Guerra. Sind Sie miteinander bekannt?«

»Mit seiner Arbeit«, erwiderte Moore. »Kluger Bursche auf wissenschaftlicher Linie, wissen Sie.«

»Wusste ich nicht.«

»Doch, doch – er führte eine Expedition durch Spanisch-Amerika an, über den spanischen Pazifik und Kanton bis hinunter nach Neuholland.«

»Die Malaspina-Expedition?«

»Genau die«, bestätigte Moore. »Bustamante und Malaspina planten sie zusammen, als Hommage an Cooks Reise. Haben sehr gute Arbeit geleistet mit der Kartographierung der amerikanischen Pazifikküste.«

»Klingt nach einem interessanten Kerl«, meinte Grey.

»Ja. Vielleicht haben wir ja in ein paar Tagen die Chance, ihn beim Abendessen dabeizuhaben.«

Grey nickte. »So Gott will. Der Chef meinte, Sie könnten mit der ersten Flut lossegeln. Hatte er damit recht?«

»Allerdings«, bestätigte Moore. »Wir haben genug Proviant für eine Fahrt nach Port Royal, also wage ich einmal die Behauptung, dass es kein Problem sein wird, etwas länger vor Cadiz zu ankern.«

»Verdammt gut«, lobte Grey. »Vielleicht kann ich ja dann heute Nacht wirklich einmal ein bisschen Erholung abbekommen, die den Namen Schlaf verdient hat.«

»Nun ja, ich bitte und erwarte zwar von Ihnen, mir zuerst von dieser spanischen Fregattenflotte zu erzählen, aber fangen Sie ruhig damit an, indem Sie Ihr Glas leeren.«

Grey nickte, lehnte sich in seinem Stuhl etwas weiter zurück und nahm einen weiteren Schluck Madeirawein.

»Also«, begann Moore, »wie lang ist das jetzt her?«

»Ach, Jahre, glaube ich«, überlegte Grey. »Ich glaube nicht, dass wir uns in diesem Jahrhundert schon gesehen haben.«

»Ach, nicht?«, entgegnete Moore und schüttelte den Kopf. »Nun ja, ich nehme an, dass es für keinen von uns beiden wirklich viel Freizeit gab.«

Moore war lange Zeit eine Art Hilfsoffizier des Marinegeheimdienstes gewesen; einer von mehreren, vergleichsweise älteren Offizieren, auf die Sir Edward zurückkam, wenn es galt, Aufgaben mit besonderem Fingerspitzengefühl zu erledigen. Obwohl Moore ein paar Jahre älter war als Grey, waren sie gleichzeitig in die Banks'sche Welt der Degen und Blendlaternen eingeführt worden und hatten daher nicht nur eine Freundschaft als Kampfgenossen, sondern auch als Kommilitonen geknüpft. Als Grey zum letzten Mal von ihm gehört hatte, war gemunkelt worden, dass Moore wegen eines Notfalls irgendwann im Jahre eins als Sir Edwards Sekundant vom Stützpunkt in Westindien abgezogen werden musste. Zu der Zeit war Grey in Malta gewesen und natürlich würde er Moore keine Fragen zu irgendwelchen Einzelheiten seiner Arbeit stellen, die er nicht von selbst preisgab. Moores Gedanken schienen in dieselbe Richtung zu gehen – zweifellos fragte er sich, was Grey in diesem Jahrhundert schon so alles getrieben hatte, wollte jedoch nicht nachfragen. Stattdessen erhob er sein Glas und sagte, als einzige Referenz zu Greys Arbeit in Malta: »Paulette.«

»Paulette«, wiederholte Grey und die beiden Männer tranken auf Greys tote Frau. Grey leerte sein Glas in einem Zug.

»Nun«, nahm Moore einen Augenblick später den Faden wieder auf, »die Schatzflotte.«

30

Über dem Wasser waberte immer noch dicker Morgendunst, als die *Indefatigable* nach knapp einem halben Tag Segelreise von Gibraltar aus ihre Patrouillenstelle ein Stück weiter westlich von Cadiz erreichte. Es war der 29. September. Grey verbrachte den Tag damit, auf dem Achterdeck auf- und abzugehen, gelegentlich stehen zu bleiben, um ein paar Worte mit Moore zu wechseln, der unablässig damit beschäftigt war, sein Schiff auf einen Kampf vorzubereiten. Den ganzen Tag tönte das hohe *Kling-Kling-Kling* aus der Schmiede vom Kanonendeck herauf, wo die dreizehn Mannschaften, welche die sechsundzwanzig Vierundzwanzig-Pfünder auf dem Deck bedienten, mit Hämmern, Feilen und Meißeln an der Arbeit waren, und jegliche Unreinheiten in den etwa fünfhundert Tonnen Eisenkugeln, die das Schiff mit sich trug, beseitigten. Da die Mannschaften des Achter- und Vorderdecks mit ihren insgesamt zwölf Zwölf-Pfündern weniger Arbeit hatten, waren sie schon am späten Nachmittag mit dem Polieren der Kanonenkugeln fertig und machten dann damit weiter, die Läufe der Kanonen zu scheuern, die Zündlöcher zu reinigen, die Halterungsseile zu kontrollieren und die Achsen zu schmieren, dann fuhren sie sie ein und aus und achteten darauf, dass alles straff gespannt und glatt poliert war. Als die Mannschaften des Kanonendecks dieselbe Arbeit verrichteten, waren die Mannschaften der oberen Decks bereits dazu übergegangen, das Innere der sechs gigantischen Zweiundvierzig-Pfünder zu scheuern, die, bei all ihrer enormen Zerstörungskraft, nur eine kläglich kurze genaue Reichweite hatten. Folglich wurden die Karronaden – wegen der ausgeprägten Neigung der Geschützmannschaften Seiner Majestät, sich ihrer Zielsicherheit zu rühmen – wenn nicht mit Geringschätzung, dann zumindest mit einer gewissen Stiefmütterlichkeit behandelt.

Die Sonne ging ohne jegliche Spur von den Spaniern oder der englischen Verstärkung unter. Moore hatte eine Hängematte für Grey in seiner eigenen Kabine aufspannen lassen: der Kapitänskajüte, wo es mehr als genug Platz gab. Die beiden Männer spielten bis spät in die Nacht Schach. Grey hoffte, dass Moores Selbstvertrauen in der Schlacht nicht von Greys unablässigen Siegen erschüttert werden würde. Er erzählte von seinem Training mit dem großartigen Mathematiker Atwood, und Moore lauschte interessiert. Später, als Grey einen leichtsinnigen, fatalen Zug machte, ließ Moore eine Reihe unverständlicher schottischer Flüche vom Stapel, womit er klarstellen wollte, dass er es nicht tolerieren würde, dass Grey absichtlich verlor.

Am nächsten Tag wurden die Kampfvorbereitungen fortgesetzt. Blöcke und Tauwerk, Takelagen, Segel und

Spieren und so weiter wurden alle inspiziert, repariert und, wo sie auf irgendeine Weise verdächtig wirkten, ersetzt. Keine Spur von den Spaniern oder den Engländern, auch nicht am zweiten Tag.

Am 2. Oktober tauchte schließlich die HMS *Lively* am Horizont auf und war schon bald Teil einer Patrouille aus zwei Schiffen, die im Norden und Süden auf den Seewegen nach Cadiz operierte. Am Tag danach stießen die HMS *Medusa* und die HMS *Amphion* zur *Indefatigable* und der *Lively*. Am Abend des dritten Tages unterhielt Kommodore Moore Grey und die drei untergeordneten Kapitäne der Fregatten bei einem langen, schweren Abendessen mit mehreren Gängen und einer großen Menge Wein (genug, damit Grey hoffte, dass die Spanier nicht in den nächsten paar Stunden auftauchen würden). Am 4. Oktober kreuzte die Flotte aus vier Fregatten auf und ab und sie bezogen an den äußersten Punkten, an denen sie noch alles überblicken konnten, Stellung. Da jedes Schiff vom Ausguck seines Hauptmasts aus ungefähr einen Rundumblick von siebzehn Meilen hatte, konnten die vier Fregatten in Ruhelage eine Seestraße von beinahe neunzig Meilen Breite überwachen. Ihre auf- und absegelnde Patrouille erweiterte diese nochmals um mehr als ein Drittel.

Und auf der Patrouille war nun jeder Mann auf den Schiffen – da sich ihre Mission inzwischen zu ausnahmslos allen davon (mehr oder weniger genau) herumgesprochen hatte – wie ein gespannter Vater, der nach Neuigkeiten der Niederkunft seiner Ehefrau lechzte, sah nach oben zum Ausguck in den Masttops auf und wartete gespannt auf den Ruf, dass im Südwesten Segel gesichtet worden seien. Allerdings ertönte kein solcher Ruf.

Doch schließlich, im Morgengrauen des 5. Oktober 1804, mit Portugals Ostküste in Sichtweite, tauchte ein Segel am westlichen Horizont auf. Bei sechs Glasen der Morgenwache waren dann die vier spanischen Fregatten ganz in Sicht und formten eine Kampflinie. Die vier englischen Fregatten taten es ihnen nach und den Windvorteil aufrechthaltend – soll heißen, indem sie sich selbst zwischen dem Wind und den Spaniern hielten – segelten die Engländer auf sie zu. Noch vor Beginn der Mittelwache waren die beiden Flotten nur noch einen Pistolenschuss voneinander entfernt, und zwischen ihnen herrschte eine kalte, kriegerische Anspannung. Acht Kriegsschiffe zweier Nationen, die nicht miteinander im Krieg lagen.

Es war ein paar Minuten vor zehn am Morgen, als Moore sein Fernglas sinken ließ, sich von dem spanischen Flaggschiff *Medea* ab- und seinem Achterdeck zuwandte.

»Ascott«, befahl er dem ersten Leutnant, einem Mann Anfang dreißig, »lassen Sie ein Boot hinunter und bringen Sie Mr Grey unter weißer Fahne hinüber zur *Medea.*«

»Sir«, erwiderte Ascott mit einem Salut und einer raschen Drehung im Oberkörper.

Jetzt wandte sich Moore an Grey und winkte ihn näher heran. In seinem breiten schottischen Akzent sagte er: »Mr Grey, bitte bestellen Sie dem spanischen Kommodore Bustamante meine Grüße und informieren Sie ihn über meine Befehle. Wir wünschen nicht, auf ihn zu schießen, und wir wünschen auch nicht, ihn zu berauben, doch er muss das Kommando über seine Schiffe abgeben und uns erlauben, sie nach Gibraltar zu eskortieren.«

Grey nickte. »Sehr gut, Kommodore.«

Moore streckte die Hand aus und Grey schüttelte sie.

»Viel Glück, Tom«, sagte Moore.

Dann drehte er sich wieder zur *Medea* um, wo er sein Gegenüber sah, das ihn anstarrte und darauf wartete, dass Moore und die Briten den ersten Zug machten.

Genau um acht Glasen in der ersten Wache stieß Grey im Kutter des Kapitäns zu Ascott, woraufhin der Steuermann des Kapitäns seine Besatzung auf die spanische Flagge zurudern ließ. Der Wasserstand war niedrig, und die Überfahrt dauerte nur zehn Minuten. Auf Spanisch rufend bat Grey um ein Tau, an dem er festmachen konnte, und für sich selbst und Ascott um die Erlaubnis, an Bord kommen zu dürfen. Beiden Bitten wurde stattgegeben und einen Augenblick später standen Grey und Ascott auf dem spanischen Achterdeck.

Bustamante kam mit hinter dem Rücken verschränkten Händen auf sie zu. Ascott grüßte ihn, wurde jedoch ignoriert.

»Meine Herren, was hat das zu bedeuten? Zwischen uns herrscht Frieden, und das Abfangen meiner Schiffe ist ein Kriegsakt.«

Grey antwortete: »Ich bitte um Verzeihung, Brigadier Don Bustamante« – bei dieser Anrede trat ein Hauch von Überraschung auf Bustamantes Gesicht, da er seinen Namen nicht genannt hatte – »Meine Regierung glaubt, dass

Ihre Schiffe in einen Vorbereitungsakt zu einer Kriegserklärung seitens Ihrer Regierung verwickelt sind. Bis die Angelegenheit geklärt ist, hat Kommodore Moore des Schiffs Seiner Majestät *Indefatigable*, in Begleitung der Schiffe Seiner Majestät *Lively*, *Amphion* und *Medusa*, den Befehl, Ihre Flotte nach Gibraltar zu eskortieren, wo sich der Angelegenheit auf der Ebene unserer Diplomaten angenommen werden kann.«

»Wenn Ihre Diplomaten gerne die Geschäfte meiner Schiffe besprechen würden, kann ich Sie ohne Weiteres heute Nachmittag in Cadiz empfangen.«

»Ich fürchte, Sir, dass das nicht möglich sein wird. Während Kommodore Moore seinen Wunsch betont, Blutvergießen auf beiden Seiten zu vermeiden, muss er Sie formell um Ihre Kapitulation bitten. Sie werden mit aller Würde sowohl Ihres Ranges entsprechend als auch als Gast der Königlichen Marine Seiner Majestät behandelt werden. Man wird Sie auch nicht bitten, Ihr Schwert abzugeben. Allerdings müssen Sie und Ihre Offiziere Ihre Schiffe verlassen, bis wir sie nach Gibraltar gebracht haben.«

»Ich versichere Ihnen, Mr …«

»Grey. Thomas Grey.«

»Ich versichere Ihnen, Mr Grey: Das wird nicht geschehen. Darf ich wegen der Abwesenheit Ihrer Uniform annehmen, dass Sie nicht für Ihre Marine, sondern für Ihre Regierung sprechen?«

»Ich spreche für den Kommodore, Don Bustamante.«

»Nun ja, das tut letztendlich nichts zur Sache. Kehren Sie mit dieser Nachricht auf die *Indefatigable* zurück:

Dies sind Schiffe der spanischen Armada, die nur Seiner Majestät Karl IV. gehorchen, *Rex Hispaniarum et Indiarum*. Die britische Marine hat nicht die Autorität, mich zu inhaftieren oder aufzuhalten. Jede weitere Aktion wird unter meinem Kommando als Akt der Piraterie angesehen und auch als solcher behandelt werden. Sobald sich Ihr Boot in sicherer Entfernung zu unserem Schiff befindet, werden wir weiter nach Cadiz segeln. Richten Sie Ihrem Kommodore das aus.«

»Das werde ich, Don Bustamante«, gab Grey zurück. »Wenn ich nur eine letzte Sache anbringen dürfte: Der Ansicht unserer Flotte nach besteht de facto ein Kriegszustand zwischen unseren beiden Ländern. Aufseiten unserer Flotte wird man keine Gewissensbisse verspüren, Sie gewaltsam aufzuhalten.«

Bustamante hatte sich abgewendet, um die *Indefatigable* zu betrachten, und schwieg. Grey und Ascott kletterten zurück nach unten auf ihr Boot und waren bei der ersten Glasen der mittleren Wache wieder auf dem Achterdeck der *Indefatigable*.

»Was lässt Bustamante mir ausrichten?« Dies war nur eine Pro-forma-Frage von Moore. Die Männer in den Masten refften bereits die Segelbahnen der *Medea* und ihre Geschützmannschaften hielten sich bei den Kanonen bereit.

»Er sagt, dass er jetzt nach Cadiz weiterfährt und wir kein Recht haben, ihn aufzuhalten.«

Auch die Männer in den Masten der *Indefatigable* waren darauf vorbereitet, Segelbahnen zu reffen, genau wie die der anderen sechs Fregatten. Und alle Geschützmannschaften blieben bei ihren Kanonen.

»Geben Sie den Befehl ans Vorderdeck durch, einen Warnschuss über *Medeas* Bug abzugeben«, wies Moore Leutnant Ascott an. »Und signalisieren Sie in der Reihe weiter nach hinten, dass von einer Erwiderung des Feuers ausgegangen werden muss.«

Einen Augenblick später, gerade als die *Medea* die Vorwärtsfahrt wieder aufnahm, wurde der Warnschuss abgefeuert. Während das dröhnende Echo des Schusses immer noch zwischen den zwei Kampflinien hin- und hersprang, antwortete die *Medea* bereits mit einer Breitseite, die auf den Hauptmast der *Indefatigable* abzielte. Die Takelage der *Indefatigable* wurde zerfetzt, und an manchen Stellen splitterte der Mast, doch ansonsten wurde er nicht ernsthaft beschädigt – und nun fingen alle acht Fregatten an, sich gegenseitig die Hölle heiß zu machen und zwar in streitlustigen Paaren – eine Breitseite nach der anderen abfeuernd. Dabei zielten die Spanier auf der Leeseite hauptsächlich auf Masten und Takelagen, in der Hoffnung, die englischen Schiffe genug zu beschädigen, um rasch wegsegeln zu können – da sie auf der Leeseite waren, hatten sie offenen Raum, um mit dem Rückenwind davonzufliegen. Die Engländer feuerten währenddessen eine Breitseite nach der anderen in die spanischen Geschützdecks ab, schossen auf Dutzende Bordkanonen und töteten unzählige Männer. Nur Augenblicke, nachdem das Bombardement begonnen hatte, war der Raum zwischen den Schlachtlinien bereits dermaßen von Pulverrauch erfüllt, dass sich die Schiffe gegenseitig von den jeweiligen Decks aus nicht mehr sehen konnten und die einzigen Anhaltspunkte, nach denen man sein Ziel ausrichten konnte, die orange auflodernden Flammen waren, welche die Kanonen beim Abschuss erzeugten.

Doch plötzlich leuchtete der blinde graue Rauch grell orange-rot auf, als befänden sich die Schiffe in einer Wolke bei Sonnenuntergang. Die *Indefatigable* fing heftig an zu schaukeln; Grey wurde von den Füßen gerissen und schlitterte rückwärts über die ganze Breite des Achterdecks, als das Schiff scharf von der spanischen Linie wegkrängte. Mit dem Rücken donnerte er gegen die windwärtige Reling und blieb dort liegen. Eine Kanone – ein gigantischer Vierundzwanzig-Pfünder, der mit Sicherheit so viel wog wie ein Elefantenbulle – flog über Greys Kopf hinweg. Einen Moment lang glaubte er zu träumen. Diese Annahme wurde noch von dem Regen aus Gold- und Silbermünzen verstärkt, die wie Hagelkörner auf das Achterdeck herunterprasselten.

Für einen Moment verstummte das Feuer und der Wind trug langsam etwas von dem Rauch davon. Die Stimme eines Marinesoldaten im Mars des Besanmasts der *Indefatigable* durchbrach die plötzliche Stille:

»Alle Mann an Deck! Die *Mercedes* ist in die Luft geflogen!«

Grey – und alle anderen auf der *Indefatigable* – und alle auf den anderen sechs Fregatten – sprangen auf die Füße und starrten auf die Stelle, an der sich nicht einmal zwei Minuten zuvor noch ein Schiff mit sechsunddreißig

Geschossen befunden hatte. Nun war da nichts mehr als Holztrümmer und Stofffetzen und ein paar Spieren, die von Resten verkohlter, teilweise noch brennender Takelage zusammengehalten wurden. Einen Augenblick später wurde das meiste der Trümmer samt des Schiffswracks, an dem sie immer noch hingen, von dem gewaltigen Sog nach unten gezogen. Erneut stellte sich Grey glitzernde Münzen vor, die von der hochstehenden, späten Morgensonne angeschienen wurden und hinab in die Dunkelheit sanken, für immer verloren in den Tiefen der bodenlosen Bucht von Portugal. Er sah Truhen, die aufbarsten und Silber- und Goldbarren ausspuckten, während das Schiffswrack, das sie transportiert hatte, im Hintergrund versank. Erschüttert, wie Grey war, wurde er von der Wiederaufnahme des Feuers aus seinem Tagtraum gerissen – nun, wie es schien, nur noch von den britischen Schiffen. Die überlebenden Spanier waren viel näher an der *Mercedes* gewesen und deshalb weitaus schlimmer zugerichtet. Daher brauchte es auch nur noch eine schlingernde, breit gestreute Salve von der britischen Kampflinie, bis Jubelgeschrei ausbrach – von der *Indefatigable* in der Vorhut bis hin zur *Medusa* am hinteren Ende. Die spanische Flagge wurde eingeholt. Die der *Medea* war als Erste unten. Darauf folgten einen Augenblick später die der *Fama* und der *Santa Clara*.

Über das schrille Klingeln in seinen Ohren hinweg hörte Grey Moore – zweifellos ebenfalls durch ihm klingelnde Ohren – Befehle an sein Achterdeck schreien, die Signalflagge zum Boote hinunterlassen zu hissen, um nach Überlebenden von der *Mercedes* zu suchen, und dann Prisenmannschaften zu bilden, um die drei kapitulierenden Fregatten in Besitz zu nehmen.

Vierzig Spanier konnten zwischen den herumschwimmenden Trümmern der *Mercedes* aus dem Wasser gezogen werden, die dann an Bord der *Amphion* gebracht wurden. In der Zwischenzeit begannen die *Lively*, die *Medusa* und die *Indefatigable* damit, die Boote, die von Überlebenden geleert worden waren, mit englischen Matrosen zu besetzen: Prisenmannschaften, um die gefangenen Schiffe nach Gibraltar zu bringen. *Fama*, auf der man sah, dass die englischen Schiffe ganz ruhig auf dem Wasser trieben, setzte die Segel in Windrichtung und hisste dabei ihre Flagge wieder. Ein schrecklicher Anblick. Die *Medusa* fuhr sofort los, um sie zu verfolgen, wurde jedoch schnell von der *Lively* überholt, bei Weitem das schnellste Schiff der kleinen Flotte. Und im Vergleich zur *Medusa* hatte die *Lively* die Explosion der *Mercedes* relativ unbeschadet überstanden. Ihre einzig schwerwiegenden Verluste waren zwei Männer einer Vorderdeck-Geschützmannschaft, die von einem Holzengel, der einstigen Galionsfigur der *Mercedes*, zweigeteilt worden waren.

Auf dem Achterdeck der *Indefatigable* standen Grey und Moore nun Seite an Seite, reichten sich Moores Fernglas hin und her und sahen der *Lively* dabei zu, wie sie die *Fama* einholte. Die *Fama* war mit voller Kraft voraus gesegelt und warf einen Augenblick später ihre Kanonen ins Meer. Doch das brachte nichts. Wenn sie vielleicht den

Schatz, den sie geladen hatte, über Bord geworfen hätte, dann wäre sie womöglich entkommen. Aber das spielte keine Rolle mehr. Die *Fama* war nun bereits in der Reichweite der Buggeschütze der *Lively,* und ein einziger Schuss, der das Fock- und Großsegel zerriss, ließ sie ihre Flagge wieder einholen, diesmal endgültig.

»Entschuldigen Sie mich, Sir«, meldete sich da ein Seekadett, der hinter Moore und Grey aufgetaucht war, zu Wort. »Sie hatten nach den Verlusten gefragt.«

Moore drehte sich zu ihm um. »Ja?«

»Zwar noch keine Auskunft vom Schiffsarzt der *Lively*, Sir, aber die *Amphion*, die *Medusa* und wir selbst zählen zusammen sieben Tote und achtzehn Verwundete. Außerdem recht viele Fälle von Taubheit, aber Mr Pennworthy glaubt, die werden sehr wahrscheinlich nur vorübergehend sein.«

»Sehr gut, Mr Ellermann. Machen Sie weiter.«

»Sir«, sagte Ellermann, salutierte und verließ das Achterdeck wieder.

»Gut«, schloss Moore und wandte sich wieder an Grey, während er das Fernrohr in die Hosentasche gleiten ließ. »Eine verdammte Schande, das mit der *Mercedes*, aber alles in allem würde ich sagen, dass das ziemlich gut gelaufen ist.«

31

Moore brachte die gefangen genommenen Fregatten nach Gibraltar, wo sie repariert und neu besetzt wurden. Zur Eröffnung einer ausgelassenen, beinahe exzessiven Feier auf dem Festland verkündete Admiral Cornwallis, dass Moore weiterhin als Kommodore fungieren, die gefangenen Schiffe nach Portsmouth segeln und persönlich Cornwallis' Depeschen überbringen würde, in denen er die Begebenheit zusammengefasst hatte. Während sich Grey eher am Rande hielt, wurde insgesamt jeweils neun Mal auf Moore und Cornwallis angestoßen; dann noch drei Mal auf die Kapitäne Hammond, Sutton und Gore, und dann drei Mal auf alle tapferen Männer und Offiziere, die mit dabei gewesen waren. Als der Ball begann, zündete sich Grey eine Pfeife an – es wurde in Paaren getanzt, und zwar vielmehr in Zweiergruppen als in Formationen oder Reihen, als wären sie in Spanien und nicht auf Gibraltar. Cornwallis selbst – Billy der Junggeselle – begann den Abend damit, eine dunkeläugige Mittelmeerschönheit auf die Tanzfläche zu führen. Grey fragte sich, ob sie Spanierin war; ob sie wusste, was genau mit diesem Ball eigentlich gefeiert wurde; ob sie in einer Woche noch frei die Grenze zwischen Spanien und Gibraltar würde überqueren können, so wie sie es vermutlich früher an diesem Tag getan hatte. Moore hatte die spanischen Fregatten in einer Nacht- und Nebelaktion hergesegelt und sie tief im Hafen von Gibraltar versteckt, wo sie vor neugierigen Blicken von der Algeciras-Bucht auf der anderen Seite geschützt waren. Von den Offizieren abgesehen, die unter Bewachung in einem privaten Anwesen in der Stadt untergebracht wurden, hielten sich die mehreren Hundert Besatzungsmitglieder der beschlagnahmten Fregatten immer noch an Bord ihrer Schiffe auf, um bald nach England überstellt und für einen ersten Gefangenenaustausch eines neuen anglo-spanischen Krieges bereit gemacht zu werden. Die englischen Mannschaften befanden sich alle an Bord ihrer eigenen Schiffe, da ihre Offiziere verstanden, dass Diskretion vonnöten war. Momentan lautete die offizielle Version der Geschichte auf der Feier, dass Moore eine wahnwitzige Aktion gegen vier *französische* Fregatten gewonnen hatte, und nur wenige Dutzend der Anwesenden kannten die Wahrheit – oder hatten einen Anlass, etwas anderes zu glauben. Dennoch stand fest, dass die Nachricht vom Scheitern der Flotte, Cadiz zu erreichen, schon in kurzer Zeit in Madrid ankommen würde und dann wäre das Spiel (oder besser gesagt der Tanz) aus.

Der Raum war voller bekannter Gesichter und obwohl sich Grey genauso sehr wie alle anderen darüber freute, fühlte er sich nicht sonderlich dazu hingezogen, Konversation zu betreiben. Er war müde. Todmüde. Vielleicht hatte Sir Edward doch recht gehabt, vielleicht brauchte er eine Pause. Wo er jetzt wohl wäre, wenn Fairbanks diese Aufgabe wie geplant übernommen hätte? Wahrscheinlich würde er zu Hause in Kent wahnsinnig werden. Oder vielleicht mit Mrs Boothe spazieren gehen. Das war doch ein interessanter Gedanke. Er nahm einen Schluck von einem süßen spanischen Wein, der ihm nicht besonders schmeckte. Er fragte sich, wie es Fairbanks wohl ging; ob die ihm bei dem Duell wegen Greys Beleidigung zugefügten Wunden gut verheilt waren. Falls Fairbanks' Hand ihm nun von keinem guten Nutzen mehr war, täte Grey das verdammt leid – und aller Wahrscheinlichkeit nach trüge er daran auch eine verdammte Mitschuld. Natürlich hätte Grey das Duell selbst austragen sollen. Fairbanks, die Sportskanone, war nur mit dem Zuschlagen schneller gewesen. Und danach hatte alles in Gottes Hand gelegen.

Da spürte Grey einen Griff an seiner Schulter. Er drehte sich um, in der Erwartung, Moore zu sehen – doch stattdessen war es O'Bannon, der ihm gerade die Hand entgegenstreckte.

»Meine Gratulation zu … etwas, Captain Grey«, begrüßte ihn O'Bannon. »Die Einzelheiten entziehen sich mir leider.«

Grey erwiderte den Handschlag gerne. »O'Bannon – schön, Sie zu sehen, Kamerad. Sollen wir etwas trinken?«

»Das würde mich sehr freuen, Sir.«

»Ihr Glas ist leer und meines voll mit irgendeiner seltsamen Flüssigkeit. Lassen Sie uns mal sehen, was Billy

Blue – Admiral Cornwallis, meine ich – sonst noch so im Angebot hat.«

Als die Tänze nun langsam Fahrt aufnahmen, wurde es um den Tisch mit Erfrischungen herum rasch immer leerer, aber es war trotzdem kein leichtes Unterfangen, sich durch die Grünschnäbel – hauptsächlich junge Offiziere – zum Barmann durchzuschlagen.

Da Grey allerdings keinen Erfolg damit gehabt hatte, die Aufmerksamkeit des Barmanns auf sich zu lenken, umrundete er selbst den Tisch und betrachtete die Flaschen darunter, wobei er auf der Suche nach etwas ausreichend Trockenem, das trinkbar war, Kisten voller Wein und Champagner durchsah.

Da sprang ihm eine Kiste Château d'Aumont ins Auge. Grey starrte sie einen Augenblick lang an, dann hob er den ohne Nägel befestigten Deckel an und holte eine Flasche heraus. Eine Flasche Blanc de Blancs. Grey ging zurück auf die öffentliche Seite des Tisches und griff zwischen ein paar Seekadetten hindurch nach zwei Gläsern. Dabei legte sich ihm erneut eine Hand auf die Schulter. Er drehte sich um, erwartete diesmal O'Bannon – doch stattdessen erblickte er eine junge, schöne katalanische Dame, die ihm bekannt war. Eine gewisse Mademoiselle Montcada.

O'Bannon stand ebenfalls dort, hinter ihr. Er zwinkerte Grey zu, grinste und verschwand dann in der Menge.

»Mademoiselle Montcada. Oder, da wir ja nicht mehr in Frankreich sind, sollte ich lieber sagen, Senyoreta Montcada.«

Grey hatte sie vor einem Jahr auf einem Fest in Paris

getroffen. Damals war sie am Arm eines Captain Aubert der französischen Marine gewesen. Grey hatte sich als desillusionierter Engländer ausgegeben, der darauf aus war, sein Land für Geld zu verraten; Aubert war einer der wenigen Franzosen gewesen, die an seiner Aufrichtigkeit gezweifelt hatten. Solange Aubert Greys Geschichte überprüft hatte, hatte Grey um Zeit gespielt, indem er Mademoiselle Montcada um die Ehre eines Tanzes gebeten hatte – um sich Zeit zum Nachdenken zu verschaffen und um gleichzeitig Aubert zu verärgern. Sie hatten einen halben Walzer und eine halbe Quadrille zusammen getanzt, bevor Aubert sie unterbrochen hatte.

»Captain Grey – was für eine Überraschung, Sie hier zu sehen.«

Sie hielt einen Spitzenfächer in der Hand, jedoch mehr zur Zierde als zum Gebrauch, mit dem sie nun ein wenig den Tabakrauch von Greys Pfeife wegfächerte, der sie umwaberte.

»Ich bitte um Pardon, senyoreta – ich werde sie sofort löschen.« Gerade wollte er sich an den Mund greifen, um die Pfeife herauszunehmen – und zwar etwas umständlich, da ihn die Flasche und die zwei Gläser behinderten.

»Nein, nein, Captain Grey, bitte nicht meinetwegen.«

»Nun ja, vielleicht wäre der Rauch auch weniger störend, wenn wir uns in den Garten zurückzögen.«

»Dränge ich mich denn nicht zwischen Sie und eine Verabredung?«, fragte sie und deutete mit dem Fächer auf die Flasche und die zwei Gläser.

»Oh nein«, antwortete Grey, »ich habe immer ein

zweites Glas dabei, wenn ich Festivitäten in der Nähe Spaniens beiwohne. Wenn ein Trinkspruch ausgebracht wird und ich mein Glas ins Feuer werfen muss, kann ich so mit der geringstmöglichen Verzögerung weitertrinken.«

Senyoreta Montcada lächelte. »Dann sehr gerne.«

Im Garten war es warm und mild. Die mediterrane Brise wurde von dem Felsen abgeschwächt, der in der Ferne aufragte, irgendwo jenseits der hinteren Gartenmauer. Senyoreta Montcada blickte nach oben, um ihn zu betrachten – ein beeindruckender Anblick –, während Grey die Gläser auf einer Steinbank abstellte.

»Kann ich Ihnen etwas zu trinken anbieten, Senyoreta?«

»Ja«, sagte sie und wandte sich ihm zu, »sollen wir uns hinsetzen?«

»Sicher doch, Senyoreta«, erwiderte Grey und ließ den Korken aus der Champagnerflasche hüpfen.

Während er zwei Gläser einschenkte, ließ sich Senyoreta Montcada nieder, und nachdem er der Dame eines davon gereicht hatte, setzte sich Grey – in sittsamem Abstand – neben sie.

»Captain Grey, Sie können mich gerne Esperanza nennen. Ich weiß Ihre Manieren zwar zu schätzen, doch unter den Umständen finde ich meinen Vornamen angebrachter.«

»Sehr gerne, Esperanza. Nennen Sie mich doch bitte Thomas.«

»Thomas«, sagte sie und nippte an ihrem Champagner. »Thomas, was tun Sie hier?«

»Das könnte ich genauso gut Sie fragen«, erwiderte Grey.

»Meine Tante ist eine Gouvernante für einige der vielen ausländischen Kinder hier auf Gibraltar. Ich besuche sie oft, weil mein Bruder ein Ausbilder bei den Guardiamarinas ist.«

»Ach wirklich? Wissen Sie, es gibt jetzt auch Marine-Akademien in Großbritannien, allerdings fand ich die Vorstellung, den Seemannsberuf an Land zu erlernen, immer kurios. Der Beruf scheint in seiner Quintessenz doch nach einer praktischen Ausbildung zu verlangen.«

»Mein Bruder lehrt Geometrie«, sagte Esperanza.

»Sie sehen aber nicht alt genug aus, um einen Bruder zu haben, der Geometrie lehrt.«

»Er ist der Älteste von sechs Brüdern. Meine Mutter war fest entschlossen, eine Tochter zu bekommen.«

»Ach so«, erwiderte Grey lächelnd. »Nun ja, das ist höchst interessant. Ich hege so etwas wie ein laienhaftes Interesse an Geometrie, da ich viele Jahre zur See gefahren bin. Vielleicht stellen Sie ihn mir ja einmal vor. Spielt er auch Schach?«

»Sie weichen meiner Frage aus, Thomas.«

Obwohl sie sich auf Katalanisch unterhielten, sprach Esperanza seinen Namen seltsamerweise »Thomas« aus, ohne Akzent, anstatt ihn »Tomás« zu nennen. Dies verlieh ihrer Frage einen anklagenden Unterton.

»Ich bin als Gast des Admirals hier.«

»Ich hätte nicht gedacht, dass der Admiral Überläufer nach Frankreich unterhält.«

»Das tut er aus Prinzip auch bestimmt nicht. Deshalb hoffe ich, dass Sie es für sich behalten werden.«

»Ach«, entgegnete Esperanza, »glauben Sie denn nicht, dass es Ihrer geziemen würde, wenn er von der Ermordung eines hohen Offiziers der französischen Marine durch Ihre Hand erführe?«

Grey lächelte halb. »Wo haben Sie das denn gehört?«

»Aus dem Mund von Julia d'Aumont.«

Grey blickte auf das Champagnerglas in seiner Hand hinunter, dann wieder hoch zu Esperanza. Schuld lag nicht in seinen Zügen – nur ein wenig Traurigkeit.

»Wie geht es ihr?«

»Besser, als Sie vielleicht vermuten würden«, antwortete Esperanza. »Als ich sie das letzte Mal zu Hause auf ihrem Landsitz gesehen habe – jetzt schon vor einigen Jahren –, wirkte sie vom Leben gebrochen. Seit dem Tod ihres Bruders scheint sie allerdings wieder aufgeblüht zu sein. Dank ihres immensen Hasses auf Sie.«

Grey nickte. »Nun ja, da kann ich ihr wohl kaum einen Vorwurf machen.«

»Meinetwegen müssen Sie nicht reumütig sein, Thomas. Inzwischen bin ich auf den Kreis der französischen Admiralität auch nicht mehr besser zu sprechen als Sie.«

»Ach ja?«, fragte Grey nach.

»Ich glaube, man nennt das ›enttäuschte Hoffnungen‹.«

»Ah«, machte Grey und nickte. »Soll ich Ihnen vielleicht beibringen, wie man jemanden ermordet?«

Esperanza lachte auf, dann seufzte sie. »Nein danke, Thomas, alles in Ordnung. Ich halte mich nicht mehr in

Paris auf und bevor mein Ruf hier Schaden nehmen konnte, habe ich das Gerücht in die Welt gesetzt, dass ich die Witwe eines französischen Schurken bin, der in der Revolution auf Haiti bekam, was er verdient hat.«

Grey lächelte. »Sehr vernünftig.«

Er nahm einen Schluck von seinem Champagner. »Falls irgendjemand, den Sie treffen, versucht, das zu bestreiten, verweisen Sie den Unflätigen bitte an mich. Dann werde ich das richtigstellen.«

Esperanza Montcada sah Grey mit einem ehrlichen und leicht überraschten Ausdruck der Dankbarkeit an. »Das weiß ich zu schätzen, Thomas.«

Inzwischen war Greys Pfeife ausgegangen. Er klopfte sie am Rand der Steinbank aus, auf der er und Esperanza saßen, ließ sie in seine Hosentasche gleiten, stand dann auf und hielt Esperanza dabei die Hand hin.

»Würden Sie mir die Freude eines Tanzes erweisen, Senyoreta?«

Während sie zu irgendeinem neuen Wiener Walzer tanzten, fiel Grey ein, dass etwas recht Wichtiges ungesagt geblieben war. Von der Unterhaltung abgelenkt hatte er ganz vergessen, dass so gut wie niemand außer ihm wusste, dass zwischen Spanien und Großbritannien bald Krieg herrschen würde. Bevor er Esperanza für einen der vielen Offiziere freigab, die schon auf der Suche nach dem nächsten Tanz waren – und darauf bedacht, außerhalb deren Hörweite zu bleiben –, fragte er sie beim Übergang zwischen zwei Liedern, ob er sich recht daran erinnerte, dass sie Katalanin war. Das fand sie merkwürdig, da sie seit ihrem Treffen am Erfrischungstisch schließlich Katalanisch miteinander gesprochen hatten. Nichtsdestotrotz antwortete sie: »Ja, Captain Grey – warum fragen Sie?«

»Wenn die Frage nicht zu anmaßend ist, könnten Sie meine Neugierde in einem Punkt befriedigen? Sehen Sie sich eher als Tochter Kataloniens oder Spaniens an?«

Es war unmöglich für sie, das volle Ausmaß der Bedeutung dieser Frage zu erfassen – nicht bis die Neuigkeiten von der Übernahme der Schatzflotte weithin bekannt wurden. Allerdings würde sie sie sicher teilweise erfassen, was die ewigen Vorzeichen einer katalanischen Unabhängigkeit anging.

In diskretem Plauderton antwortete sie: »Madrid hat mir noch nie etwas bedeutet, Captain Grey. Zu weit im Landesinneren. Geben Sie mir eine Hauptstadt am Meer.«

Grey nickte und übergab sie ihrem nächsten Tanzpartner.

32

Grey fand O'Bannon nicht mehr, und schon zwei Nächte später – nachdem der Mond aufgegangen war und nur das Licht der Seitenlaternen eines Hafenkutters ihnen den Weg wies –, verließ er Gibraltar in Moores Konvoi, der erneut aus vier Fregatten bestand. Diesmal waren es allerdings die *Indefatigable* und der Zuwachs der drei neuen Schiffe in der Marine Seiner Majestät: die HMS *Iphigenia*, née *Medea*; die HMS *Leocadia*, née *Santa Clara* und – vielleicht um zu betonen, dass sie trotz eines notwendigen zweiten Versuchs nun wirklich beschlagnahmt worden war, oder vielleicht weil Moore und Cornwallis nach den Feierlichkeiten beide zu erschöpft waren, um sich einen dritten Namen auszudenken – die HMS *Fama*, née *Fama*.

Noch vor Tagesanbruch hatten sie das Land hinter sich gelassen und beschrieben nun einen langsamen Bogen Richtung Norden, um das Kap St. Vincent jenseits des Horizonts zu halten. Moore verbrachte die meiste Zeit damit, die Linie aus vier Schiffen zu untersuchen und etwas über ihre Segelqualitäten herauszufinden – wie dicht sie am Wind liegen konnten, wie stark sie abdrifteten und dergleichen. In der Zwischenzeit verbrachte Grey den Großteil seiner Zeit in Moores Kabine in einem Schwingbett, wobei er sanft hin- und herschaukelte, las und, beinahe in gleichem Maße, vor sich hin döste. Die einzigen Bücher, die er bekommen konnte, stammten aus Moores Privatkollektion, die – absurderweise – anscheinend beinahe ausschließlich anleitendes Material darüber beinhaltete, wie man ein modernes Bauerngehöft betrieb. Grey fragte Moore danach und fand heraus, dass er trotz der Tatsache, sein ganzes Leben auf hoher See verbracht zu haben, und seiner vollsten Absicht, auch den Rest seines Lebens auf hoher See zu verbringen, er gewisse ländliche Neigungen verspürte, und den Entschluss gefasst hatte, einen Hof irgendwo zwischen London und Portsmouth zu erwerben, sollte er einmal eine große Summe Prisengeld einstreichen. Grey wollte wissen, wie viel Zeit er dann dort verbringen wollen würde.

»So wenig wie möglich«, antwortete Moore schmunzelnd, »aber man muss sich ja schließlich auch auf die düstere Möglichkeit vorbereiten, dass Frieden ausbrechen könnte. Was in den letzten paar Tagen, wie ich wage zu behaupten, zumindest geringfügig wahrscheinlicher geworden ist. Und was das Prisengeld angeht … gehe ich davon aus, dass wir alle ganz gut wegkommen werden. Gut genug, dass kein Mann, der bei unserer kleinen Expedition vom 5. Oktober mit an Bord war, mehr zur See fahren muss, wenn er es nicht will. Wie schön für einen Seemann, nur aus Spaß an der Freude zur See zu fahren, ey?«

Grey nickte.

»Haben Sie eigentlich zufällig etwas von unseren Einnahmen zu Gesicht bekommen?«

»Von dem bisschen, was auf uns heruntergeregnet ist, einmal abgesehen, nein, habe ich nicht. Seit wir nach Gibraltar zurückgekehrt sind, hat man sie streng bewacht, und ehrlich gesagt konnte ich nicht die nötige Kraft aufbringen, um im Hafen herumzuspazieren, in der Hoffnung, Sie oder den Chef anzutreffen, um mich dort hinzubringen.«

»Ach, Junge, da wurde Ihnen aber ein Vergnügen vorenthalten, das Ihnen definitiv zusteht. Schauen wir uns diese Einnahmen doch gleich einmal an, was meinen Sie? Ali Babas Höhle kann da einfach nicht mithalten.«

An Bord von Moores Kutter dauerte es nur wenige Minuten, um langsam gegen den Wind zu segeln und der *Fama* zu erlauben, von hinten nach vorne zu kommen. Ein paar Minuten später folgte Grey Moore hinunter in den Laderaum, an einer gut bewaffneten Marinewache aus vier Männern vorbei. Da die Vorräte der *Fama*, die sie von Montevideo aus für die Überquerung des Atlantiks mitgenommen hatte, schon beinahe ganz aufgebraucht waren, hatten die zwei Männer im Laderaum genug Platz, um darin umherzugehen und über riesige Holztruhen und aufwendig vertäute, aufeinandergestapelte Fässer hinwegzusteigen. Moore orientierte sich, suchte sich eine Truhe aus und hebelte – mit einem Hammer des Zimmermannsmaats – den Deckel auf. Moore trat einen Schritt zurück, nahm eine Laterne von Grey entgegen und hielt sie hoch, um den Inhalt der Truhe zu beleuchten.

Im Inneren der Truhe lagen, aufeinandergestapelt wie Backsteine, Barren aus purem Gold. Im leicht hin- und herschaukelnden Licht von Moores Laterne glitzerten sie. Grey hatte noch nie etwas Vergleichbares gesehen. Die Farbe war so rein und intensiv – wirklich kein Vergleich zu Messing, wie ihm jetzt klar wurde. Es war sui generis. Er fuhr mit dem Finger über einen der Barren und verharrte, um das darauf eingeprägte Wappen des spanischen Bourbonenhauses darunter zu ertasten. Wie Kälte von einem Eisblock ausgehend, spürte er Habgier über seinen Arm bis in seine Schulter und Brust hinaufschießen. Schnell zog er die Hand zurück und lachte.

»Gold hat eine seltsame Wirkung auf Menschen, nicht wahr?«, meinte er zu Moore.

»Ja … ihm scheint – wie soll man sagen? – ein gewisser Frevel anzuhaften. Das Kamel durch ein Nadelöhr, dreißig Silberstücke und so weiter.«

»Ja«, stimmte Grey zu und richtete sich auf, wobei er darauf achtete, sich nicht den Kopf an den Querbalken zu stoßen.

»Und sehen Sie sich das mal an«, fuhr Moore fort, der in der Hocke gerade den Deckel der ersten Truhe wieder festnagelte und dann eine zweite aufhebelte.

Darin befand sich ein riesiges Durcheinander von spanischen Gold-Dollars. Moore hatte recht gehabt: Ali Baba konnte hier nicht mithalten. Grey nahm eine Handvoll Münzen und ließ sie durch die Finger zurück in ihre Schatulle rieseln.

»Die Spanier werden verdammt sauer sein«, meinte Grey, lachte kurz auf und schüttelte dann den Kopf.

»Davon würde ich ausgehen«, erwiderte Moore. »Wirklich ein verdammt lustiger Anblick. Ich frage mich, wie Adam Smith das wohl alles sehen würde.«

33

Die Einfahrt der vier Fregatten im Hafen von Portsmouth war eine ruhige Angelegenheit. Die Neuigkeiten der Ereignisse des 5. Oktobers waren vertraulich behandelt worden und allenfalls nur ein paar wenige Tage vor den Fregatten selbst angekommen. Portsmouth war wie immer überfüllt mit Versorgungsbooten von Händlern und Prostituierten, die ihre Waren und Dienste Matrosen feilboten, von denen die meisten auf ihre Schiffe verbannt waren, um vorzubeugen, dass sie vor ihrer teils unfreiwilligen Pflicht auf hoher See die Flucht ergreifen würden. Nachdem Moore zugesehen hatte, dass alle vier Schiffe sicher vor Anker gegangen waren und die Besatzungen aus Marinesoldaten der drei Schiffe, die den Schatz geladen hatten, verdoppelt worden waren, nahmen er und Grey seine Jolle, um an Land zu kommen, wo sie einen Sechsspänner vorfanden, der bereits darauf wartete, sie nach London zu bringen – Moore direkt in das Marinebüro im Somerset House; und Grey direkt zum Alten Admiralitätsgebäude. Auf dem Weg zeigte Moore Grey das Gehöft, das er zu kaufen hoffte – ein großes, freies, grünes, weitläufiges Anwesen in Cobham, Surrey, das man ein paar Hundert Yards hinter der Straße sehen konnte. Nachdem Grey aus der Kutsche gestiegen war, schüttelten sich er und Moore im Admiralitätsgebäude die Hände und Moore versprach, Grey wissen zu lassen, ob er sich noch länger in London aufhalten würde, als es dauerte, von den Geschehnissen zu berichten – er meinte zwar, er könnte es natürlich kaum erwarten, wieder in See zu stechen, aber es würde ihn auch immer freuen, sich auf ein Kartenspiel bei White's oder Buttle's zu treffen. Als die Kutsche davonrollte, fragte sich Grey, ob es nun wieder fünf oder mehr Jahre dauern würde, bis sie sich wiedersähen.

Im Inneren des Alten Admiralitätsgebäudes wurde Grey von einer außergewöhnlichen, flirrenden Geschäftigkeit empfangen. Angestellte liefen hin und her, mit Briefen, Briefen, von denen noch eine ordentliche Abschrift angefertigt werden musste, Antworten auf diese Briefe, Berichten und Terminanfragen. Jedermann in Whitehall schien darauf aus, Details zu der Situation mit Spanien zu bekommen – und suchte natürlich im Windschatten von Sir Edward Banks danach. In Sir Edwards äußerem Büro war der Breitseiten-ähnliche Angriff der Korrespondenz auf die Angestellten stark genug, um Greys Ankunft an ihnen unbemerkt vorübergehen zu lassen, bis er – sich durch ein Gemenge aus pickelgesichtigen Botenjungen und gleichermaßen pickligen Seekadetten quetschend – an die Bürotür des Stabschefs klopfte. Für einen Augenblick sah der Zirkel aus Sir Edwards Sekretären auf, um herauszufinden, ob jemand die unverzeihliche

Sünde begangen hatte, an die Ebenholztür von Sir Edwards Privatbüro, seinem Allerheiligsten, zu klopfen, doch als sie sahen, dass es Grey war, und dass er nur vorhatte, Mr Willys dort anzutreffen, widmeten sie sich wieder ihrer Arbeit.

»Öffnen Sie!«, rief Willys von der anderen Seite der Tür.

Grey ließ sich selbst ein und traf Willys dabei an, wie er vier verschiedenen jungen Herren beinahe identische Briefe diktierte, welche diese diversen Admirälen und Männern der Admiralität überbringen würden, da alle um Einzelheiten zur Aktion des 5. Oktobers ersucht hatten.

»Ah, Thomas, Sie Teufelskerl, kommen Sie rein, kommen Sie rein – ich werde im Nu bei Ihnen sein.«

Willys beendete das Diktat mit »Ihr ergebener Diener, et cetera, Willys im Namen von Banks. Brief Ende. Und nun fort mit euch, ihr Wichte« – er wedelte die jungen Seekadetten, alle zwischen zwölf und fünfzehn, fort; brüllte einen, der herumtrödelte, mit »Jetzt aber dalli« an – und bedachte Grey dann mit einem breiten Lächeln, das alle seine Zähne entblößte.

»Tom, Sie alter Pferdedieb, hängen will ich, wenn ich je an Ihnen gezweifelt habe, aber erlauben Sie mir diese Bemerkung: verdammt gute Arbeit, Kamerad, verdammt gute Arbeit.«

Willys grub sich durch einige Zettel, die seinen Schreibtisch bedeckten, und holte eine kleine Holzschachtel darunter hervor.

»Die hat man mir erst kürzlich geschenkt«, sagte er, öffnete die Schachtel und nahm zwei Zigarren heraus. »Hab sie für einen passenden Moment aufgehoben. Spanische Zigarren sind das, ha ha. Setzen Sie sich, setzen Sie sich.«

Grey nahm eine Zigarre, Feuer und einen Stuhl an und paffte ein paar Mal.

»Ich muss schon sagen, Aaron, die sind wirklich gut.«

»Nicht wahr? Ja, sie stammen aus der spanischen Hälfte von Hispaniola. Ein Geschenk eines Freundes von mir, einem Matador, der eine Reise durch sein Heimatland unternommen hat. Haben Sie ihn einmal kennengelernt? Romero. Pedro Romero. Sehr interessanter Bursche und sehr freundlich. Allerdings kann ich mir vorstellen, dass er den Engländern in einer Woche nicht mehr so wohlgesonnen sein wird. Jedenfalls – Sir Edward ist momentan im Belagerungszustand, er muss *äußerst schrecklich dringende* Nachfragen von einem Großteil des Rates und dem halben Kabinett beantworten – aber danach wird er eine umfassende Nacherzählung von Ihnen wollen, ab dem Zeitpunkt, zu dem Sie sein Büro verlassen haben, bis zu dem Ihrer Rückkehr, und obwohl ich durchaus behaupten kann, selbst neugierig zu sein, die Details aus erster Hand zu hören, werde ich Sie nicht dazu nötigen, sie zwei Mal zu erzählen. Da wir uns also für den Moment an trivialere Themen halten müssen – hier habe ich eine Kurzfassung Ihrer Depesche, in denen die Einzelheiten der gesamten Inhalte der beschlagnahmten Schiffe aufgeführt sind. Damit Sie das Prisengeld erhalten können, werden Sie namentlich als Kapitän behandelt, was bedeutet, dass Ihr gesamter Anteil …«

Willys kritzelte einige Zahlen auf den Rand eines aussortierten Briefs, schrieb eine finale Zahl hin, unterstrich sie und schob Grey das Blatt zu. Grey besah sie sich und riss die Augen weit auf.

»Das ist natürlich bloß eine Schätzung, aber ich bin mir ziemlich sicher, dass die Abweichung vom finalen Wert nur bei ein paar Prozent liegt. Leider muss ich Ihnen mitteilen, dass ich nach der langen Zeit in meiner Rolle hier sehr geübt in dieser Art der kleinkarierten Berechnungen bin.«

»›Kleinkariert‹«, wiederholte Grey.

»Nun ja, normalerwiese ist es kleinkariert. In diesem Falle wäre ›großkariert‹ vermutlich angebrachter.«

»Das kann doch unmöglich stimmen«, widersprach Grey.

»Nun ja, es wäre wahrscheinlich schon vorausschauend, den Tag nicht vor dem Abend zu loben, aber wie ich schon sagte, ich weiß, wovon ich spreche.«

»Fünfundvierzigtausend Pfund. Das ist ja beängstigend.«

»Na ja, sehen Sie es doch mal so – das ist Ihr gewöhnliches Admiralitätsgehalt für die nächsten vierhundert Jahre.«

Grey starrte die Zahl noch einen Moment länger an, dann ließ er Willys Brief wieder auf dessen Schreibtisch fallen und schüttelte in stoischer Ungläubigkeit den Kopf.

»Oder eher das Gehalt für zweihundert Jahre.«

»Ach ja? Nach dem hier würde ich demnächst aber erst einmal nicht mit einer Gehaltserhöhung rechnen, Tom.«

Grey schmunzelte. »Nein, ich meine, dass ich die Hälfte davon – mindestens – Fairbanks geben sollte. Wenn dieser unglückliche Schlag von ihm nicht gewesen wäre, hätte es ihm gehört.«

Willys blickte für einen Moment düster drein, zog einmal langsam an seiner Zigarre, sah auf seinen Schreibtisch hinunter und dann wieder hoch zu Grey.

»Fairbanks ist tot, Tom. Der Schnitt in seinem Gesicht hat sich entzündet. Er ist vor inzwischen mehr als zwei Monaten gestorben.«

In den nächsten rund sechs Stunden ging Grey seine Geschichte durch, von Anfang bis Ende, mehrere Male. Untypischerweise gratulierte Sir Edward Grey auffällig oft zu diesem oder jenem Coup, doch das beeindruckte ihn kaum. Grey sprach mechanisch. Der Großteil seiner Gedanken verlor sich in einem Nebel aus Selbstvorwürfen und ohnmächtiger Wut. Als er für den Abend entlassen war, durchquerte er mit glasigem Blick den Innenhof des Alten Admiralitätsgebäudes. Am Tor angekommen bog er links ab, Richtung Buttle's. Dann, am Ende von Whitehall, bog er nochmals links ab, Richtung Spears.

Er brauchte eine gute Stunde, um Fairbanks' Club zu Fuß zu erreichen. Bei jedem Schritt tauchte erneut der unnötige Schnitt – der Rückhandschmiss – vor seinem geistigen Auge auf, den Gresham – Baron Gresham – Fairbanks im Gesicht zugefügt hatte, nachdem Fairbanks bereits entwaffnet gewesen war. In Greys Ohren hallte seine eigene Erwiderung auf Greshams hasserfüllte Bemerkungen über seinen verstorbenen Freund Louis Antoine, dem Duc d'Enghien wider. Wieder und wieder sah er, wie Fairbanks ihn herausforderte, obwohl Grey selbst damit hätte schneller sein müssen. Er dankte Gott, dass Fairbanks nicht verheiratet gewesen war. Er würde Willys fragen, ob dessen Eltern noch lebten, und falls ja, würde er ihnen einen reuevollen Besuch abstatten.

Im Foyer von Spears fragte der Butler Grey, ob er mit jemandem verabredet sei. Grey schüttelte den Kopf und ging an ihm vorbei in den Flur und auf den Speisesaal zu. Im Inneren war es laut; es war bereits spät am Abend und die meisten der dort wohnhaften Mitglieder schienen sich auf dem Clubgelände aufzuhalten, viele von ihnen gerade beim Abendessen. Der Butler, den Grey missachtet hatte, holte rasch zu ihm auf und legte Grey eine Hand auf den Arm. Grey fuhr herum und funkelte den Mann böse an. Der Butler zog sich zurück, zweifellos um einen der riesigen Diener zu holen, über die alle solche Etablissements verfügten, um mit Unruhestiftern fertigzuwerden. Doch das war Grey egal. Er stand nun auf der Türschwelle zum Speisesaal und blickte von einem Gesicht zum nächsten, auf der Suche nach Gresham, den er jetzt an einem runden Tisch ungefähr in der Mitte des Raumes entdeckte, wo er mit vier, fünf Kameraden aß und sich lautstark unterhielt.

Grey ging zwischen ungefähr einem Dutzend Tischen hindurch auf ihn zu. Gresham sah ihn auf sich zukommen, wischte sich den Mund mit einer Serviette ab und lächelte bescheiden.

Grey ging um Greshams Tisch herum, blieb nur etwa einen Meter vor dem Mann stehen und befahl: »Stehen Sie auf.«

Gresham lachte laut schnaubend auf und warf seiner Abendgesellschaft einen Blick geheuchelter, amüsierter Verwirrung zu.

»Und warum?«, fragte Gresham endlich und sah zu Grey auf.

»Ich beabsichtige, Sie zu beleidigen, Sie Schwein, und dafür sollten Sie stehen.«

Bei dem Wort »Schwein« stand Gresham auf.

»Dieses Wort werden Sie zurücknehmen, Sir, und sich dafür entschuldigen, sonst schwöre ich bei Gott, dass Ihnen das noch leidtun wird.«

Da schlug Grey, weit mit seinem ganzen Oberkörper ausholend, Gresham mit ausgestrecktem Arm und geballter Faust geradeaus ins Gesicht. Gresham stolperte nach hinten und fiel in einen benachbarten Abendessenstisch, dann rutschte er benommen zu Boden. Im Raum herrschte durchdringende Stille. Zwei breit gebaute Diener marschierten zügig in Greys Richtung. Aber Grey hatte noch Zeit, eine Serviette von Greshams Tisch zu nehmen und sie dem Baron auf den Schoß zu schmeißen.

»Da haben Sie Ihren Fehdehandschuh. Ich erwarte Ihre Antwort, Gresham.«

Damit drehte sich Grey um und verließ den Raum auf demselben Wege, auf dem er gekommen war. Einer der

Diener versuchte noch, ihn am Ellbogen zu fassen zu kriegen, doch Grey packte ihn vorne am Hemd und warf ihn zu Boden. Niemand stellte sich ihm mehr in den Weg, während er zurück hinaus auf die Straße und dann Richtung Buttle's ging.

34

Am nächsten Tag erhielt Grey von Gresham eine Aufforderung zum Duell und bat Willys, sein Sekundant zu sein. Willys stimmte zu, feierlich und ohne zu zögern, doch nach einem Treffen mit Greshams Sekundanten, Talbot, kehrte er zu Grey zurück und berichtete ihm, dass Talbot auf Willys' Rückzug bestanden hätte. Talbot hätte die Vorschrift im Duellkodex zitiert, dass Sekundanten, Zitat »das Risiko eingehen, zu Duellanten in der Auseinandersetzung zu werden« und Ebenbürtigkeit zwischen ihnen daher unverzichtbar sei. Talbot meinte, er erachte keinen Mann als ebenbürtig, der, wie Willys, aus religiösen Gründen die Berufung, den Treueschwur zu leisten, der für Offiziere der Königlichen Marine Seiner Majestät vorgeschrieben war, unwillig abgelehnt hatte. Willys wäre gewillt gewesen, die Sache damit auf sich beruhen zu lassen, wäre Talbot nicht noch einen Schritt weitergegangen, eine ziemlich hässliche Bemerkung über Willys' Religion fallen zu lassen, woraufhin Willys Talbot mit der rechten Hand eine Ohrfeige verpasst hatte. Grey stimmte mit ihm darin überein, dass er nun einen anderen Sekundanten würde finden müssen, hoffte jedoch auf die Gelegenheit, Willys zu sekundieren, wenn die Zeit gekommen wäre. Willys dankte ihm, vermutete aber für seinen Teil, dass Talbot nicht den nötigen Schneid besaß, Genugtuung zu fordern. Nicht einmal für einen Schlag.

Letztendlich war Greys Freund und Geschäftsmann Pater sein Sekundant. Die Waffen waren *épées de combat* und der Ort die Fechthalle von Spears, wo Gresham gegen Fairbanks angetreten war. Die zwei Männergespanne kamen nur ein paar Minuten nacheinander an, früh an einem Samstagmorgen. Pater hatte Fairbanks zwar nicht gekannt, war allerdings ein enger Freund von Willys und verweigerte den Handschlag mit Talbot, wobei er Willys anbot, dass auch er bei Talbot dafür Genugtuung fordern könnte, falls er das wünschte. Durch diese Entwicklung wurden die Gemüter noch hitziger, sodass sich Grey und Gresham die Jacken auszogen und sich Florettspitze an Florettspitze in der Mitte des Raumes aufstellten. Nachdem Pater beide Männer gefragt hatte, ob sie bereit wären, gab er das Kommando, *en garde*.

Da Gresham entweder spürte oder wusste, dass Grey im Umgang mit dem Florett sehr viel erfahrener war als Fairbanks – dass Greys Geschick in solchen Dingen mehr oder weniger seinem eigenen entsprach –, wartete er nicht wie bei Fairbanks darauf, dass sein Gegenüber die Initiative ergriff. Die linke Hand in die Hüfte gestemmt, trat er in einem Ausfallschritt auf Grey zu. Grey machte ebenfalls einen Satz nach vorne und die Klingen ihrer Florette überkreuzten sich, schlitterten der Länge nach aneinander abwärts und trafen sich am Knauf. Grey schob kräftig, stieß Gresham nach hinten und folgte ihm dann mit einem Ausfallschritt auf seine Brust zu, den Gresham parierte. Gresham trat einen weiteren Schritt zurück, um seine Füße wieder in Ausgangsstellung zu bringen, nahm seine Haltung mit der Hand auf der Hüfte wieder ein und griff Grey mit Fechtbewegungen an, indem er nach dessen Brust, Hüfte und Arm hieb und stach, während Grey parierte und dasselbe tat – beide Männer warteten auf den Moment, in dem der andere zu langsam wäre und man ihm eine blutende Verletzung zufügen konnte.

Grey war als Erster nachlässig und wurde getroffen – mit einem horizontalen Schnitt quer über dem Oberkörper, gleich unter dem Brustkorb. Gresham hob sein Florett und bot Grey mit beißender Verachtung in der Stimme an, dass er ja jetzt um Verzeihung bitten könnte und die Angelegenheit damit erledigt wäre. Grey schüttelte den Kopf, machte einen Schritt zurück, zog ein Stofftaschentuch aus seiner Hüfttasche hervor und wischte damit etwas von dem Blut weg.

»Der Geist Fairbanks' schwebt noch nah über unsern Häuptern hin, Gresham – und harrt, dass deiner sich ihm zugeselle. Du oder ich! Sonst folgen wir ihm beide.«

Gresham sah Grey an, als wäre er ein Irrer, der aus einem Tollhaus entlaufen war, wandte sich an die Sekundanten, sah dann zurück zu Grey und fragte: »Ist das Shakespeare?«

»Ja«, erwiderte Grey und nahm seine Position wieder ein. »*En garde*.«

Gresham machte sich ebenfalls bereit und nahm das Duell wieder auf, indem er mit seiner eigenen Klinge leicht gegen Greys stieß. Die Fechtbewegungen waren kurz und abgehackt und spielten sich komplett in den Handgelenken und Ellbogen ab. Für eine Ewigkeit – beinahe zwanzig Sekunden – bewegte keiner der beiden Männer seine Füße oder seinen Körper, bis Gresham dann einen scharfen Vorstoß wagte und nach Greys Schulter hieb. Grey ließ die Schulter leicht sinken, lehnte sich nach vorne, ließ den Hieb über sich hinwegsausen und fügte Gresham einen tiefen Schnitt in der Brust zu.

Gresham taumelte rückwärts und nun war es Grey, der sein Florett erhob.

»Wenn Sie nun gerne um Verzeihung für den unnötigen Schnitt über Fairbanks Gesicht bitten möchten, wahrlich keine Tat eines Ehrenmannes, die ihn umgebracht hat, können wir die Angelegenheit als erledigt betrachten.«

»Sag das noch mal, du schüchterner Bastard!«, spie Gresham mit Gift in der Stimme.

Pater, nicht bereit, ernsten Momenten ernst zu begegnen, schrie jetzt: »Trennt sie, Osrick, sie sind erhitzt!«

Grey lachte und Gresham machte noch einen Satz auf ihn zu. Grey ließ ihm etwas Platz, focht nun in weiteren Hieben gegen Gresham, umrundete ihn, bis er links von ihm stand, und verpasste ihm dann einen langen Schnitt auf der Innenseite des rechten Unterarms. Unfreiwillig zog Gresham den rechten Arm zurück, wand sich vor Schmerz und gab seine Deckung auf, sodass Grey ihm einen zweiten tiefen Schnitt über die Brust zufügte.

Gresham stolperte rückwärts. Grey zielte mit der Klinge auf Greshams Hals, in der Absicht, ihn zu töten. Im letzten Augenblick, bereits mitten im Schwung – die Spitze des Floretts war nur noch Zentimeter von Greshams pulsierender Halsschlagader entfernt – führte Grey die Spitze seiner Klinge wenige Zentimeter höher und schnitt oberflächlich nach oben, wobei er Greshams Wange aufschlitzte. Es war keine Gnade; vielmehr sah Grey in diesem letzten Moment ein, dass der Baron verstümmelt war und sich nicht mehr länger selbst verteidigen konnte, was bedeutete, dass Grey kein moralisches Recht mehr besaß, ihn zu töten. Die Schnittwunde auf Greshams Wange sollte auch kein Symbol für Fairbanks' Tod sein, denn die war in jedem Fall sehr viel kürzer und oberflächlicher, dazu noch in einem anderen Winkel zugefügt worden. Allerdings dachte Grey, dass Fairbanks – Sportsmann, der er gewesen war – das durchaus amüsiert hätte.

Als Gresham sein Florett fallen ließ und zu Boden ging, trat Grey etwas zurück. Dann ging Grey ruhig zwei Schritte auf den Degen zu und beförderte ihn mit einem Fußtritt beiseite, sodass er klirrend über den Boden schlitterte.

»Nun ist die Angelegenheit erledigt«, stellte Grey fest.

Er drehte sich in Richtung der Sekundanten und der Tür um.

»Sollen wir?«, fragte er Pater.

Talbot ging bereits schweigend zu seinem verwundeten Duellanten, und Pater und Grey verließen die Halle.

35

Unter normalen Umständen hätte Grey die Geschichte, die er schon Sir Edward und Willys erzählt hatte – seinen Bericht über die Angelegenheit mit der spanischen Schatzflotte – auch unzähligen Admiralen, Offizieren und Ministern erzählt. Unter den vorherrschenden Gegebenheiten übernahm Willys allerdings diese Aufgabe. Da Greys Duell mit Gresham ein paar höhere Wellen geschlagen hatte, war er von Sir Edward angewiesen worden, die Hauptstadt für ein paar Monate zu verlassen. Gresham war sowohl ein relativ hoher Offizier als auch von niederem Adel – man konnte davon ausgehen, dass es einen Skandal geben würde, dafür brauchte es nicht viel – und Grey der Presse auszuliefern, würde nichts Gutes bringen.

Grey tat also, wie ihm geheißen, und kehrte nach Hause auf sein Anwesen in Sheerness – Marsh Downs – an der Küste von Kent zurück, wo die Themse in die Nordsee übergeht. Nachdem er von seinem herzlichen Irish Setter Fred, seiner herzlichen Hauswirtschafterin Mrs Hubble und seinem nordisch-unterkühlten Wildhüter Canfield zu Hause willkommen geheißen worden war, schrieb er als Erstes Pater und bat ihn, Fairbanks' Familienangehörige auszumachen. Fairbanks' einziger Blutsverwandter, schrieb Pater zurück, war ein jüngerer Halbbruder an der Rugby School. Grey antwortete mit der Bitte an Pater, einen Fond im Namen des Jungen anzulegen und Rugbys Schulleiter über dessen Existenz in Kenntnis zu setzen, sollte der jüngere Fairbanks jemals finanzielle Hilfe benötigen.

Einen Monat später, nach einem langwierigen Rechtsstreit (von dem Grey weder ein Teil war noch wusste), wurde schließlich bestimmt, dass die *Fama*, die *Medea* und die *Santa Clara* tatsächlich *keine* legalen Prisen waren. Da sie gekapert worden waren, bevor zwischen Spanien und Großbritannien offiziell Krieg herrschte, hatte vielmehr die Krone statt der Admiralität einen Rechtsanspruch auf sie. Dies wurde von der breiten Masse als ungerecht empfunden – nicht nur von den betroffenen Männern, sondern auch von der gesamten Admiralität und der Boulevardpresse, der die Vorstellung von spontanem Privatvermögen gefiel. Schließlich – Mitte November – gab es einen Beschluss, Anstandszahlungen an manche der involvierten Männer zu tätigen. Genau wie die Kapitäne der *Lively*, der *Amphion* und der *Medusa* würde Grey fünfzehntausend Pfund erhalten. Mit diesem Ausgang war er zufrieden. Dass er nun nicht mehr reich wurde, bedrückte ihn nicht weiter – tatsächlich hatten ihm Prisengelder und Paters geschickte Investments bereits zu etwas Wohlstand verholfen –, doch fünfundvierzigtausend Pfund auf einen Streich hätten ihn unweigerlich in eine höhere Gesellschaftsklasse katapultiert, für die er momentan keine Energie hatte.

In der Zwischenzeit, in der er ohne nennenswerte Beschäftigung war, schrieb er an Lord Elgin mit verschiedenen Fragen bezüglich der Tempel Parthenon, Athena Nike, Propylaea und Erechtheum. Manchmal ging er auch mit Canfield und Fred auf die Jagd. Außerdem reparierte er den Mechanismus der großen Standuhr im Flur und fragte sich, ob er mit den richtigen Instrumenten nicht auch dasselbe mit einer Taschenuhr machen könnte. Er erkundigte sich bei Breguet nach einer neuen Taschenuhr, da seine letzte entweder in den Gewässern vor dem Kap St. Rochus verloren gegangen oder in der Tasche eines Piraten verschwunden war. Er schwamm im immer kälter werdenden Wasser der Flussmündung der Themse und machte zunehmend länger werdende Ausritte durch Kent. Diese Ausritte endeten immer mal wieder am Try Pot, dem Seemannspub, das Mrs Hubbles Vater gehörte und größtenteils von ihrer Schwester, Angela Boothe, geführt wurde. Dann tränkte Grey immer zuerst sein Pferd (dem jungen, kraftvollen Wesen namens Casca) und anschließend sich selbst, nämlich mit Porter, Cider oder manchmal auch dem hauseigenen Vier-Wasser-Grog des Try Pots. Obwohl er angeblich in einem akademischen Beruf arbeitete – Grey gab vor, im Außenministerium angestellt zu sein –, hatten ihm seine häufigen Ankünfte voller Schlamm vom Reiten und seine Bereitwilligkeit, Geschichten von hoher See auszutauschen, die Akzeptanz der Stammgäste des Pots eingebracht. Gelegentlich gab er sogar der Bitte nach, sich an Mr Hubbles Piano zu setzen und ein paar der alten Matrosenlieder auszusuchen. Manchmal begleitete er auch Mrs Boothe, wenn sie ihre Töchter beim Pfarrer zu Hause abholte, wo dessen Frau sie in Geschichte, Orthografie und Französisch unterrichtete.

Während dieser Spaziergänge erstreckten sich ihre Unterhaltungen über viele verschiedene Themen. Grey interessierte sich für Mrs Boothes Kindheit, die eine ungewöhnliche Kombination aus der vornehmen Gesellschaft eines Londoner Gymnasiums, wohlhabenden Händlern des Wal- und Kerzenmarkts und aus der raueren, aber nicht weniger erfreulichen Gesellschaft der alten Schiffskameraden ihres Vaters sowie Männern von beiden Seiten des Masts gewesen war, mit denen das Gasthaus ihres Vaters sein Geschäft machte. Sie sprachen über London, das Mrs Boothe regelmäßig besuchte, um alte Bekannte aus ihren Schultagen wiederzusehen: Freunde, die sie manchmal zur vornehmen Gesellschaft zurückführten, sie mitnahmen, um Besuche abzustatten, oder ausführten zu Konzerten, ins Theater oder sogar zu Bällen. Grey spekulierte (innerlich), dass einige ihrer Freunde wohl versuchten, einen Ehemann für sie zu finden, obwohl Mrs Boothe dies mit keiner Silbe andeutete. Grey zog diesen Schluss einfach aus der Anzahl etwas älterer, gut situierter Herren, denen Mrs Boothe anscheinend vorgestellt worden war – einige davon mit sehr interessanten Anekdoten aus dem Geschäftsleben oder ihrem vergangenen Marinedienst; und alle von ihnen (spekulierte Grey erneut innerlich) waren Witwer, die nichts mehr brauchten als eine junge und hübsche zweite Frau. Aus Gründen, in die allzu tief einzutauchen er sich weigerte, fand er das sehr ärgerlich.

»Mr Grey, sind Sie eigentlich mit Mr John Soane bekannt?«, fragte Mrs Boothe gerade.

Grey konzentrierte sich wieder auf die Unterhaltung.

»Dem Architekten der Bank of London? Dieses Vergnügen hatte ich noch nicht.«

»Ich habe ihn nur sehr kurz in seinem Zuhause angetroffen, als ich eine Schulfreundin und ihren Vater begleitet habe. Ihr Vater hatte irgendetwas Geschäftliches mit Mr Soane zu besprechen. Nachdem er sich uns vorgestellt hatte, schlug er vor, dass sein Sekretär, solange er und ihr Vater miteinander sprachen, uns ja eine Führung durch das Haus geben könnte. Ich glaube, dass es ganz nach Ihrem Geschmack gewesen wäre, Mr Grey. Es ist wirklich ein sehr außergewöhnliches Haus.«

»Auf welche Art außergewöhnlich, Mrs Boothe? War es denn sehr groß?«

»Oh nein, Mr Grey – tatsächlich war es recht eng. Auf eine Art und Weise, die mich an die Zeit erinnerte, in der mein Vater mir die unteren Decks eines Walfangschiffs zeigte. Es ist ein Labyrinth, ein sehr großes – von außen kann man gar nicht auf die wahre Größe schließen – Mr Soane hat nämlich die beiden angrenzenden Wohnungen gekauft und sie zu einem einzigen Haus vereint, obwohl man das von der Straße aus gar nicht erkennt. Die Flure – die manchmal durch drei- oder vierstöckige, offene Räume führen, offen von der Decke bis zum Erdgeschoss – sind vollgestellt mit seiner Sammlung. Hier ein Stein aus Ägypten, dort ein Glas aus Rom, da drüben eine Teekanne aus Kanton. Dieses Gemälde aus der Sammlung von Mr Christopher Wren, oder jenes Gemälde von Venedig. Mr Canalo?«

»Canaletto, vielleicht?«

»Ja, das klingt korrekt, glaube ich. Und Gebäudemodelle – wussten Sie, dass es einen Vorschlag gab, die Bank of England nach einer Art griechischer oder römischer Ruine zu gestalten? Mit Tresorräumen und Büroräumen, aufgereiht unter bloßen Bogengängen mit Säulen, die so aussehen sollten, als hätten sie dem Wetter eines Jahrtausends getrotzt.«

Was für eine idiotische Gestaltung das gewesen wäre, dachte Grey. »Faszinierend«, sagte er stattdessen.

»Ich schwöre Ihnen, Mr Grey, ich glaube, ich hätte Tage darin zubringen können, ohne zwei Mal dasselbe Objekt zu Gesicht zu bekommen. Und ich bin mir sicher, wenn unser Begleiter nicht gewesen wäre, dass ich niemals wieder den Weg zu Mr Soanes Eingangshalle zurückgefunden hätte. Es war wahrhaftig ein Irrgarten.«

»Aber bestimmt gab es keinen Minotaurus darin, oder, Mrs Boothe?«, scherzte Grey.

»›Minotaurus‹, Mr Grey?«

»Ach so, nun ja – es gibt da eine griechische Legende über einen Mann, der zur Hälfte ein Stier war und in der Mitte eines Labyrinths gefangen gehalten wurde, um ihn von einem Amoklauf abzuhalten.«

»Warum in einem Labyrinth, Mr Grey, und nicht einfach in einem verschlossenen Raum?«

Darüber hatte Grey noch nie nachgedacht.

»Ich weiß es nicht«, gestand Grey. »Das wäre gewiss eine einfachere Lösung gewesen. Vielleicht, weil das weniger dramatisch gewesen wäre. Wie die Bank of England im Vergleich zu einer ruinenartigen Bank of England. Allerdings ist es doch rätselhaft, Mrs Boothe.«

»Nun ja, ein gutes Rätsel hat seine eigene Daseinsberechtigung, habe ich mir schon oft gedacht.«

»In der Tat«, stimmte Grey zu.

Für einen Augenblick gingen sie in einem angenehmen Schweigen weiter nebeneinanderher.

»Lassen Sie mich Ihnen diese Frage stellen, Mrs Boothe, wenn ich darf. Warum kehrt ein Spiegel das Bild von links nach rechts um und nicht von oben nach unten?«

Mrs Boothe ließ sich einen Augenblick Zeit mit ihrer Antwort. »Nun ja, Mr Grey«, sagte sie schließlich, »tatsächlich kehrt er ja eigentlich überhaupt nichts um, oder? In einem Spiegel ist die linke Seite Ihres Gesichts immer noch auf der linken Seite im Spiegel. Das Bild ist nur umgekehrt, wenn Sie sich vorstellen, an der Stelle Ihres Spiegelbildes zu stehen – soll heißen, in die entgegengesetzte Richtung blicken. Ihr Spiegelbild hat Ihre rechte Hand als linke Hand, was falsch herum erscheint. Aber tatsächlich zeigt der Spiegel bloß, wo sich die Dinge befinden – Ihre linke Hand auf der linken Seite des Spiegels, und obendrauf Ihr Kopf.«

Wieder gingen sie schweigend weiter.

»Sie sind wirklich eine bemerkenswerte Frau, Mrs Boothe«, befand Grey schließlich.

Nachdem sie Mrs Boothes Kinder von der Pfarrersfrau abgeholt hatten, blieb Grey manchmal bis abends im Try Pot, wenn Mrs Boothe mit ihrer Arbeit beschäftigt war und Mr Hubble, teils deswegen, bemüht war, Grey das Gefühl zu geben, sich wie zu Hause zu fühlen. Oft unterhielten sie sich bei Getränken, die Grey nie bezahlen durfte, über Musik oder das Segeln und spielten – mit verstörender Regelmäßigkeit – Backgammon. Hubble war ein gieriger, wenn auch sehr willkürlicher Sammler von Fähigkeiten und hatte ein Händchen für Backgammon, das Grey zuvor als reines Glücksspiel betrachtet hatte. Hubble gewann vielleicht neun von zehn Spielen und gelegentlich schwenkten sie dann auf Schach um, um Grey zu erlauben, auch wieder ein paar Partien zu gewinnen. Während eines dieser Schachspiele kam ein Junge um die zehn Jahre in den Try Pot, mit hochrotem Gesicht und ganz außer Puste, und teilte ihm mit, dass Mrs Hubble ihn geschickt hätte, um auszurichten, dass er sofort zu Hause gebraucht würde. Ein wichtiger Mann mit wichtigen Geschäften warte dort auf ihn. Grey fragte den Jungen, wer der Mann war, doch das wusste er nicht. Grey erkundigte sich, ob Mrs Hubble den Mann kannte, doch das wusste er ebenso wenig.

Nachdem er sich vom Spiel zurückgezogen und sich bei Mr Hubble dafür entschuldigt hatte, gab er dem Jungen eine Sixpence-Münze für die Nachricht und noch mal eine für das Abendessen, holte Casca aus dem Stall und ritt eilig nach Hause. Wer war der Besucher? Grey hoffte, dass es einer von Sir Edwards Männern war, der ihn für einen neuen Auftrag nach London zurückholen würde. So sehr er seine Zeit mit Mrs Boothe & Co. auch genoss, hatte er doch das Gefühl, als modere er auf dem Land vor sich hin, und er sehnte sich danach, aktiv eingesetzt zu werden.

Canfield wartete bereits an der Haustür auf ihn und nahm Cascas Halfter entgegen, während Grey sich etwas Matsch von den Stiefeln stampfte und nach drinnen ging. Mrs Hubble stand im Foyer und wartete. Sie entschuldigte sich, ihn so herbeibestellt zu haben, als ob das hier ihr Haus wäre. Grey tat ihre Entschuldigungen als unnötig ab und Mrs Hubble gestikulierte zum Wohnzimmer hinüber, wo ein Mann vor dem Kamin stand und abwesend in die Flammen starrte.

Es war Philo Parker. Das lange, matte Haar und der Bart waren fort und nun kurzem, ordentlich geschnittenem Haar und einem Schnurrbart gewichen.

»Parker, mein Lieber, was in Gottes Namen verschlägt Sie denn hierher?«, fragte Grey, während er rasch mit ausgestreckter Hand auf ihn zuging.

Parker schüttelte sie und brachte ein müdes Lächeln zustande.

»Schön, Sie zu sehen, Grey«, sagte Parker. »Ich wünschte, ich könnte aus einem glücklicheren Anlass hier sein.«

»Bitte setzen Sie sich doch und verraten Sie mir, was los ist.«

Die beiden Männer setzten sich gegenüber in zwei Ohrensessel, die schräg auf das Feuer ausgerichtet waren.

»Ich bin, glaube ich, eine oder zwei Wochen, nachdem Sie Gibraltar verlassen haben, dort angekommen. Ich bin mit der *Congress* und der *Constellation* dort hingesegelt, auf dem Weg, das Mittelmeergeschwader zu entlasten. Als Ablösung für die Piratenwachtrupps.«

Grey nickte.

»Auch nachdem ich lange herumgefragt hatte, konnte ich Korporal O'Bannon nirgends ausfindig machen. Ich fand das Zimmer, in dem er gewohnt hatte, und sprach mit Ihrem Admiral Cornwallis, der mir versicherte, dass ich ihn irgendwo in der Stadt antreffen würde. Als das Geschwader dann aber nach Malta weitersegelte, war ich mir sicher, dass er in den Dienst auf einem Ihrer Marineschiffe gepresst worden war.«

Greys Gesichtsausdruck wurde hart. Cornwallis hatte ihm zugesichert, dass O'Bannon vor den Banden der Zwangsrekrutierer sicher wäre … allerdings war Grey auch vollkommen bewusst, dass diese Banden ihre eigenen Gesetze hatten. Sobald ein Mann erst einmal auf einem Boot nach Kanton ist, kann er niemanden sonderlich gut bei den dort herrschenden Machtinhabern anklagen. Ein zwangsrekrutierter Amerikaner hatte bloß einen Ausweg – dem Admiralitätsgericht zu schreiben und seinen Fall selbst darzulegen. Die Korrespondenz würde wahrscheinlich Jahre dauern – und oft genug wurde das Anliegen abgewiesen, auf der Basis dessen, dass der Amerikaner nicht *beweisen* konnte, dass er Amerikaner war.

Da Großbritanniens Überleben von seiner Marine abhing und seine Marine davon, dass man genug Männer fand, die auf den Schiffen arbeiteten, refften und sie steuerten, wurde den Banden jeglicher Spielraum gewährt. Und während der zwangsrekrutierte Amerikaner darauf wartete, dass sein Ersuchen erhört wurde, erhielt er keine Bezahlung, obwohl er zum Arbeiten gezwungen wurde, als wäre er ein reguläres Mitglied der Schiffsbesatzung. Falls er sich während der Zeit seines Ersuchens verletzte, würde er einfach an Land ausgesetzt werden – ohne Lohn, ohne Entgelt für ein Seemannskrankenhaus. Seine einzige Alternative war es, seinen Namen ins Schiffsbuch einzutragen, womit er stillschweigend seinen Status als Untertan der britischen Krone akzeptierte. Von diesem Zeitpunkt an gab er sein Recht auf, seinen Fall zu vertreten – und wenn er dann versuchte zu entkommen, würde er als Deserteur gelten, dazu verurteilt, gehängt zu werden, und zwar von jedem Schiff der Königlichen Marine, auf das er danach träfe. Es war eine unmögliche Wahl und eine Schande für Großbritannien – oft debattiert, aber genauso oft als legitime Antwort auf den »Diebstahl« britischer Matrosen von amerikanischen Handelsschiffen, die eine höhere Bezahlung anboten, verteidigt.

Grey schwieg eine Zeit lang, bevor er Parker antwortete.

»Haben Sie mit Ihrem dortigen Botschafter gesprochen?«

»Ja«, sagte Parker. »Und mit mehreren Männern Ihrer Admiralität. Admiral Cornwallis war so freundlich, mir einen Vorstellungsbrief mitzugeben. All diese Männer haben mir versichert, dass sie die Angelegenheit beflissentlich verfolgen würden; dass es natürlich gar nicht infrage käme, amerikanische Marinesoldaten zwangszurekrutieren; dass sie jeden möglichen Kurs einschlügen, um den Korporal oder eine befriedigende Erklärung zu finden. Ein Vizeadmiral, mit dem ich gesprochen habe, hatte doch tatsächlich die Nerven vorzuschlagen, dass er sich ja freiwillig in die Königliche Marine eingetragen haben könnte. Ich habe ihnen eine Liste mit allen britischen Schiffen gegeben, von denen ich weiß, dass sie während O'Bannons Aufenthalt in Gibraltar angelegt haben – aber die Schiffsrouten sind so dicht befahren, dass ich unmöglich wissen kann, ob ich wirklich alle entdeckt habe.«

Grey schob den Kiefer nach vorne. »Das tut mir sehr leid, Parker.«

»Das bezweifle ich nicht, Grey. Der Grund, warum ich hier bin – und ich hoffe, Sie verstehen mich da nicht falsch – ist, dass ich Ihrer Regierung oder Ihrer Admiralität nicht traue. Aber ich vertraue Ihnen.«

Grey nickte. »Haben Sie die Liste der Schiffe?«

»Ja«, sagte Parker, zog ein zusammengefaltetes Blatt Papier aus seiner Tasche und gab es ihm.

»Ich werde zusehen, dass er gefunden wird«, versicherte ihm Grey. »Lassen Sie das ganz meine Sorge sein.«

Parker nickte. »Danke Ihnen.«

Er stand auf. »Dann will ich Sie nicht mehr länger aufhalten, Grey, ich muss mich auf den Weg machen. Ich habe einen Termin in Paris.«

»In Paris?«, fragte Grey und kam ebenfalls auf die Beine.

»Allerdings«, bestätigte Parker mit dem Anflug eines ironischen Lächelns, »Paris. Wie ich schon sagte, Grey, ich vertraue Ihnen, und wenn ich mehr verraten könnte, täte ich das auch. In ein oder zwei Monaten werden Sie in den Zeitungen davon lesen, würde ich annehmen.«

Grey nickte. »Sind Sie sicher, dass ich Sie nicht über Nacht hier beherbergen kann? Ihnen ein warmes Mahl bereiten und am Morgen ein frisches Pferd geben kann?«

»Nein«, lehnte Parker ab. »Ich wünschte, ich könnte die Einladung annehmen, aber nach mir wird verlangt. Ihre Mrs Hubble hat mir bereits etwas zu essen gegeben, und wie ich meinen sollte, nicht zu knapp. Mein Pferd ist frischer als frisch und ich habe noch einen langen Weg vor mir, bis ich mich hinlegen kann.«

Zusammen gingen sie zu Greys Türschwelle und schüttelten sich die Hände.

»Wenn ich O'Bannon aufgespürt habe, wem soll ich Bescheid sagen?«

»Unserem Mann am Hofe von St. James. James Monroe.«

»Sehr gut, Parker. Gott behüte Sie.«

»Sie ebenso«, erwiderte Parker, drehte sich um und ging in die Nacht hinaus, auf Greys Stall zu – dann hielt er abrupt inne und wandte sich noch einmal um. »Das hätte ich fast vergessen: Mir war ein Treffen mit Ihrem Mr Aaron Willys vergönnt. Ich sagte ihm, dass Sie mein nächster Anlaufhafen wären, und da gab er mir das, mit der Bitte, es an Sie weiterzureichen.«

Parker zog einen kleinen, versiegelten Brief aus seiner Hosentasche und gab ihn Grey.

»Danke«, erwiderte Grey.

Parker nickte und ging weiter Richtung Stall. Grey öffnete den gefalteten Brief.

Tom – eine rasche Notiz, die Sie über Mr Parker erreichen wird – Sie haben mir einen Brief geschickt, den ich an Lord Elgin weiterleiten sollte, falls ich seinen Aufenthaltsort in Erfahrung bringen könnte. Das konnte ich. Er hatte das Unglück, sich gerade in Frankreich aufzuhalten, als der Frieden von Amiens gebrochen wurde, und Bones hat ihn eingesperrt. Vielleicht will er die Marmore im Austausch gegen den Stein von Rosetta, vielleicht ist er aber auch nur stur. Elgin befindet sich im Gefängnis von Lourdes, in den Pyrenäen, und ist momentan nicht erreichbar. Lady Elgin wird ebenfalls in Paris festgehalten. Falls ich mehr herausfinden kann, werde ich es Sie wissen lassen. Der Ihre, etc. – Willys.

Für einen Augenblick stützte sich Grey am Türrahmen ab und ließ den Kopf hängen. Was für eine unerträgliche Welt.

36

Noch vor Mittag des folgenden Tages war Grey zurück in London, saß in Sir Edwards Büro und erkundigte sich nach O'Bannon.

»Unabhängig von den Bemühungen des Admiralitätsrates«, sagte Sir Edward gerade, »werde ich auf der Suche nach diesen Schiffen in meinem eigenen Namen Briefe verschicken sowie an die Kommandanten all unserer Marinestützpunkte, in denen ich betone, wie wichtig es ist, Korporal O'Bannon schnellstmöglich ausfindig zu machen und an ein amerikanisches Gefährt zu überstellen. Die Sekretäre schreiben gerade schon eine Unmenge von Briefen ins Reine.«

»Danke Ihnen, Sir.«

»Nun ja, ich wage zu behaupten, dass das das Mindeste ist, was wir für ihn tun können, nachdem er uns den Gefallen erwiesen hat, Sie nach Gibraltar zurückzubringen.«

»Wo wir gerade davon sprechen, Sir – ich hätte gerne Ihre Erlaubnis, nach Gibraltar zurückzukehren.«

Sir Edward stieß eine Rauchwolke aus und nahm die Pfeife aus dem Mund.

»Warum? Um selbst nach O'Bannon zu suchen? Sie

werden sicher nicht mehr tun können, als Mr Parker bereits getan hat.«

»Ich glaube, dass unsere Offiziere mir gegenüber offener wären als bei einem Amerikaner. Vor allem, was dieses spezielle Thema angeht.«

»Da mögen Sie recht haben, Thomas, aber mir gefällt die Idee eines weiteren so baldigen Ausflugs nicht. Ich wollte, dass Sie eine sechsmonatige Ruhepause einlegen, und zwar vor sechs Monaten.«

»Ja, Sir. Das weiß ich auch sehr zu schätzen. Doch meine Ehre gebietet es mir, dort hinzureisen.«

»Geben Sie mir Ihr Wort, die Reise so kurz und … zivil wie möglich zu halten?«

»Ich gebe Ihnen mein Wort, dass ich es versuchen werde, Sir.«

Sir Edward nahm einen langen Zug von seiner Pfeife.

»Nun gut, Tom. Reisen Sie auf eigene Faust, aber lassen Sie sich von Willys einen Schutz mitgeben.«

»Danke Ihnen, Sir.«

Grey erhob sich bereits, wurde jedoch mit einem Wink von Sir Edwards Pfeifenstiel aufgehalten.

»Einen Augenblick noch, Thomas. Gibraltar, wie Sie vielleicht gehört haben, ist nicht sehr weit von den Pyrenäen entfernt. Ich kann doch darauf vertrauen, dass Sie nicht versuchen werden, sich in die Geschehnisse um Lord Elgin einzumischen? Mir gefallen griechische Giebel genauso gut wie allen anderen auch, aber diese Angelegenheit liegt vollkommen außerhalb Ihres Aufgabengebiets. Und dort wird sie auch bleiben. Jedenfalls habe ich diesen Brief von Lord Hawkesbury erhalten, der in dieser Sache als Elgins Sekretär fungiert. Ein Duplikat des Antwortschreibens hat er gerade auch an Lady Elgin in Paris geschickt. Es lautet wie folgt:

»›Madam, mir wurde die Ehre des Briefes Ihrer Ladyschaft zuteil, den ich ohne jegliche Verzögerung Seiner Majestät vorgelegt habe. Seine Majestät wäre äußerst erfreut gewesen, zu der Freilassung von Lord Elgin beitragen zu können, indem er dessen Austausch mit General Boyer zustimmt – doch sein Pflichtgefühl macht es ihm auf jedwede Weise unmöglich, das Prinzip des Austauschs gefangen genommener Personen nach dem Kriegsrecht zuzulassen oder zu billigen, gegen jeglichen seiner eigenen Untertanen, die in Frankreich durch die Verletzung des Völkerrechts und des von der französischen Regierung geschworenen Friedens festgehalten werden.

Die Darlegung von General Boyers Gefangenschaft entbehrt jeder Grundlage. Dieser Offizier befand sich nie in Gefangenschaft, sondern wurde lediglich als Kriegsgefangener auf Bewährung angesehen, und hält sich momentan in Chesterfield auf, wo er so viel Freiheit genießt, wie man Personen in derlei Situationen gemeinhin zugesteht.

Ich versichere Ihrer Ladyschaft, dass ich mich nur mit größtem Bedauern unfähig sehe, Ihnen die Unterstützung zukommen zu lassen, die Sie sich wünschen. Ich hätte die größte Freude empfunden, mit jeglichen praktischen Maßnahmen zu Lord Elgins Freilassung und zur Erlösung Ihrer Ladyschaft und ihm von dieser sehr unerfreulichen Situation beizutragen, in die sie von dem willkürlichen Vorgehen der französischen Regierung gebracht wurden.

Ich verbleibe mit Hochachtung, Hawkesbury.‹«

Grey stand nun vor Sir Edwards Schreibtisch. »Es wird also niemand etwas unternehmen?«

»Das habe ich auch zu Hawkesbury gesagt, als er mir das gegeben hat. Nein, tatsächlich liegt der Schlüssel in der Anspielung auf General Boyer – anscheinend kursiert ein Gerücht, dem man in Paris viel Glauben schenkt, dass wir einen französischen General in irgendeiner Art englischer Bastille gefangen halten. General Boyer wird momentan dazu überredet, diesen Eindruck mit einer wahrheitsgemäßen Schilderung des Gegenteils richtigzustellen. Hawkesbury glaubt, dass Elgin dadurch freigelassen würde. Aber er wünscht nicht, dass vorab bereits Leute verärgert werden. Verstehen Sie?«

»Ja, Sir«, antwortete Grey.

»Sehr gut«, schloss Sir Edward, legte den Brief wieder auf den Schreibtisch und nahm einen anderen zur Hand, den er zu lesen begann und damit seine Arbeit wiederaufnahm. »Das wäre dann alles, Grey.«

»Danke, Sir.«

Ein paar Stunden später war Grey wieder zu Hause, packte leicht und hinterließ wie immer ein paar Briefe – eine Vollmacht, die Verfügung über einen Teil seines Anwesens und so weiter – für den Fall, dass er nicht zurückkehrte. Aber da gab es noch eine andere wichtige Sache, die er erledigen musste. Und um diese zu besprechen, ging er zu Mrs Hubble in die Küche.

»Mr Grey, Sir«, begrüßte sie ihn, als er hereinkam, und wischte sich rasch die Hände an ihrer Schürze ab; die waren voller Mehl – sie buk gerade. »Kann ich Ihnen etwas holen?«

»Nein, Mrs Hubble, tatsächlich habe ich mich gefragt, ob wir uns kurz unterhalten könnten.«

»Aber natürlich doch, Sir«, sagte sie mit dem Anflug eines Lächelns. »Was reden Sie denn da. Bitte, sagen Sie mir doch, worum es geht.«

»Nun ja, Mrs Hubble, ich wollte sagen – oder besser gesagt, ich wollte fragen – ach, wie Sie ja wissen, glaube ich, hat man mich des Öfteren dabei gesehen, wie ich mit Ihrer Schwester Mrs Boothe Spaziergänge unternommen habe.«

Mit neugierigem Gesichtsausdruck nickte sie. »Ja, Mr Grey, das weiß ich.«

»Ich wollte wissen … na ja, wie Sie wissen, Mrs Hubble, gibt es wenig Menschen, von denen ich besser denke als von Ihnen, und wenig Dinge, die mir wichtiger sind als Ihre geschätzte Meinung.«

Mrs Hubble lächelte mütterlich.

»Ich wollte wissen, Mrs Hubble, ob meine Aufmerksamkeiten Ihrer Schwester gegenüber für Sie auf irgendeine Weise Anlass zur … Peinlichkeit geben. Und ich wollte sagen, dass ich hoffe, dass Sie mir das mit aller Ehrlichkeit mitteilen würden, falls es so wäre.«

»Du liebe Güte, Mr Grey – nein, natürlich nicht. Ich kann Ihre Bedenken zwar verstehen, aber wir leben doch im neunzehnten Jahrhundert, Sir, und sie ist eine Witwe mit kleinen Kindern. Und in wessen Urteil sollte ich mehr Vertrauen haben als in Ihres, Sir? Nein, ich weiß Ihre Bedenken zu schätzen, aber bitte gehen Sie weiterhin so vor, wie … Sie beide es für richtig halten. Was weitere Fragen angeht, sollten wir uns diesen widmen, sobald sie sich stellen.«

Grey nickte bedröppelt und zögerte seinen Rückzug aus der Küche noch so lange hinaus, dass Mrs Hubble ihn umarmen und ihm das Versprechen abringen konnte, auf sich aufzupassen, solange er fort war, vor allem, was warme Mahlzeiten und trockene Kleider anging – zwei Dinge, die zu vernachlässigen eine starke Tendenz von Grey war, wie sie meinte. Dann brachte er noch einen zurückhaltenderen Abschied von Canfield, seinem Wildhüter, hinter sich, der Grey noch dafür dankte, ihm Josephus ausgeliehen zu haben (seit Grey ihm *Julius Cäsar* zu lesen gegeben hatte, interessierte er sich ziemlich für das Römische Reich).

Schließlich saß Grey auf seinem Pferd Casca (das Canfield so genannt hatte) und ritt in Richtung seines letzten Halts, den er machen musste, bevor er sich ein Schiff nach Gibraltar suchen würde. Ungefähr eine Stunde später traf er im Try Pot ein. Mr Hubble saß mit dem Rücken zum Piano und unterhielt sich. Grey führte eine leise Unterhaltung mit ihm, danach nickte Mr Hubble und deutete auf den Lagerraum hinter dem Tresen.

Dort fand Grey Angela Boothe, die gerade eine Lieferung von irgendetwas in Fässern nachzählte.

»Mrs Boothe, es tut mir leid, Sie zu stören … Wenn Sie mir einen Augenblick Ihrer Zeit schenken würden?«

Milde überrascht, sowohl von seinem Erscheinen im Lagerhaus als auch von seinem leicht nervösen Verhalten, drehte sie sich zu ihm um.

»Aber natürlich, Mr Grey. Kann ich etwas für Sie tun?«

»Nun ja«, begann Grey – er verstummte und fuhr dann fort. »Sehen Sie, ich muss nach Portsmouth und von dort weiter nach Gibraltar. Und ich weiß nicht, wann ich wieder zurück sein werde.«

Mrs Boothe blickte zwar bedauernd drein, nickte aber und sagte: »Zweifellos wird das eine interessante Reise werden.«

Grey zögerte und kam sich erneut leicht ungelenk vor, doch dann gab er sich einen Ruck. »Mrs Boothe – ich frage mich, ob ich während meiner Abwesenheit vielleicht in den Genuss des Privilegs kommen dürfte, Ihnen zu schreiben?«

Sie lächelte.

»Darüber würde ich mich sehr freuen, Mr Grey.«

Ende

Epilog

Genau wie Sir Edward Banks hasste Henry Dearborn Perücken. Im Unterschied zu Sir Edward Banks war er allerdings Amerikaner und musste sie daher auch nie tragen. Während das einige Männer in Washington trotzdem taten, war der Kleidungsstil 1804 aber bereits offenkundig informell – und zwar so sehr, dass es einen nicht ganz trivialen diplomatischen Zwischenfall verursachte, als der neu abgeordnete britische Botschafter, Anthony Merry, im Weißen Haus ankam und vom Außenminister James Madison zum Präsidenten Thomas Jefferson eskortiert wurde, um ihm vorgestellt zu werden. Merry trug einen dunkelblauen Samtmantel mit Goldstickereien, seidene Kniebundhosen und Strümpfe, polierte Schnallenschuhe und ein Zeremonienschwert – sowie eine Perücke – doch an der Tür wurde er von niemandem empfangen. Es gab keine Diener, keinen Butler, bloß Madison, der – sich umsehend, ohne jemanden in den öffentlichen Räumen im vorderen Teil des Gebäudes zu erblicken – Merry zurück zu Jeffersons Privatarbeitszimmer führte, wo der außerordentliche Gesandte und bevollmächtigte Minister vom Hofe St. James' vom Präsidenten der Vereinigten Staaten in Schlafzimmerpantoffeln begrüßt wurde. Merry berichtete Hawkesbury in einem Brief davon, in dem es hieß, dass »Mr Jefferson tatsächlich in Pantoffeln an den Füßen vor ihm stand und seine Hosen, sein Mantel und seine Unterkleider von äußerster Schlampigkeit sowie Gleichgültigkeit dem Äußeren gegenüber zeugten, in einem Zustand beinahe einstudierter Nachlässigkeit.« Dass der Kriegsminister Dearborn also Perücken vermied, verleitete niemanden zu einem Kommentar.

Es gab noch andere Ähnlichkeiten zwischen Sir Edward und Henry Dearborn, aber auch beträchtliche Unterschiede. Sir Edward hatte eine Aufgabe – den Geheimdienst Seiner Majestät anzuführen, unter dem Schutzschirm Seiner Königlichen Marine. Hunderte von Männern erstatteten Sir Edward direkten Bericht. Minister Dearborn auf der anderen Seite war für den gesamten amerikanischen Militärbetrieb verantwortlich – der über kein stehendes Heer und nur eine winzige Marine verfügte. Die gesamte Belegschaft der Kriegsabteilung in Washington bestand aus weniger als einem Dutzend Männer.

George Washington war zwar ein großer Befürworter von Militärgeheimdiensten gewesen, hatte aber nur wenig Militär gehabt, um einen aufbauen zu können. Die amerikanische Spionage hatte also im Grunde genommen mit der Auflösung der Revolutionsarmee geendet. Und obwohl Thomas Jefferson explizit gegen ein stehendes Heer war, hatte er diese Sparte wiederbelebt. Da er mit diesem neuen Dienst beabsichtigte, die Vereinigten Staaten aus

Kriegen herauszuhalten, hatte er beschlossen, dass dieser keine militärische Organisation wäre, sondern der Einfachheit halber unter dem Schutzschirm des Kriegsministeriums gebildet werden würde. Dieser hatte den unauffälligen Namen Ministerium für topographische Sachverständige. Soll heißen, Wächter über das Territorium und was auch immer sich auf diesem Territorium befand. Die ersten »Topogs«, wie sie dann genannt wurden, waren Philo Parker und sein Freund Meriwether Lewis. Bald schon wurde die Gruppe, unter anderen, um Parkers und Lewis' gemeinsamen Freund William Clark erweitert. Lewis, und bald darauf auch Clark, bildeten den Kern einer Geheimdienstgruppe, die sich dem Westen Amerikas widmete und mit Spitznamen Entdeckungstrupp genannt wurde. Parker wurde dahingegen zu den Mächten der alten Welt abkommandiert, was ihn dazu veranlasste, seiner eigenen Gruppe den Spitznamen Wiederentdeckungstrupp zu verleihen, den Namen hielt er allerdings aus offiziellen Unterlagen heraus.

Jedenfalls war Parker nach Paris geschickt worden, weil Dearborn ihm vertraute, dem amerikanischen Botschafter in Frankreich aber nicht. Das war John Armstrong Jr., ein sehr fähiger Mann und ein sehr fähiger Soldat. Während der Revolution hatten Armstrong und Dearborn zusammen in General Horatio Gates' Stab gedient, bis Dearborn von General Washington abgefordert wurde. Dearborn wusste, obwohl er vor Washington selbst Geheimhaltung schwören musste, dass Armstrong der Verfasser eines Briefs an Washington war, in dem er einen Militärcoup vorschlug, um dem Kontinentalkongress die Macht zu entreißen, als Vergeltung dafür, dass der Kongress sein Wort brach, was Zugeständnisse an die Männer der Kontinentalarmee anging. Washington, der zwar sein Mitleid mit der Notlage der Männer ausdrückte, für die das Wort zu ergreifen Armstrong ausgewählt worden war, erstickte die Idee aber in deutlichen Worten an Armstrong & Co., die lauteten:

Im Namen unseres gemeinsamen Landes, so wie Sie Ihre eigene heilige Ehre schätzen, wie Sie die Menschenrechte respektieren und wie Sie das Militär und den Nationalcharakter Amerikas ansehen, sollten Sie blanken Horror und Abneigung dem Mann gegenüber empfinden, der wünscht, die Freiheiten unseres Landes unter fadenscheinigen Vorwänden zu stürzen, und der auf irrsinnige Weise versucht, die Schleusen der Zwietracht gegen die Staatsgewalt zu öffnen und so unser aufsteigendes Reich mit Blut zu überfluten.

Wenn Sie sich dazu entschließen und auch danach handeln, werden Sie dem geebneten und direkten Weg zur Erfüllung Ihrer Wünsche folgen. Sie werden die hinterlistigen Pläne unserer Feinde durchkreuzen, die gezwungen sind, von offener Gewalt auf tückische List zurückzugreifen. Sie werden einen weiteren distinguierten Beweis von beispiellosem Patriotismus und geduldiger Tugend liefern und damit über den Druck der schwersten Leiden erhaben sein. Und durch die Würde Ihres Verhaltens werden Sie, wenn sie von dem glorreichen Exempel erfahren, das sie für die Menschheit statuiert haben, der Nachwelt die Gelegenheit geben zu sagen:

»Wäre dieser Tag nicht gewesen, hätte die Welt nie die letzte Stufe der Perfektion zu Gesicht bekommen, zu der die menschliche Natur fähig ist.«

Armstrong und die anderen hielten sich an den Rat, und Washington ließ die Angelegenheit fallen. Und letztendlich holte der Kongress seine Verpflichtungen nach. Das war nun zwanzig Jahre her. Dearborn hatte es nicht vergessen. Da es in der aktuellen Angelegenheit *jetzt* aber genau um das ging, was Armstrong einst den Vereinigten Staaten vorgeschlagen hatte – eine militärische Übernahme des demokratischen Prozesses –, wollte sich Dearborn nicht auf irgendwelche Berichte oder Analysen verlassen, die vielleicht von Armstrong kamen. Also hatte Dearborn mittels eines Briefes, der zugestellt wurde, als die Flotte bei der Isla Cangrejo ankam, Parker angewiesen, eine zweite Meinung zu den Geschehnissen einzuholen. Geschehnissen, die gerade erst begannen.

Wo Armstrong in der Menge aus fünftausend Menschen stand, wusste Parker nicht. Er hatte den Botschafter über seine Anwesenheit im Dunkeln gelassen. Im Moment war er einfach ein weiterer Zuschauer, der einer Prozession folgte. Sie wurde von einem Bischof auf einem Maulesel angeführt, der das päpstliche Kruzifix hochhielt. Dahinter schritten der Papst selbst – Pius VII. – und der Großteil der vatikanischen Koterie her. Parker gesellte sich zu dem Teil der Menge, die nun vor dem Papst herging, um ihre Plätze in der Kathedrale von Notre Dame de Paris einzunehmen. Der Chor fing an, den Choral *Tu es Petrus* von Palestrina zu singen, woraufhin der Papst durch das westliche Portal eintrat und langsam auf einen Thron neben dem Altar zuging. Einen Augenblick später wurde draußen eine Kanone abgefeuert – anscheinend eine Signalkanone, welche die zweite Prozession darüber informierte, dass es Zeit war, am Tuilerien-Palast loszugehen. Es dauerte vielleicht eine Stunde, bis diese zweite Prozession ankam. Sie wurde von dem lauten Jubelgeschrei der Menge auf den Stufen von Notre Dame angekündigt. Und dann, in weißem, goldbesticktem Satin und mit einem Lorbeerkranz auf dem Kopf wie Cäsar, erschien der Erste Konsul auf Lebenszeit Napoleon Bonaparte im Eingang des Kirchenschiffs. Als Nächstes trat Josephine ein und stellte sich neben ihn, in einem passenden Gewand. Den Schritten des Papstes folgend, erreichten sie das Querschiff. Josephines einigermaßen schlichterer Thron stand auf Napoleons Linker. Nachdem sie sich gesetzt hatten, begann der Papst die Zeremonie auf Latein. Gigantische, mit Hermelin besetzte Roben, die beide von vier Männern getragen werden mussten, wurden nach vorne gebracht, vom Papst gesegnet und dann nacheinander Napoleon und Josephine um die Schultern gelegt. Darauf folgten Amtsketten, Zepter und Kruzifixe – alles Symbole des königlichen Amts, vom Papst gesegnet und in zweifacher Ausführung, mit einer femininen Begleitversion für Josephine von jedem Kleidungsstück Napoleons.

Parker fiel auf, dass Napoleon zwei Mal ein Gähnen unterdrückte, was ihm seltsam vorkam – das war doch sicher der Gipfelpunkt von allem, worauf Napoleon hingearbeitet hatte – war ihm da das Procedere etwa gleichgültig? Langweilte er sich? Vielleicht hatte er eine schlaflose Nacht gehabt.

Der Papst salbte Napoleons Haupt und seine beiden Hände mit der dreifachen Ölung und Napoleon kämpfte gegen den augenblicklichen Reflex an, sich die Hände sauber zu wischen. Nun salbte der Papst Josephine auf dieselbe Art und Weise und wechselte zu Französisch, zum Vorteil der Zuschauer, und sagte: »O Herr, lass durch meine Hand die Reichtümer deiner Gnade und Segnung auf deinen Diener Napoleon übergehen, den wir, trotz unserer persönlichen Unwürdigkeit, an diesem Tag in deinem Namen zum Kaiser salben.« Napoleon nahm seinen Lorbeerkranz ab und der Papst hob die sogenannte Krone von Charlemagne vom Altar. Er ging auf Napoleon zu, um ihn zu krönen, doch Napoleon gebot ihm mit erhobener Hand Einhalt. Der Papst starrte Napoleon verständnislos an. Daraufhin trat Napoleon nach vorne, nahm dem Papst die Krone aus den Händen und setzte sie sich selbst auf den Kopf.

In Vorbereitung auf diesen Tag hatte man an Notre Dame umfassende Reparaturen vorgenommen. Sie war von den aggressiven atheistischen Jakobinern nahezu zerstört worden, deswegen fielen jetzt während der Zeremonie mehrere Stückchen der teilweise bröckligen Kathedrale von den Wänden und der Decke in die Menge. In dem

Moment, in dem Napoleon sich selbst krönte, fiel ein walnussgroßer Steinbrocken von der Decke auf seine Schulter. Er fuhr fort, als hätte er es nicht gespürt, obwohl sich Parker sicher war, dass der einen riesigen Bluterguss hinterlassen würde – und dass er ihm sämtliche Knochen gebrochen hätte, trüge Napoleon nicht sein schickes hermelinbesetztes Gewand.

Nachdem das erledigt war, nahm Napoleon die Krone von Charlemagne wieder ab und eine kleinere, einfachere Krone entgegen, auf der bloß ein Kruzifix war. Er winkte Josephine nach vorne, und während sie vor ihm kniete, nahm er auch diese Krone von seinem Kopf und erklärte sie zur Kaiserin Josephine, wobei er sie anmutig auf ihrem Kopf platzierte. Dann verschob er sie ein Stückchen, hob sie hoch, drehte sie erneut um und setzte sie *genau so* wieder ab, mit einem leichten, dünnen Lächeln auf den Lippen – womit er Gelächter und Applaus vom Publikum erntete. Zwei Geräusche, wie Parker sich vorstellte, die man in Notre Dame normalerweise nicht hörte. Der Mann wusste genau, wie er sich bei seinem Volk beliebt machte.

Ein gigantisches Orchester im Chorstuhl spielte feierliche königliche Musik, die immer wieder von Kirchenliedern unterbrochen wurde, und dann hielt der Papst die Messe ab. Am Ende fügte er noch ein Gebet für die Jungfrau Mutter hinzu, der Heiligen dieser Kathedrale, und sagte – auf Französisch, an Napoleon gewandt – »Auf dass Gott Euch auf diesem Throne Bestätigung erweise und Christus in seinem ewigen Reich mit Euch regiere.«

Dann sagte er – auf Latein zu der Menge – »Auf dass der Kaiser ewig lebe!« Dann zog er sich in eine Kapelle zurück, bevor eine Staatszeremonie begann, die er vielleicht nicht guthieß.

Der Präsident des Senats, der Präsident der Legislative und der Präsident des Staatsrates wurden nun nach vorne gerufen. Einer von ihnen – Parker wusste nicht, wer wer war – hielt eine Bibel, auf die Napoleon seine Hand legte, während die anderen beiden ein Pergament vor ihm hochhielten, von dem er ablas. Es war das erste Mal, dass Parker die Stimme des mächtigsten Mannes der Welt vernahm. Sie trug weit, war allerdings unangenehm kratzig und hatte – sogar für Parker bemerkbar – einen ausgeprägten korsischen Akzent.

»Ich schwöre, die Integrität des Territoriums der Republik zu erhalten«, rezitierte Napoleon, »das Konkordat und die Religionsfreiheit, die Gleichberechtigung, die politische und staatliche Freiheit und die Unwiderrufbarkeit des Verkaufs von Nationalgebiet zu respektieren und Respekt dafür einzufordern, keine Steuern zu erhöhen, außer im Einklang mit dem Recht, die Institution der Ehrenlegion zu erhalten und einzig und allein im Interesse des Glückes und Ruhmes des französischen Volkes zu regieren.«

Irgendjemand – Parker konnte nicht sehen, wer – rief: »Der dreimal ruhmreiche und drei Mal erhabene Kaiser Napoleon wurde gekrönt und sitzt nun auf dem Thron. Lang lebe der Kaiser!« Der Chor sang ein unbekanntes Kirchenlied mit dem lateinischen Text »Gott schütze unseren Kaiser Napoleon«, woraufhin Napoleon, mit Josephine an seiner Seite, langsam durch das Kirchenschiff zurück- und dann aus dem westlichen Ende der Kathedrale hinausschritt. Beim Hinausgehen brach die Menschenmenge, die ihm von den Tuilerien gefolgt war und zum Großteil nicht hineingepasst hatte, in Bewunderungsschreie aus.

Um Parker herum begann sich die Menge zu lichten und sich einen Weg zu den verschiedenen Gängen hinaus aus Notre Dame zu bahnen. Parker ließ sich darin treiben, während er dachte, dass die Welt nun ein sehr anderer Ort war als noch heute Morgen.

»Kaiser Napoleon der Erste.« Diese Zeremonie besiegelte die Proklamation, dass der erste Test der Demokratie in Europa gescheitert war. Und Parker hatte keine Ahnung, was als Nächstes passieren würde.

Coda

In Wien betrat Ferdinand Ries Beethovens Arbeitszimmer, wo Beethoven gerade an seinem Piano saß, tief in Gedanken versunken, und einige Töne zupfte. G, G, G, Es-Dur. G, G, G, Es-Dur. Ries zögerte immer, Beethoven bei der Arbeit zu unterbrechen, doch Beethoven hatte ihn angewiesen, schnell mit dem Originalmanuskript der *Sinfonia Bonaparte* zurückzukehren, von der Ries eine Kopie angefertigt hatte. Tatsächlich kam Ries gerade von der Zustellung seiner ins Reine geschriebenen Abschrift der Symphonie von Beethovens Verleger zurück.

Außerdem gab es Neuigkeiten zu überbringen.

Für ein paar Augenblicke stand er stumm im Türrahmen und hoffte, dass Beethoven ihn bemerken würde, wodurch er ihm die Peinlichkeit ersparen würde, sich selbst während der Arbeit des Maestros ankündigen zu müssen. Nach ungefähr einer Minute warf Beethoven einen Blick über die Schulter und sagte: »Ries. Was denn?«

»Ihr Original, Maestro«, antwortete Ries laut.

Beethovens Gehör war über die letzten Jahre hinweg wesentlich schlechter geworden, das Symptom einer Krankheit, die seinen Anfang damit genommen hatte, dass ihn ein inkompetenter Sänger in explosive Rage versetzt hatte.

»Legen Sie sie auf den Tisch und gehen Sie«, erwiderte Beethoven in normalem Plauderton, da er sich entweder selbst noch ausreichend hörte oder das gar nicht musste.

»Jawohl, Maestro. Außerdem bringe ich ein paar Neuigkeiten mit.«

»Ja? Welche denn?«

»Napoleon hat sich selbst zum Kaiser ernannt.«

Beethoven stand auf und kam auf Ries zu.

»Wiederholen Sie das, und zwar laut und deutlich.«

»Napoleon hat sich selbst zum Kaiser ernannt.«

»So, so«, machte Beethoven.

Er nickte, zu niemandem im Besonderen. Dann griff er sich einen Tischnotenständer und schleuderte ihn gegen die Wand, wobei der Ständer zerbrach und der Putz abplatzte.

»So, so«, wiederholte Beethoven, nun schreiend. »Er ist also auch nicht mehr als ein gewöhnlicher Sterblicher! Nun wird auch er die Rechte der Menschen mit Füßen treten! Und nur seinen Ambitionen frönen! Nun wird er von sich denken, über alle anderen Menschen erhaben zu sein, und zu einem Tyrannen werden!«

Beethoven wischte mit der Hand oben über die Notenblätter der *Sinfonia Bonaparte*, sodass die Blätter nur so durch die Luft flogen, schnappte sich die Titelseite, riss sie entzwei und warf sie zu Boden. Dann schnappte er sich ein leeres Blatt Papier und fing an zu schreiben, dabei sagte er laut zu Ries:

»Ries, das hier werden Sie unverzüglich zum Verleger bringen und sichergehen, dass dies der Name ist, unter dem die Noten gedruckt werden. *Composta per festeggiare il sovvenire di un grand'uomo* – komponiert, um die Erinnerung an einen großen Mann zu feiern – die *Symphonie Eroica*.«

Historische Anmerkungen

Neben den ersten zwei Bänden in der Thomas-Grey-Serie mag ›Der Schatz der Armada‹ manchmal ein wenig theatralisch anmuten; das haben Piraten so an sich. Aber alles, was in der Geschichte passiert – sogar das Piratenzeug – ist recht gut in historischen Fakten verankert. Beginnend mit dem Tripolitanischen Krieg: Von Philo Parkers Zusatz einmal abgesehen, hat sich alles, was im Prolog beschrieben wird, wenn auch abgekürzt, genau so zugetragen.

Die Isla Cangrejo ist keine echte Insel, sondern eher eine zusammengesetzte Insel, basierend auf mehreren echten Orten. Pirateninseln und Piratenkolonien sind – obwohl sie wirken, als wären sie für Hollywood erfunden worden – historischer Fakt und befanden sich für den Großteil der Segelschiffära überall. Es gibt ein paar besonders berühmte wie Tortuga vor der Küste Hispaniolas und Nassau, nun die Hauptstadt der Bahamas, oder – mehrere Hundert Jahre vor den Geschehnissen in diesem Roman – Port Royal auf Jamaica. Das heutige Land Belize wurde von Piraten gegründet. Jean Lafitte – eine sehr interessante Figur, die später zu einem amerikanischen

Kriegshelden wurde, als er New Orleans während des Krieges von 1812 vor den Briten verteidigte – hatte wirklich eine Art Piratenreich. Tatsächlich befinden sich einige seiner privaten Pirateninseln heute innerhalb der Vereinigten Staaten, inklusive Grand Isle und Grand Terre vor der Südküste Louisianas und Galveston Island in Texas. Dies waren die Vorlagen für die Isla Cangrejo, sowohl was ihre Märkte als auch was ihre schweren Verteidigungsanlagen angeht.

Die Geschichte des Wracks der *Desaix* (ihr ursprünglicher Name lautete *Tyrannicide*) ist ebenfalls wahr, obwohl sich ihre Kanonen, soweit ich weiß, immer noch unter Wasser befinden.

Geologisch gesprochen kommen Caldera-Inseln überall auf der Welt vor. Die berühmteste ist vermutlich entweder Krakatoa oder Santorini oder vielleicht auch Deception Island vor der Antarktis. Oder, falls die dazu zählt (das ist ein Grenzfall), Isabela, die größte der Galapagosinseln. Sie kommen am häufigsten in den tektonisch aktivsten Erdteilen vor, aber tatsächlich gibt es auch in Lateinamerika ziemlich viele Vulkane. Die südliche Hälfte der Karibikinsel Montserrat ist immer noch ein unbewohnbares »Sperrgebiet« wegen ihrer vulkanischen Gefährlichkeit. Der Vulkan Soufrière Hills brach 1995 aus und begrub die Hauptstadt der Insel, Plymouth, unter zwölf Metern Asche und Schlamm.

Die Isla Cangrejo verdankt einen kleinen Teil ihrer Zusammensetzung auch der brasilianischen Insel Ilha da Queimada Grande. Obwohl in keinem Teil Lateinamerikas ein Mangel an Schlangen herrscht, führt Queimada Grande die Situation mit ihren Schlangen ad absurdum, beinahe auf einer komischen Ebene. Darüber wollte ich immer schon schreiben, nur dass sich bisher nie die Gelegenheit dazu ergeben hat. Es ist eine winzige Insel von ungefähr 360 Quadratmetern, mit einer Insel-Lanzenotter-Population von geschätzt 430000. Sprich, mehr als eine schlecht gelaunte, extrem giftige Schlange pro Quadratmeter. Niemand lebt dort und es darf auch niemand dorthin, doch irgendwann wird sie sicher einmal zum Set der ambitioniertesten Reality-TV-Serie aller Zeiten werden. Aber ich schweife ab.

Die amerikanische Marine stellte tatsächlich eine enorme Kampagne zur Ausrottung dieser Piratenkolonien in der Karibik auf die Beine – eine Art Fortsetzung der Barbaresken-Kriege – und die USS *Congress* war wirklich eines der Flaggschiffe. Allerdings begab sich das alles eher nach dem Krieg von 1812 und nicht davor.

Und zufällig ist die Geschichte von Black Bart, der 1720 im Hafen von Trepassey in Neufundland die Piratenflagge hisste – und damit die Besatzung jedes einzelnen Schiffs im Hafen derartig erschreckte, dass sie umgehend kapitulierte und an Land flüchtete –, (anscheinend) auch wahr.

Wenn wir nun die Piraten hinter uns lassen: Die Geschichte von Manuel Godoy, dem geheimen Abkommen und der Schatzflotte ist auch real. Ein paar der Nebenfiguren und kleineren Details sind erfunden, doch die Einzelheiten des Vertrags und all die Einzelheiten zu der

Schatzflotte selbst, genau wie die Schlacht zwischen den zwei jeweils aus vier Fregatten bestehenden Flotten, entsprechen den Tatsachen. Genau wie die Geschütze der *Philadelphia* sind auch die der *Mercedes* explodiert und zerstörten das Schiff vollständig. Die zwei Männer, die von ihrer Gallionsfigur getötet wurden, stammen übrigens aus einer semi-historischen Erzählung des Vorfalls, der von meinem besonderen literarischen Helden Patrick O'Brian verfasst wurde, in seinem Roman *Feindliche Segel*. Ich konnte zwar nicht herausfinden, ob dieses Detail den Fakten oder seiner Fantasie entsprang, aber aus Hochachtung an ihn habe ich es mit eingebaut.

Auch das möchte ich hier noch mit einbringen, obwohl es nicht direkt relevant ist: Die Zerstörung der *Mercedes* hat ein trauriges Nachspiel, das sich allerdings erst zweihundert Jahre nach ihrer Explosion offenbart. Eine Gruppe namens Odyssey Marine Exploration entdeckte das Wrack in den frühen Zweitausendern und förderte im Zuge dessen daraus Gegenstände und Schätze mit dem Gewicht von siebzehn Tonnen zutage, etwa im Wert einer halben Milliarde Dollar. Obwohl sich das Wrack in internationalen Gewässern befand und die spanische Regierung keinen Finger gerührt hatte, um die *Mercedes* selbst zu bergen, klagte die spanische Regierung und nach fünf Jahren rechtlichen Unsinns zwang der Supreme Court der Vereinigten Staaten Odyssey, den Schatz an Spanien abzugeben, zusammen mit einem Schmerzensgeld von einer Million Dollar.

Ob Spanien dazu berechtigt war, dazu möchte ich keine

Meinung abgeben. (Peru, wo die Schätze gefördert wurden, ist nun gerade dabei, glaube ich, Spanien zu verklagen, ihn wiederum zurückzugeben.) Doch das ist noch lange nicht das Traurigste an der Sache. Für Schatzsucher ist eine halbe Milliarde Dollar eine zutiefst lebensverändernde Entdeckung. Für eine nationale Regierung – ganz zu schweigen für das dreizehnt- oder vierzehnt-reichste Land der Welt, was Spanien ist – hingegen beinahe gar nichts. Wenn ich richtig gerechnet habe, entspricht der Wert des Schatzes einem Drittel eines Zehntels von einem Prozent des jährlichen Bruttoinlandsprodukts Spaniens. Die Geldfrage bedeutete Spanien also gar nichts und den Schatzsuchern alles – nicht nur diesen Schatzsuchern, sondern allen, – und deswegen sind wir – Leute, die sich für die Geschichte der Seefahrt interessieren und breiter gefasst, alle – umso ärmer. Schatzsucher – private Abenteurer und private Investoren – haben eine enorme Anzahl von Wracks entdeckt und eine unschätzbare Menge historischen Wissens generiert, und zwar ausschließlich auf ihre eigenen Kosten. Die Entdecker machen das hauptsächlich des Abenteuers wegen. Die Investoren, obwohl zweifellos auch an dem Abenteueraspekt interessiert, erwarten allerdings eine Rückzahlung ihrer Investitionen. Weder sie noch die Entdecker erwarten (oder sollten es erwarten), fünf Jahre vor Gericht verbringen zu müssen, nur um all ihre Arbeit oder Investitionen zu verlieren und obendrauf auch noch eine Million Strafe zahlen zu müssen. Welchen Anreiz sollen Investoren da noch haben, in der Zukunft das Geld für die Suche nach Wracks wie das der *Mercedes* vorzustrecken? Die Abenteurer werden das vielleicht trotzdem noch machen, aber, um *Die Helden der Nation* zu zitieren: »No bucks, no Buck Rogers.« Wer wird diese historisch wichtigen Wracks also entdecken und ihre Artefakte bergen? Nationale Regierungen? Das Schiff lag zweihundert Jahre lang nur wenige Meilen vor Spanien und niemand ist ausgerückt, um es zu finden.

Die spanische Regierung hätte einen Teil ihrer Geschichte entdecken und gewinnen können, ohne den geringsten Geldbetrag dafür riskieren zu müssen, den Schatz stattdessen erwerben, anstatt einklagen können, und alle wären glücklich gewesen. Stattdessen hat sie dazu beigetragen, die Welt um viel Romantik und Abenteuer zu berauben, und wird dazu beitragen, weiterhin viel Geschichte unentdeckt zu lassen. Zumindest sehe ich das so. (Immer angenommen, die Version der Geschichte, die ich gehört habe, stimmt so; es ist möglich, dass Madrid die Dinge anders in Erinnerung hat.)

Auf jeden Fall – zurück zu unserer Geschichte:

Das Ministerium für topographische Sachverständige und die Entdeckungstrupps waren echt. Obwohl dies vor 1838 nicht offiziell verbrieft war, soll das Ministerium für topographische Sachverständige seine Anfänge in der Lewis & Clark-Expedition gehabt haben – die, zur zeitlichen Einordnung, am 18. Januar 1803 begann, als Jefferson die Idee (obwohl geheim) formell dem Kongress vorgeschlagen hat. Übungen und Vorbereitungen fingen am 15. März 1803 an, und die Expedition begann vollumfänglich am 31. August 1803. Lewis trug ein Girandoni-Repetier-Luftgewehr mit sich.

Jeu de Paume, wie es gemeinhin genannt wird, war natürlich ein echtes Spiel, der Vorgänger des modernen Rasentennis, das heutzutage einfach nur Tennis heißt und oft nicht einmal auf einem Rasen gespielt wird. (Zur Schande des Spiels.) Trotz der komplizierten, archaischen Regeln gibt es immer noch eine Weltmeisterschaft, die alle zwei Jahre stattfindet. Damit ist es erwiesenermaßen die älteste Sportweltmeisterschaft der Welt, die noch existiert. Die erste Meisterschaft von Clergé de Elder lässt sich auf 1740 datieren. Es gibt viele interessante Details, die ich aber leider nicht logisch in das Buch einflechten konnte – die asymmetrische Form der Schläger, oder die Tatsache, dass *Jeu de Paume*-Bälle sogar heute noch nicht industriell hergestellt, sondern von jedem individuellen *Jeu de Paume*-Club in Handarbeit angefertigt werden, von denen es ungefähr sechzig auf der ganzen Welt gibt. Die Bälle variieren deswegen (wie zufällig auch die spezifische Größe und Form der universalen Feldmaße), und obwohl die Bälle oberflächlich betrachtet normalen Tennisbällen ähneln, sind sie viel härter, springen weniger und haben im letzten Vierteljahrtausend zweifellos einige Spieler getötet.

Die Nacherzählung von Napoleons Krönung – von der Abkürzung, um Zeit zu sparen, abgesehen – ist so durch und durch korrekt. Vieles aus der Beschreibung stammt aus den Memoiren von Laure Junot, der Duchesse d'Abrantès, einer berühmten Dame von Geist und Schönheit, mit der Napoleon Zeit seines Lebens eng befreundet war. Sie ist die Quelle für den Stein, der Napoleon an der Schulter trifft, genau wie für seinen Impuls, sich das Salbungsöl von den Händen abzuwischen, für seine Verspieltheit bei der Krönung von Josephine und auch für die besser bekannten Einzelheiten (sein Outfit, die Abfolge des Gottesdienstes etc.).

Anmerkung zu Beethoven

Die Beschreibung, die Ries Grey von Beethovens und Haydns Freundschaft gibt, ist korrekt – sie standen sich sehr nahe, neigten aber gleichzeitig auch zu Streitigkeiten. Einen Großteil des Grolls hegte Beethoven. Beethoven war immer temperamentvoll und Haydn auf berühmte Weise umgänglich. Tatsächlich war die einzige unhöfliche Bemerkung, die ein Bekannter je über ihn gemacht hat, Beethovens Ausspruch: »Ich habe nie etwas von Haydn gelernt.« Zum ersten Mal trafen sich die beiden Männer, als Haydn auf dem Weg nach England war, während der ersten seiner vielen, sehr erfolgreichen Touren dorthin (dies war eine Reise, von der Mozart Haydn zufälligerweise abriet, Haydn darauf hinweisend, dass er die Sprache nicht beherrsche. Haydns berühmte Antwort lautete: »Meine Sprache versteht man überall.«). Haydn legte einen Zwischenstopp in Bonn ein und dort wurde ihm dann Beethoven vorgestellt. Haydn war damals achtundfünfzig und Beethoven zwanzig. Sie trafen sich erneut auf

Haydns Rückreise, nach der Graf Ferdinand von Waldstein es dann arrangierte, dass Beethoven Haydn nach Wien folgen sollte, um von ihm zu lernen. Waldstein, der durch Beethovens Waldstein-Sonate unsterblich gemacht werden würde, schrieb Beethoven, dass ihm »Haydn Mozarts Geist übermittle«. Letztendlich waren Beethoven Haydns etwas nachlässige Lehransätze allerdings gleichgültig sowie Haydns vorwiegende Beschäftigung mit seinen eigenen Kompositionen anstatt mit Beethovens. Sie zerstritten sich. Beethoven lernte inzwischen auch von anderen (unter anderem von Salieri) und Haydn kehrte für eine weitere Haydn-mania-Konzerttour nach England zurück. Später im Leben zerstritten und vertrugen sie sich nochmals mehrere Male. Haydns zärtlicher Spitzname für Beethoven war »der große Mogul«. 1795 debütierte Beethoven mit drei Piano-Trios in einem kurzen Konzert, zu dem er Haydn als Ehrengast einlud. Danach wollte Beethoven Haydns Meinung dazu hören. Haydn schlug einige Korrekturen für das dritte der drei Trios vor. Dies verursachte sowohl einen weiteren Streit als auch Beethovens Bemerkung, dass er nie etwas von Haydn gelernt hätte. Kurz vor Haydns Tod 1809, bei einem Konzert zu Ehren dessen Lebenswerks, kam *der große Mogul* Beethoven allerdings auf Haydn zu, gab ihm einen Kuss auf die Stirn, kniete sich dann hin und küsste ihm auch noch die Hände.

Was Beethovens 3. Symphonie angeht: Die Änderung des Titels von »Bonaparte« zu »Eroica« ist vollständig historisch belegt und kommt direkt aus den Memoiren von Ferdinand Ries. Die Nacherzählung der ersten Privatvorstellung des Stücks ist mehr oder weniger faktisch – ein Teil davon ist Spekulation, der andere Teil (die Reaktion des Publikums zum Beispiel) ist aus der ersten öffentlichen Vorstellung entnommen, die einige Kritiken bekam, alle davon entweder negativ oder verwirrt. Alle besagen, dass sie viel zu lang, zu neu, zu radikal und zu bizarr war, und eine geht auf Beethovens offensichtliche Unhöflichkeit ein, als er am Ende des Konzerts das Publikum nicht angemessen würdigt. Einige erwähnen voller Traurigkeit den Abschied von Beethovens viel gelobten früheren Werken, die mehr auf einer Linie mit seinen großartigen Vorgängern Haydn und Mozart waren.

Heutzutage ist die Symphonie natürlich universell als eines der größten und wichtigsten Musikstücke bekannt, die je geschrieben wurden: Das Stück, welches das »klassische« Zeitalter der Musik beendete und die »Romantik« einläutete. Interessanterweise wurde das auch schon 1807 und 1808 so gesehen, manchmal auch in denselben Veröffentlichungen, welche die Symphonie anfänglich verrissen hatten. (Diese Details stammen aus *Beethoven aus der Sicht seiner Zeitgenossen*, Band 2, herausgegeben vom Henle Verlag, verfasst von Klaus Martin Kopitz und Rainer Cadenbach.)

Der Ballsaal im Palais Lobkowitz in Wien, in dem diese erste Privatvorstellung von Beethovens 3. Symphonie stattfand, ist seit den letzten zweihundert Jahren als «Eroica-Saal« bekannt.

Eine letzte interessante Notiz von Ferdinand Ries über

die *Eroica-Symphonie*: Der Fehler, den Grey macht, als er glaubt, dass eines der Hörner zu früh mit einer erneuten Wiederholung des Themas einsetzt, war weit verbreitet und wurde von mehreren Leuten begangen, als sie die Symphonie zum ersten Mal hörten. In seinen Memoiren schreibt Ries: »Der Hornbläser hat tatsächlich recht mit seinem Einsatz. Ich stand neben Beethoven und da ich auch geglaubt hatte, dass er falsch eingesetzt hätte, sagte ich: ›Dieser verdammte Hornbläser! Kann der denn nicht zählen? Das klingt schrecklich falsch!‹ Ich glaube, damit lief ich Gefahr, ein paar hinter die Löffel zu bekommen. Beethoven verzieh mir das lange Zeit nicht.«

Danksagung

Ich würde gerne damit beginnen, mich bei den Verlagsmitarbeitern zu bedanken, die ich definitiv verärgert habe, indem ich diese Danksagung noch hinzugefügt habe, nachdem das Buch bereits im Satz war … tut mir leid. Ich dachte wirklich, dass ich sie schon geschickt hätte! Ihr seid einfach die Besten, Leute.

Dann möchte ich dem wunderbaren Star Lawrence, meinem Verleger, und der wunderbaren Nneoma Amadi-Obi, Stars Assistentin und mein Bindeglied zu dem wunderbaren Verlag W. W. Norton danken. Von Star lektoriert und von Norton verlegt zu werden, sind zwei der aufregendsten Dinge in meinem Leben. Dafür bin ich euch sehr dankbar.

Dann würde ich gerne Rebecca Homiski und Amy Robbins danken, meinen ausgezeichneten Lektorinnen, die ich mit unsagbar chaotischen Manuskripten quäle. Ich danke ihnen nicht nur für ihr tolles Lektorat, sondern auch für ihre Entscheidung, mich nicht von einem Profikiller ermorden zu lassen.

Ich danke dem Rest der Mannschaft von Norton, die dieses Buch von einer Textdatei bis zum fertigen Produkt gebracht haben – Elisabeth Kerr, Kyle Radler, Steve Colca, Meredith McGuiness, Anna Oler und Ingsu Liu. Alles Champions.

Ich danke meinem Spitzenagenten Warren Frazier, der diese ganze Sache überhaupt erst losgetreten hat.

Ich danke meinem Vater dafür, dass er mir das Schreiben beigebracht hat, und meiner Mutter und meinem Bruder für das Korrekturlesen des ersten Entwurfs dieses Buches (sowie noch ein paar anderer Bücher).

Außerdem möchte ich meinen Eltern auch dafür danken, dass sie mich nie von meiner unausgereiften Autorenkarriere abbringen wollten, indem sie Sachen wie »lern doch lieber was Praktisches« oder »such dir eine richtige Arbeit, du Loser« oder so etwas in die Richtung gesagt haben. Ich bin mir sicher, dass es Zeiten gegeben hat, in denen die Versuchung sehr groß war.

Dann möchte ich noch einigen Freunden danken, die mir über die Jahre hinweg immer wieder beim Schreiben geholfen haben, indem sie Tippfehler gefunden und Anmerkungen gemacht haben – Anthony Nicolaysen, Allison Holcomb, Beth Christenberry, Sarah Hubschmann, Nimisha Jain, Angela Vasquez, Steve Socha, Kate Shapiro, Monica Mierzejewski, Chris Tasso und John Kleinheinz.

Ich möchte Steve Cohen dafür danken, dass er die New York Mets gekauft hat.

Und zuletzt möchte ich Major League Baseball für die Zwangsentscheidung verurteilen, dass die National League nun den vorgeschriebenen Schläger übernehmen muss. Idioten.

Leseprobe

ISBN der gedruckten Ausgabe
978-3-423-22033-0
eBook ISBN 978-3-423-44600-6

Als sich das Abendessen dem Ende zuneigte, wies Madame d'Aumont ihre Töchter an, in den Salon zu gehen und schlug vor, dass sich die Herren direkt den Geschäften zuwandten. Grey und d'Aumont erhoben sich, als die Damen den Raum verließen; erneut hielt Grey ihnen die Tür auf. Als Julia an Grey vorbei ging, steckte sie ihm einen Zettel zu.

Nachdem d'Aumonts Mutter und Schwestern gegangen waren, starrte Jean-Anne Grey einen Moment lang an, drehte sich dann um und ging in Richtung seines Arbeitszimmers.

»Kommen Sie bitte mit, Captain Grey«, sagte er.

»Soll ich meine Papiere holen?«, fragte Grey und folgte d'Aumont aus dem Raum.

»Noch nicht«, sagte d'Aumont. »Eins nach dem anderen.«

Keiner von beiden sagte etwas, bis sie die Bibliothek durchquert und die Arbeitszimmertür hinter sich geschlossen hatten.

Nun stand d'Aumont hinter seinem Schreibtisch, hatte einen feierlichen Ausdruck aufgesetzt und seine Hände hinter dem Rücken verschränkt. Seine Stirn lag in Falten, eher ein Ausdruck des Ärgers als der Besorgnis.

»Meine Schwester hat Ihnen einen Zettel gegeben?«, stellte d'Aumont seinen Gast zur Rede. »Ich muss Sie bitten, ihn mir zu zeigen.«

Grey hatte ihn selbst noch nicht angesehen, da er ihn so unauffällig wie möglich in eine Innentasche seines Jacketts hatte gleiten lassen. Nun holte er ihn hervor, faltete ihn auf und besah ihn sich:

Captain Grey,
vielleicht halten Sie mich für zu launisch, zu mädchenhaft. Es tut mir leid, dass ich Ihnen gegenüber so kalt war. Ich gebe Ihnen keine Schuld an dem, was zwischen uns vorgefallen ist. Ich habe einem unangebrachten Impuls nachgegeben. Bringen Sie mich nicht in Versuchung, es erneut zu tun.
Mit Bedauern,
Julia d'Aumont

Grey sah von dem Brief zu d'Aumont auf. Sein Blick war noch finsterer geworden.

»Mein lieber Captain d'Aumont«, sagte Grey und trat auf d'Aumonts Schreibtisch zu, »dieser Zettel betrifft eine sehr private Angelegenheit zwischen Ihrer Schwester und mir. Sicherlich verstehen Sie das« – Grey hielt den Brief in die Flammen des Kerzenständers auf der Arbeitsfläche – »... als Franzose.« Grey lächelte sein geschmacklosestes Lächeln. Es bereitete ihm keine Freude, Julias Namen in den Schmutz zu ziehen. Er tröstete sich mit der Tatsache, dass der Einzige, der ihn je dabei hören würde, in Kürze tot sein würde.

D'Aumonts Gesicht wurde puterrot. »*Schwein!*« Er krallte die Finger in die Rückenlehne seines Schreibtischstuhls und grub die Nägel in das Leder. »Sie werden keine weitere Nacht in diesem Haus verbringen!«

»Ich breche nur zu gerne auf, *mon capitaine*. Aber ich werde Julia mitnehmen.« Grey ließ die verkokelten Überreste des Zettels in d'Aumonts Aschenbecher rieseln, wo sie leuchtend unter den Stumpen von d'Aumonts gerauchten Zigarren lagen. »Und natürlich ... wird Julia auch mitnehmen, wen auch immer sie vielleicht bei sich trägt.«

D'Aumont stieß einen erzürnten Schrei aus, der die Wände erzittern ließ: »VERFLUCHT!«

Er stürmte um den Schreibtisch herum – Grey erwartete fast, dass der Mann ihn anfallen würde wie ein weidwunder Bär. Stattdessen stieß er die Tür zur Bibliothek auf, durchquerte den Raum und ging zielstrebig auf ein paar gekreuzte Säbel zu, die unter dem Porträt eines Marineoffiziers hingen.

Als Antwort auf d'Aumonts Schrei kamen Brodeur und ein Diener schnell den Flur entlanggelaufen.

»RAUS HIER«, brüllte er sie an. »Das ist eine persönliche Angelegenheit. Den nächsten Büttel, der mich unterbricht, HÄNGE ICH AN DEN DAU-

MEN AUF.« Der Diener zog sich bereits zurück. Brodeur zögerte noch. D'Aumonts Gesicht nahm ein noch dunkleres Rot an. »RAUS HAB ICH GESAGT – VERFLUCHT NOCH MAL!«

Als Brodeur zurückwich, riss d'Aumont die Säbel von der Wand.

»Diese gehörten meinem Vater; es ist ein gleiches Paar.« Er warf Grey einen zu. »Sie werden sich mit mir duellieren oder ich töte Sie auf der Stelle, bei Gott. Seien Sie auf der Hut.«

Grey betastete die Spitze der Klinge – scharf –, machte sich mit ihrer Krümmung vertraut – gut – und überprüfte, wie sie in der Hand lag – annehmbar. Er schwang den Säbel vor und zurück und prüfte den Klang, mit dem er sirrend durch die Luft schnitt. Dann holte er damit weit nach rechts aus und lauschte dem *knall* und *klirr*, als die Vase, die er vor zwei Nächten umgestoßen hatte, in tausend Porzellansplitter explodierte. Grey lächelte.

»Bereit.«

Mit seinem ausgestreckten Schwert zog d'Aumont langsame Kreise, parallel zum Boden. Grey hielt seinen eigenen Säbel gesenkt, richtete ihn ein wenig auf den Boden, und wartete darauf, dass d'Aumont auf ihn zukam.

Der Franzose machte einen schnellen Schritt nach vorne und stach nach Greys Brust. Grey wehrte den Schlag ab und stach seinerseits nach d'Aumont, der Greys Klinge nach oben bis zu seinem Griff rutschen ließ, bevor er sie wegstieß und zu einem schnellen Gegenschlag auf Greys Gesicht ansetzte.

Grey lehnte sich zurück und der Gegenschlag segelte weit an seinem Kopf vorbei; während d'Aumont auf der Suche nach seinem Gleichgewicht schwankte, lehnte Grey sich wieder nach vorne und stieß nach dessen Bauch. Ein Stück des Jacketts und des Hemdes blieben an der Klinge hängen und die zwei Männer wichen, sich umkreisend, zurück.

Jetzt war es an Grey, nach vorne zu springen – aber nicht auf ein lebensnotwendiges Organ zu zielen. Er musste diesen Tresor aufbekommen. Er schlitzte d'Aumonts Schwertarm auf; zwischen zusammengebissenen Zähnen stieß d'Aumont scharf die Luft aus und machte zwei Schritte rückwärts. Die Pflicht. Die verdammte Pflicht. Er hasst das Schwert, so wie er die Hölle, alle Montagues und Capitaine Jean-Anne hasste.

Grey parierte einen schwachen Stoß, während d'Aumont versuchte, Grey in Schach zu halten und gleichzeitig einen blutigen Stofffetzen abzureißen, der sich um seine Hand gewickelt hatte. Grey trat einen Schritt zurück und hob sein Schwert. Ein Gefallen. D'Aumont riss seinen Hemdsärmel ab und rief erneut –

»*En garde.*«

Schlag, pariert, Schlag, pariert, Sprung, pariert. Grey war höchst konzentriert; d'Aumont war keine Niete mit dem Säbel. Sie fochten vor und zurück;

Grey wartete auf seine Chance zu einem lähmenden Schlag, in d'Aumonts Augen stand immer noch Blutlust. Nach einem weiteren Ausweichsprung drehte sich Grey seitwärts und hieb nach d'Aumonts Hüfte. D'Aumont machte drei schnelle Schritte rückwärts, zurück durch die Tür in sein Arbeitszimmer, und stolperte leicht über die Schwelle. Erneut aus dem Gleichgewicht gebracht, fiel er rücklings auf seinen Schreibtisch und griff hinter sich, um sich abzustützen, da er gezwungen war, sich unter Greys Hieben nach seinem Kopf zurückzulehnen.

D'Aumont fiel gegen den Schreibtisch – seine Konzentration war dahin, mit einem Schnitt hieb Grey nach d'Aumonts Schwerthand und der Säbel segelte durch das Zimmer.

Nun befand sich nichts mehr zwischen der Spitze von Greys Schwert und dem bisschen Stoff, das d'Aumonts Herz bedeckte, außer 30 Zentimeter leerer, schwerer Luft.

»NUN?«, tönte Grey, aufgeladen mit Leidenschaft vom Kampf, und wartete darauf, dass d'Aumont um sein Leben bettelte. Stattdessen griff dieser hinter sich, schnappte sich den brennenden Kerzenständer und schlug damit nach Greys Gesicht.

Grey stach zwischen den Armen des Lüsters hindurch und entriss, mit der gekrümmten Klinge des Säbels, den Kerzenständer d'Aumonts Hand. Greys Bewegung war glatt und verächtlich. Der Kandelaber schlug lautklirrend auf dem Boden auf.

»Heben Sie ihn auf, bevor er Ihr ganzes verdammtes Haus abfackelt. JETZT.«

Mit Greys Schwert, das nach wie vor auf d'Aumonts Herz gerichtet war, kniete sich dieser hin, um den immer noch brennenden Kerzenständer zu holen. D'Aumont war rot vor Schande und Wut. Er platzierte den Kandelaber auf seinem Schreibtisch, auf dem er sich erneut abstütze und versuchte, wieder zu Atem zu kommen.

Grey spießte mit seiner Säbelspitze die Schwertscheide auf, die d'Aumont hatte fallen lassen, und schleuderte sie aus dem Zimmer zurück in die Bibliothek. Ohne sich aus den Augen zu lassen, lauschten die beiden Männer dem Geräusch von Metall, das über den Holzboden schlitterte.

»Nun?«, wiederholte Grey.

»Nun was? Erwarten Sie von mir, dass ich um mein Leben bettle?«, antwortete d'Aumont und wischte sich etwas Blut aus dem Mundwinkel.

»Das hatte ich ehrlicherweise erwartete, ja. Sie wollen es doch behalten, oder etwa nicht?«

Die zwei Männer starrten sich an ohne zu blinzeln und ohne eine Miene zu verziehen. D'Aumont unterbrach den Blickkontakt zuerst, drehte den Kopf nach links und atmete laut aus, mit einer Mischung aus Hass auf Grey und sich selbst.

»Nun gut«, sagte er. »Ich bitte um mein Leben.«

»Und ich werde es Ihnen lassen, wenn Sie tun, was ich sage.«

D'Aumonts Mund verzog sich zu einem noch finstereren Ausdruck.

»Und was wäre das?«

»Direkt unter uns befindet sich ein Tresor. Sie werden mir gehorchen und mit den Drehscheiben die richtige Zahlenkombination einstellen, die nötig ist, um ihn zu öffnen. Und ich werde Ihrer Bitte nachkommen und Sie am Leben lassen.«

GOTTVERDAMMT, dachte Grey – was habe ich da gerade getan? Ich habe dem Mann sein Leben versprochen. Was habe ich getan; ich bin doch hier, um ihn zu töten. Aber Grey wusste – hasste die Tatsache, dass er es wusste –, dass der Inhalt des Tresors wichtiger war als seine Rache. Zur Hölle damit, aber das war er. Wenn das bedeutete, dass er diesen Pakt mit dem Teufel schließen musste – dann war es eben so.

Langsam wurde d'Aumonts finsterer Blick von einem Ausdruck der Verwunderung abgelöst; dem des Verstehens, einer Erkenntnis.

»Ah«, sagte er, »darum ging es also die ganze Zeit. Sie sind kein Informant, Sie sind ein Spion. Diese ganze Angelegenheit ... unsere ganze Vertraulichkeit ... alles nur zur Schau.«

»Nicht ganz«, sagte Grey. »Ich fürchte, dass ich so viel Lob nicht anerkennen kann. Aber der Kern dessen, was Sie sagen, ist wahr. Sie haben Informationen in diesem Tresor, die ich brauche.«

»Dann werden Sie mich töten müssen.«

»Führen Sie mich nicht in Versuchung«, sagte

Grey. »Sie haben keine Ahnung, wie dünn das Eis ist, auf das Sie sich begeben.«

»Dieser Tresor wird niemals für Sie geöffnet werden, solange ich am Leben bin«, antwortete d'Aumont und erlangte etwas von seiner Männlichkeit wieder. »Und auch nicht, wenn ich tot bin, wage ich zu behaupten.«

»Wie viele Finger können Sie sich erlauben zu verlieren, bis Sie Ihre Meinung ändern?«, fragte Grey und hielt sein Schwert bedrohlich nahe an d'Aumonts Unterleib.

»Nehmen wir einmal an, dass Sie die Dokumente wirklich aus meinem Tresor herausholen. Was tun Sie dann damit? Sie zu Fuß zu *la Manche* bringen« – er benutzte den französischen Namen für den Ärmelkanal – »und hinüberschwimmen? Wollen Sie durch den Rhein schwimmen? Zu den Pyrenäen laufen? Jedem Franzosen, jeder Truppenbewegung, jeder Patrouille zwischen hier und dort aus dem Weg gehen? Kommen Sie. Das ist absurd. Die Informationen, die Sie wollen, werden sich als nutzlos erweisen.«

»Dann gibt es keinen Grund, sie mir nicht auszuhändigen.«

Einen Augenblick lang schien d'Aumonts Blick abzuschweifen.

»Na gut«, sagte er. »Aber erst muss ich zu Atem kommen.«

D'Aumont sagte dies mit demselben herablassenden Knurren, mit dem er sprach, seit Grey den Zettel verbrannt hatte ... aber mit einem nahezu unmerklichen Funkeln in seinen Augen.

Grey fuhr gerade noch rechtzeitig herum, um die bestrumpfte Gestalt Brodeurs hinter sich zu sehen, der d'Aumonts Säbel hoch über seinen Kopf erhoben hatte.

Grey rammte seinen eigenen Säbel tief in Brodeurs Bauch. Dieser gurgelte Blut, ließ sein Schwert fallen und fiel dann daneben zu Boden, tot.

Nun war Grey an der Reihe zu knurren und wandte sich wieder d'Aumont zu. »Sollen wir also dann mit der Dezimierung von Fingern anfangen? Oder wäre es überzeugender, wenn wir mit der Dezimierung von Schwestern beginnen?«

D'Aumont starrte auf den leblosen Körper seines Butlers.

»Ich bringe Sie in mein Haus und so danken Sie es mir.«

Er schüttelte den Kopf – und Grey konnte nicht anders, als einen stechenden Schmerz zu verspüren. Trotz des Hasses auf diesen Mann wusste Grey, dass d'Aumont sein Bestes getan hatte, sich ihm gegenüber ehrenvoll zu erweisen. Sogar bei der angedrohten Festnahme. Grey hatte nach Boston fliehen wollen, um weitere dieser Hässlichkeiten, die mit diesem Leben einhergingen, zu vermeiden.

Aber jetzt war es zu spät.